U1005908

# 留村察看

姜翕芬 著

作家出版社

**图书在版编目（CIP）数据**

留村察看/姜翕芬著. －北京:作家出版社，2010.8
ISBN 978－7－5063－5474－5

Ⅰ.①留… Ⅱ.①姜…Ⅲ.①长篇小说－中国－当代
Ⅳ.①I247.5

中国版本图书馆 CIP 数据核字（2010）第 136681 号

**留村察看**

**作者**：姜翕芬
**责任编辑**：贺　平
**装帧设计**：田洁华
**出版发行**：作家出版社
**社址**：北京农展馆南里 10 号　　**邮码**：100125
**电话传真**：86－10－65930756（出版发行部）
86－10－65004079（总编室）
86－10－65015116（邮购部）
**E－mail**：**zuojia@zuojia.net.cn**
**http://www.zuojia.net.cn**
**印刷**：三河市北燕印装有限公司
**成品尺寸**：170×240
**字数**：410 千
**印张**：23
**版次**：2010 年 8 月第 1 版
**印次**：2010 年 8 月第 1 次印刷
**ISBN**　978－7－5063－5474－5
**定价**：38.00 元

作家版图书，版权所有，侵权必究。
作家版图书，印装错误可随时退换。

长太息以掩涕兮，哀民生之多艰。

——屈原《离骚》

# 目录

# 一

自从盘古开天，女娲造人，人类便开始在地球上繁衍生息。从此也就有了亲情，有了友情，有了矛盾，有了冲突。为了与大自然抗争，人们不得不相依为命，相濡以沫。然而，在利益面前，人类又出现了矛盾，出现了纷争，于是也就有了仇恨与冲突。人与人之间的关系也开始变得扑朔迷离，难以琢磨。有时是那样温馨而和谐，就像两滴水珠，很容易溶合在一起；有时又充满仇视与硝烟，水火难容。

在上个世纪九十年代的茂丘县龙潭乡罗家村，由于农民负担过重和由此而引发的村民屡屡上访，使得本来世代相依为命、和睦相处的村民与村民之间，村民与村两委会之间，矛盾不断激化，冲突不断升级，甚至达到了白热化程度。为防止村民继续上访，村两委会竟作出了开除上访村民梁鑫及其妻子罗小惠和他们那幼小的儿子梁罗明村籍的决定。

真是一石激起千重浪。村两委会作出的这个决定，无疑像一颗振聋发聩的重磅炸弹，在罗家村引起轩然大波。面对村两委会作出的这个荒唐而又令人啼笑皆非的决定，村民们愕然了，愤怒了。尤其是梁鑫的岳父罗世龙，更是如芒刺在背，鱼鲠在喉，难以接受这个残酷的现实，他怎么也不会想到，自己这个一向与世无争、凡事谨小慎微、全村出了名的“铁算盘”，竟会遭到如此厄运，村两委会的这把火竟会烧到自己头上。自从女婿梁鑫和女儿罗小惠被开除村籍带着儿子离开罗家村之后，这个昔日充满欢声笑语的罗家大院从此变得冷冷清清，他和老伴方秀花整日里孤单单地守着几间空荡荡的大瓦房，郁郁寡欢，吃饭不香，睡觉不甜。

罗世龙心里非常清楚，村两委会之所以这么做，都是村主任罗方钊的坏主意，是罗方钊在公报私仇，狗急跳墙。他这样做的目的无非是杀一儆百，杀鸡给猴看，怕村民们继续上访使自己所做的那些丑事坏事败露，受到法律的惩处。自从女婿梁鑫和女儿罗小惠离开罗家村，村主任罗方钊被公安机关带走之后，他曾多次去找村支书程大孟想讨个说法，责问梁鑫和罗小惠究竟犯了哪条王法？村两委会为什么要开除他们的村籍？

罗世龙每次找程大孟，程大孟总是支支吾吾，说不出个所以然来。其实，程大孟也不愿意这么做，他也并不想跟罗世龙结仇，更不想和村民们作对。在罗方钊提出要开除梁鑫和罗小惠的村籍时，他之所以投了赞成票，无非是出于两个方面因素的考虑，一方面是慑于罗方钊的势力，虽然他知道罗方钊这几年在村里干了不少坏事，可他也知道，罗方钊既有乡长许茂才为他撑腰，又有在县公安局当副局长的大舅子杨立峰这个靠山，胳膊扭不过大腿，就凭几个上访村民是扳不倒他的；另一方面他担心村民们再这样继续上访下去，自身的利益受到损害。所以，每当罗世龙找他质问为什么要开除自己的女儿和女婿的村籍时，他总是满脸堆笑，装出一副无可奈何的样子说道：

“我说世龙兄弟，你的心情我理解。我虽然是个村党支部书记，可开除梁鑫和罗小惠的村籍是罗方钊提出的，村两委会集体通过的，我也没办法。再说了，你的女婿梁鑫也实在是做得太过分了。自从他跟小惠结婚到咱们村落户之后，村两委会哪一点亏待过他？哪一点对不起他？他提出要办农民科技夜校，村两委会全力支持他；换届选举时，村民们推荐他为村主任候选人，我没有反对。可他狗咬吕洞宾不识好人心，总是跟村两委会过不去，组织村民到处去上访，告村两委会的状，你说这事能全怪村两委会吗？我认为这件事梁鑫也是有责任的。”

听了程大孟的话，罗世龙反唇相讥道：“我说程书记，话不能这么说，这老百姓上访，也是没有办法的事情，完全是被你们村两委会逼的。上级明文规定村里收提留的标准不得超过农民当年收入的百分之五，你们村两委会是按照这个规定收的吗？你们违反上级规定，收那么多提留，逼得老百姓没法活，他们能不去上访吗？再说了，咱们村有那么多村民去上访，你们为什么不开除别人的村籍，却只开除梁鑫和罗小惠的村籍？还有俺那小外孙梁罗明，他还是一个吃奶的孩子，也没去上访，他又触犯了哪条法律？你们竟然把他的村籍也开除了。你们这不是吃柿子专拣软的捏，明着欺负人吗？罗方钊在村里干了那么多坏事，你们怎么不开除他的村籍？你们认为开除了梁鑫和小惠的村籍就没有人敢去上访了吗？你们的算盘打错了，孩子被开除了还有老子哪，赶明儿我也去上访，有本事你们把我的村籍也开除了。”

罗世龙的这番话，似控诉，似声讨，也似在挑战。听了罗世龙这番连珠炮似的发问，程大孟顿时瞠目结舌，难以回答。但他毕竟当了多年的村干部，经过风雨，见过世面，有一套应付村民的办法和经验。面对罗世龙的责问，他并没有发火，而是拿起放在炕上的香烟，从里边抽出一支递到罗世龙面前说道：

“我说世龙兄弟，你别发火，抽支烟消消气，咱们有话好说，有事好商量。这样吧，我再跟村两委的其他成员商量一下，争取把梁鑫和小惠的村籍恢复了，我看你们就别再去上访了，这样闹下去，对谁都没有好处，既影响团结，也影响生产。”

罗世龙并没有去接程大孟递给他的烟，也没有再听程大孟解释什么。而是愤愤地说道：“那好吧，程书记，我就等你们研究，如果不把梁鑫和小惠的村籍恢复了，我就去上访，县里告不赢到市里，市里告不赢到省里，省里告不赢到中央，直到打赢这场官司，我就不信没有说理的地方。”说完，连招呼也没打，就气冲冲地离开了程大孟的家。

罗世龙回到家里，天天期盼着村两委会能尽快研究，撤销对梁鑫和罗小惠开除村籍的决定，使他们能早日重返罗家村，一家人团聚。然而，令他万万没有想到的是，开除梁鑫和罗小惠村籍的决定没有撤销，而因犯强奸罪被公安机关拘留的村主任罗方钊，在县公安局的看守所里被关了十几天之后，却以证据不足为由被释放回了村。

罗方钊一回到村里，立即又恢复了昔日的威风。他先是大宴宾客，把村两委会的成员和亲戚朋友们都请到家里，为自己压惊壮胆，然后又跑到村委会办公室，打开扩音器，对着麦克风用大喇叭公开向那些告他的上访者挑战：

> 罗家村的各位父老乡亲，趁大伙吃晚饭的时候，我说几句。我罗方钊又回来了，没有想到吧？尤其是那些捏造事实，想把我送进监狱的人，听了心里一定不舒服吧？
>
> 我罗方钊当村主任这么多年来，干得啥样大伙都清楚，走得正，立得直，可有人硬要把屎盆子往我头上扣，告我强奸妇女，想把我送进监狱，这是痴心妄想，白日做梦！还有一些别有用心的人，抓住我们村两委会工作中的缺点和错误，无中生有，大做文章，到处写黑信，

告黑状，还煽动一些不明真相的群众去上访，搞得整个村子乌烟瘴气，严重扰乱了社会治安，破坏了我们村的正常生产秩序和生活秩序。村两委会在忍无可忍的情况下，作出了开除个别带头闹事村民的村籍，这个决定是完全正确的，是符合民心的，想翻案没门！有人扬言还要再去上访，有本事你就去告吧，我罗方钊奉陪到底。在这里，我也奉劝那些受蒙蔽的村民们，你们一定要擦亮眼睛，千万不要上当受骗，再跟他们去上访了。谁要是执迷不悟，继续与村两委会作对，继续到上边去上访，一切后果自负！

当然了，由于我们村去年遭受了干旱，粮食歉收，老百姓还不富裕，我们收的提留是高了一些，但那也是为了大伙，为了咱们村的经济发展，我们村两委会并没多拿一分钱，更没有把提留款揣进自己的腰包里。大家如果不信，可以到会计那里去看账，希望大家不要再为这个事告个没完没了，我们要团结一致向前看，一心一意谋发展，把咱们村的经济搞上去，让全村老百姓都富起来，希望大家支持村两委会的工作。

真是道高一尺，魔高一丈。村民们怎么也不会想到罗方钊会被无罪释放。他在前年冬天修水库时强奸本村女青年钱招娣的犯罪事实几乎是全村妇孺皆知，咋就没罪了呢？当初罗方钊被公安机关抓走的时候，许多村民都高兴得奔走相告，有的村民还燃放鞭炮以示庆贺，而今天他却又回来了，并且公开在大喇叭里叫阵挑衅。听了罗方钊在大喇叭里的喊话，不少村民都气得骂娘，有的甚至气得扔石块，砸挂在树上的大喇叭。尤其是受害者钱招娣，更是义愤填膺，肺都快要气炸了。罗方钊在大喇叭里的喊话，就像一把利剑刺向她的心脏。当时，他们一家人正在吃晚饭，听到广播后，她扔下碗筷，从炕上跳下来，抓起灶台上的一把菜刀，挺着个怀孕的肚子就向院子里跑，口里不停地喊道："你们别拦我，让我去杀了这个畜生，你们别拦我，让我去杀了这个畜生。"幸亏被丈夫项天发拦住，才没有酿成血案。

罗方钊一回村，当然梁鑫和罗小惠恢复村籍的事情也就成了泡影。村民们再一次被激怒了。刚刚平静了几日的罗家村，又将孕育着一场新的村民上访的风暴潮。

## 二

真是上有政策，下有对策。尽管从去年秋天到现在罗家村的村民们曾先后多次到县里、市里和省里去上访，省委副书记郑廉风和市委副书记杜为群还都曾分别在他们的上访材料上作过批示，要求认真对待，严肃处理；尽管茂丘县委、县政府也对此极为重视，县委书记林海风亲自主持召开专门会议，听取汇报研究解决问题的办法，并指示要认真落实省委和市委领导同志的指示精神，妥善调查处理好罗家村村民的上访问题。但是到了真正要解决问题的时候，却雷声大，雨点小。村民们上访几个月过去了，可他们上访所反映的问题一件也没有得到真正解决。村两委会多收的农民提留一分钱也没有退回来，犯有强奸罪嫌疑的村主任罗方钊被公安机关拘留了半个月之后又被无罪释放。村民们感到失望，感到迷惘，感到困惑。他们不得不考虑再次走上漫漫的上访路。

罗世龙的兄弟罗世贵自从去年秋天因抗缴提留被拘留了半个月之后，就对村两委会耿耿于怀，更是恨透了村主任罗方钊。从此，他的家便成了村民上访的秘密联络点。就在村主任罗方钊被无罪释放回到村里几天之后的一个晚上，项天发、程友民、程二茂、胡大禄等几个带头上访的村民又聚集到罗世贵的家里，商量如何再去上访的问题。这一次，罗世龙亲自披挂上阵。他跟村两委会尤其是与罗方钊的矛盾已经达到了白热化。他要为被开除村籍的女儿、女婿和小外孙讨回一个公道。更令他们兴奋的是，过去一直在暗中支持村民上访的村党支部副书记胡春光，这次也公开站了出来，加入到了村民的上访行列之中。

几个人义愤填膺、忧心忡忡地谈起了如何再去上访的问题。

“天发，罗方钊强奸你妻子钱招娣的事，不是把证据都提供给公安局了吗，咋就会无罪释放了呢？”程友民迷惑不解地问项天发道。

“我也不明白这到底是为什么，县公安局来村里抓罗方钊时把招娣保留的那条裤头要走了，难道这不是证据吗，咋能说证据不足呢？这肯定又是罗方钊的大舅子杨立峰在里面捣的鬼。罗方钊这个人渣，依仗着有个在县公安局当副局长的大舅子撑腰，横行乡里，欺压百姓，强奸妇女，干尽了坏事，难道我们就真的拿他没有办法吗？”项天发无奈地说道。

“他奶奶的，这是什么世道，好人被开除了村籍，坏人却逍遥法外。我就不信这个邪，没听人们说过吗，这横的怕愣的，愣的怕不要命的。你们都有家室，有儿女，我胡大禄光棍一条，无牵无挂，干脆我去用刀把罗方钊这个龟孙子劈了算了，大不了去偿命就是了，一命抵一命，为全村老百姓除了这一害，值得。”胡大禄愤愤地说道。

“大禄说得对，不行我们就跟他们拼了，大不了拼个鱼死网破，总比这样活受气好。”罗世贵附和说道。

“就是啊，大禄哥和世贵叔说得对，不行我们就跟他们拼了。”程二茂也附和说道。

这时，罗世龙看了看坐在那里抽烟一直没有说话的胡春光说道：“春光，你作为一个党员，又是村干部，能公开站在俺们老百姓这一边，真是感激不尽。你文化水平高，还当过兵，咱们这几个人就数你经多见广，你说说我们下一步该怎么办？”

胡春光笑了笑说道：“都是乡里乡亲的，感谢的话倒不必说，当村干部就是应该站在老百姓一边，为老百姓说话，替老百姓办事。如果不能替老百姓办事，这样的村干部我宁可不当。我之所以要跟你们一块去上访，是因为我觉得这两年村两委会的所作所为太令人失望了，特别是罗方钊。让这样的人当村主任，咱们村哪辈子能富起来？不过，我觉得咱们不能蛮干，应该相信上级政府，相信我们的党。你们去冬今春多次到上面去上访，上级不是很重视吗，县委分管政法工作的副书记丁忠信不是还亲自到咱们村来调查过吗，有些问题不是也已经解决了嘛。”

胡春光话音刚落，项天发就气得按捺不住站起来说道：“春光哥，你的人格俺敬佩，村干部如果都能像你这样想那就好了。可你刚才说的话我不赞成。你说咱们上访反映的有些问题已经解决了，都解决啥问题了？不就是程大孟的兄弟和罗方钊的哥哥承包塘坝的事解决了，其他啥问题解决了？村两委会多收的提留退回来了吗？村干部侵吞公款的事查清了吗？还有罗方钊强奸钱招娣的事，明明证据确凿，却被无罪释放了，而梁鑫和罗小惠无缘无故被开除了村籍，我们辛辛苦苦上访了几个月，就换来了这样的结果，你说这世上还有没有公平啊，还有咱老百姓说理的地方吗？”

“天发，你先别发火，我知道你心里有气，可有气我们也不能蛮干，还是应该相信我们的党和政府，罗方钊虽有他的大舅子杨立峰撑腰，可他一个人总不能一手遮天吧，只要我们大伙齐了心，问题总会解决的。”

“春光哥，我们相信你说的话，你就说说我们下一步到底该怎么办吧。”程二茂接过话茬说道。

“继续去上访，一次不行两次，两次不行三次。县里不行到市里，市里不行到省里，省里不行再去北京，直到把我们反映的问题解决了为止。”胡春光胸有成竹地说道。

几个人争论了半天，最后商定，先派项天发、程二茂和程友民三人到县公安局走一趟，了解一下罗方钊为什么会被无罪释放，然后把提供的证据拿回来，再组织村民去上访。

第二天一大早，项天发、程二茂和程友民三人简单吃了点早饭，就骑着自行车进了城。也许是厌倦了，也许是罗方钊的所作所为激怒了村民，也许是对上访村民的同情，由村两委会安排的一直监视上访村民的民兵不见了。过去，为了阻止村民们去上访，村两委会专门花钱雇了二十多个基干民兵负责对几个组织上访的村民进行盯梢，只要有村民去上访，他们就会马上报告给村两委会，然后告知乡里和县里，把上访的村民围追堵截回来。而这一次，并没有民兵盯梢。他们三人很容易就出了村，一路上翻山越岭，不到两个小时，就来到了县公安局的大门口。三人刚要进公安局的大门，就被站岗的武警战士拦住了。

“站住，你们三个是干什么的？也不看看这是什么地方就往里闯。”那个武警战士没好气地吼道。

“同志，我们是来上访的。”程二茂赔着笑脸答道。

“上访到那边值班室去。”那个正在值勤的武警战士指了指旁边的值班室说道。

三人把自行车推到值班室门口上了锁，推开值班室的门走了进去。一个身着警服、大约五十岁左右、正在值班的民警见三人走到跟前便问道：

“你们是来干什么的？”

“同志，我们是来上访的。”还是程二茂先开口回答了那位民警的问话。

“上访到县信访局去，跑到这里来干什么？”那个值班民警板着严肃的面孔说道。

“这事与你们公安局有关，所以我们才到这里来上访的。”项天发解释说道。

“什么事情？”那个值班民警又问道。

“没有别的事，就是想来问问我们村的村主任罗方钊强奸妇女的事。前些日子你们公安局把他抓起来了，物证你们也拿走了，这人证物证都有，咋就会无罪释放了呢？”项天发不解地问道。

“办案是公安局的事，有罪没罪那是公安机关根据案情定的，难道还需要向你们汇报吗？”那个值班的民警不耐烦地说道。

“我们是受害人的亲属，当然有权知道罗方钊这个犯罪分子为什么会被无罪释放。”项天发气愤地说道。

“你们公安机关办案，我们老百姓是无权过问，可你们也不能徇私枉法，他罗方钊之所以敢胡作非为，欺男霸女，不就是靠着当公安局长的大舅子撑腰吗？”程二茂也附和说道。

那个值班民警听了程二茂的话一怔，问道：“你们说的那个罗方钊的大舅子在公安局当局长，他叫什么名字？”

“杨立峰，就是你们县公安局的副局长杨立峰。”项天发和程二茂几乎同时回答道。

“你们是哪个乡镇哪个村的？”那个值班民警又问道。

“龙潭乡罗家村的。”项天发回答道。

听到这里，那个值班民警没再问他们什么，迟疑了一会儿说道：“你们先到外面等着吧，我到里边问一下，看该由哪个部门接待你们。”说完之后，他把项天发等三人撵出门外，锁上门就到大院里边的办公楼上去了。

项天发、程二茂和程友民三人只好回到公安局的大门外等候，可是他们苦苦等了一个多小时，却始终不见有人出来接待他们，给他们解释原因。三人等得不耐烦了，多次跑到值班室询问到底什么时候给他们答复。得到的回答总是说：“已经向领导汇报了，在外边耐心等着吧，会有人跟你们谈的。”直到快吃中午饭时，才从公安局的大院里走出了一个约在三十岁左右的青年女民警，把他们带进了值班室隔壁的平房里。

这是县公安局的接待室。与其说是接待室，倒更像是公安机关用来审讯犯罪嫌疑人的地方。两间平房，约有近三十平方米。房间布置得非常简单，墙上贴着两幅宣传标语，一幅写着“维护社会秩序，保障人民生命财产安全”；另一幅的内容则是“坦白从宽，抗拒从严”。房间的一头放了两张旧写字台和几把椅子，另一头放了几条长板凳，写字台与长条板凳之间足有四五米的距离。

项天发、程二茂和程友民三人跟着那位青年女民警来到接待室的时候，有一个四十岁左右的中年男民警已经等候在那里了。那个中年民警正坐在写字台旁边的椅子上看报纸，见三人进来，他并没有说话，只是把报纸扔到一边，用一双十分严肃而又不可侵犯的目光扫了他们一眼。青年女民警走进屋里，坐在了那个中年男民警旁边的椅子上，然后指了指另一头的长条板凳说道：“你们三个都坐下吧。”

项天发等三人也不客气，就在另一头的长条板凳上坐下了。待他们坐下后，那个中年男民警发话了：

“你们是哪个乡哪个村的？”

“我们是龙潭乡罗家村的。”项天发回答道。

“都叫什么名字？多大年龄了？从事什么职业？”那个中年男民警又问道。

“怎么，上访还要报名字、年龄和职业吗？”项天发不解地问。

“是的，这是程序，姓名、年龄和职业都要填写清楚，一项都不能少。否则，怎么记录，怎么存档？”那个中年男民警不耐烦地说道。

“我叫项天发，项目的‘项’，天地的‘天’，发展的‘发’，今年二十五岁。”项天发介绍完自己后，又指着程二茂和程友民分别说道，“他叫程二茂，程序的‘程’，一二的‘二’，茂盛的‘茂’，今年二十三岁。他叫程友民，程序的‘程’，朋友的‘友’，人民的‘民’，今年二十四岁。我们三人都在家种地，都是农民。”

“你们为什么来上访？”

“我们是来告村主任罗方钊的。”

“你们告村主任怎么不到乡里去告，或到县信访局去告，跑到公安局来干什么？”

“他犯罪了，打击犯罪是你们公安局的事，我们不到公安局来告到哪儿去告呀？”

“他犯什么罪了？”

“强奸妇女。”

“你们怎么就敢肯定他犯强奸罪了？”

“我们有证据。”

“证据在哪儿？”

“前几天不是提供给你们了吗？”

“既然提供给我们了，那你们还来干什么？”

“我们就是想来问问，前些日子你们公安局不是把罗方钊抓起来了吗？这人证和物证我们都提供了，咋又把他放了？”

“既然把他放了，说明他没有犯罪，如果他真的像你们说的犯了强奸罪，我们是不会放他的。”

“这怎么可能呢，他明明犯了罪，怎么能说没犯罪？”

“我们公安机关办案是以法律为准绳，以事实为根据的。不能你们说他犯罪，他就犯罪了，你们说他没犯罪，他就没犯罪。”

“可我们人证物证都有，能够证明他确实犯罪了呀。”

“人证在哪儿？物证又在哪儿？”

“人证就是受害人的口供，物证就是我们提供给你们的受害人被强奸时穿的那条裤头。”

“还有别的人证物证吗？”

“没有了，难道这人证物证还不够吗？”

“当然不够了。你们所说的受害人的口供，可罗方钊说那是在工作中得罪了控告他的人，是诬陷他。你们提供的所谓物证，经法医鉴定，没有能证明罗方钊犯罪的证据。既然证据不足，我们凭什么判他有罪？当然只好放人了。”

“这绝不可能，你们分明是徇私枉法，包庇罪犯。”

“你说这话可要负责任，你说我们公安局徇私枉法，包庇犯罪，拿出证据来。如果拿不出证据来，我倒可以以诬陷罪和妨碍执行公务罪把你抓起来。”

项天发和那个中年民警一问一答，你一言，我一语，话不投机，两人越说越激烈，越说越抵触，项天发气得脸色铁青，从凳子上站起来说道：“那你们就把我抓起来吧。”

“你认为我们不敢啊，如果你再闹下去，就真的把你抓起来，先拘留你半个月再说。”那个中年民警用一种神圣不容侵犯的口气说道。

这时，坐在项天发身旁一直没有说话的程友民怕再这样僵持下去项天发吃亏，急忙站起来打圆场。他一边拉项天发坐下，一边说道：“警察同志，你们别生气，我们这些当农民的不会说话，不过也请你们理解天发的心情，他就是被罗方钊强奸的那个女青年钱招娣的丈夫。想必你也是结过婚的人了，自己心爱的妻子被强奸了，而犯罪分子却逍遥法外，你说他能不生气吗？”

听了程友民的话，那个中年民警气消了许多，口气也缓和了许多说道：“你们的心情我能理解。可我刚才已经讲了，我们办案是讲证据的。实话跟你们说吧，罗方钊这个案子就是我办的。你们说罗方钊在前年修水库时强奸了钱招娣，可罗方钊却说根本没有这回事，那是因为自己在工作中得罪了钱招娣，是钱招娣陷害他，又没有其他证人。而你们提供的罗方钊强奸钱招娣时穿的那条裤头，经我们的法医鉴定，既没有罗方钊留下的指纹和精斑，也没有其他任何能证明他犯罪的痕迹，你说我们不放人怎么办？”

那个中年民警刚说完，项天发又忽地站起来说道：“这绝不可能，我们提供的那条裤头，确实是罗方钊强奸我妻子时她穿的那条裤头，即使没留精斑，裤头都被撕破了，那也总该有罗方钊留下的指纹吧。”

也许是出于同情，也许是从中悟出了什么，虽然项天发说话的声音还是那么慷慨，语气还是那么肯定，但那个中年民警却没有再责怪项天发，也没有再冲他发火，而是耐着性子继续解释说道：“刚才，我该说的都给你们说了，该解释的也给你们解释清楚了，你们不信，我也没办法。”

听了那个中年民警的话，项天发、程二茂和程友民三人已经猜到了这肯定又是罗方钊的大舅子杨立峰捣的鬼，知道再闹下去也不会有什么结果。于是三人商量准备要回证据，到上边去告。

“既然这样，那就把我们提供的证据还给我们吧。”项天发说道。

“好吧，按说这证据是不应该归还给你们的。不过，现在罗方钊的案子已经结了，我们公安局留着它也没什么用处，你们既然想要回去，那就还给你们。”那个中年民警很爽快地答应了他们的要求，并对坐在他身旁的那个青年女民警说道，“小叶，你回档案室把那条装在塑料袋里的破裤头还给他们。”

“好，你们等一下，我现在就去取了还给你们。”那个姓叶的青年女民警说完就去取他们所要的证据去了。那个中年民警随后也离开接待室回办公楼去了。三人又被撵到了公安局的大门之外。他们等了不大一会儿工夫，姓叶的青年女民警就把那条作为证据的破裤头送了出来。当她把那条破裤头递给他们三人时，扔下一句话说道：“我也是女人，理解你们的心情，不过我还是劝你们别再去告了，到哪里去告也赢不了。”

项天发、程二茂和程友民三人就这样折腾了大半天，沮丧地离开了县公安局，气得连中午饭也没有吃，就返回了村里。

# 三

项天发、程二茂和程友民三人到县公安局上访告罗方钊，虽然村里并没有派人盯梢，路上也没有人拦截，可在他们还没有回村之前，消息就已经传到了罗方钊的耳朵里。三人怎么也不会想到，就在他们到县公安局值班室报上了姓名、说明了上访来意之后，那个值班民警就到办公楼向副局长杨立峰汇报了。杨立峰闻讯后一边派了两个民警出来接待他们，一边立即把电话打到了龙潭乡乡长、他的老同学许茂才那里，许茂才又把这个情况告诉了罗方钊。

也许是由于村民多次上访已经习惯了，也许是因为有杨立峰和许茂才这两把保护伞，对项天发等人到县公安局去上访，罗方钊并不感到震惊，也很不以为然。当项天发等三人从县城返回村里时，正好与罗方钊相遇了。仇人相见，双方的眼珠子都快瞪出来了。罗方钊用一种鄙夷的眼光狠狠瞪了他们三人一眼，并用一种挑衅的语气说道：

“三人又辛苦了一天吧，要不要村里给你们发工资啊。听说你们又到县公安局去告我了？怎么样，公安局没说啥时候来村里抓我呀？不过，我劝你们还是死了这条心吧。我罗方钊走得直，坐得正，身正不怕影子斜，这干屎是抹不到别人身上的。”说完之后，罗方钊又对项天发说道，“天发，你也真是的，我明明没有强奸钱招娣，你却偏要把屎盆子往我头上扣，说我强奸了她。难道自己的老婆让别人睡了，你脸上就光彩吗？”

听了罗方钊这番带有挑衅和讽刺意味的话语，项天发的肺都快要气炸了。他扔下车子就要跟罗方钊拼命，幸亏被程二茂和程友民拦住了，两人才没有撕打在一起。他气得指着罗方钊的鼻子骂道：

“姓罗的，你别神气，别得意。你做的那些缺德事这村里的父老乡亲谁不清楚，别以为有你在县公安局当副局长的大舅子撑腰就可以逍遥法外，我们早晚会把你送进监狱的，你就等着瞧吧。”

“好啊，那你就去告吧，我奉陪到底。”罗方钊露出一副得意的笑容说道。

程友民见状也在一旁帮腔：“罗方钊，天发说得对，你不要高兴得太早，只要我们大伙齐起心来，就不信告不倒你。”

“是啊，天发和友民哥说得对，你罗方钊别觉得自己是个村主任，就可以横行霸道，大伙能选你，也能罢免你。”程二茂也愤愤地说道。

几个人越吵越激烈，越吵声音越高。住在附近的村民闻讯都跑出来看热闹，不一会儿就围满了人。罗方钊见状怕继续闹下去吃亏，板起面孔、摆出一副不屑一顾的样子说道：

“我不跟你们计较，有本事你们就去告吧，我奉陪到底。”说完拨开围观的人群，灰溜溜地离开了。

罗方钊走后，项天发、程二茂和程友民三人也都各自回到了自己的家。

项天发回到家里，母亲戚淑花和妻子钱招娣正在炕上忙着给他们那即将出世的孩子做衣服。他又气、又累、又饿，一头扑到炕上躺在那里，一句话也没说。

“天发，今儿咋回来得这么早，你们在城里吃饭了吗？要是没吃的话，妈给你做点饭吃。”母亲关切地问道。

“妈，我不饿。”项天发有气无力地回答道。

“是啊，天发，你们今天咋回来得这么早，事情办得顺利吗？路上没有人拦你们吧？县公安局是咋说的？他们为什么把罗方钊放了回来？”钱招娣也一边忙着做针线活，一边急切地问道。

“今天上访挺顺利的，路上也没有人拦我们，县公安局安排两个民警接待了我们。”项天发没有把事情的真相告诉钱招娣，也没有把在村头与罗方钊相遇并发生争吵的事情告诉她，他怕钱招娣听了生气伤了胎儿，所以强装笑脸回答道。

“那县公安局是咋说的？他们什么时候再来把罗方钊抓回去？”钱招娣急切地刨根究底问道。

“事情哪像你想象的那么简单，公安局说证据不足，需要进一步调查，并没有说什么时候抓人。”项天发耐着性子解释道。

“咱们不是把证据提供给他们了吗，咋还说证据不足呢？”钱招娣不解地问道。

“公安局说证据不足，我们有什么办法。”项天发无奈地说道。

“那咋办，要不然改天你带我去公安局。我亲自去作证，他们该不会说证据不足吧。罗方钊这个畜生，我一定要把他送进监狱去。”钱招娣愤愤地骂道。

“不行，你现在哪儿也不能去，就呆在家里好好照顾我们的孩子。再说了，罗方钊有他在县公安局当副局长的大舅子撑腰，就是你亲自去作证，他们也不会听的。你放心吧，君子报仇，十年不晚，这笔账早晚要跟他算。”项天发劝慰钱招娣说道。

“孩子，天发说得对，你这个时候千万不能生气，别伤了胎气，外面的事就让他们男人去跑吧。”坐在一旁一直没有说话的戚淑花也跟着劝慰钱招娣。

听了婆婆和项天发的话，钱招娣宽慰了许多。她没再说什么，又和婆婆一起忙着干活去了。这时项天发好像想起什么，他从炕上爬起来从提兜里小心翼翼地拿出了那条从县公安局带回来的用塑料袋装着的作为证据的裤头，递到钱招娣跟前问道：

“招娣，你看一下，这条裤头是你的吗？”

钱招娣接过裤头，刚想从塑料袋里拿出来看个仔细。项天发见状忙阻止说道：“别拿出来，这样看看就行了，这是咱们告罗方钊的唯一证据，如果毁了证据，咱们就没有办法告他了。”

钱招娣接过裤头，十分小心地隔着塑料袋仔细看了一遍说道：“没错，这就是那天晚上我穿的那条裤头，不是已经给公安局当证据了吗，你咋又把它拿回来了？”

“裤头是我从公安局要回来的，我怕他们掉了包，只要没掉包就好。看来，有杨立峰这个王八蛋护着，要想在县公安局告倒罗方钊很难，你把它保存好，过几天我拿着它到上边去告。只要有证据在，我就不信告不倒他。”项天发胸有成竹地说道。

听项天发这么一说，钱招娣更觉得这条裤头的重要。她急忙把裤头拿回了自己的房间，放到了柜子里的隐蔽处。尽管如此，钱招娣还是觉得不放心，又把柜子上了锁，把钥匙放到了只有她和项天发能找到的地方。

晚饭后，胡春光、项天发、程二茂、程友民、罗世龙、胡大禄等几个带头上访的村民又聚集到罗世贵家里，谋划上访的事情。项天发把今天到县公安局上访的情况说了，也把回来时在村前遇到罗方钊而发生争吵的事情说了，几个人听后并不感到吃惊，也许他们早就预料到了事情的结果。可当听说项天发把告发罗方钊的证据带回来的时候，几个人听了心里又亮堂了许多，因为他们觉得有证据在，还可以继续到上边去告。

大家听后你一言我一语，争论了半天，最后几个人商定，有力的出力，有钱的出钱，先由项天发和程友民两人起草一份揭发罗方钊罪行的小字报草稿，到县城找他的同学范光辉打印出来，贴到村里的大街小巷，敲山震虎，杀杀罗方钊的威风。然后，由项天发到梁家村找梁鑫，起草一份上访材料。胡春光、罗世贵、胡大禄负责联络上访村民，罗世龙、程二茂负责筹集资金，待一切准备就绪后再组织村民到上边去上访。

# 四

再说梁鑫和罗小惠被开除村籍带着儿子梁罗明回到梁家村之后，虽然生活条件比在罗家差了许多，但这里没有罗家村那种尖锐激烈的矛盾冲突，也减少了烦恼。一家人和和睦睦，相敬如宾，日子倒也过得舒心。特别是父亲梁旺达，当初曾因儿子梁鑫要当倒插门女婿，父子俩大闹了一场。现在，儿子回来了，还带来一个漂亮贤惠的儿媳妇，他心里自然高兴，干起活来格外带劲。天真活泼的小罗明更是讨人喜欢，小嘴甜得像吃了蜜一样，爷爷、奶奶叫个不停。罗小惠则天天在家里帮着婆婆柳春秀料理家务。

梁鑫回到梁家村不久，就利用他学习的电器维修技术，租借了邻居的两间空房，重新开办了一个“鑫鑫电器维修部”。开业当天，他到乡里的农贸市场买了些酒菜和鞭炮，把村支书梁旺财、村主任梁旺海和他的一些同窗好友都请到了维修部，举行了一个简单的开业仪式。在开业仪式上，他的一些伙伴和朋友还仿照城里人的做法，给他送来了花篮和贺匾。村支书梁旺财和村主任梁旺海则借此机会为他们举行了一个小小的欢迎仪式。村主任梁旺海代表村两委会致了欢迎辞：

各位来宾、各位父老乡亲，梁鑫是我从小看着长大的，他人好，心眼好，为人正直，有文化、有理想，是一个好青年，可就是经不住爱情的诱惑，一个漂亮的姑娘就把他的心给勾跑了，就把祖宗给扔了，跑到罗家村去了。当然，我这是开个玩笑。梁鑫是个孝顺的孩子，他没有忘记祖宗，罗小惠也是一个贤惠的姑娘。他们二人结婚后生活幸福美满，夫唱妇随，还有了个胖小子，对我旺达哥和春秀嫂子也是蛮孝顺的，这么好的人到哪儿去找啊！可他们竟被罗家村开除了村籍。他们村不要我们村要。现在，我就借此机会代表村两委会郑重宣布，欢迎梁鑫和罗小惠回到我们村来，加入我们的村籍。

梁旺海讲到这里，在场的人立刻爆发出一阵热烈的掌声。掌声停止后，梁旺海接着又说道：

梁鑫是个勤奋好学的青年，要不是家庭经济困难，他早就上大学了。可他人穷志不短，高中毕业后，他又到县城里学习了电器维修技术。在罗家村他就开办了一个电器维修部，深受大家的欢迎，咱们村有不少人都到他的电器维修部修理过电器。他修理的电器，不仅质量好，价格也公道。现在，他回到咱们村又开办了这个“鑫鑫电器维修部”，这样我们要修电器可就方便多了。咱们大伙如果谁家的电视机、收音机、录音机或者电驴子（摩托车）坏了，都可以到梁鑫开办的这个维修部来修理。

最后，祝愿“鑫鑫电器维修部”越办越好，越办越红火。

梁旺海讲完后，梁鑫也十分动情地发表了一番演讲：

各位父老乡亲和梁家村村两委会的领导，我和小惠非常感谢你们，感谢你们来参加电器维修部的开业仪式，更感谢你们收留了我们。罗家村把我们开除了村籍，如果梁家村再不要我们，我们真不知道该到哪里去安家，该到哪里去生活了。不过，请父老乡亲们相信我们，我们虽然被罗家村开除了村籍，但我们绝没有做对不起祖宗的事情，也没有做对不起梁家村父老乡亲们的事情。

我是喝着梁家村的水、吃着梁家村的饭长大的。梁家村这块土地养育了我，梁家村的父老乡亲养育了我。今天，我梁鑫又重新回到了这块土地。这俗话说得好，狗不嫌家贫，孩不嫌娘丑。虽然我们梁家村还不富裕，但我爱我们的家乡，我爱生我养我的这块土地。我要和乡亲们一起，用我们的双手，彻底改变我们家乡贫穷落后的面貌。

刚才，我旺海叔已经说了，我开办这个电器维修部，就是想为梁家村的父老乡亲们做点事情。大家如果谁家的电器坏了，就送到这里来修理，我一定全心全意为乡亲们服好务，来报答乡亲们对我的厚爱。

梁鑫开办的“鑫鑫电器维修部”在一阵鞭炮声中和人们的欢歌笑语中正式开业了。由于他服务热情，维修技术好，价格又便宜，所以维修部一开业，便受到了乡亲们的欢迎。来这里修理电器的人还真不少，就连罗家村和附近一些村庄的村民也都慕名跑来找他修理电器。这样一来，梁鑫可就成了个大忙人。他天天泡在维修部里，忙着为乡亲们修理电器，有时甚至连饭都顾不得回家吃。罗小惠一有空也跑过来帮忙。

紧张的劳动和舒心的生活，使梁鑫和罗小惠似乎忘记了在罗家村被开除村籍的烦恼。而此时在罗家村，却正在酝酿着一场新的村民集体上访。几个村民上访的组织者正紧锣密鼓地忙着准备组织村民们再次去上访的事情。胡春光、罗世贵和胡大禄三人忙着联络上访村民签名，罗世龙和程二茂忙着筹措资金，项天发和程友民两个秀才则忙着准备揭发罗方钊的材料和上访材料。为了能够写好揭露村主任罗方钊的材料，两个人躲在项天发家里，绞尽脑汁、苦思冥想，忙活了整整一天的时间。第二天一大早，项天发就跟程友民一起，带上起草好的材料，骑上摩托车进了县城，找到在县城经营印刷业务的老同学范光辉。范光辉倒是很念同学的情分。对项天发的到来，他非常热情，一方面亲自为他们沏茶倒水，问寒问暖；一方面安排手下的人为他们准备午餐。当项天发和程友民说明来意后，他非常吃惊地问道：

“天发，去年冬天你跟梁鑫来这里打印的材料不就是告村两委会和你们村主任的吗？咋还没有结束啊，现在咋样了？问题解决了吗？”

“唉，别提了，官官相护，老百姓告个状真难啊。我们从去年冬天就上访，乡里、县里、市里、省里都去过。他们都答应解决问题，可到现在啥问题也没有解决。不仅如此，咱们的老同学梁鑫和罗小惠两口子还因为上访被村两委会把村籍都开除了。”项天发愤愤地说道。

“开除村籍？这怎么可能啊，不是天方夜谭吧，自古以来只听说过有开除党籍的、有开除公职的，可就是没有听说过有开除村籍的。你们村的村两委会可真有水平，也真能够创造，竟然还能把村民开除村籍。”范光辉颇带讽刺意味地说道。

“谁说不是的，我们村的那帮村干部干工作不行，整人有办法。特别是村主任罗方钊，依仗着有个在县公安局当副局长的大舅子撑腰，欺男霸女，无恶不作，干尽了坏事，村民们都恨透了他。开除梁鑫和罗小惠村籍的馊主意就是他出的。他们这是做贼心虚，怕老百姓再去上访。”项天发解释道。

“梁鑫和小惠现在咋样了？好久没有见到他们了，他们被开除村籍后搬到哪里去了？”范光辉关切地问道。

“他们被开除村籍之后搬到梁家村去住了。前几天我去梁家村看过他们，生活还是蛮不错的。梁鑫回村后又开办了一个电器维修部，很受乡亲们的欢迎。”项天发说道。

“是啊，梁鑫聪明好学，肯动脑子，在学校时就是咱们班里的高才生，要不是因为家里穷，早就上大学了。罗小惠是咱们学校的校花，不仅人长得漂亮，心地也善良。你们罗家村的村干部们也真够混蛋的，这么好的人竟然还能把他们开除了村籍！”范光辉气愤地说道。说完，他又对项天发说道，“这样的村干部就应该让他们下台，快把你们带的材料拿出来吧，我马上安排人给你们打印。作为老同学，我帮不了你们什么忙，就能帮你们打印点材料，以后你们有什么材料就尽管拿过来打印，我全部免费。不过，你们可一定要保密，千万不能让他们知道是在我这里印的，免得他们来找麻烦，那样的话，我就无法帮你们了。”

项天发从提包里拿出了那份草拟好的《告全体村民书》底稿递给了范光辉。范光辉马上安排手下的人帮助他们打印，然后几个人继续聊天。

中午，范光辉留项天发和程友民二人在附近的饭店里吃了顿便饭。下午，项天发和程友民带着上百份打印好的《告全体村民书》返回了村里。

# 五

村主任罗方钊自从被公安局“无罪”释放回到村里后，更加肆无忌惮，我行我素。他在修水库时强奸钱招娣怕被判刑治罪的恐惧心理已荡然无存。尽管妻子杨瑞芬曾为此而跟他大闹了一场；尽管村民们不再像过去那样对他热情友好，一见面就跟他打招呼，反而向他投来冷漠鄙夷的目光；尽管他也知道那些上访的村民不会善罢甘休，还会继续到上边去告他，但这一切，他似乎根本就不在意，倒是他那寻花问柳、总是喜欢围着女人屁股转的毛病并没有收敛。这几天，他一有空就跑到过去经常跟他偷情的贾菊花（外号“野菊花”）的门前，看看那串挂在房檐下的红辣椒暗号是否挂了出来。可每次走到那里，总也不见那串红辣椒，他不知道究竟是贾菊花变了心不理他了，还是家中有人，不敢贸然进去，只好扫兴而归，焦虑不安地等待着。

这天晚饭后，罗方钊闲着没事准备到村两委会办公室找人玩扑克。当他又从贾菊花的门前经过时，借着院子里的灯光，他突然发现那串好久没有出现的红辣椒又重新挂了出来。他眼前一亮，知道贾菊花还在等他。于是他瞧了瞧四周没有人，就急不可耐地迅速推开贾菊花院子的大门，并顺手习惯地把院子的大门从里面反上了锁，然后轻轻地推开屋门走了进去。此时，贾菊花刚刚吃过晚饭，正在忙着刷锅洗碗。罗方钊走进屋里的时候，她并没有理会，继续低着头干活，似乎并没有觉察他的到来。其实，在罗方钊走进院子的时候，她就看到了，只是装着没看见而已。罗方钊以为贾菊花没有发现他，一进门连招呼也没打，就蹑手蹑脚地躲到贾菊花的身后把她紧紧抱住。贾菊花也没有说话，用力挣脱了罗方钊的拥抱，然后拿起碗从锅里盛了半碗水，转身泼到了罗方钊的脸上，没好气地问道：“你来干什么？”

罗方钊一边从裤子口袋里掏出手帕擦着脸上和衣服上的水，一边满脸堆笑地说："想你了，来看看你呗。"

贾菊花边用毛巾擦手边板着面孔说道："你这张巧嘴就是会说，谁让你来看我了，你大概身边没有别的女人了，才想起我来了吧。"

"瞧你说的，我的心肝宝贝。你真是冤枉我了。我回村后的这些日子，无时无刻不在想你，几乎天天都从你门前走过，也想到家里来看看你，可就是没看见你把那串红辣椒挂出来，不知道你到底在家还是不在家，就是在家，还怕家里有人哪，没有你的允许，我哪里敢随便到家里来呀！"罗方钊一脸无奈地解释道。

"今天我也没让你来呀，那你怎么敢到家里来了，就不怕家里有人吗？"贾菊花故作不解地问道。

"当然不怕了，因为我看到了那串红辣椒，就知道你一个人在家，也知道你想我了。"罗方钊用一双色眯眯的眼睛盯着贾菊花笑着说道。

"美的你，谁想你了，我才不想你哪。"贾菊花用一双暗送秋波的眼睛瞟了罗方钊一眼说道。说完，便走进了自己的卧室。

罗方钊紧随其后跟了进来。他一走进卧室，便又从身后把贾菊花抱住了。这一次，贾菊花没有推开他，而是一转身扑到了罗方钊的怀里。两人相互拥抱着，抚摸着，摇曳着，两张嘴粘合在一起，久久难以分开。罗方钊边与贾菊花亲吻边把手伸进了贾菊花的衣服里，解开了她乳罩上的扣子，并用手抓住她那丰满的双乳，轻轻地揉搓着，继而又把手滑向了她那神秘的深谷，直把个贾菊花挑逗得浑身像酥了一样偎依在他的怀里，嘴里还不住地发出一阵阵快活的呻吟。罗方钊也性起，又要脱去贾菊花的裤子。贾菊花这才推开罗方钊，娇声娇气地说道："你也太性急了吧，外边的大门还没关哪，我先把炕铺好，你到外边把大门关上，再把院子里的灯灭了。"

听贾菊花这么一说，罗方钊才把她松开说道："大门我进来时就关好了，你铺炕吧，我去把院子里的灯灭了。"

当罗方钊到院子里把灯关闭后又重新回到屋子的时候，贾菊花已经把炕铺好了。二人没有再说话，很快就都脱光了衣服，钻进被窝里，再次拥抱在一起，肆无忌惮地在宽大的炕上疯狂地翻滚着，呻吟着，直到两人都累了才善罢甘休。

就在罗方钊与贾菊花偷偷幽会的第二天早上，罗家村的村两委会大院和每个村干部的门前以及大街小巷，到处都贴满了《告全体村民书》。一些早起的村民三个一堆、五个一伙，都在围着观看那份《告全体村民书》。罗方钊由于头天晚上与贾菊花偷情寻欢累了起得很晚，女儿罗婷婷因要去上学起得比较早。当她吃过早饭要去上学时，只见自己家门口围了不少人在看什么东西。那些围观的村民见罗家有人出来立刻纷纷散去。待村民散去后，罗婷婷一眼就看到了贴在自家墙上的那白纸黑字十分醒目的“告全体村民书”几个大字。当她看到里面的内容是写自己父亲的时候，也没来得及细看，就急忙把那份《告全体村民书》从墙上揭了下来跑回家中，交给了正在忙着做家务的母亲杨瑞芬，然后又急匆匆上学去了。

杨瑞芬接过女儿给她的那份《告全体村民书》看了之后，脸色大变，双眉紧蹙，脸上的笑容顿时消失了。她来到卧室，望着正在打着呼噜酣睡的丈夫罗方钊，气儿不打一处来，把那份《告全体村民书》往罗方钊脸上一扔，愤愤地说道：

“火都烧到房子顶了，你还有心思睡大觉，快滚起来看看吧。”

罗方钊在睡梦中被杨瑞芬一顿劈头盖脸的呵斥惊醒了。他睁开惺忪的睡眼抱怨说道：“我睡点觉都不安宁，一大清早你发什么神经啊。”

“谁发神经了？我看倒是你发神经了，人家把大字报都贴到你的屁股上了，你还有心思在家里睡大觉。你睁开眼睛自己好好看看吧。”杨瑞芬说完，又把那张《告全体村民书》从炕上捡起来重新扔到了罗方钊面前。

听杨瑞芬这么一说，罗方钊顿时紧张起来，睡意全无，忙爬起来抓起那张《告全体村民书》问道：“这是从哪儿弄来的？”

“刚才婷婷去上学时在咱们家的墙上揭下来的。”杨瑞芬没好气地回答道。

罗方钊拿起那张《告全体村民书》仔细看了起来，只见上面写道：

尊敬的各位父老乡亲，我们是罗家村的村民。今天，我们怀着十分愤怒和忍无可忍的心情，控诉和揭发罗方钊这个恶魔的滔天罪行，让大伙认清这个人面兽心、披着人皮的狼的真实面目。

罗方钊身为我们罗家村的村主任，虽然前些年也为我们村里做了些事情，由此而骗取了村民们对他的信任。但这几年来，他依仗着在县公安局当副局长的大舅子和乡里个别领导的撑腰，不关心村务，不为百姓谋利益，整日游手好闲，抽着红塔山，怀抱奶头山。并利用当村主任的职务之便，以权谋私，为所欲为，干尽了坏事。纵容和包庇自己的哥哥和侄子霸村欺民，将村民程友生打成重伤；利用乡里修水库的机会强奸妇女；违反上级规定，不顾村民死活，随意抬高收取提留的标准，致使村民罗世贵因抗缴提留被公安局拘留了半个月，史娅琴不堪重负而含恨自杀；对上访村民实行打击报复，开除无辜村民的村籍。

这一桩桩，一件件，可以清楚地看到罗方钊到底是一个什么样的人。我们认为，罗方钊已经完全辜负了村民们对他的信任和重托，已经不适合再当这个村主任了。为此，我们呼吁全体村民团结起来，同罗方钊这个恶魔进行斗争，并强烈要求罢免他村主任的职务。

罗家村部分村民

看完之后，罗方钊气得把那张《告全体村民书》搓成一个团摔到地上，嘴里骂道："这是哪个乌龟王八蛋干的，让我查出来，决轻饶不了他。"

站在一旁的杨瑞芬用鄙视的目光瞪了罗方钊一眼，没好气地说道："不是我说你，难怪一些村民对你有意见，我觉得你这些年确实变了，有些事情做得也实在是太过分了，把村子里的人都快得罪光了。过去村里的街坊邻居见了面都亲热地打招呼，可现在见了面都躲着走，有的还朝你吐口水。"

"咱们是两口子，你怎么站在他们的立场上说话，你说我哪些事情做得过分了？这当村干部的哪有不得罪人的。"罗方钊不服气地辩解道。

"咋不过分，就说这收提留吧，上级规定收多少你就收多少呗，你收那么多干吗，弄得全村人都有意见。还有梁鑫和罗小惠，他们就是再有毛病，你也不能把他们的村籍给开除了。多亏你官当得不大，如果你当了国家主席，还能把人家的国籍给开除了？你这么做，他们能不恨你吗？还有你那拈花惹草的坏毛病，见了女人就拉不动腿，别人不了解你，我还不清楚？你强奸钱招娣的事，难道你敢说没有？要不是我哥哥在公安局给你做了手脚，你非蹲大狱不可。我看你这个人就是狗改不了吃屎。我这辈子怎么瞎了眼嫁给了你。"

杨瑞芬一顿数落，言辞激烈，句句切中要害。罗方钊虽然心里有气，却不敢发作。他知道杨瑞芬吃软不吃硬的脾气，也知道这些年来自己的所作所为有愧于妻子，更知道这样做的后果。但当村干部多年养成的孤傲和专横跋扈的习性，使他又不愿失去在妻子面前的权威和威严。于是，他抓起一支烟，边抽边板着面孔带着恳求的口气说道："瑞芬，我这些年来是做了些对不起你的事情，可在这个节骨眼上，你可不能胳膊肘向外扭，我们毕竟是两口子。现在大敌当前，敌人都把刀架到我们的脖子上了，你应该帮我。我们应该团结起来，共同对敌。”

“就你做的那些缺德事，你让我咋帮你？跟你说实话吧，要不是为了孩子，我早就离开这个家了。”杨瑞芬愤愤地说道。

“是啊，就是你不念及我们夫妻的感情，看在孩子的份上，你也应该帮我。等过了这个坎儿，我一定好好待你和孩子。”罗方钊恳求道。

杨瑞芬并不领罗方钊的情，继续反唇相讥：“你这个人就会耍嘴皮子，你原来就对我发过誓，保证再不去碰别的女人了，咋还去强奸人家钱招娣呢？”

罗方钊狡辩说道：“我并没有强奸钱招娣，那是他们污蔑我，陷害我。”

“你还敢嘴硬，你要再嘴硬，把我哥哥叫来问问到底有没有这事，你敢吗？”杨瑞芬不依不饶地说道。

罗方钊沉默不语了。正在两个人争吵激烈的时候，罗方钊的侄子罗大江腋下夹着一摞厚厚的印有铅字的白纸满头大汗、气喘吁吁地闯了进来。一进门，他把那摞印着铅字的厚厚的白纸扔到炕上，边擦汗边大声嚷嚷道：“叔、婶，不好了，村里的街上到处都贴满了《告全体村民书》，好多人都在围着看。我围着村子转了个遍，把它都揭了下来。也不知道是哪个孬种干的。叔，你到公安局找我舅，让他派人下来查一下。查出来是谁干的我非把他揍扁了不可。”

“行了，我都知道了。”罗方钊不耐烦地说道。

罗大江这时才注意到炕上也放了一张同样的《告全体村民书》。便问道：“叔，这是从哪儿弄来的？”

“你妹妹婷婷上学时在外面墙上揭下来的。”杨瑞芬回答说道。

“叔，我估摸着这事肯定又是项天发和程友民他们干的，我决轻饶不了他们，一定给他们点颜色瞧瞧。”罗大江瞪着一双狡诈的眼睛狠狠地说道。

“这事你就不要管了，别再给我添乱了，我知道该怎么办。以后你在外面注意少说话，少给我惹麻烦就行了。”罗方钊用一种长辈教训晚辈的口气说道。

别看这罗大江平日里在村里横行霸道，干了不少坏事，可在他叔叔罗方钊面前却是唯命是从。听了罗方钊的话，他并没有生气，而是十分顺从地说道：“好，叔，我听你的。”

这时，站在一旁的杨瑞芬问道：“大江，你还没吃早饭吧，在这儿一块吃点吧。”

“不了，婶，我先回去了。”罗大江说完，就离开了。

# 六

罗方钊看了那份《告全体村民书》，表面上显得很镇静，但内心里却开始紧张起来。他满以为开除了带头上访村民梁鑫和罗小惠的村籍，自己又被公安局无罪释放，一切都过去了，也不会有人敢再去上访了。可他万万没有想到按倒葫芦起来瓢，村民们跟他作对的势头并不减，那些上访的村民还在继续，且越燃越烈。他望着炕上堆放的那些《告全体村民书》，仿佛感觉到有一团熊熊燃烧的烈火向他扑来，烧得他难以忍受，烧得他无处躲藏。他气得抓起几张《告全体村民书》撕得粉碎，狠狠地扔在地上，嘴里骂道："我操你妈个 ×，敢跟我罗方钊斗，瞎了你们的狗眼。你们写吧，我一定让你们付出代价。"

罗大江走后，罗方钊没有再跟妻子杨瑞芬争吵下去。他穿好衣服，开始琢磨如何应对这份突如其来的《告全体村民书》。他想去找村支书程大孟，可一想这《告全体村民书》的内容完全是冲他来的，并没涉及到程大孟，而程大孟又是一个明哲保身、事不关己高高挂起的人，肯定不会有什么结果。他又想到了在县公安局当副局长的大舅子杨立峰，让他派人到村里来，一则可以查出那个写《告全体村民书》的人；二则可以敲山震虎，给那些跟他作对的村民施加点压力。可又怕遭到杨立峰的斥责和臭骂，不敢贸然行事。最后，他还是想到了乡长许茂才。他觉得这事找许茂才商量更为合适，一是因为许茂才是乡里的领导，村里发生的事情应该向他汇报；二是因为许茂才是自己的大舅子杨立峰的同学，况且这些年来他给许茂才送了不少礼，许茂才平日往上面送礼所用的土特产有许多都是罗家村提供的。想到这里，他似乎找到了救命稻草，连早饭也没吃，穿上衣服，匆匆忙忙洗了把脸，从衣柜里找出一条别人送给他、一直没有舍得抽的硬盒中华牌香烟，又从炕上拿了两张刚从墙上揭下的《告全体村民书》，就骑上摩托车上路了。

从罗家村到龙潭乡党委和乡政府驻地，只有十几里的山路，当罗方钊骑着摩托车来到乡政府大院时，这里的机关工作人员才刚刚上班。他估计此时许茂才不会外出，可能还在办公室里，于是跟传达室的值班人员打了个招呼，便径直来到许茂才的办公室，结果还是铁将军把门，许茂才并不在办公室。没有办法，他只好又来到乡文书何云飞的办公室，打探许茂才的去向。

“哟，是罗主任啊，一大清早就跑到乡政府来找许乡长，有什么急事呀，该不是你们村又有人去上访了吧？”

这何云飞虽然大学毕业后到龙潭乡政府工作时间不长，可他对罗方钊还是熟悉的。以前，他曾多次随乡长许茂才到过罗家村，罗方钊也经常到乡里来找许茂才，当然他也知道罗方钊与许茂才的关系。对罗方钊他不敢怠慢，所以一见面他就亲热地打招呼，并半开玩笑地说道。

“也没什么大事，只是想找许乡长汇报一下工作。何秘书，许乡长去哪里了，咋不在办公室呢？”罗方钊没敢把实情告诉何云飞，也无心跟他开玩笑，急切地问道。

“许乡长正在开党委会议。”何云飞回答道。

“何秘书，能麻烦你让许乡长出来一下吗？我有急事找他。”罗方钊恳求道。

“不行啊，罗主任，不是我不帮你这个忙，今天的会议是欧阳山书记主持的。欧阳书记交待过，开会时间不准叫人。”何云飞把手一摊，摆出一副爱莫能助的样子解释道。

“啥会议这么重要？”罗方钊不解地问道。

“我也说不清楚。”何云飞答道。

“会议啥时候结束？”罗方钊又问道。

“领导开会，啥时结束他们说了算，我们这些当兵的哪里晓得，也许一会儿就散，也许要开一个上午，有时甚至连饭都耽误了吃。罗主任，你要是事情不急的话，就改日再来吧，要是急的话，那就只好等散了会再说。”何云飞非常客气而有礼貌地说道。

罗方钊犹豫了一会儿，非常无奈地说道：“那我就在这里等许乡长吧。”

“那好吧，等许乡长散了会，我马上就告诉你。”何云飞为罗方钊倒了一杯茶水，扔下一堆报纸让他看，就忙自己的工作去了。

此时的罗方钊根本就无心看报纸。他在何云飞的办公室里焦虑不安地等待着、期盼着，一会儿瞧瞧墙上的挂钟，一会儿跑到院子里看看会议散了没有。真是人走背时喝口凉水也垫牙。他越盼着会议结束，会议就是不结束，整整开了一个上午，直到中午十二点会议才结束。罗方钊见到许茂才，就像见到了救星，一见面就苦诉说道："许乡长，你咋才散会呀，我等了你整整一个上午。"

许茂才对罗方钊的到来似乎并不欢迎。他一边把罗方钊让进自己的办公室里，一边板着面孔问道："你怎么来了，又出什么事了，该不是你们村的村民又去上访了吧？难怪立峰对你不满意，你总是给他惹是生非，他能不生气吗？你以后也少往乡里跑，尤其是要少往我这里跑，有什么事情打个电话过来就行了。欧阳书记对你们村两委会的工作很不满意，特别是你们村的村民去年多次到上边去上访，给乡里的工作带来了很大的压力和影响。对在你们村收取提留和上访问题的处理上，欧阳书记对我也有些看法。"

对许茂才一反常态的奚落，罗方钊虽然心里有些不快，但没敢表现出来。因为他知道许茂才一直在袒护着他，所以满脸堆笑地说道："许乡长，我知道你对我好，给你添了这么多麻烦，真是不好意思，我以后注意就是了。"说完，他从手提包里摸出那条中华牌香烟递给了许茂才。

"你说你来就来吧，还带烟干啥，我又不缺烟抽。"许茂才嘴上这么说，手却早就伸过去把烟接了过来放到自己的柜子里了。他把烟放好后话锋一转又说道，"我也不是说不要你到乡里来，有事你尽管来就是了，不过来了以后别总是往我的办公室里跑，也要经常到欧阳书记和其他乡领导那里去坐坐，免得让别人说我是你的靠山，这样对你和我都不好。对了，你不是说找我有事吗，你一大早就赶来了，到底找我有什么事情？"

听许茂才这么一说，罗方钊心里畅快了许多。他把村里有人贴《告全体村民书》的事告诉了许茂才，并把随身带来的那两份《告全体村民书》递给了他说道："许乡长，我来找你就是想问问这事该咋办。"

许茂才接过那份《告全体村民书》仔细看了一遍问道："知道是谁写的吗？"

"不知道，是今天早上发现的，全村的大街小巷到处都贴满了。"罗方钊回答道。

"立峰知道这事吗？"许茂才又问道。

"我还没告诉他，这不一大清早就跑到你这里来了，结果又赶上了你们开会，我在这里等了你整整一个上午，就是想问问这事该咋办。"罗方钊神情紧张地说道。

许茂才紧皱眉头，并没有马上回答罗方钊，沉思了一会儿，从口袋里掏出了香烟拿出一支扔给了罗方钊，一支自己点上，在办公室里来回踱着步子，一边抽烟一边说道："你平日不是胆子挺大的吗，怎么突然变小了？亏你还当了这么多年村主任，一张小小的《告全体村民书》，就把你吓成这个样子。我告诉你，对付这种事的最好办法就是以静制动，别去理会它。你回去以后就当什么事情也没发生，千万别在大喇叭里乱喊乱叫。同时还要嘱咐你的那个侄子罗大江，别让他去骂大街，惹是生非，免得让那些跟你作对的村民抓住把柄，大做文章。"

"许乡长，你真不愧为是当领导的，水平就是高，刚才我心里还一团雾水，叫你这么一说，我心里亮堂多了。我听你的，有你老人家坐镇指挥，我心里就有底了。"罗方钊这时也没忘了拍马屁，讨好许茂才说道。

"不过，你也别高兴得太早了，有一件事情你回去后一定要留心注意。我担心的不是他们贴几张大字报、小字报什么的，就是他们写得再多，没有人去理会，也起不了什么作用。我担心的是那几个带头闹事的村民很有可能还会煽动一些村民去上访。你回去以后跟大孟商量一下，把那几个靠得住的基干民兵重新组织起来，继续在村里进行巡逻，表面上是维护村里的社会治安，实际上是对那些有可能再去上访的村民继续进行监督，发现他们有上访的苗头，就立即给乡里打电话。"许茂才又嘱咐说道。

许茂才的一席话，像强心剂，又像定心丸，使罗方钊宽慰了许多，心也平静了许多，早晨刚见到《告全体村民书》时的那种恐惧不安的心情已荡然无存。中午，许茂才留他在乡里吃了午饭。下午，他才回到了村里。回村之后，他除了找村支书程大孟转达了乡长许茂才的指示，重新安排了几个他们信得过的基干民兵加强昼夜巡逻外，躲在家里几天都没有出门。他之所以这么做，一方面是怕村民在他的面前议论那份《告全体村民书》，戳他的脊梁骨；另一方面是怕与那些跟他对立的村民发生冲突，自己吃亏。

罗方钊这招还真够奏效的，本来闹得沸沸扬扬的《告全体村民书》风波很快就平息了。

# 七

再说胡春光、项天发、罗世贵、程二茂、程友民等几个带头上访的村民心里也非常清楚，仅靠贴几张《告全体村民书》是不会有什么结果的，也不会解决什么问题。他们这么做的目的，无非就是想打击一下罗方钊的嚣张气焰，让更多的村民认清他的真实面目，团结起来同他进行斗争，早日除掉这个祸害百姓的毒瘤。于是，就在《告全体村民书》贴出数日之后，他们又开始酝酿谋划早已商定好的第二步行动。

这天吃过早饭后，项天发没有下地干活。他借故走亲戚，躲过了巡逻民兵的盯梢，来到梁家村，准备找梁鑫商量再次去上访的事情。

梁鑫自从被开除村籍离开了罗家村之后，就再也没有回去过。平日，罗家有事或探望两位老人，都是罗小惠自己回去。罗世龙和方秀花两位老人想孩子时，就跑到梁家村来玩上一天，吃过晚饭再回去。梁鑫这么做并非不孝顺，一方面是因为他看不惯罗家村村两委会那些村干部们的做法，当然，在罗家村生活几年的日子里，他已经跟这里的父老乡亲建立了深厚的感情；另一方面则是因为维修部里活太多，抽不出身来。

项天发来到梁家村后，怕有人跟踪，没敢直接到梁鑫的家里去，而是先到自己在梁家村的姑妈家走了一趟，把母亲捎给姑妈家的东西送了过去，然后才去了梁鑫开办的电器维修部。

项天发来到维修部的时候，梁鑫正在忙着修电视机，罗小惠也在维修部里帮忙。三人既是老同学，又是好朋友，有说不完的话，道不完的情。他们从大人谈到孩子，从家庭谈到社会，从梁家村谈到罗家村。当项天发说明来意、准备请梁鑫回罗家村参加村民再次上访时，梁鑫犹豫了，迟迟没有表态。三人谈笑风生的场面也顿时冷了下来。

对梁鑫的反常表现，项天发感到意外，罗小惠更是感到吃惊。

“梁鑫，你刚才还又说又笑的，怎么一谈到上访就突然不说话了，难道你不愿回去跟大家一块去上访？”项天发迷惑不解地问道。

梁鑫没有回答，只顾低着头在那里干活。

罗小惠对梁鑫的这一举动也丈二和尚摸不着头脑。她非常生气地冲着梁鑫问道：“梁鑫，天发说的话你听到了没有，咋不说话啊，你到底愿意去还是不愿意去？”

梁鑫抬起头看了罗小惠一眼,还是没有表态。项天发见状讽刺说道：“梁鑫，我说你今天这是怎么了，你以前可不是这个样子，在我们心中，你向来都是一个嫉恶如仇、刚直不阿的人，难道你被他们开除村籍吓怕了不成？”

“天发，你也太抬举他了，什么刚直不阿，嫉恶如仇，他分明就是一个孬种、胆小鬼，掉下片树叶打在头上，就再不敢站在树底下了。”罗小惠也在一旁附和着项天发讽刺挖苦梁鑫说道。

“谁说我怕了？”项天发和罗小惠这一招激将法还真灵，梁鑫终于开口说话了。

“你既然不怕，那为什么不敢回去跟大伙一块去上访？”项天发毫不客气地质问道。

“就是啊，天发说得对，你既然不怕，就不应该当缩头乌龟。我看你这是乐不思蜀，回到梁家村，就不想再回罗家村了，对不对？”罗小惠在一旁挖苦梁鑫说道。

“你们咋这么看我，我梁鑫是那种人吗？”梁鑫辩解道。

“那到底是为什么？”项天发追问道。

“我不是怕他们，过去，我在罗家村跟大伙一起去上访，啥时怕过，啥时打过退堂鼓？我是怕我爸不同意。你们俩不是不知道，我当初到罗家村落户时，他就坚决反对，是我跟小惠忠贞不渝的爱情，加之我妈和旺海叔多方做工作，他才勉强同意的。现在，我被开除村籍又回到了梁家村，正合了他老人家的心意。你们不想想，他还会同意我去上访，再回到罗家村去吗？真的把他惹火了，再把我的‘家籍’开除了咋办？到那时，我跟小惠恐怕连个落脚安身的地方都没有了，你们说我能不考虑吗？”

项天发和罗小惠听梁鑫这么一说，噗嗤一声都笑了。

“你们俩笑什么？我说的是真话。”梁鑫非常认真地说道。

“我们笑你想得太多了。这常言说得好，虎毒不食子，你爸就是对你再有意见，也不会把你的家籍给开除了。”项天发笑着说道。

“就是啊，天发说得对，我看你这是在为自己找借口，咱爸就是不同意你去上访，也不会开除咱们的家籍。我看你大概是不想回罗家村了吧。”罗小惠也附和说道。

“谁说我不想回罗家村了？只要你们做通我爸的工作，我就回罗家村跟你们一起去上访。”梁鑫说道。

“咳，我还以为你被开除村籍害怕了呢！好吧，旺达叔的工作由我来做，只要我做通了旺达叔的工作，你就跟我们一起上访，你同意吗？”项天发问梁鑫说道。

“我同意，只要你们做通了我爸的思想工作，我保证跟大伙一起去上访。不过，天发我告诉你，你可要有思想准备，我爸这个人可认死理，他认准的道，你就是用十头牛，也很难把他拉回来。”梁鑫提醒项天发说道。

“不用你提醒，旺达叔的脾气我了解，他虽然认死理，但他讲理，只要我们能把道理给他老人家讲清楚，他会支持我们的。”项天发胸有成竹地说道。

“那我就等你的好消息。”梁鑫回应说道。

梁鑫、项天发和罗小惠三人商定好后，罗小惠就回家帮着婆婆做饭去了。

梁鑫一家对项天发的到来非常热情，特意炒了几个菜招待他。中午吃饭的时候，一家人围在炕上的饭桌前，又说又笑，好不热闹。梁旺达老汉似乎对罗家村的事情非常关心，问了项天发许多罗家村最近发生的事情，并不时地给他让菜敬酒。项天发见梁旺达如此高兴，觉得该是摊牌的时候了。于是他就试探着把受罗家村村民的委托，准备请梁鑫回去跟大家一起去上访的事情说了。可令他没有想到的是，他刚一提起这个话茬，梁旺达老汉的脸上的笑容顿时就消失了。他把筷子往饭桌上一放，板着面孔非常严肃而认真地说道：

“大侄子，俺知道你跟梁鑫和小惠既是同学，又是好朋友，所以俺敬重你。你来俺家做客，俺欢迎。你要是为让梁鑫回罗家村的事来的，别怪俺不给你面子。”

“大叔，你老人家别生气，我不是来让梁鑫回罗家村的。我们只是想请他回去跟大伙一块继续去上访，为俺们村的老百姓讨回个公道。”项天发解释道。

“你们村那么多人，难道缺梁鑫一个人就不能去上访了吗？再说了，梁鑫不是被你们村两委会开除村籍了吗？他还回去上访干什么？”梁旺达毫不客气地反驳道。

“大叔，你说得没错，我们村的人是不少，要求去上访的人也很多。可上访总得有人组织呀。我跟梁鑫过去都是村民上访的组织者，对上访的路子比较熟悉，大伙都信任梁鑫，所以让我来请他。再说了，我们村两委会那伙混蛋开除梁鑫的村籍，那是违法的。我们这次去上访，一方面是为了全体村民的利益，另一方面也想为梁鑫讨回一个公道。”项天发继续解释道。

“讨啥公道，开就开呗，我们还求之不得呢。他们开除了梁鑫和小惠的村籍，两个孩子回到梁家村，我跟你婶子也有人照顾，这多好啊。”梁旺达满不在乎地说道。

“叔，我知道梁鑫和小惠回到你身边你高兴，可你想过没有，他们是被开除村籍回来的。了解的人知道他们是为大伙上访被开除村籍的，不了解的人还认为他们犯了什么大错误呢。难道你就让他们背一辈子黑锅吗？”

项天发想用激将法说服梁旺达，可梁旺达根本就不吃这一套，他态度十分坚决地说道：“大侄子，你别再说了，你就是说破嘴皮子，我也不会让梁鑫再回罗家村去上访了。”

这时，坐在一旁一直没有说话的梁鑫见项天发很难说服自己的父亲，也站出来插话说道：“爸，天发说得对，如果我们不去上访，就惩治不了那些祸害百姓的贪官，我和小惠也要背一辈子黑锅。”

“你少插嘴，想当初如果你不到罗家村落户也不会有今天这样的事情发生。”梁旺达没好气地呵斥梁鑫说道。

梁旺达的一席话，使梁鑫和项天发都不知道说什么好。本来温馨和谐的场面顿时变得硝烟弥漫，火药味十足。

梁旺达的这句话正好被往饭桌上端菜的罗小惠听到了。她非常有礼貌地笑着说道：“爸，梁鑫到罗家村落户都是为了我，他去上访也是为了全村的老百姓，你不要责怪他，要怪就怪我吧。”

梁旺达没有想到自己的话会被罗小惠听到，更没想到罗小惠会把责任揽到自己身上，于是不好意思地说道：“孩子，你别多心，我不是这个意思，有你这样的好儿媳妇，我跟你妈打着灯笼都难找，我咋会怪你呢。我不过是随便说说，不想让梁鑫再回去上访，再去掺和你们村的事情。你们没听人家说过吗，咱们庄稼人穷死别告状，屈死不见官。我跟你妈只希望你和梁鑫好好过日子。”

“爸，我能理解你跟俺妈的心情，这当老人的哪个不希望自己的儿女幸福，可你并不了解，我们村的那些村干部也实在是太坏了，太可恨了。老百姓被逼得没有法子才去上访的。特别是村主任罗方钊简直就是个畜生。他不但开除了我和梁鑫还有你孙子的村籍，还在前年冬天修水库的时候强奸了天发的媳妇钱招娣，可他仗着在县公安局当副局长的大舅子当靠山，至今还逍遥法外。难道就让这个畜生在村里横行一辈子吗？难道钱招娣就让他白白污辱了吗？难道我跟梁鑫被开除村籍就这样善罢甘休，背一辈子黑锅吗？还有你的孙子小罗明，他才是个吃奶的孩子，他又有什么罪，小小年纪就被开除了村籍，这口气你能咽下去吗？他们要是不去上访，谁来帮我们讨回这个公道？爸，我知道你希望我们留在你身边，我们也愿意在你和俺妈身边伺侯你们一辈子，可我们回来应该堂堂正正地回来，而不应该是被别人赶回来的。天发让梁鑫回去参加上访，无非是想为罗家村的全村老百姓讨回一个公道，也为我们讨回一个公道。”

听了罗小惠如泣如诉的一席话，梁旺达沉默了。他坐在那里一个劲儿地抽烟，始终没有表态。

此时，梁鑫的母亲柳春秀正在灶台上帮着罗小惠做饭。其实，项天发这次来梁家村的目的，罗小惠已经跟她讲了。虽然梁鑫和罗小惠还有她那可爱的小孙子回到自己的身边，她由衷地高兴。但她很疼爱自己的儿子，她知道梁鑫自回到梁家村这些天来，还始终惦念着罗家村的事情。当然，她也知道自己丈夫梁旺达的心思，不愿让自己的儿子和儿媳再离开梁家村。刚才，他们几个人的谈话她都听到了，她觉得罗小惠的话在理。于是，她放下手中的活来到饭桌前冲梁旺达说道：

“孩子他爸，我觉得小惠说得话在理，你就让梁鑫去吧。”

这梁旺达别看脾气犟，认死理，看准的道别人很难说服他，可对老伴柳春秀的话却是言听计从。他见老伴柳春秀也站在几个孩子一边，不再固执已见，抓起酒杯喝了一口酒，叹了一口气说道：

“既然你们都同意，我再反对也没有用，那就去吧。”

梁鑫、项天发和罗小惠三人见梁旺达改变了态度，同意梁鑫回罗家村去上访，都非常高兴，纷纷给梁旺达敬酒。特别是项天发，更是兴奋不已。他先为梁旺达斟酒，给他端起来，然后又举起自己的酒杯，十分动情地说道：

“大叔，谢谢你能理解我们，我代表我们全家，代表罗家村的父老乡亲们敬你一杯。”

“不用谢我，希望你们能够为罗家村的老百姓讨回一个公道。你们别以为我梁旺达不让梁鑫去上访是为了自己。其实，我是担心怕你们吃亏，你们从去年冬天到今年春天，折腾了好几个月，县里、市里、省里都去了，不是还没告倒他们吗？到头来连村籍都让人家给开除了。我听说你们村的那个村主任乡里、县里都有人，你们要想告倒他，不是那么容易的。”梁旺达语重心长地说道。

“大叔，你就放心吧。这几个月我们多次到上边去上访，虽然没告倒他，可上级领导对俺们村的农民负担问题还是非常重视的，听县里的一个朋友说，省委副书记还在我们的上访材料上签过字呢，只要我们大伙齐起心来，就一定能告倒他。”项天发解释道。

由于梁旺达态度的转变，饭桌上的紧张气氛顿时冰雪消融，又充满了欢声笑语。

午饭后，梁鑫没到维修部去，在家里与项天发一起修改起草了一份新的上访材料。两个罗家村的大秀才忙活了整整一个下午，新的上访材料除保留了原来上访材料的内容外，又增加了一些新的内容。既反映了罗家村村民负担过重的实际情况和去年遭受严重干旱后村民艰难生活的现状，同时也提出了村民上访要求解决的几个问题，一是要求重新评估罗家村去年村民的收入情况，把多收村民的提留款退还给村民，并向全体村民公布这些年来村两委会收取“三提五统”的使用情况；二是要求村务公开，村两委会必须及时向村民公开村里的重大决策情况，包括村里的发展规划，土地、塘坝、果园承包，宅基地审批，村里的收支账目等等；三是强烈要求罢免罗方钊的村主任职务，重新进行村两委会选举；四是强烈要求公安机关重新调查罗方钊强奸钱招娣的问题，严惩罗方钊这个强奸妇女的违法犯罪分子；五是要求村两委会撤销开除梁鑫和罗小惠一家三口村籍的决定，恢复梁鑫和罗小惠及梁罗明的村籍。

上访材料写好后，为了避开村两委会布置的巡逻民兵的注意和盯梢，项天发又在梁鑫家里吃了晚饭后很晚才回到了罗家村。

# 八

这些日子，罗家村的几个村民上访组织者一直在紧锣密鼓地忙着准备组织村民再次上访的事情。他们当中有的在忙着准备上访材料，有的忙着募集资金，还有的忙着挨家挨户找那些参加上访的村民在上访材料上签名。虽然村两委会为了阻止村民再次去上访，又重新组织起了民兵巡逻小分队，由村支部委员、民兵连长胡天凯亲自挂帅，不分昼夜地在村里进行巡罗，监视那些上访村民的行踪，并且重点加强了对项天发、罗世贵、程友民、程二茂、胡大禄等几个上访组织者的监控和盯梢。但由于那些上访的村民组织严密，行动隐蔽。这一切，他们并不知晓，也没有察觉。

夕阳染红了天边，又是一个黄昏来临。这天晚上，一切准备妥当之后，几个村民上访组织者又聚集在一起，商讨下一步如何去上访的事情。由于项天发、罗世贵、程友民、程二茂、胡大禄等几个上访组织者家的房前屋后都有巡逻民兵盯梢，这次秘密聚会，他们既没有安排在罗世贵家里，也不是在项天发或程友民家里，而是选择在村党支部副书记胡春光的家里。这是村支书程大孟和村主任罗方钊以及那些负责巡逻的民兵们始料不及的。

为了不被巡逻民兵发现，几个上访组织者都是躲躲闪闪绕着才来到胡春光家里的。特别是项天发，他的家是巡逻民兵盯防的重点。当他从家里出来准备到胡春光家时，就发现后边有人跟踪，没有办法，他只好装着串门先去了一个邻居家，可当他从邻居家出来时发现跟踪他的人还在那里，无奈他又串了一个门才甩掉尾巴来到胡春光的家。几个上访组织者除梁鑫外，其他人都参加了。他们见有村干部胡春光加盟，都格外高兴，也更增添了为百姓们讨回公道的决心。与此同时，他们也为胡春光担心，因为他们知道，如果胡春光公开站出来跟村民们一起去上访，那就势必会造成他与村两委会甚至乡党委和乡政府的公开对立，村两委会和乡里就会向他发难，就会把矛头指向他，甚至撤了他的村党支部副书记的职务。所以，项天发非常担心地说道：

“春光哥，你作为村干部，能和我们大伙站在一边，我们都非常高兴，也非常感激你，可我觉得这次上访你还是别参加了，就像过去一样，在后面给我们当当参谋就行了。”

“咋了，为什么不让我参加，难道你们信不过我，怀疑我是他们的密探？”胡春光不解地问道。

“你别误会，春光哥，我不是那个意思。你的为人我们大伙都知道，和那些村干部不一样，凡事都替我们这些老百姓着想。可你是党员，又是村干部。我是担心如果你跟我们一起去上访，程大孟、罗方钊还有乡里那些领导会找你麻烦的。”项天发解释道。

“是啊，春光哥，天发说得有道理，我们这次去上访你还是别去了，你能够理解和支持我们去上访，这已经就足够了，我们大伙都感谢你。”程友民也附和道。

“党员怎么了，村干部怎么了，这当村干部的不替老百姓说话，不为老百姓办事，还算什么村干部？你们的心情我理解，可我不怕，我早就想好了，这次大伙去上访我一定要参加，我要和你们一起为全村老百姓讨回一个公道，你们谁也别劝我。他们知道了又能把我怎么样，大不了这个村干部我不当就是了，难道还能像开除梁鑫和罗小惠的村籍一样，把我的村籍也开除了不成，我谅他们也没有这个胆。”胡春光满不在乎地说道。

项天发等人见胡春光态度如此坚决，也就不再劝他了。几个人便开始研究下一步如何去上访、组织多少村民去上访和什么时间去上访的问题。胡春光的妻子夏惠莲则把院子里的灯打开，一边忙着干活，一边为他们望风，并不时地跑到街上围着自家的房子转一圈，看是否有巡逻民兵在偷听。

“我胡春光是一个嫉恶如仇的人，看不惯程大孟和罗方钊欺上瞒下的那一套，更不忍心看着咱们罗家村的父老乡亲就这样穷下去，从现在开始，我就和你们坐到一条船上了，你们就不要拿我当外人了。我看咱们几个人还是商量商量下一步如何去上访吧。”胡春光首先来了个开场白。

胡大禄是个急性子，快言快语，胡春光的话音刚落，他就气愤地说道：“我先说两句，我们从去年冬天到现在已经上访过多次了，乡里、县里、市里、省里都去过，可到头来啥问题也没解决，村里多收的提留没有退回来，罗方钊这个恶棍也没有受到惩罚，倒是让人家把好人梁鑫和罗小惠的村籍给开除了。我看这次我们去上访干脆直接到北京去算了，听说中央还是非常关心农民负担过重问题的。把咱们村凡是能去参加上访的，不管男女老少都组织起来一块去。”

“我不同意大禄这个意见。听说咱们这里到北京有上千公里，这男男女女、老老少少有几百口子人，怎么去啊。再说了，这么多人去上访，吃饭住宿怎么办？我觉得虽然咱们多次到上面去上访没有解决问题，可我们反映的问题已经引起了上级领导及有关部门的重视，特别是市里和省里，听说我们上次到省里去上访，省里的领导还在我们的上访材料上签了字。问题没有得到解决的根子在乡里和县里，有人在为程大孟和罗方钊撑腰，尤其是那个乡长许茂才和罗方钊的大舅子杨立峰，欺上瞒下，徇私枉法。我们这次去上访，要绕开乡里和县里，可以直接到市里或省里去上访。”项天发说道。

项天发说完，程二茂也附和说道：“天发说得对，我们应该好好分析一下前几次上访没有成功的原因。从我们这几次上访了解的情况看，现在是上面重视老百姓上访，下面却害怕老百姓上访，怕我们上访给他们抹黑，影响他们的政绩，影响他们的进步。村里和乡里之所以把我们看得这么紧，不正说明他们害怕我们去上访吗？只要我们坚持到底，就不怕问题不解决。我觉得我们这次去上访，既要选好上访的部门，也要有一定的声势，不给他们增加点压力，问题是不会解决的。我建议咱们可以先到省里去再上访一次，实在不行就到北京去，组织全村男女老少一起去。”

项天发、胡大禄和程二茂、程友民等几个人各抒已见，争论不休，胡春光见罗世贵坐在那里一个劲儿地抽烟没有说话，就问道：“世贵叔，你也谈谈你的意见吧。”

罗世贵看了几个人一眼，深深地吸了一口烟说道：“他们几个说得都有道理，我也没什么好主意。你们大伙说到哪里去上访我就跟你们到哪里去，只要能为全村老百姓讨回一个公道，能把罗方钊这个孬种扳倒出了这口恶气就行。”

就在几个人讨论热烈的时候，忽然听到外边有人敲门，在院子里望风的胡春光的妻子夏惠莲急忙跑到屋子里问怎么办，开不开门？几个人开始紧张起来，程友民警惕地问道：“会不会是巡逻民兵发现了咱们，他们怎么会知道我们在这里哪？”

“是啊，他们怎么会知道我们在这里？是不是谁在来的时候不小心让他们给盯上了？”项天发也吃惊地问道。

就在几个人猜测议论的时候，外边的敲门声更紧了。胡春光忙摆手示意几个人不要出声，并压低声音对几个人说道：“大家不要紧张，不一定就是巡逻民兵，说不定还是串门的哪，你们先到里屋躲一躲，不管是不是巡逻民兵都不要出来，由我应付。”然后又转过身来对妻子夏惠莲说道，“你赶快把炕上的茶壶和茶水杯都收拾了，我去开门看看是谁。”

胡春光把一切安排妥当后就出来开门，到了外边的大门口时，他并没急着开门，而是对着门缝问道：“谁呀？”

“是我。”外边的人回答道。

“你是谁？”胡春光又问道。

“怎么连我的声音都听不出来了，我是胡天凯。”胡天凯在门外不满地抱怨说道。

“噢，是天凯呀，我当是谁哪。”胡春光故作恍然大悟地应道。其实，他一开始就听出是民兵连长胡天凯的声音了。他这么大声问的目的无非是想让里边的人听到。

胡春光问完后就把门打开了。胡天凯跟随着胡春光向屋子里走，边走边抱怨说道：“咋这么长时间才开门呀，是不是嫂子不在家又弄了个相好的，我来搅了你们的好事？”

“你胡说些啥呀，我哪有这能耐。”胡春光反驳道。

“既然没有秘密，那你为什么迟迟不给我开门？”胡天凯又不解地追问道。

胡春光还没作回答，两人就来到屋里。这时，胡春光的妻子夏惠莲从里屋迎面走出来，并亲热地打招呼说道：“噢，是天凯兄弟，快进屋坐吧。”

“咳，嫂子，你这不是在家嘛，我还以为你不在家，我春光哥弄了个相好的来家不敢给我开门哪。”胡天凯开玩笑说道。

“是吗，春光还有这样的风流事，真没想到。天凯兄弟，以后嫂子不在家的时候你给我盯紧了，发现他要是把相好的领到家里来一定告诉我，省得他犯错误。”夏惠莲也开玩笑说道。

“你别听天凯胡诌八扯，我哪有那本事，就是有那个贼心也没那个贼胆。”胡春光非常认真地说道。

说话之间，三人来到了刚才项天发等几个人坐着商量事的房间。见满屋子里烟雾弥漫，胡天凯纳闷地问道：“春光，你这屋里怎么这么多烟啊？”

胡春光并没有马上回答胡天凯的问话，而是先递给了他一支烟，自己也点上了一支，边抽边显得很镇静地说道："噢，你说这屋里烟大啊，这不是今天来了几个亲戚，在这吃了晚饭刚走，几个人都是大烟鬼。几杆烟枪加在一起，你说能没有烟吗？我跟你嫂子忙了一天了，这客人走了，正想关上门睡觉呢。"

胡天凯听胡春光这么一说没再问什么，而是颇有感慨地说道："唉，春光，看你多幸福，这么早就可以上炕搂着老婆睡大觉了，可我一会儿还要出去查岗，看看那些巡逻的民兵是不是还都在岗位上，看看那些带头上访的人有什么动作没有。从去年冬天到现在已经好几个月了，到啥时才是个头啊。"

胡春光从话音中听出胡天凯并不知道几个上访组织者在他家里秘密集会的事情，刚才悬在嗓子眼的心像一块石头落了地。于是半开玩笑安慰他说道："谁让你是民兵连长来，你不干谁干？再说了，村两委会把这么重要的任务交给你，也是对你的信任。"

听了胡春光的话，胡天凯发起牢骚来："好差使还能轮到我头上。春光，你真是站着说话不腰痛，你就别挖苦我了，你以为我愿意干呀，我也是没有办法。唉，这真是个背着儿媳妇过河两头都不讨好的事情。村里的老百姓骂我是条狗，村两委会说我不尽职。这老百姓啥时去上访，他们能告诉咱们吗？村里这么多人，光靠十几个民兵在村里转转，能看得住吗？"

胡春光知道胡天凯是站在罗方钊一边的，所以没敢在他面前评论群众上访的事情，更不敢告诉他自己也参与了群众的上访，而是劝慰他说道："天凯，我能理解你，也知道你的难处。这村两委会的命令要执行，老百姓的利益不能不考虑，你尽到责任就行了。"

就在胡春光和胡天凯谈话的时候，忽然从里面的房间里传出了"当啷"一声响，不知在里面的房间躲藏的几个人是谁不小心把放在旁边的铁锨碰倒了，几个人吓得连动都不敢动，大气不敢喘一口。声音惊动了胡天凯，他好奇地问道："春光，你这里边的房间里还住着人啊？"

这声音使胡春光也吃惊不小。他知道胡大禄和胡天凯两人有矛盾，怕他沉不住气跑出来跟胡天凯打起来。要是那样的话，今晚的一切就都露馅了。不过还好，声音响过一声之后里边就再也没有动静了。他这才放了心，忙解释说道："里边的屋子没住人，是间仓库，放着粮食和一些农具什么的，可能是老鼠吧。"

听了胡春光的解释，胡天凯信以为真，没再问什么，倒是胡春光沉不住气了，他怕胡天凯呆得太久了，里边屋子里的人受不了。于是把话题一转问道："天凯，你这么晚了来找我有什么事吗？”

胡天凯这才说道：“噢，光顾拉呱了，忘了告诉你，大孟书记让我通知你明天上午九点到乡里去开会。”

“就我一个人去吗？”胡春光问道。

“不是，还有大孟书记和方钊主任。”胡天凯答道。

“开什么会？”胡春光又警惕地问道。

“我也不十分清楚，听大孟书记说好像是关于发展农村经济的会议。”胡天凯解释说道。

“噢，我知道了，明天我准时参加就是了。”胡春光回应完后就不再说话了，只盼着胡天凯赶快离开。

胡天凯见胡春光坐在那里不说话了，就站起来说道：“好了，春光，通知我已经下达到了，时间不早了，我也该出去看看那些巡逻民兵了，你们两口子也该休息了。”说完，就离开了胡春光的家。

躲在里边屋子里的人见胡天凯终于走了，都长长地松了一口气。他们又回到了原来的屋子继续商量上访的事情。几个人经过激烈的争论，终于达成了共识，决定这次上访一家派一名代表，直接去省里上访，如果问题还不能解决，再派代表到北京去上访。上访的时间就定在下一个龙潭大集那一天。与此同时，他们还对上访的几项组织工作进行了分工。由胡春光负责村民上访的全面工作，梁鑫、程二茂和程友民负责村民上访的组织工作，项天发、罗世贵和胡大禄三人负责上访村民的生活安排，并让项天发把他们几个人商定的意见告诉了梁鑫。

# 九

村民的再次上访，使沉寂了多日的罗家村又掀起了新的波澜。农历三月十八日这一天是龙潭乡龙潭村赶大集的日子，也是罗家村村民约定再次到省城去上访的日子。这天鸡刚叫头一遍，罗家村就开始热闹起来。胡春光、项天发、程二茂、程友民、罗世贵、胡大禄等几个村民上访组织者就和那些上访的村民们一起，趁巡逻民兵都还在睡大觉的时候，三个人一帮，五个人一伙，各自带足了干粮，从村里几个不同的路口，悄悄地溜出了村子，融进了大山，融进了茫茫的黛色山林之中。

启明星还没有隐去，眼前黑黢黢的，蜿蜒山道，崎岖不平，看不清哪是高处，哪是低处，走着走着就摔倒了，但他们全然不顾，按照事先的约定，有的徒步而行直奔茂丘县的火车站，有的则跑到附近的公路上乘公交车去了临近的洪川县火车站。另有一部分上访村民则是利用到龙潭村赶大集作掩护，赶完集购买好自己所需要的物品后，让一起来赶集的家人把东西带回去，自己从集市上直接去了茂丘车站或洪川车站。

上访村民所做的这一切，都进行得非常隐蔽，也非常顺利，使村支书程大孟和村主任罗方钊以及那些巡逻民兵都毫无察觉。当天下午，罗家村的近两百名上访村民按照约定，都分别陆陆续续到达了茂丘车站或洪川车站。在这些上访的村民中，既有中青年男女，也有六七十岁的老人和十几岁的孩子，他们都是自愿要求参加的，都是因为对村两委会工作不满，特别是对高标准收取提留不满才来上访的。村民程大山因病去世后，妻子史娅琴去年冬天又因缴不上提留被羞辱而含恨自杀，撇下了两个未成年的孩子相依为命，女儿程海霞只有十七岁，儿子程小川才只有十二岁。这次村民去上访，考虑到他们家的实际困难，本来不想让他们姐弟俩参加，可他们姐弟知道后都跑来了，而且还带来了他们的母亲自杀时留下的遗像作为证据。被开除村籍的梁鑫也按照约定从梁家村直接赶到了洪川车站。几个上访组织者则兵分两路，负责安排上访村民的生活和乘车。胡春光、程友民、程二茂、罗世贵四人在茂丘车站，梁鑫、项天发和胡大禄三人在洪川车站。

这些上访组织者考虑得也真够周密的。为了既不引起周边人的注意，又不使上访村民走散，他们把这些上访村民化整为零。把上访村民分成了若干个小组，每个小组八到十人不等，还指定了一个有组织能力的人担任临时小组长，负责本小组上访村民的组织活动，并统一了口径，如有人问起，或说是外出打工，或说是走亲访友。

当天晚上，罗家村的这些上访村民，先后在茂丘车站或洪川车站乘上了去往省城的同一列火车，又踏上了漫漫的上访之路。乘车的人特别多，车厢里拥挤不堪，几乎连下脚的地方都没有，许多乘客不得不站在车厢的走廊上，或蜷缩在两节车厢的中间空隙处。

这是一列开往省城的慢车，逢站必停。列车像蜗牛一样，在弯曲不直的轨道上缓缓地向前爬行着，穿过隧道，跨过桥梁，越过峡谷，驶进平原。碾过了月亮，碾过了太阳，也撕碾着这些上访者的心。虽然在这些上访者中有许多人都是第一次走出大山，第一次出远门，第一次坐火车，可面对沿途清山秀水的大好风光，谁也无心浏览，谁也无心说笑，一个个精神疲倦、表情凝重地坐在车厢的各个角落里，期盼着能够尽快到省城，期盼着这次上访能有个好的结果。

列车经过将近一天一夜的颠簸，第二天傍晚终于到达了省城。这些上访者们相互照顾着、呼唤着走下了火车，走出了车站，走进了车站的广场，涌进了茫茫的人海之中。

这么多人晚上在哪里吃饭，到哪里去过夜，成了几个上访组织者面临的难题。胡春光首先想到了自己的战友，他倒是有几个战友转业后分配到省城工作，可苦于既不知道他们都在什么单位工作，又没有他们的联系电话，只好作罢。梁鑫也想到了自己在省城读书的妹妹梁婕和罗小惠的妹妹罗海燕，这次来省城上访，他还给她们捎来一些土特产，想跟她们联系，让她们帮助想想办法，可又一想，她们都是学生，解决三五个人吃饭住宿还有可能，要解决近两百人的吃住问题，根本是不可能的事情。几个组织者都相互对视，束手无策，没有办法。胡春光只好让他们分头到附近的旅馆看看能否解决食宿问题，并告诉他们不管联系的情况如何，半小时之内必须返回来，而让其他上访的村民先在广场上随便找个地方休息一下。

半个小时过去了，出去联系住宿的几个人也都陆陆续续回来了。结果都是无功而返，不是旅馆太小容纳不了几个人，就是房价太高难以接受。

天渐渐黑下来了，广场的灯光也都开始亮起来了，那些南来北往下车或乘车的旅客也都渐渐散去了，只有他们这些无处可去的上访者还孤单单地等候在那里。也许是饿了，也许是累了，有的拿出了自己随身带的干粮啃起来，也有人甚至在水泥台上睡着了。这时，一些上访村民开始焦急起来，不时有人跑到胡春光等几个组织者的跟前催问啥时吃饭，到哪儿去住宿。

“胡书记，坐了一天的火车，肚子都唱空城计了，咱们啥时吃饭呀？”

“胡书记，咱们都下了火车这么长时间了，咋还不去旅馆住下啊？难道我们今晚就在广场过夜吗？”

“大家都别急了，耐心等待一下。你们没看到胡书记他们几个人都急成啥样子了。”也有人站出来打圆场。

望着那些就像在战场上打了败仗刚撤下来的士兵似的上访村民，看着一双双期待的目光，胡春光眉头紧锁，不知如何是好。梁鑫、项天发等其他几个上访组织者也都你看看我，我看看你，谁也拿不出好办法来，能尽快安排让大伙住下。

梁鑫看了一眼一筹莫展的胡春光说道：“春光哥，大伙坐了一天一夜的火车，又累又饿，咱们得赶快想办法找个地方让大家吃点饭，填饱肚子，然后再找个地方住下，这样在广场待得时间久了，不仅大伙受不了，还容易引起别人的注意，弄不好还没等咱们去上访就被截回去了。”

“是啊，春光哥，梁鑫说得对，咱们还是赶快想想办法吧。”程二茂也焦虑不安地说道。

“嗨，看你们一个个愁的，有什么大不了的事情，不就是睡一宿觉吗，在哪儿还过不了一夜。大伙也不想想，咱们这么多人，一时半会儿的到哪儿能安排得下？我看这广场就不错，水泥地板，干干净净的，比咱们在庄稼地里干活休息时睡潮湿的泥地、草地强多了，咱庄稼人生来就是天当屋，地当炕。实在不行，咱们就在这广场上睡一宿，又不用花钱。晚上吃饭就吃自己带的干粮，找个地方讨杯水喝就行了。”胡大禄乐呵呵地扯着嗓子说。

“春光大侄子，大伙都知道你是为了全村的父老乡亲，不管怎么办大伙都不会有意见，你就决定吧。”罗世贵也催促道。

几个上访组织者讨论了半天，也没有什么更好的办法，最后只好决定，先让大伙到附近的饭店里吃点饭，晚上让老人和孩子住旅馆，其余的人睡车站。方案定下后，他们又召集几个小组组长开了个会，胡春光代表他们几个人把这个意见告诉了大家。他十分动情地说道：

各位父老乡亲，这次大伙来省城上访，我们几个牵头的本想让大伙吃得好一点，住得舒适一点，可我们没有做到。刚才下车后，梁鑫、天发、友民、大禄和世贵叔几个人到车站附近转了一大圈，也没有找到合适的旅馆，不是旅馆太小住不了几个人，就是房价太贵咱们住不起。咱们不能老是呆在广场上，这样不仅会生病，还会引起别人的注意。刚才我们几个人商量过了，准备每个人发两块钱的生活费，以小组为单位到附近的饭店里吃点饭，然后再回车站住宿。我们今天晚上就住在车站的候车室里，六十岁以上的老人和孩子由世贵叔领着到附近找个小旅馆住下。我们知道这样做很委屈大家，可我们也没有办法。因为咱们上访所用的每一分钱，都是大伙凑起来的，也都是大伙的血汗钱，我们能省的要尽量省，能不花的尽量不花。先欠着大伙的，等咱们罗家村以后有了钱，我一定请大伙到省城的高级宾馆住一夜，请大伙到星级酒店里好好吃上一顿。大家如果没有什么意见，就分头行动吧。

胡春光说完后，负责安排生活的项天发和程友民就按人头把钱发给了各个小组的组长，大家领了钱后很快都散去了，各自带着自己小组的成员离开了广场，走进了附近的一些小饭店。胡春光和梁鑫等几个上访组织者并没有到饭店吃饭，待大伙散去后，他们就径直来到了候车室，各自吃了点自己带的干粮，喝了几口白开水，就在那里等候其他上访者。

就这样，这些上访的村民们为了维护自己合法的权益，为了能够讨回一个公道，在车站的候车室里熬过了一个终生难忘的夜晚。

第二天一大早，罗家村的上访村民们草草地吃了点早饭，就离开火车站，徒步直奔省委信访局而去。他们夹杂在晨练和上班的人流中，走街串巷，边走边打听，十几里的路程，不到一个小时就赶到了。当他们来到省委信访局大门口时，天色尚早，机关还没有上班，信访局的大门还紧闭着。可在信访局的大门外面，却已经有好几拨人在等候上访了。没有办法，他们只好耐心等待。

胡春光借着这个机会，又代表几个上访组织者作了上访前的动员：

> 各位父老乡亲，大家可能感到非常意外，我胡春光是一个党员，又是一个村干部，怎么会跟你们一起来参加上访？说实在的，我是被你们的精神所感动，也是对村两委会的所作所为感到失望，才加入到你们的上访行列中来的。
>
> 作为一个党员，特别是作为一个村干部，就应该为老百姓着想，为老百姓办实事。如果干部光想着自己，不关心大伙，就不是一个合格的干部。这些年来，靠着党的富民政策，大多数农村都富起来了，可我们村还很穷，有的户甚至连温饱问题都没有解决，而村两委会却不顾老百姓的死活，置党中央、国务院关于减轻农民负担的三令五申于不顾，巧立名目，随意夸大村民的收入，提高收取提留的标准，致使村民们雪上加霜，世贵叔因抗缴提留而被公安局拘留了半个月，程海霞的母亲因缴纳不上提留受不了羞辱而含恨离开了人世，梁鑫和罗小惠又因上访被村两委会开除了村籍。作为一名党员，一个村两委会的成员，我感到难过，感到羞愧。所以，今天我要和大家一起，为咱们村的父老乡亲讨回一个公道，为梁鑫和罗小惠一家三口讨回一个公道。

胡春光讲到这里，那些上访的村民们立刻爆发出了热烈的掌声。大家深为这位能为百姓陈情代言的好党员、好干部的精神所感动。掌声停下后，胡春光接着又说道：

> 为了能够使我们这次上访顺利进行，下面我代表我们几个组织者向大家提几点要求：
>
> 第一，我们这次来上访的人比较多，大家一定要一切行动听指挥，要听从组织者的统一安排，千万不要各行其是；
>
> 第二，要坚持文明上访，千万不要跟接访干部发生冲突，更不要撒野，不要骂娘，让城里人笑话咱们这些当农民的没有教养；
>
> 第三，一定要注意搞好团结，大家要注意相互关心，相互爱护，相互照顾，特别是对老人和孩子，要多关心照顾他们。

胡春光讲完后，这些上访村民们就围坐在那里，等待着信访局的大门开启，程海霞还把随身带来的母亲史娅琴的遗像抱在胸前。大约又过了半个多小时，机关上班的时间到了，信访局门口的人也多起来，除了上访的人外，还有一些看起来像干部模样的人来回走动，并不时用眼睛扫视着那些前来上访的人。另外，还有几个穿警服的公安人员在附近巡逻。梁鑫告诉胡春光，那些看起来像干部模样的人其实都是各市、县信访局的干部。他们来这里的主要目的是看本市、县是否有人来上访，如发现有人来上访，就会想方设法把他们劝回去，这样就会减少这个市、县的上访次数和上访人员的数量。那几个公安人员在这里巡逻，其任务是怕上访者闹事，在这里帮助维持秩序的。

就在胡春光和梁鑫说话的时候，只见信访局的大门开了，那些早已等候在信访局大门口的上访人员便开始向值班室里拥去。胡春光、梁鑫、项天发、程友民等几个上访组织者让其他村民在外边等候，也准备到值班室里进行上访。这时，突然有一个四十岁左右的中年人来到梁鑫面前，态度温和地问道：

“这不是茂丘县龙潭乡罗家村的梁鑫吗？”

梁鑫愣了一下，看了那个中年人一眼，觉得似曾相识，可一时又想不起来，便回答说道：“是啊，你咋知道我的名字，你是哪一位？”

那人笑着说道：“你们不认识我了，可我还认识你们。我叫辛怀山，是茂岭市信访局的，难道你忘了，去年冬天你们几个人到省里来上访，就是我接待的你们，你们反映的问题不是已经解决了吗，咋还来上访？”

听辛怀山这么一说，梁鑫、项天发、程二茂、程友民等几个曾来省城上访的人都认出了他。还没等梁鑫答话，项天发就气愤而又无奈地说道：

“你说我们反映的问题都解决了，都解决啥问题了？村两委会多收的老百姓的提留没有退回来，村主任罗方钊那个恶棍被公安局抓起来又放了，现在还在村里横行霸道，梁鑫却因为上访被开除了村籍。从去年冬天到现在，我们先后到县里、市里、省里都上访过，只有县信访局到村里作了个简单的答复，难道这就算解决问题了吗？我们这些老百姓如果没有冤情谁愿意来上访？”

听了项天发的诉说，辛怀山也感到有些意外。罗家村的村民们因为多收提留问题多次到上边来上访他是知道的，罗家村的情况他也基本清楚，可他明明看到在前不久茂丘县信访局给市里写的情况反映中说罗家村村民所反映的问题基本解决了，而村民们却说没有解决，怎么会这样呢，难道茂丘县反映的情况有假？他感到迷惑不解，特别是当听说有村民因上访而被村两委会开除了村籍时，更是觉得好笑。不过，他还是显得很平静，也没有正面回答项天发提出的问题，而是仍然面带微笑说道：

“我是做信访工作的，非常理解你们的心情，也知道你们组织这么多人到省里上访不容易，可你们村的问题县里、市里和省里都知道了，就是你们到省里来上访，省里最终也要把上访材料转到市里去，市里还要转到县里，最终解决问题还是要靠你们乡里和你们村里。你们就把上访材料交给我赶快回去吧，别影响了农业生产。请你们相信我，我一定把你们的上访材料转给市信访局和县信访局，并向市里的有关领导汇报，给你们一个满意的答复。”

看到辛怀山态度如此诚恳，愿意帮助他们反映和解决问题，在场的上访村民都沉默不语，几个上访组织者也都面面相觑，不知如何是好。这时，忽听上访人群中不知是谁喊了一句：“不要信他的，省里不给我们解决问题，我们就坚决不回去。”人群中也有不少人跟着起哄说道：“对，不给我们解决问题，我们就坚决不回去。”

看到这种场面，胡春光先向上访人群摆了摆手，示意大家不要激动，要保持冷静，然后把几个上访组织者叫到一旁商量对策。过了一会儿，几个人又回到上访人群中，胡春光走到辛怀山跟前很有礼貌地说道：

“这位领导，听了你的话，我们的心里都很热乎，非常感谢你能理解我们这些老百姓上访不容易，但我们还是不能把上访材料交给你。刚才大伙的情绪你也看到了。说实在的，我们这么多村民来省城上访一次不容易，也是被逼得没有办法。我们几个人商量了一下，既然我们已经到省城来了，还是先到省里上访吧，实在对不住了。”

胡春光说完，没再理会辛怀山，他让程友民、罗世贵和胡大禄三人在外边照顾那些上访村民，他与梁鑫和项天发、程二茂四人带着上访材料走进了接访室。在接访室里，他们填写了上访登记表格，递上了上访材料，并向接访人员作了简单的陈述。一位五十多岁的老信访工作人员接待了他们，并对他们的陈述作了认真的记录。然后告诉他们说道：“你们回去等着吧，会把你们的上访材料转下去的。”四人一听要把他们的上访材料转下去就急了，提出要见省里的领导，让领导当面答复他们，给他们一个明确的态度，否则就不离开省信访局。

听说四人提出要见领导，那位接访人员耐心地解释道：“你们的想法我能理解，可领导每天工作那么忙，我们每天接待的上访案件也有几十起，如果都像你们一样提出来要见领导，那还不把领导累死了。我看你们还是回去吧，我一定把你们的意见向领导转告就是了。”

胡春光、梁鑫和项天发、程二茂四人根本不听那位接访人员的解释，扔下话说道：“我们知道省里领导工作忙，他们上班没时间，下班见见我们这些可怜的上访农民总可以吧。见不到领导，我们就坚决不回去。”说完就离开了接访室，回到了等候在大门外的上访队伍中。项天发、程友民和程二茂三人则利用上访村民等待着领导出来接见他们的空闲时间，去了一趟省公安厅信访室，把告发罗方钊强奸钱招娣的上访材料及证据（钱招娣当时穿的那条裤头）递了上去。

市信访局接访科科长辛怀山本想劝阻他们不要在省里上访，把这个案子接回去交给市信访局处理，这样可以减少茂岭市的上访次数和上访人数，无奈对方不接受，他一个人势单力薄根本无法阻拦这么多上访者，只好作罢。后来见他们上访完了还迟迟不肯回去，并提出要见省里的领导，又怕他们再跑到北京去上访，他也慌了神，只好赶快跑到省信访局的办公室给市信访局局长窦剑利通了个电话，把这里的情况告诉了他。窦剑利听后也预感到了事情的严重性，在电话里指示辛怀山说道：“你一定要稳住他们，不要激化矛盾，千万不要让他们跑到北京去。你赶快让省信访局帮助联系几辆公交车把他们送到火车站，让他们坐火车回去。”听了窦剑利的电话，辛怀山不敢怠慢，立刻跑出去联系公交车去了。

再说省信访局的那位接访人员开始并没有理会胡春光他们提出的要见领导的要求，在接访完他们之后，又忙着去接待别的上访人员去了。快到中午下班时间了，他见罗家村的这些上访村民还围在信访局的大门口不肯离去，程海霞还举着母亲的遗像面向马路长跪不起，不时招来一些过往的行人围观。没有办法，他只好拿着材料跑到办公楼上向局长丁向民作了汇报。丁向民一看是罗家村的村民因负担过重而上访，马上想起了这个村的村民去年冬天也曾因这个问题到省里上访过。当时为督促问题的解决，省信访局专门编发了“情况反映”，省委副书记郑廉风还在“情况反映”上作过批示，要求尽快解决。

“他们去年冬天不是来上访过了吗，怎么又来上访，难道他们反映的问题没有解决？”丁向民问那位接访人员说道。

“我也不太清楚，听他们说好像是至今还没有解决。他们来上访，我已经为他们接访了，可他们还是不走，提出来要见领导。”那位接访人员显出一副无奈的样子回答道。

“唉，咱们也都是农民的儿子，深知农民的不易。中央早就下发了文件要求切实减轻农民负担，可有些地方基层组织却明知故犯。好吧，既然他们提出来要见领导，那我们就去见见他们吧。”丁向民说完，就与那位信访干部一起来到了罗家村的上访村民中间。

罗家村的这些上访村民们一看来了领导要接见他们，立刻群起而拥围了上来，把丁向民围在了中间。那位与丁向民一起来的接访人员一看这阵势，怕这些上访村民围攻丁向民，便一边大声喊着“大家不要挤，往后退一退”，一边用手不断地推搡着围在前面的上访村民。丁向民倒是毫不在意，他示意那位接访人不要动，干咳了两声，清了清嗓子，对着这些上访村民说道：

> 罗家村的各位父老乡亲，你们不是提出来要见领导吗？我就是信访局的领导，我是省信访局的局长丁向民。很抱歉让大家等了这么长时间，如果我没有记错的话，你们当中有的人去年冬天就曾因负担过重问题到省里来上访过。省信访局还为此编发了“情况反映”，把你们反映的情况向省里的领导作了汇报，省委分管政法和信访工作的副书记郑廉风还在“情况反映”上作了批示，听说茂岭市和茂丘县相关部门的领导还对你们村的问题进行了研究，这充分说明了各级领导对你们所反映的问题是重视的。但由于种种原因，听说你们所反映的问题还没有解决，我能够理解你们的心情。不过，你们就是来的人再多，坐在这里也解决不了问题，大家还是先回去吧，请你们相信党，相信政府，也请你们相信信访局，我们会把你们反映的问题向有关部门和有关领导汇报的，也会督促地方政府帮助你们尽快把问题解决的。

丁向民的一席话，引起了罗家村这些上访村民的一片掌声。这掌声，含着泪水，含着信任，也含着期盼。

就在丁向民与罗家村这些上访的村民对话结束不久，胡春光、梁鑫和项天发等几个组织者准备带着这些上访的村民离开时，市信访局的辛怀山带着五辆公交车开到了信访局的大门口。辛怀山把这些上访的村民“请”到了公交车上，并亲自“护送”，把他们送到了火车站，为他们购买了去往茂丘县的火车票，送他们上了火车才离开火车站。

# 十

罗家村的村民再次组织集体到省城去上访，在罗家村甚至整个龙潭乡都引起了强烈的震动，特别是村党支部副书记胡春光也参与了村民的上访，更是引起了轩然大波，也引起了村两委会和乡党委、政府的强烈不满。

就在上访村民离开村子到省城去上访的第二天上午，那些负责盯梢的巡逻民兵发现几个上访组织者都突然不见了，他们从村里一些舌头长的妇女口中得知村民们又去上访了，顿时紧张起来，立刻把这个消息告诉了民兵连长胡天凯。胡天凯一听气得火冒三丈，破口大骂说道：

“你们真是些蠢货，连几个人都看不住，还能干点啥。”

那几个挨了骂的巡逻民兵觉得一肚子委屈，不服气地嘟嘟哝哝说道：“这也不能全怪我们，他们都是大活人，都长着两条腿，天天在村里出出进进，到哪儿去也不告诉我们，我们咋会知道他们什么时候去上访。”

“我不是让你们盯紧吗？咋这么多人去上访你们竟然会一无所知？”胡天凯训斥道。

“我们是盯得很紧，白天他们到哪儿，我们就跟到哪儿，连吃饭时都轮流值班，自家的地也耽误了种，可我们总不能天天整夜不睡觉吧。”其中一个民兵发牢骚说道。

“没干好工作你们倒还有理了？村两委会让你们值班也不是白干，每月都发给你们工资，你们发什么牢骚。”胡天凯不满地说道。

另一个民兵一听胡天凯这么一说也来气了，愤愤地说道：“天凯叔，这活我们没法干，那些上访的村民骂我们是村两委会的狗腿子，你又骂我们是蠢货，我们这真是小老鼠钻到风箱里两头受气。你还是另请高明吧，工资我们也不要了，我们犯不着为了几百块钱把村里的人都给得罪遍了。”

其他几个民兵也跟着起哄说道：“是啊，我们不干了，请村两委会安排别人干吧。”

胡天凯本想说他们几句出出气就算了，没想到会出现这样的局面。于是态度缓和了许多说道：“好吧，你们都先回家去吧，至于还让不让你们干，等村两委会研究了再说。”说完，他就马上找到了村支书程大孟和村主任罗方钊，把村民们可能去上访的事情告诉了他们。程大孟听了后似乎不以为然，显得很平静。而罗方钊一听村民又去上访了顿时紧张起来，简单问了些情况就跑到村两委会办公室给乡长许茂才打电话。许茂才一听就火了，问罗方钊去了多少村民上访？到哪里去上访了？罗方钊说不清楚。许茂才气得骂了罗方钊一句“真是个白痴！”就把电话挂了。

许茂才挂了电话后，没敢把罗家村村民去上访的事告诉乡党委书记欧阳山，而是给县信访局局长韩正义打了个电话，问这两天是否有罗家村的村民到县里去上访。韩正义告诉许茂才没听说这两天有罗家村的村民来县里上访。许茂才便把罗家村村民不知去什么地方上访的事情跟韩正义讲了，并让韩正义一有罗家村村民上访的消息马上打电话告诉他，便把电话挂了。

就在罗家村村民在省信访局上访的那天上午，市信访局给县信访局打来电话，告诉了他们罗家村村民在省里上访的情况。韩正义知道再派人去阻止他们上访已经不可能了，便问明情况后打电话告诉了许茂才，许茂才又把这一情况打电话告诉了罗方钊。所以，胡春光带领村民到省里去上访的消息，还没等他们回来，就已经在村里和乡里传开了。

程大孟和罗方钊对胡春光组织和参与村民上访，既感到震惊，也感到意外和棘手，不知如何是好。他们本来认为把上访的主要组织者梁鑫开除了村籍，赶出了罗家村，就不会有人再敢站出来组织村民去上访了，没想到按倒葫芦起来瓢，半路又杀出了个程咬金，更没有想到作为村党支部副书记的胡春光会公开站出来，成为村民上访新的策划者和组织者。为此，他们又把新的目标和矛头对准了胡春光。就在胡春光和那些到省里去上访的村民还没回到村里之前，程大孟就跟罗方钊一起，主持召开了一个村两委会紧急会议，统一思想，研究对策，讨论如何处理胡春光组织和参与村民上访的问题。程大孟还为此专门给乡长许茂才和分管党群工作的副书记齐为民分别打了电话，请示乡里对这个问题的意见。乡长许茂才在电话里明确指示，胡春光身为党员，又是村干部，策划组织和参与村民上访，这是一个政治立场问题，是党性不强的表现，必须严肃处理，决不能姑息迁就。你们村两委会研究个处理意见，研究好写个书面材料报到乡里来。

就在胡春光和村民们到省里去上访返回村里的第二天晚上吃晚饭的时候，罗方钊又扯着嗓子在大喇叭里喊开了：

村两委会成员们请注意，村两委会成员们请注意，下面我受程大孟书记的委托下一个通知，定于今天晚上七点半在村两委会办公室召开村两委会全体成员会议，有重大事情研究，任何人不得请假，不得缺席。

罗方钊喊完后，又重复播了一遍。正在家中吃饭的项天发、程友民、程二茂等几个上访组织者听到广播后，忙放下饭碗，都不约而同地来到了胡春光的家里，询问晚上村两委会开会研究什么大事，是不是到省里上访的案子下来了？

胡春光沉思了一会儿说道："不会吧，咱们到省里去上访才回来两天，哪能这么快就转下来。再说，即使转下来，村两委会也不会这么快就研究，你们都去上访好几个月了，不是啥结果也没有吗？"

"那会是什么事情？"项天发不解地问道。

这时，心细爱琢磨问题的程友民突然警觉地说道："春光哥，会不会是因为你带领我们大伙去上访，程大孟和罗方钊这些人要找你的麻烦？"

"是啊，春光哥，友民哥说得对，会不会是这帮家伙找你的麻烦？你可千万小心啊。"项天发也提醒胡春光说道。

"有这种可能。不过，你们几个也不用为我担心。我胡春光走得直，行得正，身正不怕影子斜。我跟大伙一块去上访，也是被他们逼的，替老百姓说几句真话，为老百姓伸张正义，何罪之有？他们奈何不了我，大不了我这个村干部不当就是了。你们都快回去吃饭吧，我心里有数。"胡春光不以为然地说道。

晚饭后，胡春光按照罗方钊在大喇叭里广播规定的时间，准时来到了村委会办公室。当他来到这里的时候，程大孟、罗方钊、罗海生、胡天凯、程友发、韩玉霞等六名村两委会的其他成员早就等候在那里了。六个人个个表情严肃，见了胡春光就像见了陌生人一样，没有人跟他打招呼，只有程友发冲他笑了笑。胡春光并不在意，在办公室的一个角落里找了个空位子坐下来，但他已经预感到了山雨欲来风满楼的气息，今晚的会议很可能就是冲他来的。

果不出胡春光所料，程大孟见村两委会成员都到齐了，点了一支烟，边抽边说道：

> 咱们现在开会。今晚的会议内容不用我说大家也可能猜出个八九不离十，议题只有一个，就是研究和讨论如何处理胡春光组织和参与村民上访的问题。这件事不仅在咱们村的村民中造成了极坏的影响，在全乡也造成了极坏的影响，乡里的领导知道这件事后非常生气，要求我们村两委会研究处理意见，请大家发表意见，这件事该咋处理。

程大孟的话音刚落，罗方钊就迫不及待地接过话题说道："我先说两句。在发表意见之前，我首先声明，我跟胡春光没有矛盾，没有个人恩怨，都是村两委会成员。我是站在村两委会和公正的立场发表意见的。我认为胡春光作为一名党员，又是村干部，组织和参与村民上访错误是严重的。这是一种缺乏党性原则、无组织无纪律的表现，是一种破坏安定团结的行为。胡春光如果对我和大孟书记有什么意见，对村两委会的工作有什么意见，可以当面提嘛，就是不便于当面提，也可以找乡党委或乡政府的领导反映嘛，为什么要煽动和组织村民们到省里去上访？这不是往咱们村两委会脸上抹黑吗？不是往乡党委和乡政府的脸上抹黑吗？再说了，那几个刁民整天东跑西窜所反映的那几个问题，哪一项不是咱们村两委会集体研究决定的。我们这几年收提留是多了一点，可那也是没有办法的事情，也是为了发展咱们村的经济，而且这个问题县里已经作了答复，至于说我在修水库时强奸钱招娣的事，公安局已经有结论了，那纯属诬陷。所以我认为，胡春光自己应该反省一下，对他组织和参与村民上访的事，应该进行严肃处理。"

罗方钊说完，坐在胡春光身旁的村委会委员、妇女主任韩玉霞也带着指责的口味说道："是啊，春光，方钊主任说得对，你是党员，又是村干部，有意见可以当面提嘛，干么要跟那些村民搅在一起去告咱们村两委会，这不是跟自己过不去吗？"

听了程大孟、罗方钊和韩玉霞的指责，胡春光气得脸色发青，腾地站起来愤愤地反击道："噢，我原以为你们召开村两委会是研究什么重大问题呢，闹了半天是研究处理我参与村民上访的问题。不错，我是参与了村民到省里的上访，可我并不认为这有什么错误，反倒觉得我作为一名党员、一个村干部为乡亲们做了一件应该做的事。你们想过没有，咱村老百姓为什么三番五次地到上边去上访，他们这也是没有办法，咱们村两委会如果把他们的问题解决了，他们还会去上访吗？你们口口声声地说咱们多收提留是为老百姓，为了发展咱们村的经济，可你们考虑过老百姓的死活没有？去年由于遭受了严重干旱，粮食本来就减产，老百姓的生活本来就困难，你们不但没有降低收取提留的标准，反而提高了，这穷日子让老百姓咋过？别站着说话不腰疼，我请你们到咱们村的那些困难户家中去走一走，看一看，有多少困难户家中已经断了粮食，天天靠吃野菜度日子？又有多少困难户因为没有钱连件衣服都买不起！我觉得这个村干部当得窝囊，当得惭愧，对不住罗家村的父老乡亲！你们又说让我有意见向你们当面提，我不是没提过，去年秋天研究收提留时，我说老百姓手里没有钱还是少收点吧，可你们就是不听，梁鑫因为不满你们乱收提留去上访，你们要开除他的村籍，我坚决反对，结果你们还是把他给开除了。你们说说，我当村干部这几年提的意见，你们哪一条采纳过，你们觉得咱们村两委会还有民主可言吗？我之所以参与村民上访，就是看不惯你们这些做法。”

胡春光的发言慷慨激昂，咄咄逼人，像是在为自己申辩，又像是在谴责，使几个村两委会成员都无言以对。

程大孟见胡春光非但不承认错误，还把自己给数落批判了一顿，非常懊恼，板着面孔阴阳怪气地说道：“春光，照你这么说，就你是英雄，我们这几个人倒都成了大坏蛋了？”

“我可没这么说，那是你自己想的。”胡春光毫不客气地一句话顶了回去。

“春光同志，你不要再为自己辩解了，真的应该好好反省反省了，犯了这么大的错误还不认识。不管怎么说，你作为一名党员、一个村干部组织和参与村民上访就是错误的。如果你再不认识错误，我们村两委会就要对你进行严肃处理。”罗方钊也威胁说道。

“随你们的便。”胡春光毫不畏惧地说道。

这时，坐在那里一直没有发言的村委会委员程友发看不下去了，站出来为胡春光辩解说道：“我觉得你们这不是在讨论问题，是在开批斗会。我认为胡春光参与村民上访是有些不妥，但算不上什么严重错误。因为党章明确规定，党员有权利向上级机关反映下级机关的情况，胡春光参与村民到省里去上访，无非是想向上级反映一些咱们村的实际情况，就因为这件事给他处分不合适。”

也许是碍于面子，也许是有同感，村委会副主任罗海生，村支部委员、民兵连长胡天凯坐在那里始终没有说话。程大孟点名让他们俩发表意见，他们只说了一句“没什么意见”。程大孟见这样僵持下去不会有什么结果，于是就按他与罗方钊事先商量的意见向胡春光摊牌了。

“春光同志，关于你组织和参与村民到省里去上访的事，乡里的领导已经明确指示，要求对你进行严肃处理。不过，我跟方钊商量过了，考虑到我们在一起搭班子多年，相处得都不错，你又是村党支部副书记，也不想为难你，只要你承认了错误，并保证以后不再组织和参与村民上访，这一次就不对你作任何处理。如果你固执己见，继续组织和参与村民上访，那我们就保不了你了，一切后果由你自己负责。”

听了程大孟的话，胡春光满不在乎地回应说道：“谢谢你们的好意，我胡春光参与村民上访没有错，用不着承认错误。只要问题不解决，以后村民上访，我还会参加。至于怎么处理，随你们的便。”

胡春光说完站起来，气得把门使劲一拉就离开了办公室。程大孟见胡春光走了，无奈只好宣布散会。这天晚上的村两委会会议就这样草草收场。

# 十一

程大孟和罗方钊本想通过召开村两委会会议，研究处理胡春光参与村民上访的问题，给他施加点压力，让他放弃组织和参与村民上访，可令他们万万没有想到的是，胡春光根本就不吃这一套，非但不认错，不接受批评，反而言辞逼人，态度强硬，声称只要问题不解决，他将继续组织和参与村民去上访，直到把问题解决。这使程大孟和罗方钊感到头痛，不知如何是好。无奈，二人只好跑到乡里求援，把这件事向乡长许茂才作了汇报。许茂才听后也感到有些棘手，尽管他在电话里曾告诉过程大孟要对胡春光参与村民上访进行严肃处理，可那不过是说了一句气话。因为他心里非常清楚，胡春光虽然参与了村民上访，但在上访中并没有什么过激行为，也没做什么违法乱纪的事情，真要是给他个什么处分，又找不出什么合适的理由。如果不给胡春光处分吧，又怕他再继续组织村民去上访。这样一来，不仅对罗家村不利，对龙潭乡党委和乡政府也有影响。他觉得这件事有必要向乡党委书记欧阳山汇报，一方面是怕欧阳山知道发生这么大的群体上访事件不告诉他而怪罪自己，另一方面他觉得让欧阳山拿意见不管出现什么问题，自己都不用承担任何责任。于是，许茂才对程大孟和罗方钊说道："这件事非同小可，我一个人做不了主，你们俩先在我办公室里等一会儿，我去向欧阳山书记汇报一下，看他是什么意见。"

许茂才来到欧阳山的办公室，把罗家村村民集体到省里去上访的事情跟他讲了，并特别强调说组织这次村民去上访的主谋是村党支部副书记胡春光。欧阳山听后也感到非常愕然，他迷惑不解地问道："老许，罗家村上访的问题乡里一直安排你负责协调处理，你不是说他们的问题已经解决了吗，他们怎么还去上访？"

“是啊，这些农民就是难缠，前些日子县里信访局的韩正义局长亲自带着人到村里专门召开了一个村民大会，把他们上访提出的问题都当面作了答复。村两委会承包给程大孟和罗方钊兄弟的塘坝也已经收回来了。他们告罗方钊强奸妇女，县公安局还把他抓去关了半个月，后来因证据不足才被放了回来。可他们还是不满意，非要求把去年多收的提留退回去不可。听大孟和方钊讲他们村去年收的提留款早就花完了，咱乡里财政又拿不出钱来返还给他们，你说咋退啊。”许茂才显得很无奈地解释道。

听了许茂才的解释，欧阳山陷入了沉思，好久没有表态。过了一会儿，他才语重心长地说道：“我说老许啊，话不能这么说，我觉得罗家村的村民去上访咱们乡里也是有责任的，当初收提留时要是不定的那么高，老百姓能够承受得了，他们就不会去上访。我到罗家村去过几次，这个村也实在是太穷了，听说现在有的农户连吃饭都成了问题。村里的经济发展缓慢，老百姓对村两委会有意见也是情理之中的事情，特别是那个村主任罗方钊，村民们对他的意见很大，出现这样的局面，不能光责怪老百姓。我看不行过几天咱们再派几个干部到罗家村去蹲点，一方面进一步了解一下这个村村民的生活情况，看看村民们都有哪些困难，能解决的尽量帮助他们解决一下；另一方面还可以帮助村两委会抓一下村里的经济发展。”

许茂才见欧阳山说了半天没有谈到村民的上访问题，甚至在话语中还流露出责怪自己的意思，虽有些不悦，但还是笑着附和说道：“欧阳书记，你说得对，罗家村的问题是不少，应该引起我们的高度重视，可眼下罗家村的村民集体到省里去上访的事怎么办？组织和参与村民上访的村党支部副书记胡春光该怎么处理？”

“这的确是一个棘手的问题。因收缴提留问题，罗家村的村民从去年冬天就多次集体到县里、市里和省里去上访，省里和市里的领导还为此专门作过批示，要求切实解决农民负担问题。可眼下你让罗家村村两委会把多收的提留退还给村民，他们又没有这个能力，不退吧，村民们还会上访。我们是应该好好研究一下，拿出一个解决问题的办法来。我看这样吧老许，你到县里跑一趟，去找一下县委丁忠信副书记和信访局的韩正义局长，让他们出面跟县民政局打个招呼，让民政局为罗家村拨一点救济款和救济粮，帮助村民渡过难关，然后再向村民解释清楚，取得他们的谅解。今年再收提留时，我们一定要按国家规定的标准收取。关于村党支部副书记胡春光组织和参与村民上访的问题，我觉得还是不处理为好。如果处理了胡春光，非但不能解决问题，还会把矛盾激化。听说罗家村的村两委会前些日子因群众上访还把一个叫梁鑫的村民给开除了，真是天大的笑话，也不知道罗家村的村两委会是怎么想的，结果又怎样呢，开除了梁鑫的村籍，这老百姓不是还照常去上访吗？我们还是应该多帮助他们想想办法把问题解决了，这老百姓上访光靠堵是不行的。老许，关于罗家村村民上访的问题，乡里不是安排你负责吗，还是由你负责到底吧，不过，一定要注意方法。”欧阳山十分动情地说道。

许茂才本想把皮球踢给欧阳山，没想到欧阳山又踢回来了。他只好回到了自己的办公室。等候在那里的程大孟和罗方钊见许茂才回来了，便异口同声急切地问道：“许乡长，欧阳书记怎么说的？”

许茂才叹了口气说道：“咳，找他还不如不找，这秀才办事就是温良恭俭让，怕这怕那。我也看出来了，这欧阳书记就是怕村民上访闹大了影响他的进步。他让我们多体贴上访的村民，只字不提如何处理那些上访村民。”

“那胡春光领着村民去上访的问题就不处理了？”罗方钊又焦虑不安地问道。

许茂才并没有回答罗方钊提出的问题，而是非常生气地说道：“不是我批评你们两个，你们村两委会的办事能力也实在是太差了。上次我就告诉过你们，一定要把那几个带头上访的人盯紧了，千万不要让他们领着村民去上访，结果他们这次组织那么多人到省里去上访，你们竟然毫无察觉。”

“许乡长，你批评得对，可这也不能全怪我们。上次方钊到乡里回村传达了你的指示后，我们就把巡逻民兵又组织起来了，由民兵连长胡天凯挂帅，天天守护在那几个上访组织者的房前屋后进行盯梢，几乎寸步不离，可谁又能想到胡春光会掺和到上访村民中去。”程大孟十分委屈地抱怨道。

“不怪你们怪谁，难道怪我？”许茂才没好气地反驳程大孟说道。

“是啊，许乡长，你别生气，大孟说得对。我看这次组织村民到省里去上访的罪魁祸首就是胡春光。”罗方钊也附和道。

许茂才没有再说话，也没有再理会程大孟和罗方钊，坐到自己的座位上看报纸去了。程大孟和罗方钊十分尴尬地坐在那里，你看看我，我看看你，不知如何是好。过了一会儿，罗方钊沉不住气了，试探着问道：“许乡长，你看我们下一步该咋办？”

“事情闹到这个地步，我也没有什么好办法，你们看着办吧。”许茂才带答不理地说道。

“许乡长，你千万别生气，这大人不记小人过，我们知道自己错了。我们也知道这乡里就你向着我们，你要是不管我们，还有谁会管我们？”罗方钊近乎恳求地说道。

“好了，你们先回去吧，看看他们这次上访上面是个什么态度再说吧。不过，你们俩给我听好了，回去后一定要把几个带头上访的给我盯紧盯死。如果再让他们从你们眼皮子底下溜出去上访，我拿你们是问。”许茂才嘱咐道。

“那胡春光的问题怎么处理？”程大孟又问道。

“这还用问我吗，胡春光是你们村两委会成员，怎么处理，你们自己决定吧。不过，要注意方法，一定不要把矛盾激化。”许茂才故意隐瞒了欧阳山书记告诫他的不要对胡春光进行处理的意见。他之所以这样做，一方面是因为他觉得欧阳山对处理罗家村村民的上访问题太软弱，有看法；另一方面是因为如果他谈了对胡春光的具体处理意见，将来出了问题上面怪罪下来，自己还要承担责任。同时，如果对胡春光组织和参与村民上访听之任之，胡春光很有可能还会组织和参与村民上访。

中午，许茂才留程大孟和罗方钊在乡政府旁边的靓靓酒楼吃了饭。下午，程大孟和罗方钊才返回了村里。

程大孟和罗方钊到乡里找乡长许茂才寻求支持，虽然没有得到如何处理胡春光的明确答案，心里却基本有了底，特别是许茂才最后说的那句“胡春光是你们村的村两委会成员，怎么处理还是由你们自己定吧”提醒了他们。在他们看来，胡春光公开站出来组织和参与村民上访，其实就是跟村两委会对着干，就是在向他们公开挑战。如果对这件事置之不理，村两委会的权威何在？他们两个的颜面何在？当然，他们也知道胡春光在村民中的影响，开始并不想把事情闹大，把矛盾激化，本想召开个村两委会让胡春光在会上作个检查，认个错，以后不再参与村民上访也就罢了。可谁曾想到胡春光态度如此强硬，非但不认错，还扬言要继续组织和参与村民上访。这使他们不得不下决心要对胡春光进行处理。于是，就在他们二人从乡里回到村里的当天晚上，便把另外两名村支部委员罗海生和胡天凯叫到一起，召开了一个临时党支部会议，作出了让胡春光停职检查的决定。

第二天早上，他们不仅把这个决定用墨汁抄写在白纸上贴在村委会大院的墙上予以公告，程大孟还在村里的大喇叭上进行了广播：

罗家村的全体党员请注意，全体村民请注意，下面，我代表村党支部宣读一个“关于胡春光停职检查的决定”：

最近几天，咱们村又发生了部分村民集体到省里去上访的事件，经调查，这次上访的主要策划者和组织者就是胡春光。胡春光身为村两委会成员和村党支部副书记，组织煽动村民上访，严重破坏了我们党的组织原则，破坏了我们村的安定团结和社会秩序。事情发生后，村两委会曾抱着治病救人的态度对其进行批评教育，但胡春光拒不承认错误。为此，经村党支部全体成员研究并一致同意，决定对胡春光同志进行停职检查。从即日起，胡春光同志不得参加村两委会组织召开的一切会议和一切活动。何时恢复胡春光同志的职务，将视其表现情况而定。特此通告。

罗家村党支部

真是一波未平，一波又起。村党支部的这个决定，无疑使村两委会与村民之间的冲突更加激烈，矛盾更加白热化。

# 十二

省信访局对罗家村村民的集体上访极为重视。局长丁向民听了上访村民的陈述，看了他们提供的上访材料后，掩卷沉思，眉头紧锁。为什么罗家村的村民会多次千里迢迢到省里来上访？为什么省委副书记郑廉风都曾在他们的上访材料上作过批示要求认真办理，而问题至今还没有解决？这个村的村民负担过重究竟重到什么程度？这一连串的问题，使他百思不得其解。他决定派信访局的同志亲自到罗家村走一趟，把这些问题弄明白，搞清楚，以便对症下药。于是，他打电话把信访局督查处的处长李先锋叫到自己的办公室，谈了自己的想法。李先锋听后立刻答应道："行，丁局长，我亲自带人去把这个村的情况详细了解一下，回来向你汇报。"

就在罗家村的村民再次到省里上访几天之后，李先锋按照局长丁向民的旨意，亲自带着督查处的青年信访员齐晓晖和驾驶员黄大伟三人驱车来到了茂丘县信访局，找到了县信访局局长韩正义。

这韩正义过去经常去省里开会，与李先锋是熟悉的。两人见面先寒暄了几句之后，李先锋便把来意讲了，并希望韩正义对这件事严格保密，既不要惊动县里的领导，也不要跟龙潭乡党委和乡政府打招呼。韩正义听后收住笑容面带难色地说道："我说李大处长，你这不是难为我吗？你让我怎么配合工作，怎么提供服务都行，不跟乡里打招呼也可以。可你是省里来的钦差，不让我向县里的领导汇报，没有县里的领导来陪你，我们不是失礼了吗？再说了，这件事如果让县里的领导知道了还会怪罪我的。"

"老韩，你不用担心，我有没有县里的领导陪无所谓。不让跟县里的领导打招呼，这是丁向民局长的意思，以后我会同县里的领导说清楚的。"李先锋解释道。

韩正义一听是丁向民局长的意见,没有再坚持,同意了李先锋的要求。晚上,陪他们在酒店里吃了晚饭,到宾馆安排他们住下。第二天早饭后便派信访干部马明山与他们一起去了罗家村。

当他们几个人驱车快到罗家村的时候,李先锋突然让司机黄大伟把车停了下来。他说这样开车直接进村目标太大,既会引起村民的注意,也会引起村两委会的警觉,不便于了解村民的真实情况。几个人一合计,决定先到梁家村,找被开除了村籍回到梁家村的梁鑫和罗小惠顺便了解一下情况,然后再去罗家村进行暗访。

李先锋等人来到梁家村,在梁鑫开办的电器维修部里找到了梁鑫和罗小惠,向他们俩人详细询问了罗家村这几年的经济发展情况和村民们现在的生活状况,并让他们提供了罗家村家庭比较困难的农户的名字和在村里住的大体方位。

为了不暴露目标,李先锋让司机黄大伟把车停在梁家村等候他们。他与齐晓晖、马明山三人步行去了罗家村。当他们来到罗家村的时候,正好是村民们吃午饭的时间,他们按照梁鑫提供的几户村民的名字,先找到了住在村前的程海霞的家。恰巧程海霞刚从田里干活回来正在忙着做饭,三人见大门没关,就直接进了院子。程海霞见三个陌生男人闯了进来,立刻紧张起来,脸色都变了,顺手从锅灶上抓起一把菜刀握在手里,战战兢兢地问道:"你们是哪里的,到俺家来干什么?"

齐晓晖见状怕发生误会,忙跑到前头摆摆手说道:"小妹妹,你别害怕,我们不是坏人。我们是省信访局的,想找你了解点情况。"

程海霞一听是省信访局的,这才放了心。她把菜刀又重新放到灶台上后有点不好意思地说道:"真对不起,俺把你们当成坏人了,你们别生气,快到屋里坐吧。"

"没什么,姑娘,你做得对。看来你的警惕性还蛮高哩,坏人是不敢闯进你的家门的。"李先锋半开玩笑地说道。说完,他仔细打量了一眼眼前的这位农村姑娘。但见她上身穿一件蓝底小白花褂子,下身穿一条深蓝色的裤子,裤角挽得高高的,脚上没穿袜子,一双旧布鞋还有一只已经露出了脚指头。

程海霞见李先锋盯着她看,有点不好意思,她低下头,一边放下挽着的裤角,拍打着上边的泥土,一边笑着说道:"俺上午到庄稼地里打农药,裤角都忘了放下来,让你们见笑了。"

李先锋没有再说什么，与齐晓晖、马明山一起走进屋里。只见屋子的正中央靠北墙根放了一张早已褪了色的方桌，方桌正上方的墙上挂着两张放大了的黑色照片。照片下方的桌子上摆放着一个香炉、两盘点心和几个苹果。桌子的两侧放着两条长板凳。屋子虽然陈旧，东西不多，却收拾得非常干净。程海霞告诉他们，墙上挂的那两幅照片，一张是她父亲的，一张是她母亲的。她的父亲去年上半年因患癌症离开了人世，她的母亲去年冬天因家里缴不上提留，被乡里的清欠小分队抓到村委会办公室关了一天，回来后一时想不开寻了短见。现在，家里只有她跟弟弟程小川两个人相依为命。

李先锋边听边看。他见锅里正冒着热气，估计可能是程海霞做的午饭，便走到灶台跟前把锅盖打开了。见里边啥也没有，只有几碗还没有烧开的水。便问程海霞道："姑娘，你中午准备吃什么饭呀？"

程海霞指了指放在锅灶后边的盘子说道："干粮不是在这里吗，这是头天晚上做的，俺准备把它热热再吃。"

听程海霞这么一说，李先锋这才注意到锅灶后面还放了一个盘子，盘子里放了两个掺着地瓜面的菜叶团子。他拿起其中一个闻了闻吃惊地问道："这不是野菜团子吗，你中午就吃这个吗？！"

程海霞点了点头。

"那你中午准备做什么菜吃？"李先锋又问道。

程海霞又指了指放在锅灶旁边的一个约有半米多高的瓷缸说道："不用做菜，现成的，都在这里放着哪，捞出点来吃就行了。"

李先锋走过去打开缸盖一看，里面有半缸已经腌制好的萝卜块和白菜叶。他把缸盖盖上后不解地问道："你们平日都吃这样的饭吗？"

程海霞又点了点头，接着又补充说道："我们这里去年遇到了严重干旱，粮食歉收，不够吃的，俺弟弟在外村上学，中午还要带饭，总不能让他带着菜团子去上学吧，如果那样，人家会笑话的。没有办法，我们只好到山上去挖些野菜掺着吃。不过，你放心吧，我们这里是山区，山上的各种野菜很多，饿不死人。"

"你们平日能经常吃点肉吗？"李先锋又问道。

"连买油盐酱醋的钱都没有，哪有钱买肉吃。说了不怕你们笑话，自从我妈妈去年冬天走了以后，就是在过春节的时候俺叔叔送给我们两斤猪肉过了个年，就再也没有闻到猪肉味，别说是吃猪肉了，就连青菜也不能经常吃，俺菜缸里腌的那些白菜叶子还是俺在龙潭大集赶集时捡的呢。”程海霞解释道。

“你们村里缺粮的户多吗，能占多大比例？”李先锋又问道。

“这俺也说不好，反正粮食不够吃的户不少，有的户已经断了顿了。”程海霞回答道。

听到这里，李先锋鼻子一阵酸，眼泪顿时涌了出来，直在眼眶里打转。他忙从口袋里掏出手帕转过身去把眼泪擦干净，在凳子上坐下，好久没有说话。随他一起来的齐晓晖和马明山也都忍不住掉下了眼泪。

过了一会儿，李先锋又问程海霞说道：“海霞，你喜欢上学吗？”

“喜欢又有什么用啊，我从小就喜欢读书，上学时学习成绩在班里一直都是前几名。我做梦都想上大学，还想当一名科学家哪，自从俺爸爸、妈妈去世之后，俺就退了学，弟弟下学期也就不再上学了。”程海霞无奈地说道。

“为什么？”李先锋追问道。

“没有钱交学费呗，现在上学学杂费那么高，一个学期就需交上百块钱，从哪里弄这么多钱啊。再说了，俺爸爸在世长病住院时借的亲戚朋友的两千多块钱还没还人家呢。俺准备从下半年开始跟弟弟一起进城打工去，挣了钱也好早早把欠别人的钱还上。”程海霞解释道。

李先锋没有再问什么。望着眼前这个还带着孩子气却又十分懂事的姑娘，他无语了。这时,他想起了自己的孩子。他也有一个女儿,跟程海霞年龄差不多，正在读高中，回家后还经常围着父母撒娇呢，而程海霞这个才只有十六七岁的花季少女，正在长身体、学知识的年龄，却因失去父母，早已离开了她所向往的学校，独自撑起了这个贫寒而破碎的家。临走时，他从自己的口袋里掏出两百元钱递给程海霞，并嘱咐道：“一定要让你弟弟上学。”

李先锋、齐晓晖、马明山三人从程海霞家里出来，又来到了住在村西头的胡春林家里。

这胡春林是全村出了名的老实人，他为人憨厚，既没有什么手艺，也不懂经营之道，父亲早就离开了人世，一家老少五口人，一个常年有病躺在炕上的老母亲，他和妻子还有两个孩子。大女儿胡倩倩今年只有十五岁，却由于家庭贫寒，早就辍学在家里帮助父亲下地干活了；还有一个儿子叫胡小亮，已经七岁了，还没有上学。全部家当只有五间破草房，三间正房、两间厢房。

当他们三人来到胡春林家的时候，一家人正围坐在炕上的饭桌前准备吃午饭。李先锋说明来意后，胡春林有点受宠若惊，不知所措，急忙从里边的屋里拿出一条长板凳，边用破布擦着上面的尘土，边带着歉意地说："家里实在太脏了，你们都是城里人，别嫌弃，凑合着坐会儿吧。"

李先锋笑着回应说道："老胡，你不用这么客气，咱们都是庄稼人出身，没那么多讲究。"说完，他并没有马上坐下，而是满屋子环视了一遍。只见整个屋子里没有一件像样的家具，也没有一样值钱的东西，只有一个破衣柜和一张旧三屉桌，另外一间还放了几个大概是存放粮食的大缸。他走过去打开看了看，里边都空空的，什么也没有。炕上没有铺席子，炕面是用废旧报纸和书纸糊的，有的地方还露着土坯。在炕的一边，一个老太太盖着一床露着旧棉絮的破棉被蜷缩在那里。胡春林告诉他们，炕上躺着的是他的母亲。

"老人有病咋不到医院去看看。"李先锋问道。

"看又有什么用，看了也没有钱买药吃。穷人是得不起病的，得了病就要活受罪。"胡春林叹了口气无奈地说道。

李先锋没再问下去。他又走到饭桌前看看他们一家究竟吃些什么饭，不看则已，一看更是让他心酸。满桌上只有一个玉米饼子和一个咸鸡蛋，放在老人跟前，其余的干粮全都是黑乎乎的菜叶团子，饭桌中间放着一盘切好的萝卜咸菜，饭桌的另一头放着一盆冒着热气的黑乎乎的野菜粥。他拿起勺子在盆里搅了搅，盛了半勺闻了闻，又尝了尝。然后又递给齐晓晖和马明山说道："你们俩都尝尝，这就是罗家村的老百姓吃的饭。"

就在这时，坐上餐桌准备吃饭的胡小亮一听是上边来的人，误以为又是乡里的清欠提留小分队的人到家里来了，放下手中的碗筷，用怯生生的目光瞪着他们，嘴里不住地大声嚷道："你们还我的羊，你们还我的羊……"他嚷嚷了一阵见三人没有说话，接着又双膝跪在炕上朝着他们三人不住地边磕头边哀求道，"伯伯、叔叔，我知道你们是好人，我求求你们，把我的羊还给我吧，把我的羊还给我吧。"

李先锋被孩子这突如其来的举动闹蒙了，丈二和尚摸不着头脑，不知发生了什么事情。他问胡春林说道："老胡，这是怎么回事，还什么羊啊？"

胡春林告诉他们，去年按村里的规定，他们一家共需要向村里缴纳提留款六百元钱，交公粮顶了三百一十元，剩下的二百九十元实在交不上了。结果有一天，乡里派来了清欠提留小分队，就像当年的还乡团一样，一进门就挨家挨户地砸门，牵驴拉牛挖粮食，见什么值钱的东西就拿什么。小分队的人到他家里来，见没有什么值钱的东西，就把家里喂养的才只有二十多斤重的小猪崽和孩子喂的两只小羊羔都抓去顶了提留。“为了这件事，孩子哭闹了好几天，孩子把你们当成乡里清欠提留小分队的人了，请你们不要见怪。”胡春林补充道。

胡春林的话，如泣如诉，如怨如慕，令人震惊，发人深思。李先锋看看胡春林一家老少都用一种乞求的目光看着他们，不知道该说什么才好，他的眼睛在流泪，心在滴血。如果不是亲自下来走一趟，他怎么也不会想到罗家村的村民会这样苦。

李先锋的心稍稍平静了之后，又与胡春林进行了简单的交谈，进一步了解了他们家的收入情况和整个村里的情况。最后，他又拿出了两百元钱递给胡春林说道：“老胡，这点钱不多，你先拿着给老人治病吧。”并安慰他们全家人说道，“请你们放心，我们回去以后一定把这里的情况向上级领导反映，你们的困难会得到党和政府救助的。”

随后，李先锋、齐晓晖和马明山三人又先后走访了何新洲、胡景明和程向前等几户比较困难的村民，直到很晚他们才离开了罗家村。

# 十三

就在罗家村的村民到省里去上访回到村里几天之后，村里接连发生了几件奇怪的事情。先是一些村民放在家门口的柴草垛在大白天没人去动它，甚至有的家里人还在旁边守着，却莫名其妙地燃烧起来。只要有街坊邻居出来帮着救火，他们家的柴草垛必然会在第二天或第三天也莫名其妙地燃烧起来。到了晚上，更是经常火光冲天，熊熊大火把人们从梦中惊醒。这样一来，尽管失火者撕心裂肺喊着："救火啊，救火啊，快来帮着我们救火呀！"可任凭他们把嗓子喊哑了，喊破了，也很少有人敢站出来救火。只要是谁家的柴草垛着了火，只能眼睁睁地看着大火把柴草烧尽。甚至有人散布谣言说："这是得罪了天神，天神动怒了，派天兵天将撒下的火种造成的。"闹得整个罗家村人心惶惶，鸡犬不宁，担心不知什么时候灾难会降临到他们的头上。

第二件事是村民程二茂家里养的一头上百斤重的大肥猪，头天晚上喂食时还好好的，可是第二天早上当他们家里的人再出来给猪喂食时，却发现猪已经死在圈里了，而且猪头也不翼而飞，只有猪身子血淋淋地躺在那里。他问在他们家门口监视他的巡逻民兵，几个人都说不知道，没看到有人到他们家的猪圈这边来过。一家人都为死了这头猪而感到伤心难过。程二茂更是感到纳闷，究竟是什么人干的？是偷猪贼？那这偷猪贼为什么只要猪头却不把猪身子一起偷走呢？是有人在报复他？可这么一头上百斤重的大活猪硬生生地砍下头来，猪怎么能不叫唤呢？一家人夜里并没有人听到猪叫唤啊，他想了半天也没有找出答案来。

第三件事是项天发家承包地里种的春玉米，长的都快有一尺多高了，却不知什么原因突然大片大片地枯死。项天发心痛地拔起一棵棵枯死的玉米苗，研究了半天也没找出枯死的原因来。他怀疑有人破坏，却又找不出证据。

再说村党支部副书记胡春光，自从组织和参与村民上访被村党支部勒令停职检查后，并不以为然。他觉得自己作为一名党员、一个村干部，替百姓说话，为百姓代言没有错。何况一个小小的村党支部副书记，放到显微镜底下放大几千倍都照不到纱帽翅的官，不当也罢，倒是他跟老百姓走得更近了，更亲了。从省城上访回村后的这几天，他哪里也没去，天天泡在自家的责任田里干活，有时还经常去帮助那些缺少劳动力的乡亲们干些田里的活。

在罗家村，胡春光的家庭状况比一般家庭要好一些，家里除了喂养着猪羊外，还养了一头耕牛。这天早饭后，他像往常一样准备赶着耕牛下地去干活，却发现牛躺在栏里，怎么打也赶不起来，早上喂的草也没吃，口里还吐着白沫。他估计牛可能是生病了，急忙跑去找村里唯一懂点兽医技术的罗方洲。可谁知这罗方洲也是个二把刀，只会给家畜家禽打打针什么的，看了半天也没瞧出牛得的是什么病。无奈，他只好急匆匆地骑上摩托车跑到乡兽医站，把乡兽医站的兽医陈大科请到家里来给牛看病。

陈大科来到后也没顾得上歇息，就拿出听诊器和镊子、钳子等器械，简单听了听，又扒开牛的嘴看了看说道："你们给牛吃的什么东西？牛没有什么病，很可能是中毒了。"

胡春光一听说牛中毒了，便抬起头来问站在自己身旁的妻子夏惠莲说道："惠莲，你早晨给牛喂的什么东西？"

"我没喂它什么呀，还是喂的以前牛吃的那些草。过去牛吃了都没事，咋今天吃了就会中毒了呢？"夏惠莲迷惑不解地问道。

"再没给它吃别的什么东西吗？"胡春光又问道。

"没有啊，会不会是你在外面得罪人了，有人报复咱们故意给牛下的毒？"夏惠莲提醒胡春光说道。

听了夏惠莲这句话，胡春光似乎已经觉察到了什么。他没再问夏惠莲什么，两眼盯着躺在那里只有出的气、没有进的气，四条腿不断地抽搐的牛，焦虑不安地问兽医陈大科说道："陈大夫，你看这牛还有救吗？"

陈大科非常严肃地说道："从症状看，牛中的毒不轻，我没把握能治好，治治看吧。你们赶快弄一盆肥皂水来，再去找几个人帮帮忙，咱们给牛灌进去洗洗肠子，把毒液排出来。"

陈大科说完，胡春光和夏惠莲两人就忙着分头准备去了。夏惠莲找了个脸盆，弄了满满一脸盆肥皂水端到了牛栏旁。胡春光则跑到街上找了几个青壮年村民过来帮忙。一切准备就绪之后，陈大科指挥着几个前来帮忙的村民，有按牛腿的，有抓牛鼻子的，有拽牛尾巴的，有往牛嘴里灌肥皂水的。折腾了半天，好容易才把肥皂水给牛灌进肚子里。这一招还真灵，不一会儿，在肥皂水的冲刷下牛就把粪便全部排了出来。他又跟几个村民一起给牛灌了一些解毒消炎的药水，打了一支含有青霉素和葡萄糖的针才离开。临走时，他嘱咐胡春光说道："要按时给牛喂药打针，只要过了今天晚上，牛能吃草就没事了，如果明天早晨牛还没有好转，就不用再找我了。"

陈大科走后，那些前来帮忙的村民也都离去了。胡春光看着躺在牛栏里一副痛苦表情、眼角上还挂着眼泪的牛，心里不是滋味。他已经意识到了自家的这头牛不是吃东西中的毒，很可能是有人跟他过不去，蓄意报复他，在牛草里下的毒。于是，他又骑上摩托车跑到乡派出所报了案。乡派出所表面上倒是显得非常重视，所长何润生亲自接待了他，并当即派了两个民警随他一起来到他的家里，认真查看了现场，询问了一些情况，作了详细记录，还给中毒的牛拍了照片。

虽然经乡兽医站兽医陈大科的竭力抢救，胡春光家的那头耕牛还是没有被救活，当天晚上就死了。胡春光一家人难过极了，他们恨透了那个挨刀剐的投毒者。

胡春光家的耕牛被毒死的消息很快就在村里传开了，不少村民闻讯后都跑过来安慰他们。程二茂、项天发、程友民、胡大禄等几个村民上访的组织者，也都不顾巡逻民兵的盯梢前来看望他。几个人聚到一起，谈起了他们从省里上访回来后村里所发生的一系列奇怪的事情，都觉得蹊跷。为什么柴草垛着火的都是一些上访户？为什么程二茂家的猪被杀却只要猪头不要猪肉？为什么偏偏只有项天发地里的玉米大片大片地枯死，而别人家的却都好好的？为什么胡春光刚刚领着大伙去上访回来，耕牛就被毒死了？他们觉得这里面一定有鬼，一定是有人暗中对他们这些上访者实施报复。

为了能够尽快揭开这些谜团，使上访的村民不再受到伤害，他们几个商量，决定也像巡逻民兵盯梢他们上访那样，找几个人夜间轮班守护，暗中监视罗方谦、罗方钊和程大康等几个重点怀疑对象的家，看看到底是谁干的。可奇怪的是对方好像知道了他们的意图似的。他们连续守候了一个多星期，都并没有发现这些怀疑对象有什么动静。每到晚上，这几个怀疑对象的家都是大门紧闭，很少有人外出，当然他们也就没有捉到“鬼”了。

其实，他们的猜测和估计没有错。村里这几天发生的这些奇怪的事情确实是有人在暗中作“鬼”。这个“鬼”不是别人，就是罗方谦的儿子、罗方钊的亲侄子罗大江。这罗大江生性怪僻，心胸狭窄，报复心极强，村民们送给他一个外号叫“拼命三郎”，都快三十岁的人了，至今还没有找到对象。这几年，村里也有一些人给他介绍过对象，也谈过几个，可就是女方一打听他的为人就吹了。而罗大江对他的二叔罗方钊却是唯命是从。去年冬天，他曾因村民上访告村两委会和他的叔叔罗方钊，怀恨在心，先后对几个上访村民组织者实施报复，放火烧了他们家的柴草垛。最近，当他又看到村民集体到省里去上访告罗方钊时，便故伎重演，继续对这些上访的村民实施报复，其目的是阻止村民再去上访。他纵火的方法十分隐蔽，即使你在现场都很难发现。每次放火他都先点上一支香烟，边抽边从那些上访村民的家门口走过。如果有人不便下手就装着从此处走过。如果没有人或别人不注意，就把燃烧着的烟头扔进他们的柴草垛里。然后若无其事地回到家里或躲到远处去，看大火是否烧起来，看都有哪些村民来救火。只要他看到有谁来救火，下一个目标就是救火者，以至于到后来即使有村民家中失火，也没有人敢来帮着救火了。

程二茂家里的那头猪也是罗大江杀死的。一天，当他从程二茂家门口走过准备纵火烧他们家的柴草垛时，偶然发现他们家里的猪圈有一头猪，便顿生要用耗子药毒死这头猪的念头，可他又怕万一程二茂一家人吃了毒死的猪肉闹出人命来。他想用石头把猪砸死，可又担心一旦砸不死，猪叫唤起来惊动了程二茂一家人和左邻右舍。最后，他想出了一个既能杀死猪报复程二茂，自己还能吃到猪肉的办法。他先把一个玉米饼子晾干，再放到高度酒里浸泡，趁夜里村民都入睡后偷偷潜入到程二茂家的猪圈里，把浸过酒的玉米饼子给猪吃了，猪一会儿就昏醉过去，一点声音也没有。他本想把昏醉过去的猪背回家去，又怕被人发现落个偷猪贼的罪名。于是，他只把猪头割下来带回了家，而把猪身子扔在了猪圈里。这样做他还觉得不解恨，又从猪圈里挖了些猪粪抹在了猪身子的刀口处。

至于项天发责任田里的玉米苗大片大片地枯死，则是罗大江把氨水灌到了玉米苗的芯里所致。而胡春光家里被毒死的那头耕牛，则是他偷偷地在牛的草料里拌了剧毒农药造成的。

也许是累了，也许是怕再这样作恶下去被村民发现，偷鸡不成反蚀一把米，自从胡春光家里的耕牛被毒死之后，罗大江便有所收敛，没敢再继续对那些上访的村民实施报复行动。当然那些守护和监视他的村民们，也就无法捉到他这个“鬼”了。

# 十四

再说李先锋和齐晓晖从罗家村暗访回到省城之后，心情久久难以平静，胡春林、程海霞、胡景明等一些贫困家庭那艰难困苦的生活现状，胡春林的老母亲有病而无钱医治常年卧床不起的悲惨情景，程海霞渴望上学却因父母双亡不得不辍学的悲伤哀叹，村民们因负担过重那如泣如诉的陈述，这一桩桩、一幕幕、一件件不时浮现在他们的眼前。为此，他们专门撰写了一份《关于茂丘县龙潭乡罗家村村民负担情况及生活现状的调查报告》，刊登在专供省里的领导传阅的《请阅件》上。这份调查报告立即引起了省委、省人大、省政府和省政协等几大班子领导的普遍关注，特别是引起了分管信访工作的省委副书记郑廉风的高度重视。他看了《请阅件》后拍案而起，把李先锋和齐晓晖叫到自己的办公室，详细了解了情况，并再次在《请阅件》上作了批示："罗家村的问题为什么迟迟得不到解决？减轻农民负担要立说立行，有错必纠，决不能推诿扯皮。罗家村现象必须引起我们各级党委、政府的高度重视，把关心群众疾苦放在首位，不仅要减轻农民负担，还要切实帮助他们解决生活中的困难，让农民有饭吃，有衣穿。"

与此同时，郑廉风决定带着省农业厅、省民政厅和省信访局的负责同志亲自到罗家村走一趟，在那里召开一个现场会，让茂丘县的决策者们都到这个村去看看，以引起他们对"三农"问题的进一步关注。

茂丘县委、县政府的领导者们对郑廉风来茂丘县视察极为重视，特别是当听说郑廉风要在罗家村召开"发展农村经济扶贫工作现场会"时更是不敢怠慢，周密安排,精心组织。县委书记林海风亲自挂帅,组织有关部门负责人召开会议，制定接待方案，研究安全保卫，研究参观路线和会场布置，研究村民都有可能提出哪些问题，该如何答复等等，就连该由哪个厨师掌勺、安排哪些服务员接待等这些细小的问题都研究了，就是没有研究该如何解决农民的负担问题，没有研究如何帮助群众解决生活问题。为了确保安全、确保会场布置得庄严肃穆，他们还专门安排县里的有关部门与龙潭乡党委、政府一起，亲自查看行进路线，布置会场，并搭建起了一个临时主席台。

罗家村的村两委会听说县里要在村里召开现场会，也开始紧张起来。他们既怕村民们不来参加会议冷了场子，又怕那些上访的村民借机上访。所以，在现场会召开的头天晚上，村两委会就专门召开会议研究对策，制定措施，村主任罗方钊还在大喇叭里进行了反复广播：

村民同志们请注意，村民同志们请注意：

下面广播一个通知，下面广播一个通知，明天上午十点，县委、县政府和乡党委、乡政府要在咱们村联合召开“发展农村经济扶贫现场会”，会场就设在村两委会办公室的大院里，希望大家都按时参加会议。另外，明天这个现场会县里和乡里的主要领导都来参加，听说还有市里和省里的大官来参加这个现场会，为了能把这个现场会开好，不给咱们罗家村的人丢脸，我代表村两委会强调几条纪律：（一）所有在家里的十八岁以上的村民都必须参加会议，不得缺席，不得迟到早退；（二）上级领导来到咱们村时，学校要组织学生在村口敲锣打鼓列队欢迎，参加会议的村民要在会场鼓掌欢迎；（三）会议召开时，任何人不得大声喧哗，不得来回走动，不得交头接耳；（四）上级领导在村里召开现场会期间，任何人不经批准不得擅自靠近领导，不得乱递条子；（五）如果有领导问起咱们村去年的村民收入情况时，都要统一口径，也就是去年咱们村两委会给乡里上报的两千元，不能胡说八道，给咱们村抹黑。大家知道，明天来的领导不光是咱们乡里和县里的，听说还有市里和省里的，给咱们村抹黑，就是给咱们乡抹黑，给咱们县抹黑。乡里领导讲了，谁要是胡说八道，就处理谁。希望大家按时参加会议，自觉遵守纪律。

虽然村民们对罗方钊在大喇叭里的广播十分反感，但对现场会却极为感兴趣。因为他们从乡里和村里的重视程度已经嗅出这是一个不同寻常的现场会。

所以，第二天一大早，村民们便像赶大集一样，潮水般地涌向了村两委会的大院，被开除村籍的梁鑫和罗小惠也闻讯赶来了，甚至连周围一些村子的村民听说后也赶来凑热闹。他们要亲眼看看省里的大官究竟是啥模样，看看上边的领导究竟要在现场会上讲些什么，看看他们能不能对上访村民提出的要求作出明确答复。本村的村民加上周围来瞧热闹的村民把个能容纳上千人的大院挤得水泄不通。那些早到的村民见现场会还没有开始，便自找其乐，有的几个人凑到一块拉呱聊天，有的在打扑克，有的在下象棋，个别有经济头脑的村民还把自家小卖部里香烟、扑克、点心、水果等拿到会场上出售，另有一些好奇的孩子们甚至跑到村外去迎接领导们的到来。学校的老师们则按村两委会的要求一大早就把学生拉到村口列成两队，分别站在马路的两旁，手拿小彩旗，敲锣打鼓，等候欢迎参加现场会领导们的到来。

龙潭乡的党委书记欧阳山、乡长许茂才等几个乡里的主要领导也不敢怠慢，早早就来到了罗家村，一边忙着布置会场、维持秩序，一边忙着接待前来参加现场会的其他各乡镇的领导。就在他们进村后不久，发生了一件令人意想不到的事情。一位白发苍苍、略有点驼背的老人嘴里叼着旱烟袋步履蹒跚地来到乡长乘坐的桑塔纳轿车跟前，边抽着烟，边围着轿车前前后后看了又看，看完后用一只粗糙的大手在轿车前面的盖子上摸索起来，并问站在旁边看热闹的村民说道："这就是咱们的乡长坐的电驴子？好漂亮啊，这当官的就是会享受，坐在里边风刮不到，雨淋不着。"

老汉的举动被站在不远处的许茂才的司机刘小虎看到了，他气势汹汹地跑过来，一把把老人推倒在地，嘴里还骂骂咧咧地说道："快滚开，弄坏了你赔得起吗？"

也许是因为对乡长许茂才有意见，也许是因为被推倒在地摔疼了，老汉被激怒了。他瞪着一双喷着怒火的眼睛，从地上爬起来，用烟袋锅子敲打着轿车的前盖子，愤愤地说道："我就摸了摸你的车，你就打人。我敲了你又怎么着，大不了把我枪毙了，我老汉活了这么大年纪了，死了也够本了，反正这老百姓的命不值钱！"

司机刘小虎见老汉非但不认错，还敢用烟袋锅子敲他的车，更是怒不可遏，嘴里不干不净地骂道："我说你这老家伙，吃了豹子胆了，真是活得不耐烦了，你知道这是谁的车吗？说出来吓死你，这是咱们乡许乡长的车。"

老汉也不甘示弱，反唇相讥道："许乡长的车有什么了不起，不是他的电驴子我还不敲呢。我听说这许乡长吃人饭不办人事，俺们村的老百姓上访，听说就是他顶着不给处理。他们这些当官的有钱买这么高级的电驴子，就是没有钱给老百姓办事，俺们村里的老百姓都快饿死了，乡里的这些当官的哪个来问过，哪个来管过？"

这时，一些村民见老汉跟司机吵架，都围过来瞧热闹。刘小虎见老汉当众羞辱许茂才，羞辱乡干部，更加恼羞成怒，冲到老汉面前抓住他的衣领恶狠狠地说道："老家伙，你给我听好了，你要是再敢动我的车，我就把你送进公安局去。"说完，又一把把老头推倒在地。

"乡干部打人了，乡干部打人了。"有人大声喊道。

"把他的车掀到沟里去。"不知人群中是谁喊了一句。

"对，把他的车掀到沟里去。"有不少围观者也跟着起哄喊了起来。

望着愤怒的人群，刘小虎知道众怒难犯，怕这些村民真的把他的车推到沟里去，没敢再去碰老汉，而是站在车子旁边色厉内荏地说道："你们要是谁再敢碰我的车，我马上叫公安局的人把你们抓起来。"

愤怒的村民并没有被司机刘小虎的这句话吓倒，人群中有人继续大声喊道："你别拿公安局来吓唬我们。你们这些当官的就治老百姓有本事，我们不怕。"

说这话的不是别人，正是村民上访的组织者之一胡大禄。这胡大禄虽然家里穷，都四十多岁了，至今还是单身一人，但他为人正直，好打抱不平。他见这里围了很多人，不知发生了什么事情，就跑过来凑热闹。当他看到司机刘小虎推搡老汉时，便挺身而出，为老汉鸣不平。刘小虎过去经常随乡长许茂才到罗家村来，也认出了胡大禄。面对围观的村民，特别是听了胡大禄的这番话，大有虎落平阳遭犬欺、蛟龙搁浅遭虾戏之感。他放弃了与敲车老汉的纠缠，把全部怒火都撒到了胡大禄身上，带着嘲讽的语气说道："真是嗑瓜子嗑出个臭虫来，你是从哪里蹦出来的，敢在这里撒野，聚众闹事？"

胡大禄也不示弱，反唇相讥道："你才是个臭虫哪，你这是狗仗人势，仗着你是乡长的司机就跑到俺们村里横行霸道，随便打人，我告诉你，俺们村的人不是好欺负的。"

"他敲我的车，我就敢揍他。你要是碰我的车，我照样敢揍你。"刘小虎狡辩说道。

“你吹牛皮，你要是敢揍我，我们就敢把你的车掀到沟里去。”胡大禄用手指着刘小虎怒斥道。

“对，你要是敢再打人，我们就把车掀到沟里去。”围观的村民也起哄说道。

刘小虎怕围观的村民真的掀他的车，他打开轿车的后盖，拿出一把修车用的扳手抓在手里，大声怒吼道：“我看哪个乌龟王八蛋敢碰我的车，就让他躺在我的车底下。”

司机刘小虎被村民围在中间，双方越吵越激烈，越骂越难听，火药味越来越浓，大有一触即发之势。就在这时，来村维护会场秩序的乡派出所所长何润生见轿车旁边围了一堆人，不知发生了什么事情，便带着两个民警走了过去。当他们走到跟前看到刘小虎手里拿着扳手怒气冲冲地站在那里时，何润生不解地问道：“小刘，你这是咋了，发生什么事了，谁把你气成这个样子？”

刘小虎见何润生带着公安人员为他解围，立刻神气起来，大声嚷道：“这些人也太猖狂了，刚才他们用烟袋锅敲许乡长的车，我说了他们两句，他们就扬言要把车掀到沟里去。”

“是谁吃了豹子胆了，敢在这里撒野？”何润生大声质问道。

围观的村民见刘小虎有乡派出所的公安人员为其撑腰，没有人再敢吭声。而刘小虎此时则来了神气，他指着站在人群中的胡大禄对何润生说道：“何所长，带头闹事的就是这个人，他煽动村民起哄闹事。我看他这是在故意捣乱，破坏会场秩序。”

胡大禄见刘小虎在派出所所长面前告他的状，情知不妙，刚想辩解，何润生便指挥站在身旁的两个民警说道：“先把这个人给我铐上关起来，等会议结束后再处理。”

何润生的话音刚落，两个民警便迅速走到胡大禄的跟前，拿出随身带的手铐把他铐了起来，押着他朝村委会的办公室走去。那些围观的村民见胡大禄被抓，都为他鸣不平，边跟着走边喊道：“你们凭什么抓人？你们凭什么抓人？”

何润生见村民们跟着起哄，转过身来对跟在后边的村民威胁说道：“你们都离远一点，谁要是再跟在后边起哄捣乱，就把谁一块抓起来。”

跟随在后边的村民听何润生这么一说，吓得都停住了脚步，也不敢再乱喊了。只有那个敲车的老汉继续跟随在后边，毫无惧色地说：“你们不能无辜抓人，事是由我引起的，车是我敲的，与他没有关系，你们把他放了，要抓要关随你们的便，我就是看不惯你们这些当官的吃着老百姓为你们种的粮食，坐着这么高级的电驴子，却不为老百姓办事。”

何润生听老汉这么一说，非但没有把胡大禄放了，连老汉也一起抓了起来，关到了村委会办公室隔壁闲置仓库里，并安排了一个公安人员在门口守着，不允许任何人靠近。任凭他们在里边喊叫，也无人理会。

敲车的老汉叫胡景宗，是胡大禄本家的一个叔叔。他曾当过兵，参加过解放战争，也是一个有着四十多年党龄的老党员了。他是因为对乡干部有意见才这么做的。

# 十五

省委副书记郑廉风在宾馆吃过早饭之后，准备与省里一同前来的几个部门负责人前去罗家村参加扶贫工作现场会。当他们走到楼下时，只见宾馆的院子里摆满了各式各样的高级小轿车，从贵宾楼一直排到大门口，最前面和后边还分别摆放着一辆警车。郑廉风不解地问陪同他们的县委书记林海风说道："都说你们县里穷，可高级轿车真不少啊，这些车摆在这里都是干什么用的？"

林海风告诉他这些车都是准备到罗家村去参加现场会的。郑廉风一听就火了，十分严肃地说道："我们这是去开扶贫工作现场会，而不是去搞车展的。我们把这些车都开到村里去，让老百姓怎么看待我们。你赶快叫他们把这些车都开走，去开会的人安排一辆中巴和一辆大公交车就足够了。然后你再安排一辆货车，从县粮库里装上一车粮食顺便给他们带过去。"

听郑廉风这么一说，林海风哪里敢怠慢，急忙派人通知把宾馆院子里的所有的车都开走了，并安排手下的工作人员根据郑廉风的要求赶快去作准备。

待一切准备就绪之后，郑廉风等人在茂丘县几大班子主要领导的陪同下，乘坐着一辆中巴车和一辆公交车，带着一车粮食，缓缓来到了地处偏远山区的龙潭乡罗家村。当他们走到村口时，便受到了早就等候在那里的罗家村小学学生们的热烈欢迎。学生们在老师的指挥下，敲锣打鼓，手里挥动着小彩旗，嘴里不住地喊着："欢迎，欢迎，热烈欢迎！欢迎，欢迎，热烈欢迎！"

郑廉风与县里和乡里的几个主要领导来到村两委会办公室里刚刚坐下，就听到隔壁的房间里传来了喊声和叫骂声："快放我们出去，快放我们出去，我们又没犯罪，你们凭什么抓我们。你们这些乌龟王八蛋，就是有本事欺负老百姓。"

听到叫骂声，郑廉风便问站在旁边的乡党委书记欧阳山和乡长许茂才说道：“这隔壁的房间里关着什么人？为什么要把他们关起来？”欧阳山和许茂才当然也不知情，便问站在门外负责警卫的乡派出所所长何润生。何润生便把刚才老汉敲车、胡大禄聚众闹事的过程说了一遍。

郑廉风一听急了，气愤地说道：“这么点小事，批评批评、教育教育就行了，怎么能随便抓人哪，快把人放了！”

何润生觉得刚把人抓起来没作任何处理就放了，太没面子了，还站在那里犹豫。许茂才见状催促道：“老何，你听明白了吗？郑书记让把人赶快放了。”

听许茂才这么一说，何润生才不情愿地让值班民警把仓库的门打开，把敲车老汉和胡大禄放了出来。

现场会的会场虽然布置得简单，却也不失庄严。主席台的周边全部用木板和布帘挡了起来。“茂丘县发展农村经济扶贫现场会”的横幅高悬在主席台的上方，两侧还挂了一副对联，上联是“大力发展农村经济”，下联是“帮助农民脱贫致富”。主席台的正前方中间放了一张条桌，条桌上还放了一个话筒，是供主持人和领导讲话用的。主席台的后方中央整齐地摆放了两排条桌，每张条桌都铺上了崭新的红布。

现场会由县委书记林海风主持。他在主持中说道：

各位领导、各位同志，罗家村的父老乡亲们，今天，我们在这里召开发展农村经济扶贫现场会。这个现场会，是省委郑廉风副书记提议召开的，而且郑廉风书记亲自带着省农业厅、省民政厅和省信访局的领导前来参加这个现场会，充分说明了省里的领导对我们县农村工作的重视，也说明了省里的领导对我们广大农民的关心和爱护。对此我提议，让我们以热烈的掌声，对郑廉风书记和省里的其他各位领导的光临，表示热烈地欢迎和衷心地感谢！

林海风说到这里，会场上爆发出一阵热烈的掌声，久经不息。掌声停下后，林海风接着又说道：

同志们，各位父老乡亲们，我们县地处山区，本来就是省里的扶贫县，经济欠发达，财政困难，农村经济更是落后于省里的其他县、市、区。去年夏天，全县又遭受了多年不遇的严重干旱，粮食减产，农民歉收。在这样的情况下，我们本应多替百姓分忧，多为百姓解难，可由于我们对灾情估计不足，也由于我们对中央和省委的指示精神贯彻不力，把关不严，一些乡镇和村庄严重违反了党中央、国务院的有关规定，虚报浮夸，随意抬高收缴提留的标准，又加重了农民的负担，使本来就不富裕的农民更是雪上加霜，一些农民甚至连吃饭都成了问题。你们龙潭乡特别是罗家村的情况更为严重，一些村民还为此多次到县里、市里和省里去上访，这个教训是深刻的。在这个问题上，我这个县委书记应负主要责任，我们茂丘县来参加会议的各位以及各乡镇的书记、乡（镇）长们也是有责任的。今天，郑廉风书记带着省里的各位领导在这里召开现场会，给我们上了很好的一课。我们要借这次现场会的东风，进一步贯彻落实好党中央、国务院和省委、省政府关于加强农村工作的一系列重要指示精神，加快发展我们县的农村经济，尽快帮助农民脱贫致富。

下面，请郑廉风书记讲话，给我们作指示。

林海风说完，回到自己的座位上，郑廉风也没客气，表情十分严肃地走到话筒前说道：

尊敬的罗家村的父老乡亲们，我郑廉风今天在这里向你们赔罪了。

郑廉风说完这句话，台上台下的人都愣了，一片茫然，特别是坐在主席台上的那些茂丘县的领导们，更是丈二和尚摸不着头脑，不知道郑廉风为什么要说这句话。停顿了一会儿，他又接着说道：

由于你们当中有些人因负担过重问题多次到省里去上访，前几天，省信访局为此专门派了两名同志到你们村作了暗访，回去后写了个调查报告详细介绍了你们的生活现状，我看了后心里感到难受，感到有愧啊，我们愧对了你们，愧对了你们对我们的信任和爱戴。我知道茂丘县是个贫困县，也知道这里的农民还不富裕，可没有想到你们的生活竟会这么苦。

这些年来，党中央、国务院一直十分重视“三农”问题，关心农民的疾苦，并三令五申要求减轻农民负担，可我们有些地方基层组织，我行我素，虚报浮夸，巧立名目，随意夸大农民收入，不顾老百姓的死活，抬高提留收取标准，加重了农民的负担，使本来就不富裕的农民更是雪上加霜，你们为此去上访是可以理解的，听说有的村民因为上访还被开除了村籍，荒唐，真是荒唐，这样做是在犯罪呀！我说同志们哪，就说这个罗家村吧，这老百姓的生活都成这个样子了，你们还忍心收取他们的提留，你们的心都让狗给吃了，你们也不扪心自问一下，我们天天都在喊立党为公，执政为民，可你们都为老百姓做了些什么？

刚才我听说有一位老农，因对我们这些当干部的有意见，用他的烟袋锅敲了几下我们一位领导同志的轿车，结果被关了起来。我认为这个烟袋锅敲车敲得好啊，这是在向我们这些所谓的父母官进行抗议，是对我们工作的严重不满，是在向我们敲警钟！我们有钱买高级轿车，有钱建豪华的楼堂馆所，可就是没有钱为老百姓办事，没有钱帮助老百姓脱贫致富。我们天天坐的是高级轿车，住的是高楼大厦，吃的是高级宴会，可这里的农民吃的是什么呢？他们还在吃糠咽菜，还在饥饿线上挣扎，我们真是有愧啊！

郑廉风讲到这里，眼睛湿润了。他拿出手帕擦了擦眼泪，停顿了一会儿问道：“你们村有个叫程海霞的姑娘今天来了没有？请你站起来，还有个叫胡春林的村民，请你也站起来。”

程海霞和胡春林见郑廉风点他们的名字，不知何意，胆怯地站了起来。郑廉风接着又说道：“请你们俩到主席台上来。”

程海霞和胡春林有点不好意思地走到主席台上。郑廉风走到程海霞跟前抚摸着她的头对坐在主席台上和前面的干部们说道：“你们大家看看，多么好的一个姑娘啊，才只有十六七岁，正是长身体学知识的年龄，却离开了她心爱的学校。听说她的父亲因病去世了，母亲去年又因缴不上提留遭到羞辱而含恨离开了人世，只有她和一个弟弟相依为命，你们知道他们姐弟俩是怎样生活的吗？知道他们每天三餐吃的是什么吗？他们天天吃的是野菜团子和萝卜咸菜，别说是吃肉，连青菜都吃不上，听说他们姐弟俩已经好几个月都没有闻到肉味了。”

郑廉风接着又走到胡春林跟前拍着他的肩膀说道：“还有这个胡春林兄弟，

多么忠厚老实的农民，一家老小三代五口人挤住在三间破茅草屋里，老母亲常年有病卧床不起也没有钱医治。听说他们家一个月前就没有粮食吃了，天天吃的是菜叶团，喝的是野菜粥。我请问你们这些当干部的哪一位到他们家里去看过，哪一个又到他们家里去安慰过他们！”

郑廉风越说越激动，越说越气愤。说完后，他又转过身去对坐在主席台后边的林海风说道：“我说老林啊，今天中午这顿饭咱们不回县里吃了，就在罗家村吃，既不准派饭吃，也不准买菜买肉。吃什么呢，罗家村那些贫困的老百姓平日吃什么，我们就吃什么，就吃菜叶团子啃咸菜，喝野菜粥，所有今天来参加现场会的干部都不准离开，都要在这里吃饭，吃饭地点就在这个主席台上。”

林海风一听急了，十分为难地说道：“郑书记，哪能让你在村里吃饭，你还是回县里吃吧，实在不行到龙潭乡政府去吃也可以。”

郑廉风十分严肃而认真地说道：“咋了，老百姓能吃我们为什么就不能吃？你不要再说了，今天中午这顿饭我哪儿也不去吃，就在村里吃，你赶快安排人去准备吧，做好了都送到这里来。”

林海风知道郑廉风主意已定，再说也没有什么用，只好让龙潭乡党委书记欧阳山、乡长许茂才吩咐罗家村的村干部准备午饭去了。这时，郑廉风又回到话筒前继续讲话：

> 当然了，我说这些话并不是否定我们在场的各位干部，也不是说我们的基层干部不好。他们工作也很辛苦，特别是乡镇的干部，许多人家都安在县城里，一个人抛家舍业，夜以继日地工作在第一线，确实也不容易，我们也应该理解他们，支持他们的工作。
>
> 罗家村的父老乡亲们，我们之所以要在你们村召开这个现场会，就是想来看看大家。你们村的情况和困难县里、市里和省里都知道了。今天，县里还给你们送来了一车救济粮食，不过，这些粮食一定要发放给那些确实没有粮食吃的困难户，究竟谁家缺粮食，乡里和村两委会要认真排查一下，千万不能搞平均分配。请大家放心，党和政府没有忘记你们。我们会帮助你们渡过难关的，也会帮助你们发展经济，使你们尽快走上富裕道路的。

郑廉风的讲话，引起了村民们一阵阵热烈的掌声，有不少村民甚至流下了激动的眼泪。

现场会结束后，郑廉风和省里来的几个部门的负责人又在县里几个主要领导的陪同下，到村里几个贫困户家中走了一圈，才回到村两委会临时搭建的主席台上吃午饭，不少村民连饭没顾不得吃，都围在旁边看热闹。

也许是吃惯了高档宴会，野菜团子很难下咽，也许是对领导的尊重，望着一筐筐黑乎乎、硬邦邦的野菜团子和一盘盘萝卜咸菜，那些参加现场会的权贵们谁也没有动手去拿着吃。郑廉风让秘书给他端了一盘萝卜咸菜，倒了一碗白开水，抓起一个野菜团就带头吃了起来。那些权贵们见状也都只好无奈地跟着吃了起来。但他们怎么也咽不下去，有的吃了几口就放下了，有的怕别人看见说三道四，趁人不注意，把拿在手里的野菜团子包好偷偷地放进自己的口袋里，还有的谎称说不饿，干脆没吃，躲到一边去了。

现场会结束了，郑廉风走了，茂丘县的领导和所有来参加现场会的干部们都走了。但从这次现场会上，他们似乎又看到了曙光，看到了希望。

# 十六

茂丘县委、县政府在罗家村召开发展农村经济扶贫现场会的消息不胫而走，在龙潭乡甚至整个茂丘县被传为佳话。特别是省委副书记郑廉风那充满激情和爱心的讲话，以及他带领县里和乡里的干部们在村里吃野菜团子的故事，更是被百姓们广为传颂。

这个扶贫现场会的召开，也使龙潭乡党委、政府的那些干部们和罗家村的村两委会紧张起来。他们没有想到省里会如此重视罗家村村民的这次上访，也不知道省信访局的人是什么时候来罗家村进行暗访的，更没有想到省委副书记郑廉风会亲自率领几个部门的主要负责人到罗家村参加这个现场会，当然也不清楚县委、县政府为什么要突然在罗家村召开这个扶贫现场会。难道仅仅是为了救助罗家村村民的生活困难？还是要来解决和处理村民的上访问题？想到这些，他们不免惊出一身冷汗。尤其是村主任罗方钊更是急得像热锅上的蚂蚁，坐立不安。他心里像挂了十五只吊桶，七上八下，害怕极了。他怕上边追究他虚报浮夸、随意抬高收取提留的标准加重农民负担的责任；怕那些上访的村民继续联名要求罢免他这个村主任的职务；更怕上边再派人查他强奸钱招娣的案子。现场会召开的当天下午，他就迫不及待地跑到村两委会办公室给乡长许茂才打电话，想问个明白，没想到许茂才在电话里什么话也没说，只把他臭骂了一顿，就把电话挂了，他更预感到事情的严重性。第二天一大早，他就叫上村支书程大孟一起跑到乡里找乡长许茂才，想问问他县里在罗家村召开这个扶贫现场会究竟是什么意思，并问他县里运的那车救济粮食该怎么发给村民。

两人来到许茂才的办公室，正好他在。一见面，还没等坐下，罗方钊就带着责怪和不满的口气嚷嚷说道："许乡长，县里为什么要在俺们村召开这个扶贫现场会，而且还有那么多省里的大官参加？昨天晚上，咱们县电视台和省电视台都播放了，这下子罗家村在全省可出了名了，这不是明摆着出俺们罗家村的丑吗，是不是乡里安排的？”

“是啊，许乡长，方钊说得对，这个扶贫现场会对俺们村影响可大了。昨天晚上，有些上访村民还燃放鞭炮庆贺胜利哪。”程大孟也附和说道。

许茂才倒不像昨天那么大的火气，态度缓和了许多。待罗方钊和程大孟两人说完后，他把双手一摊无奈地说道：“我还一头雾水呢，你们问我，我去问谁，连欧阳书记事先都不知道这件事。”

“难道真是那些上访村民把省里的领导引来了？要真是这样的话，这麻烦可就大了。年上村里收的提留早就花光了，哪有钱退给他们？”罗方钊十分忧虑地说道。

“这也说不准，有这种可能。按以往的惯例，县里要在哪里召开现场会，事先都会跟乡里打招呼，征求一下乡里的意见，可这次县里根本就没征求乡里的意见，也没说为什么要在你们村召开这个现场会。你没打电话问问你的大舅子哥杨立峰吗？他在县里工作，肯定比咱们知道的多。”许茂才问罗方钊说道。

“没有，我怕他训我，没敢打。”罗方钊嗫嚅地说道。

“方钊，你怕什么，杨局长是你的大舅子哥，他就是再训你，心里也向着你，你就给他打一个电话吧，让他帮助咱们打听一下情况。”程大孟也在一旁附和说道。

罗方钊没有表态，抬头看了许茂才一眼。许茂才沉思了一会儿说道：“要不这样吧，我去跟欧阳书记说一下，咱们三人到县城去走一趟，详细了解一下县里这次在你们村召开扶贫现场会的意图，也顺便看看杨立峰我的那个老同学，我们俩已经好几个月没有见面了。你们俩就把摩托车放在乡政府大院里，等回来再骑，我让司机小刘开车去。”

“好吧，许乡长，我们听你的。”程大孟和罗方钊几乎是异口同声地回答道。

许茂才到欧阳山办公室打了个招呼，叫上司机刘小虎，就和程大孟、罗方钊一起去了县城。到了县城，他们先去县公安局找到了杨立峰。几个人寒暄了几句之后，许茂才就问起了县里为什么要在罗家村召开扶贫现场会的事情。杨立峰告诉他们自己也不清楚。杨立峰还告诉了他们一件事情，以往省里来了领导都是县公安局出警负责保卫工作，可这一次省委副书记郑廉风到茂丘县来，却似乎有些反常，县里到罗家村召开现场会的时候，县公安局按照惯例出动了两辆警车负责保卫工作，结果却被撵了回来，一辆也没让去，县公安局局长潘强还是跟县里的其他领导一起坐公交车去的呢。

许茂才在杨立峰那里没打听到什么消息，便让程大孟和罗方钊在县公安局等候，自己跟司机刘小虎去了县信访局。他到县信访局有两个目的，一是想找信访局局长韩正义打探情况。因为他觉得韩正义作为信访局长，而且也亲自参加了扶贫现场会，这个现场会究竟是县里的意思还是省里要求召开的，他肯定知道内情；二是想借机会去看看他多日不见的情人蔡晓燕。这也是他之所以要到县城来的真实目的。自从他在年初县里召开人代会时见过蔡晓燕之后，两人就再也没有见面，只是经常通通电话，打打情骂骂俏。

当韩正义告诉他在罗家村这个扶贫现场会是省委副书记郑廉风提出要求召开的时，许茂才惊出了一身冷汗。他不满地埋怨韩正义说道："我说韩局长，你也太不够意思了，咱们都是多年的老朋友了，省信访局下来到罗家村搞暗访，你咋也不跟乡里打个招呼，这让我们乡里的工作多被动啊。"

韩正义没有把省信访局的李先锋和齐晓晖到罗家村进行暗访是他安排的向导的真相告诉许茂才，而是装出一副十分生气的样子说道："许乡长，你是不是吃枪药了,一大早就跑到我这里兴师问罪,我这里还一头雾水哪。你也不想想，他们既然是来搞暗访的，怎么可能告诉我们。"

许茂才见韩正义生气了，便笑着解释说道："韩局长，你别生气，我只不过是随便问问，我就说嘛，你如果知道他们来暗访不会不告诉我们的，既然你不知道就算了呗。"

韩正义也笑着说道："没什么，你的猜疑也是情理之中的事，我们毕竟是一个系统的，摊上我我也会这么想。不过，我说句话你别生气，我觉得你们乡在处理罗家村村民上访这件事情上是有些欠妥当。这村民三番五次地到上边来上访，你们就是拖着不解决，这样拖下去到啥时算个头啊。从省委副书记郑廉风这次来咱们县的态度看，好像对这件事很不满意，你们可千万要注意，别成了咱们全县的典型。"

听了韩正义的这番话，许茂才满腹牢骚地说道："我说韩局长，你真是站着说话不知腰疼，你也不是没在基层待过，也不是不知道基层工作的难处。罗家村的那些村民也实在是太难缠了。他们上访所反映的问题不是你亲自代表县里答复他们了吗？可他们就是不满意，非要求村两委会把多收的提留退回去，非要求把村主任罗方钊抓起来判刑不可。他们村的情况你也知道，本来就不富裕，收的那点提留款早就花光了。村主任罗方钊强奸妇女的问题，县公安局也定性了，纯属诬陷，可他们还是到处去告，你让我们怎么处理？”

“许乡长，你说的也有些道理，我也是从基层上来的，咋能不知道？这基层工作确实不好干。不过，我觉得罗家村老百姓的生活这么困难，你们乡里还是应该想个办法帮助他们解决一下。再说了，郑书记既然提出了在罗家村召开现场会，说不定过段时间省里的领导还会问起这个村的情况。这样做，对上对下都好交待。”韩正义一语双关地说道。因为，他到罗家村参加现场会时，亲眼目睹了这个村村民艰难困苦的生活。

“谢谢韩局长的提醒，其实罗家村的问题我们不是不清楚，在没有召开现场会之前，我就跟欧阳书记商量过了，准备向县民政局写个报告，请求他们拨点救济款和救济粮，帮助罗家村渡过难关，只不过还没来得及罢了。”许茂才辩解道。

听了许茂才的辩解，韩正义没再说什么，把话题一转问道：“许乡长，你今天来找我不单是为这件事吧，是不是还有别的事。咱们都是老朋友了，不用绕圈子，有啥事你就说吧，只要我能办到的，一定尽力而为。”

许茂才一听笑了，说道：“韩局长，我真没别的事，就是受欧阳书记的委托，来看看你们这些老朋友，还给你们带了点土特产，放在车上。当然，欧阳书记也让我顺便问问罗家村召开的这个扶贫现场会，到底是县里的意思还是省里的意思。”

“嗨，就这么点小事呀，打个电话过来问问不就行了吗，何必还要劳你的大驾亲自跑一趟，你来就来吧，还带什么土特产，非常感谢你还能想着我们这些干信访工作的。对了老许，没去看看你的老部下蔡晓燕吗？”韩正义问道。

“还没哪，这不一到县委大院就先到你这里来了吗，哪有不看你先去看她的道理？再说了，蔡晓燕现在是你的部下，我要是去看她，那还不得经过你批准吗？”许茂才装出一副谦恭的样子说道。

韩正义并不知道许茂才和蔡晓燕的暧昧关系，半开玩笑地说：“我说老许啊，你也太抬举我了，蔡晓燕是我的部下不假，她要见谁，要跟谁交朋友，能告诉我吗？她要是做你的情人，能跟我这个当局长的汇报吗？”

听了韩正义的话，许茂才的脸一下子红了。好在有他那副布满沟壑而且黝黑的面容衬着，韩正义并没有觉察。许茂才以为韩正义知道了他跟蔡晓燕的关系，怕再继续说下去露了馅，没敢再闹下去，便说了一句：“中午杨立峰在宾馆里请咱们吃饭，我先去看看蔡晓燕。”说完，就急匆匆地离开了韩正义的办公室。其实，这才是他到县城的真实目的。

当许茂才来到蔡晓燕的办公室时，恰巧蔡晓燕接访刚刚回到办公室，而跟她在同一个办公室的那位信访干部接访还没有回来。见许茂才突然出现在自己面前，蔡晓燕感到有些愕然，板着面孔嗔怪道："你啥时到县里来的，怎么事先也不打个电话过来？"

"上午刚到，这不是来得急吗，所以没顾得上跟你打招呼。"许茂才用一双色眯眯的眼睛看着蔡晓燕解释道。

"从上次人代会结束到现在已经好几个月了，这么长时间你也不来看看我，我还以为你又有了新相好的把我忘了呢。"蔡晓燕抱怨道。

"哪能哪，我的心肝宝贝，忘了谁也不能忘了你。我天天都在想你，就是乡里工作太忙没有时间来看你。"许茂才说完就走到蔡晓燕跟前一把把她抱住了。

蔡晓燕急忙把他推开，非常生气地说道："你疯了，也不看看这是什么地方，让别人进来看见了就麻烦了。"

许茂才讨了个没趣，只好悻悻地坐到沙发上抽起烟来。蔡晓燕在那里边整理接访记录边问道："你啥时回乡里去？"

"听你的安排，如果你下午或晚上有时间，我就明天回去。如果你没有时间，我下午就返回去。"许茂才回答道。

蔡晓燕用一双含情脉脉的眼睛看了许茂才一眼说道："下午不行，我下午还要上班，晚上有时间，他（指蔡晓燕的丈夫）正好不在家，到广州出差去了。"

听到这个消息，许茂才心里乐了，用一种挑逗的语气说道："看来我今天是来对了，那我今天就不回去了，晚上一定好好陪陪你。"说完，他就离开了县委大院，回到了县公安局杨立峰那里。

中午，杨立峰在县宾馆设宴招待了他们，韩正义和蔡晓燕也都参加了。午饭后，许茂才谎称在县城里还有些事情要办，让司机刘小虎把程大孟和罗方钊送回了乡政府。

程大孟和罗方钊走后，许茂才跟上次一样，没敢在县宾馆登记住宿，而是搭乘了一辆出租车去了茂丘县唯一的一家三星级酒店万寿山庄，他在万寿山庄登记要了一个房间，并打电话把他所住的房间号告诉了蔡晓燕。

许茂才在房间里休息了一会儿，便无聊地看起了电视，焦虑不安地等待着蔡晓燕的到来。这等人的滋味真是不好受。这天下午，太阳好像有意跟他过不去，高高地悬挂在西边的天空，总也不愿落下去。他想到山庄后边的山上去走走，又怕碰见熟人，搅了他与蔡晓燕偷偷幽会的好事。无奈，他只好待在房间里眼睛不时地瞅着墙上的那只挂钟。就这样，他在房间里苦苦地等了三四个小时，才终于盼到蔡晓燕下班来到山庄。两人在山庄的餐厅里随便点了几样饭菜吃了，便回到了房间。一进房间，许茂才便顺手把房门从里边反锁上，把蔡晓燕抱起来放到床上，迫不及待地要去脱她的衣服。蔡晓燕一把把他推开，娇滴滴地说道：

“你也太性急了吧，刚吃完饭就想干那事，这样会伤身体的。我今晚不回家睡了，就在这里陪你，咱们有的是时间，等会儿洗个澡再说。再说了，现在天还没黑，万一有人敲门进来怎么办？”

听了蔡晓燕的话，许茂才只好作罢，把她放到床上，自己跑到沙发上抽起烟来。可抽完烟后没过多久，许茂才又按捺不住了，这次，蔡晓燕没再坚持。许茂才把手伸进蔡晓燕的衣服里，一会儿游荡在她那对丰盈而坚挺的峰乳之间，一会儿又滑进她的腰带之下，很快就挑逗得蔡晓燕欲火难忍。两人先在卫生间里洗了个鸳鸯浴，许茂才先用浴巾将自己的身子擦干，又为蔡晓燕擦干，然后赤身裸体地把她抱到床上。两人到了床上，再也没有说话，便紧紧地搂抱在一起，相互亲吻着，抚摸着，如痴如醉地粘合在一起，不断摇曳着，变换着姿势，直到累了才善罢甘休。

# 十七

第二天上午，许茂才返回乡里。一到乡里，他就去了乡党委书记欧阳山的办公室，向他汇报了进城打探消息的情况。当然，他不会、也不敢把在县城里跟蔡晓燕偷偷幽会的事情告诉欧阳山，倒是把自己装扮成了一个为乡里排忧解难、关心百姓疾苦的救世主。他编造了一套谎言，滔滔不绝地向欧阳山诉说着自己整个下午和晚上是如何辛苦，如何找县里的领导和有关部门打探消息，最后终于摸清了在罗家村召开的这个发展农村经济扶贫现场会并非是县委、县政府的意思，而是省委副书记郑廉风提出召开的。

听到这个消息，欧阳山也开始紧张起来。因为在这之前虽然他也觉得县委、县政府突然在罗家村召开这个扶贫现场会有些蹊跷，但并不清楚县里究竟是什么意图，更没有想到这个现场会竟然会是省委副书记郑廉风提出来召开的，从这次现场会，他感受到了罗家村村民的上访问题已引起了省里的高度重视。因此，身为乡党委书记的他哪里敢怠慢，立刻让文书何云飞把乡党委和政府的几个主要领导叫到一起，研究如何贯彻这个现场会的精神，如何解决罗家村村民的上访和生活困难问题。最后决定，一方面以乡党委和乡政府的名义向县民政局打报告请求支援，让县里再解决点救济款和救济粮，帮助罗家村和乡里其他几个缺粮村庄的村民渡过难关；另一方面，再派工作组进驻罗家村，帮助村里发展经济，争取尽快彻底改变这个村贫穷落后的面貌。

几天之后，工作组再次来到罗家村。工作组的组长还是由副乡长姜涵担任，另外还有乡农业技术员秦科明和乡政府的文书何云飞。工作组进村后仍然住在村民马子善家的那三间闲置的房子里。姜涵住一间，秦科明与何云飞两人住一间。这样的安排对于正在与马子善的女儿马玉芳处在热恋中的秦科明来说自然高兴，他可以有更多的机会与马玉芳在一起交流谈心，马家做了什么好吃的总是少不了他的。当然，马子善庄稼地里有什么重活他也都会跑到前头。

工作组进村后发现，县里在这里召开扶贫现场会带来的救济粮食，并没有分发给那些缺粮吃的困难户，仍然全部封存在村两委会的仓库里。得知这一情况后，姜涵等人首先找到了省信访局的同志曾暗访过的村民胡春林询问情况。胡春林告诉他们，村两委会对他接受省信访局领导的暗访没有报告大为恼火，现场会召开的第二天，村两委会就派人把他叫到办公室进行了严厉的批评，说给罗家村丢了脸，给龙潭乡和茂丘县丢了脸，并让他写检查，否则就不发给他们救济粮。姜涵等人又找到了另一个受暗访的村民程海霞。程海霞告诉他们，村主任罗方钊早就在大喇叭里广播了，凡是这次到省城去上访的村民，不管家里是否缺粮食，一律不发给救济粮，要想申请救济粮，就必须写出保证书来，保证今后不再到上面去上访。

姜涵听后非常气愤。他找到村支书程大孟和村主任罗方钊，质问他们这到底是怎么回事，为什么没有把县里拨的救济粮分发给那些没有粮食吃的村民。

程大孟听后显出一副十分冤枉和无奈的表情说道："姜乡长，不是我们不想把粮食发给那些缺粮的村民，为了能把这些救济粮食及时分发给那些缺粮的村民，我们先后召开过两次会议，一次村两委会会议，一次村两委会扩大会议，村两委扩大会议还邀请全村各生产小组组长都参加了，研究分发这些救济粮的方案，可大伙意见不一致，思想统一不起来，你让我们怎么分啊。"

罗方钊也附和说道："是啊，姜乡长，大孟说得对。我们很感谢上级送来救济粮，也想尽快把这些粮食分发给大伙。可在如何分发的问题上，大家的意见分歧很大，我们也没有什么好办法，正想听听你的意见哪。"

"怎么没有办法分，这救济粮食当然要分发给那些缺粮吃的农户。"姜涵驳斥道。

"姜乡长，你说得没错，救济粮是应该分发给那些缺少粮食吃的村民，可到底谁家缺粮食，哪些户该救济，哪些户不该救济，每个缺粮户到底应该救济多少粮食，是按户救济，还是按人口救济，这些问题在我们召开村两委会会议时大家的意见始终统一不起来，所以我们到现在还没有把这批救济粮分发给村民。"程大孟解释道。

听了程大孟的解释，姜涵十分不满地批评说道："这真是饱汉不知饿汉饥，你们这些当村干部的家中都有粮食吃，可据我们了解，不少村民家里都已经断粮了，靠吃野菜度日子。你们这样研究来研究去，左一个思想不统一，右一个意见不统一，到啥时才是个头啊？难道非要把人饿死了你们才肯把粮食分给村民吗？我还听说你们在大喇叭里公开广播，说这批救济粮不发给那些上访的村民，这到底是谁的意见？这是县里拨给全村老百姓的救济粮，你们村两委会怎么会作出这样的决定呢？”

挨了批评的程大孟和罗方钊心里极为不快。他们本想利用这次分发救济粮的机会，惩治一下那些跟村两委会作对而屡屡上访的村民，没有想到偷鸡不成反蚀一把米，非但目的没有达到，还挨了工作组的批评。其实，他们这么做也是乡长许茂才默许的。在这批救济粮到村之后，程大孟和罗方钊就请示过许茂才，问这批救济粮该怎么分发，并提出了不发给那些上访村民的想法。许茂才听后既没表示赞同，也没表示反对，只是说了一句“你们村两委会决定吧。”可当他们把这个想法在村两委会，特别是在村两委会扩大会议上提出来之后，立刻遭到了大家的强烈反对。与会人员一致认为，既然是上级发的救济粮，那就应该分发给那些没有粮食吃的村民们，不管他们是否参加过上访，而程大孟和罗方钊却坚决不同意这样做。这就是程大孟和罗方钊所说的意见不一致，也是他们迟迟没有把救济粮分发给村民的原因。当然，对于姜涵的质问，村主任罗方钊并不以为然，因为他知道有乡长许茂才为他们撑腰，姜涵也奈何不了他们。所以，他皮笑肉不笑地说道：“姜乡长，你别生气，我们这么做也并不完全是村两委会的意见，许茂才乡长也是这个意见。”

罗方钊这样说，无非是狐假虎威，想借乡长许茂才来压姜涵，使他也能够接受村两委会的这个意见。罗方钊这一招果然奏效，姜涵听后犹豫了，他不知该如何是好，一边是自己的顶头上司许茂才，一边是那些在饥饿线上挣扎期盼着能够尽快分到救济粮的村民们。他沉思了好久没有说话，最后还是责任感和同情心使他果断作出决定，他非常严肃地对程大孟和罗方钊说道：“程书记、罗主任，你们俩是村里的主要领导，应该多为老百姓想想，不管是谁的意见，也不管是什么原因，你们把县里救济村民的粮食扣压着不发都是错误的。我限你们三天之内必须把救济粮发到那些生活困难的村民手中。许乡长跟欧阳书记那里由我负责去和他们解释。”

程大孟与罗方钊见姜涵态度如此强硬，又自知理亏，没敢再狡辩。程大孟不情愿地说道：“好的，姜乡长，我们一定按照你的意见办，保证在三天之内把救济粮全部分发给村民。”

程大孟与罗方钊本想利用这次分发救济粮的机会给那些上访村民点颜色看看，以显示他们的权威，可没想计划落空了。由工作组坐镇，他们不敢怠慢。当天晚上，他们又重新主持召开了村两委会扩大会议，研究救济粮的分配方案，并让各生产组组长分头排查出了缺粮吃的困难户。第三天，在乡工作组的监督和指挥下，这批在村两委会仓库里封存了半月之久的救济粮，终于分发到了村民手中。

那些缺少粮食而得到救助的村民们，终于暂时告别了靠吃野菜度日的生活。但他们也知道，到麦收甚至秋收打下新的粮食来还有几个月的时间，所以还不敢奢侈地都吃粮食，还是一半粮食一半野菜地掺和在一起吃，只不过他们所吃的野菜团子中掺加的粮食比先前多了一些。

# 十八

姜涵、秦科明、何云飞三人这次到罗家村来，不是去盯村民上访的，也不是搞调查研究的，而是肩负着重要的使命。到罗家村来之前，乡党委书记欧阳山把他们三人叫到自己的办公室明确地告诉他们："罗家村在咱们乡是个大村，也是全乡出了名的老大难村。你们这次到罗家村去，不是去当旁观者的，更不是去看热闹的，要深入到群众中间去进行广泛的调查研究，帮助村两委会找出经济落后的原因，研究制定村里的发展规划，和村两委会一起把村里的经济搞上去，让老百姓尽快富起来，把村里混乱的治安状况治理好，啥时完成任务啥时回来，完不成任务就永远别回来。"

三人来到罗家村后，便开始了紧张的工作。他们几乎每天都靠在村子里，除偶尔回乡里参加一些重要会议外，就很少离开村子，每天都深入到田间地头、街头巷尾和村民家中，了解社情民意和村里的发展情况，了解村民的生活现状和他们的疾苦，向他们宣传党对农村工作的一系列方针政策，传授农业科技知识和致富信息，与村两委会一起讨论研究和制定村里未来的发展规划，很快就跟村民们融在了一起，也很受村民的欢迎和爱戴。

他们在调查中发现，罗家村这些年来之所以经济落后，群众生活困难，干群关系紧张，社会治安混乱，原因在班子、在干部，村干部不作为，办事不公道，政务不公开。有的村民甚至在门上的对联中写着"看政策心亮堂，看现实心冰凉"，横批是"年年老样"。特别是村主任罗方钊与一些村民之间的矛盾，已经到了水火难容的地步，要求罢免他村主任的呼声越来越高。姜涵等人心里非常清楚，就现有村两委会一班人，是很难改变罗家村贫穷落后面貌的。为此，他曾多次向乡里建议对罗家村村两委会的班子进行重新调整，结果都被乡长许茂才否决了。无奈，他们只能先做工作，等待着换届。

工作组在村里，虽然工作条件艰苦了些，但他们的生活还是有保障的。每天在村民家中轮流着吃饭，全村二百七十多户人家，除孤寡老人和单身汉外，每户吃一天，吃完后象征性地给点生活费。尽管他们一再提出村民吃什么，就让他们吃什么，但那些热情好客的村民对这些乡里来的“钦差”还是极为尊敬的。无论到了谁家，都会把家里最好的东西拿出来招待他们，千方百计让他们吃好。那些家庭困难的村民甚至跑出去借钱借粮也要把他们招待好。

一天，工作组要到村民程友生家里吃饭，这下子可难坏了程友生两口子。他们家里本来就不富裕，去年夏天程友生又因天旱放水浇地与罗方谦父子发生冲突被打伤住院欠了一屁股债。两口子提前两天就开始合计如何能让工作组的同志到他们家里吃得好一些。

“孩子他爸，听说工作组的同志后天就要到咱们家吃饭了，咱们家里这么穷拿啥招待客人？”妻子金兰芝忧心忡忡地问道。

“再穷也得想想办法，工作组同志好不容易到咱们家吃一次饭，总不能让他们跟着咱们吃糠咽菜吧。”程友生说道。

“我也是这么想的，可咱们家的情况你又不是不知道，有啥好法可想？”金兰芝无奈地说道。

“实在不行就到亲戚朋友家去借一借，等咱们有了再还给他们，反正不能委屈了工作组的同志，给咱罗家村丢脸。”程友生回答道。

金兰芝没再说什么。为了能让工作组的同志在他们家吃好，程友生和妻子金兰芝合计了半宿。第二天，程友生就向弟弟程友民借了二十元钱，金兰芝则跑到娘家借了十斤白面，到集市上买了一斤猪肉，杀了一只老母鸡。虽然他们一家人已经好久没有闻到肉香了，但还是拼凑着炒了四个菜，蒸了一锅馒头。

当然，这一切，姜涵他们并不知晓。中午吃饭的时候，姜涵、秦科明、何云飞三人吃得正香，只见一个约摸四五岁的小男孩倚在房间的门框上两眼直勾勾地盯着他们看，并不时地用舌头舔着嘴唇，直往肚子里咽口水。秦科明在村里住得时间久了，知道这个男孩就是程友生的小儿子，名字叫虎子。于是，他从饭筐里拿起一个馒头递给他，笑着说道：“虎子，过来，叔叔给你馒头吃。”

虎子用怯生生的眼睛看着他们三人没敢去接。姜涵见状也笑着说道：“孩子，叔叔给你馒头吃，快拿着吧。”

虎子又看了他们三人一眼，也没答话，冲过去把馒头抓在手里就往嘴里塞。

这一切，恰被正在灶台上做饭的程友生的妻子金兰芝看到了。她急忙跑过来把馒头从虎子手里夺下来又重新放到饭筐里，带着歉意地说道："姜乡长，对不起，孩子不懂事没有礼貌，你们别见笑。"说完，就把孩子拉到另一个房间去了。

"虎子，你这孩子咋这么不懂事，妈妈不是嘱咐过你吗，等叔叔吃完了咱们再吃。"

虎子脸上挂着泪水委屈地说道："妈妈，我没忘，可是我饿了。"

"饿了锅里有饭，你可以先拿着吃嘛，咋能拿客人的饭吃。"金兰芝埋怨道。

"妈妈，锅里的那些野菜团子实在是太苦了，太难吃了，我吃不下，我也想吃馒头。"虎子说完就伤心地哭了。

金兰芝见儿子不听话生气了，举起手来照着虎子的屁股上就是两巴掌。虎子哭得更伤心了。哭声惊动了正在院子里干活的程友生，他放下手中的活走进屋子，责怪金兰芝说道："家里有客人，你打孩子干啥？"

金兰芝没有向程友生解释什么，只是愤愤地说道："孩子不听话，就该打。"

程友生和金兰芝生了三个孩子，两个大的都是女儿，就虎子这么一个儿子，是全家人的掌上明珠。两口子平日从不舍得动儿子一指头，特别是程友生，对儿子更是疼爱有加，家里有什么好吃的，从不舍得吃一口，都留给儿子吃。金兰芝今天打儿子，也是情急之中的无奈之举。她知道家里穷，儿子肚子里缺，怕儿子见了好吃的嘴忍不住，在工作组来家吃饭之前就吓唬儿子说道："虎子，咱们今天家里有贵客，是乡里的大干部，腰里都有枪，见了不听话的孩子就打。他们来咱们家吃饭的时候你不要围着看，等客人吃完饭走了，妈妈再叫你来家吃饭。"

虎子非常懂事，听妈妈这么一说，应了一声就跑到街上玩去了。

也许是饿了，也许是出于好奇，虎子在外边玩了一会儿就跑回来了，他先是躲在门后看姜涵他们吃饭，看着看着就忍不住把门推开了，于是便发生了刚才那一幕。当他见父亲程友生来到他跟前责怪母亲的时候，像是有了救兵，一头扑到程友生的身上，十分委屈地说道："爸爸，我没有不听话，馒头不是我要的，也不是我拿的，是叔叔给我的。"

这哭声和吵闹声也惊动了正在炕上吃饭的姜涵等人。母亲与儿子的对话以及儿子的哭诉，他们虽然没有完全听清楚，但也听了个大概，三人都放下了手中的碗筷来到灶台间，姜涵掀开锅盖一看，里边放着的全是黑糊糊的野菜团子。他不解地问道："大哥、大嫂，上级不是发给你们救济粮了吗？咋还吃野菜团子？”

程友生苦笑着解释说道：“姜乡长，上级是发给俺们救济粮了，可按户发的，俺们家人口多，不够吃的。再说，大女儿在外边读中学，总不能让她带野菜团子到学校去吧，那样会让同学瞧不起的。”

姜涵的眼睛湿润了。他没有再问下去，从炕上的饭笸里拿起一个馒头重新递到虎子的手里说道：“孩子，这馒头是叔叔给的，不是你要的，快拿着吃吧。”接着他又转过身来，对站在旁边的程友生和金兰芝说道，“大哥、大嫂，你们不应该责怪孩子，更不应该打孩子。孩子没错，要说错，是我们这些当干部的错了，是我们没有把工作做好。”

姜涵说完这番话后，从锅里拿出了三个野菜团子，自己留下了一个，另外两个分给秦科明和何云飞说道：“我们今天也真正体验一下村民的生活吧，把馒头留给孩子吃。”

三人几乎是含着眼泪吃完了这顿午饭。这一顿午饭也许他们会终生难忘。从这里，他们真实感受到了罗家村村民的疾苦，感受到了这些百姓的纯朴和善良，也感受到了自己肩上沉甸甸的责任。

## 十九

罗家村的问题引起了省委、省政府的极大关注。省委副书记郑廉风从茂丘县返回省城后，心情怎么也平静不下来。罗家村那低矮潮湿的茅草屋，有病老人因无钱医治而常年卧炕不起的悲惨景象，村民们吃得那硬邦邦、黑糊糊的野菜团子，不时浮现在他的眼前。要不是亲眼所见，他怎么也不敢相信改革开放已经二十多年了，竟然还会有这样贫穷落后的地方。他立即把那里的情况在省委常委会会议上作了汇报，详细介绍了罗家村村民负担过重的情况和生活现状。省委、省政府根据全省农村工作中存在的问题，联合下发了《关于切实减轻农民负担，加强农村工作的意见》。《意见》要求全省各级党委、政府要认真贯彻中央精神，把减轻农民负担落到实处，高度重视“三农”问题，采取各种有效措施，积极发展农村经济，增加农民收入，关心农民生活，彻底改变一些山区农村贫困落后的面貌。

茂丘县委、县政府对省委副书记郑廉风在罗家村扶贫现场会上的讲话和省委、省政府联合下发的《关于切实减轻农民负担，加强农村工作的意见》精神高度重视，层层召开会议，学习传达，贯彻落实。县委书记林海风亲自在全县科级以上干部大会上讲了话，对如何贯彻落实省委副书记郑廉风的讲话及《意见》精神作了部署，提出了明确要求，并对龙潭乡党委和乡政府在罗家村群众的上访问题上处理不当进行了严厉的批评。他在讲话中十分严肃地指出：

同志们，罗家村的问题值得我们很好地反思，我这个当县委书记的应当承担主要领导责任，龙潭乡党委和乡政府有着不可推卸的责任，特别是乡党委书记欧阳山和乡长许茂才，你们整天都在忙些啥？

为什么全乡的经济发展如此缓慢；为什么明明知道我们县去年遭受了严重干旱，粮食减产，农民歉收，却还要违反国家规定收那么高的提留；为什么罗家村的村民都上访这么长时间了，问题却迟迟得不到解决；为什么村民生活如此困难，很多家庭都断了粮，靠吃糠咽菜过日子，你们却瞒着不报？这样的政府老百姓会拥护吗？这样的干部老百姓会欢迎吗？就说召开现场会那天吧，有一个农民因对乡干部不满，用烟袋锅子敲了几下你们坐的高级小轿车，竟然就把人给关了起来，要不是省委郑廉风副书记出面制止，还不知又要闹出什么乱子呢。我们天天在喊百姓是我们的衣食父母，我们这些当干部的是人民的公仆，你们都拍着自己的胸口想一想，都为百姓们做了些什么？正像郑廉风副书记在扶贫现场会的讲话中所说的，我们有愧啊！

痛定思痛，我们要很好地总结这个教训，认真学习郑廉风副书记在扶贫现场会上的讲话精神，学习省委、省政府联合下发的《关于切实减轻农民负担，加强农村工作的意见》精神，把发展农业生产，振兴农村经济放在首要位置，把关心百姓疾苦放在第一位。

作为龙潭乡党委书记的欧阳山此时就坐在台下，听到县委书记林海风点龙潭乡的名，点他欧阳山的名，看到会场上那无数双眼睛同时向他投来异样的目光，他感到无地自容，把头扎在胸前，不敢看周边的人，怕自己的眼睛与他们的眼睛碰溅出火花；更不敢朝主席台上看，怕碰到那些领导者们责备的目光，他侧过身去看了一眼坐在自己身旁的乡长许茂才，倒是泰然处之地坐在那里，好像这件事跟他毫无关系。

要说起来，这欧阳山还是林海风一手提拔起来的。他大学毕业被分配到茂丘县政府办公室后，就一直在林海风身边工作，当时林海风还只是个副县长，后来当了县长，换届后又当了县委书记。欧阳山提出要到基层去锻炼锻炼，林海风同意了，问他想到哪个乡镇去，欧阳山毫不犹豫地选择了龙潭乡。林海风不解地问："龙潭乡是咱们县里最差的乡镇，地处偏远山区，交通不便，经济落后，你为什么偏偏选择龙潭乡？"欧阳山则回答说道："林书记，我年轻，锻炼就应该到最艰苦的地方去，只有这样，才能达到锻炼的目的。再说了，在这个县委大院里上上下下都知道我欧阳山是你林书记的人，你把我安排到好的乡镇，他们还会说闲话呢。"

林海风痛快地答应了欧阳山的请求。想不到他在县委常委会上提出来之后，却遭到了有些人的反对。他们认为欧阳山太年轻，又没有基层工作经验，直接就干乡镇党委书记不妥，是否可以先从乡长干起，等有了基层工作经验干出成绩来，再安排他当书记也不迟。而林海风却坚持说道："我看没有什么不妥的，欧阳山本身就出生在农村，从小在农村长大，对农村工作比较熟悉。他参加工作后的这些年里，虽然是在机关工作，但天天跟着我往乡里跑，怎么能说没有基层工作经验呢？再说了，欧阳山是大学生，年轻有文化，有股子闯劲儿，符合我们提拔干部的四化要求。我们就是要把这样的干部放到第一线，放到最艰苦的地方去，让他们去接受锻炼。"大家见书记如是说，态度又如此坚决，没有人再提反对意见。

就这样，欧阳山顺利地当上了龙潭乡党委书记。

其实，欧阳山之所以选择到龙潭乡工作，并不完全像他说的那样，到艰苦的地方去锻炼，那不过是一句冠冕堂皇的话，说得好听罢了。他有自己的如意算盘。他是想，龙潭乡虽然地处偏远山区，离县城比较远，但远有远的好处，一则那些来自上层权贵们的手不容易伸到那里，人际关系不复杂，可以施展自己的才华。二则那里虽然经济落后，但落后容易出政绩，在这里扑下身子干上三五年，干出点成绩来，又有林海风这个书记为他撑腰，提拔当个副县长就像囊中取物，唾手可得。

然而，事情并不像欧阳山想象的那么简单。龙潭乡虽然远离县城，但人际关系也很复杂，乡党委和乡政府的这些干部们，几乎上面都有背景，特别是乡长许茂才，长期在这个乡工作，乡里的不少干部大都是他的老部下，或是由他一手提拔起来的。所以，他在这些干部当中很有影响力。而许茂才在原来的乡党委书记调走之后，本认为自己可以顺理成章地坐上书记这个宝座，结果是落了个竹篮打水一场空，未能如愿，心里一直不痛快，认为是欧阳山抢了他的位子，所以始终对他心存敌意。而这个许茂才又不愧是官场上的老油条，为人奸诈，利欲熏心，阳奉阴违，他表面上对欧阳山非常尊重，唯命是从，而实际上却是貌合神离，暗中处处与他作对。加之年龄大了，觉得再提拔无望。因此，工作消极，不求有功，但求无过，得过且过，做一天和尚撞一天钟。

欧阳山到龙潭乡后，怀着满腔热血真想大干一场，一方面为百姓们干点实事，彻底改变这里贫穷落后的面貌；另一方面也为自己的政治生涯增加点砝码。无奈，他跟许茂才两人尿不到一个壶里，加之去年龙潭乡又遇到了多年不遇的旱灾，农民歉收，粮食减产，群众上访不断。乡里的经济非但没有增长，反而下滑，县里对龙潭乡的工作极为不满。现在又捅了这么大的娄子，在省里都挂了号，给县里闯了祸，抹了黑，他不知道该如何收拾眼前这个局面，也不知该如何面对力荐保举把他推到这个岗位上的县委书记林海风。

罗家村扶贫现场会之后的这些日子里，欧阳山的心就一直忐忑不安，吃不下饭，睡不好觉。林海风在扶贫现场会上那表情严肃的面容不时浮现在他的眼前。他不知道该如何向县委书记林海风交待，想给他打个电话，把这事解释清楚，取得他的谅解，可又觉得罗家村所发生的这一切都是不争的事实，没有啥好解释的。他曾想亲自到县城去一趟，找林海风详细汇报一次，把这里的一切情况都告诉他，把自己的苦衷告诉他，得到他的支持，可又不知道该说些什么，说许茂才工作消极，不配合自己的工作？说他拉帮结伙，搞小团体主义？可又找不出确凿的证据来。闹不好让许茂才知道了更会变本加厉地跟自己作对。如果那样的话，今后的工作就更难开展了。再者，还怕林海风知道了他与许茂才关系不和，说他无能。思考再三，他只好放弃了这个念头，把苦水偷偷地咽到了自己的肚子里。

丑媳妇难免见公婆。现在，欧阳山进城了，他就坐在林海风的对面，这使他难以面对而又不得不面对。会议结束之后，他硬着头皮走进林海风的办公室，准备接受训斥。一见面，还没等林海风开口，欧阳山就先来了个负荆请罪，作起了自我检讨：

“林书记，我欧阳山对不起您老人家，辜负了您老人家对我的培养和信任，给咱们县抹了黑，也给您老人家脸上抹了黑，您就处分我吧。”

欧阳山说完后，坐在沙发上连头也不敢抬，等待着林海风发落。可令他没有想到的是，林海风并没有发火，也没有指责他，而是先给他倒了一杯茶水，然后回到自己的位子上语重心长地说道：

“我说欧阳啊，这会儿你可体会到基层工作难干了吧？也体会到这一把手不好当了吧？这基层工作跟在机关工作不一样，不能纸上谈兵，靠勾画几幅宏伟蓝图是解决不了实际问题的。必须脚踏实地地去干。否则，你的主观愿望就是再好，也难以实现。这当一把手的要善于用人，善于团结同志，不能光靠自己一个人去冲锋陷阵，单打独斗，要群策群力，依靠大家的智慧和力量。尽管自从你上任之后我到龙潭乡去的不多，但龙潭乡的情况我还是基本了解的。我知道这些日子你为什么总躲着我，不敢见我，甚至连个电话都不给我打，是怕我批评你对不对？遇到问题，要勇敢地去面对，想办法去克服它，解决它，你们乡罗家村的问题教训是很深刻的，那么多老百姓都没有饭吃，你们却视而不见，你这个当乡党委书记的有着不可推卸的责任。这反映了你们的工作不踏实，对百姓关心不够，你们回去后要好好总结一下这个教训，认真学习省委副书记郑廉风的讲话精神，认真贯彻落实好省委、省政府联合下发的《关于切实减轻农民负担，加强农村工作的意见》精神，尽快把老百姓的温饱问题解决好，把罗家村村民的上访问题处理好，并好好研究一下龙潭乡的经济下一步该如何发展，制定出规划来，争取尽快改变龙潭乡贫穷落后的面貌。”

听了林海风的这番话，欧阳山满含愧疚和感激之情地说道：“林书记，我知道自己错了，您老人家宽宏大量，我给您和县里捅了这么大的娄子，您非但没有责怪我，处分我，还鼓励我。您真是我的好领导，我的再生父母，我一定不辜负您对我的信任和期望，不辜负党对我的培养，认真总结这次经验教训，把龙潭乡的工作迎头赶上去。”

听了欧阳山这番恭维话，林海风虽觉得有点不舒服，但已经习惯了，也很愿意听。于是，他十分关心地问欧阳山道：“回家去看了看没有？”

“还没呢，这不是上午一大早从乡里赶过来就直接去了会场，散会后就向您老人家报到来了。”欧阳山回答道。

林海风又关切地说道：“我知道你在乡下工作进趟城不容易，今晚就别回乡里去了，晚上我请你们这些书记和乡镇长吃顿饭，吃完饭后回家住一晚上，看看你对象和孩子，小两口亲热亲热，明天再回去吧。”

“好，林书记，我听您的，今晚就不回乡里去了，我已经有一个多月没有见到她们娘俩了，也该好好陪陪她们了。”欧阳山十分感激地说道。

从林海风的办公室出来，欧阳山那颗悬到嗓子眼的心终于落了下来，也许是因为太累了，也许是因为林海风的话让他吃了定心丸，这天晚上，欧阳山睡得特别香甜。

## 二十

翌日清晨，欧阳山在家里吃了点早饭，就匆匆忙忙返回了龙潭乡。一回到乡里，他就马不停蹄地忙着贯彻县里的会议精神。先是召开党委扩大会议，结合贯彻会议精神，研究制定了龙潭乡农村经济发展规划，接着又召开了全乡发展农村经济工作会议。

开会这一天，多日空荡寂静的乡政府礼堂顿时热闹起来，人头攒动，人声鼎沸。乡里的全体机关干部、各企事业单位负责人以及来自全乡二十多个村子的村两委会成员们，共两百多人云集在这里。

这些村官们大都是任职多年的“老干部”，彼此都很熟悉，平日里都各自待在村里，忙活自己的事情，乡里很少开这样的会议，他们也很少有机会聚在一起，见了面少不了相互寒暄，相互斗嘴。在这次会议上，罗家村的扶贫现场会成了大家谈论的热门话题，罗家村的村支书程大孟和村主任罗方钊自然就成了大家关注的焦点人物。

“程书记，听说你们村那些上访的村民还真是够厉害的，本事够大的，都闹到省里去了，还把省委副书记都请到村里来为他们撑腰，这是真的吗？”

“老程啊，你们罗家村这回可真是窗户眼安喇叭——名声在外了。都上了省里的电视台和报纸，全省都出名了，真是佩服！佩服！”

“唉，现如今的村干部难当啊，真是黑瞎子拉油碾——费力不讨好，小老鼠钻进风箱里——两头受气。就说这收提留的事吧，你要是不收，村干部和民办教师的工资没着落，乡里的领导也不满意。你要是收了，这老百姓又有意见，整天骂娘，骂我们这些村干部是催命鬼、狗腿子，甚至还动不动就跑到上边去告你。”

“罗主任，听说县里在你们村召开扶贫现场会那天，你们村有的村民竟然胆大包天，把乡长的小轿车都砸了，这是真的吗？”

“老罗，听说你不是进去了吗？咋又出来了呢？你小子也真够能的，这公安局的大门都可以随便进进出出。真是朝里有人好做官，饭店有人好吃饭。”

“老程啊，听说县里在你们村开现场会那天，省委副书记还逼着咱们县里和乡里那些当官的吃忆苦饭，这是真的吗？你给我们大伙讲讲吧。”

都是同行，都是老熟人，说话很随便，玩笑无深浅。那些村干部们连珠炮似的发问，搞得程大孟和罗方钊啼笑皆非，难以招架，可又不便发火，只好“哼哼、哈哈”答非所问，应付几句罢了。他们走到哪里，哪里就有人追着问个不停，真是把两人烦透了。

会议终于开始了，会场也静下来了，会议的程序还是少不了在县里开会的那一套，无非就是传达贯彻省委副书记郑廉风在罗家村扶贫现场会的讲话精神，传达贯彻省委、省政府联合下发的《关于切实减轻农民负担，加强农村工作的意见》精神，当然还增加了一个传达贯彻县委书记林海风的讲话精神。

乡党委书记欧阳山今天自然成了会议的主角，只见他坐在主席台上，表情严肃，镇定自若，时而翻阅着那些正在传达的文件，时而用目光扫视着会场的不同方位和各个角落。再看主席台下的那些听众们，更是千姿百态，洋相百出，有的在那里认真听报告；有的还在边听边记；有的则在那里窃窃私语，开起了小会；有的跑到外边抽烟去了；有的已经进入梦乡，打起了鼾声，甚至嘴角上还流着口水。

不管听众的感受如何，经过两个多小时的轮番宣读，上级的文件终于传达完了。当然，面对如此的场面，这样的重要会议，身为龙潭乡党政一把手的欧阳山，自然不会放弃展现自己的才华和发号施令的机会。当主持会议的乡长许茂才对着话筒宣布“下面请乡党委书记欧阳山讲话”时，他便毫不客气地抓过话筒，干咳了两声，对主席台下那些参加会议者既像是在请求，又像是在命令地说道：“请睡觉的同志醒醒，请在外边吸烟的同志进来。”说完就对着话筒作起了指示：

同志们，我们今天召开这次全乡发展农村经济工作会议，主要目的就是传达贯彻县里的会议精神，研究部署我们龙潭乡下一步如何发展农村经济的问题。

不用我在这里介绍，大家可能早就听说了。前不久，县里在我们乡罗家村召开了一个扶贫工作现场会，省委副书记郑廉风亲自来参加会议并在会上作了重要讲话。省农业厅、省民政厅和省信访局的领导们也都来了。这一次会议与其说是县里召开的，倒不如说是省里召开的，是省委副书记郑廉风看了省信访局领导来罗家村进行暗访写的《情况反映》后提出来召开的；与其说是扶贫现场会，倒不如说是耻辱会和声讨会，是我们全乡的耻辱，也是对我们这些当干部的声讨。

在扶贫现场会上，郑廉风副书记对我们乡农村经济发展缓慢、对我们不够关心百姓的疾苦极为不满，并进行了严厉的批评，甚至差一点骂娘。郑书记的批评，像一把利剑刺在我们的心里，特别是他把生活困难的村民胡春林和程海霞请到主席台上向人们诉说他们的生活遭遇时，我这个乡党委书记坐在那里真是羞愧至极，感到无地自容，连头都不敢抬，脑袋都快要扎到裤裆里去了。前几天，县委书记林海风又在全县的会议上对我们进行了通报批评。我们没有把工作做好，我这个当书记的有着不可推卸的责任。

痛定思痛，我们要深刻接受这个教训，把解决群众的生活问题作为当前的一件重要工作来抓。各村两委会成员回去后，都要认真排查一下，看看你们村究竟有多少缺粮吃的农户，然后报到乡里来，我们能解决的尽量想办法帮助他们解决。同时，各村回去后，要认真贯彻落实好县里的会议精神，认真贯彻落实好省委、省政府联合下发的《关于切实减轻农民负担，加强农村工作的意见》精神，结合本村的实际，制定出切实可行的发展规划来，帮助农民寻找致富门路，发展经济，扶贫致富。

……

就在欧阳山讲得慷慨激昂、兴趣正浓的时候，忽听礼堂外边传来了震耳欲聋的“劈里啪啦”的鞭炮声和人群的吵闹声。这声音已经完全把他的讲话声音淹没了，把人们的注意力转移了。欧阳山已无法再讲下去，只好简单讲了几句就匆匆忙忙收了场。他急忙跑出来看看究竟发生了什么事情，在礼堂里参加会议的与会人员也都潮水般地涌了出来。当他来到大门口时，脑袋“嗡”的一声大了。只见男男女女、老老小小足有上百人把个乡党委政府的大门口堵了个水泄不通。在这些人当中，有的高举着写着“还我们的土地”、“我们要饭吃、要衣穿”的横幅标语；有的正在那里忙着燃放鞭炮；有的则在大声起哄，不住地喊着要求见乡里的领导；另有一些老人和孩子坐在了大门口的地上，周围还有不少看热闹的人。乡派出所的几个民警手里拿着电警棍守在大门的里面，与这些人对峙着，生怕他们冲进来。

欧阳山急忙找传达室的值班人员询问这到底是怎么回事，值班人员告诉他，围在大门口的这些人都是戚家村的村民，扬言要找乡领导上访，要求解决他们的问题。其实，他们早就来了，我们告诉他们乡里的领导们正在开会，没有时间接待他们，让他们回去，可他们就是不听，不仅在礼堂外边燃放鞭炮，还把大门给堵上了。

值班人员一提到是戚家村的村民来上访，欧阳山便清楚了是怎么回事。原来，在他刚调到龙潭乡任党委书记时，他发现龙潭乡地处山区，十年九旱，村民们靠天吃饭的情况比较突出，水利灌溉面积太少了，便建议并经乡党委扩大会议一致通过，在林家湾村与戚家村之间的丽水河上，修建了一座小型水库，占用了林家湾村和戚家村的部分土地。当时乡里答应给他们从邻村划拨一部分土地过来，并每年从乡财政拿出点钱来给这两个村一定的经济补偿。但由于现在各村的土地和山峦都实行了承包，邻村不同意划拨土地给他们，虽经乡党委和政府的领导多次与这些村协商都无济于事，乡里答应每年给予他们的经济补偿也由于乡里财政紧张没有兑现。为此，这两个村的村民认为乡领导说话不算数，自己吃了亏，曾多次到乡里来找过，问题却始终没有解决。昨天，戚家村的村两委会接到乡里的开会通知后，觉得这是找乡领导解决问题的好机会，便导演了这场“双簧戏”，一方面让所有的村两委会成员如期参加会议，一方面暗中让村民在开会期间到乡里去上访。这样从表面上看似乎是村民自发组织上访的，与村两委会毫无关系，其目的就是给乡里的领导施加点压力，使问题能够尽快得到解决。

由于上访者把大门堵得严严的，那些前来参加会议的各村两委会成员都被堵在了院子里，许多人还围在旁边看热闹。这时，乡派出所所长何润生急忙来到欧阳山面前问道：“欧阳书记，你看这事咋办？不行就抓起几个来？”

欧阳山一听满脸不高兴地说道：“你们就知道抓人，抓人就能解决问题吗？老百姓这样做是不对，可是我们欠他们的，答应他们的事情没有兑现，他们到乡里来上访也是情理之中的事情。这样吧，你赶快安排人把他们都带到礼堂里去休息，先让他们把大门口让开，并让戚家村来参加会议的村两委会成员都留下，然后咱们再想想办法，看问题怎么解决。”

“是，欧阳书记，我马上去安排。”何润生说完，就忙着找那些民警调兵遣将去了。

欧阳山站在那里眉头紧锁，不知该如何面对和答复这些上访的村民，便问站在自己身旁的乡长许茂才说道：“许乡长，你看这事该咋处理？”

许茂才摆出一副十分谦和而又无可奈何的样子说道：“我也没有好办法，你是书记，你决定吧。”

其实，欧阳山早就料到许茂才不会谈什么意见。他这样做只不过是出于对许茂才的尊重而已。接着,他就对站在旁边的副乡长杜志高吩咐说道：“杜乡长，你马上安排人到外面饭店里定上一百个人的饭菜，每人按十元钱的标准，做好了让他们送过来，已经到吃中午饭的时候了，总不能让他们饿着肚子。同时，让文书小何把党委会议室的门打开，把戚家村的两委成员和上访村民的代表请到会议室，我和许乡长两个人跟他们见个面，向他们作出解释。否则，他们是不会回去的。”

杜志高按照欧阳山的要求准备去了，那些上访的村民也被带到了乡政府的礼堂。一切安排妥当之后，欧阳山连饭也没顾得上吃，就和许茂才一起来到了乡党委会议室，准备接待那些上访的村民。

不一会儿工夫，那些上访村民的代表与戚家村的两委成员们被请进乡党委会议室，与欧阳山和许茂才开始了面对面的对话。

“请问欧阳书记、许乡长，你们这些当领导的说话算不算数，答应我们的条件啥时兑现？”

“俺们这些当农民的就是靠土地吃饭，没了土地，我们吃啥？喝啥？乡里在修水库时占用了俺们村的地，请问什么时候把从邻村划拨的土地给我们？”

“欧阳书记、许乡长，乡里在修水库时答应每年给我们一定的损失补偿，可到现在水库修起来已经快两年了，俺村的老百姓连一个铜板都没看见，请问啥时把钱补给我们？”

“我们要土地，我们要补偿，如果乡里再不给我们解决问题，我们就到县里、到省里去上访。”

面对这些情绪激动的上访村民的一声声质问，一声声控诉，欧阳山与许茂才无言以对，不知如何回答是好，只能不住地用道歉来安抚这些利益受到侵害的村民，并答应他们乡里会尽快研究解决的。

对话进行了将近两个小时才结束，望着那些衣衫褴褛、神情疲倦而带着满意答复离开乡党委和乡政府大院的村民们，欧阳山的心情显得特别沉重。

# 二十一

在龙潭乡，为了贯彻县里召开的发展农村经济工作会议精神，落实省委、省政府联合下发的《关于切实减轻农民负担，加强农村工作的意见》精神，乡里的干部除党委书记欧阳山、乡长许茂才和几个值班的工作人员外，其余全部都下排到全乡所辖的各个村子里，开展调查研究，实行包片包村，为农村策划经济发展思路，帮助农民脱贫致富。副乡长姜涵、农业技术员秦科明和文书何云飞仍然留在罗家村。

乡里召开会议后，姜涵就找到村支书程大孟和村主任罗方钊，商量如何贯彻会议精神的事情，并提出可否通过村里的大喇叭和黑板报等形式，或是召开全体村民大会，把县里和乡里召开会议的精神，把省委、省政府联合下发的《意见》精神，传达给全体村民。可没有想到他这个建议一提出，就遭到了程大孟和罗方钊异口同声地强烈反对。

"姜乡长，我看咱们就别传达了，村两委会知道就行了，过去咱们都是这么做的，这上面的精神老百姓知不知道无所谓，他们根本就不关心。"程大孟显出一副无所谓的样子说道。

"那可不行，上级开会说的就是老百姓的事，你们回来连传达都不传达，不让老百姓知道，那怎么能行？你们过去怎么做我不清楚，这次一定要传达。"姜涵坚持说道。

"行，姜乡长，你是乡里的领导，我们听你的，你说咋个贯彻法？"程大孟有点不高兴地问道。

"究竟怎么传达贯彻，还是应该由你们村两委会来定，我只不过是谈谈个人的看法。当然传达贯彻的办法很多，我觉得最切实可行、效果最好的办法有两个，一个是可以通过召开村民大会进行传达贯彻，还有一个办法，就是可以充分利用村里现有的黑板报和墙报栏，把省委、省政府联合下发的《意见》的主要内容，还有县委林书记和乡里欧阳书记两个讲话的主要内容，都刊登和张贴出来，让百姓自己去阅读，自己去理解。”姜涵说出了他的意见。

“唉，姜乡长，你是不知道，老百姓对开这样的会议根本就不感兴趣，你就是开会传达也不会有多少人来参加，这样做纯属瞎子点灯白费蜡。”程大孟反对道。

“既然召开村民大会效果不好，那我们就采用第二个办法，把需要传达的内容全部都抄写或张贴到宣传栏里。”姜涵又提议道。

姜涵刚说出这个办法，坐在那里一直没有说话的罗方钊一听就急了，站起来反对说道：“姜乡长，这个办法万万使不得，你们想过没有，如果我们把省里《意见》的内容全部都登出去，那会对我们村两委会工作不利的。我已经看了，省里的那个《意见》有好多内容似乎是对着我们罗家村写的，不宜让老百姓知道得太多，比如说《意见》中提到，各村必须严格按照中央提出的收取提留不得超过村民当年收入的百分之五的标准，多收取的部分，要无条件地返还给农民，并追究相关人员的责任。这样的内容，要是让老百姓知道了那还了得，弄不好又会引发他们到上边去上访，要求我们把多收的提留退回去。”

“这也不行，那也不中，那你们说咋办就咋办吧，反正会议精神必须传达贯彻。”姜涵不满地说道。

三个人各执己见，争得面红耳赤，经过激烈争论和磋商，最后终于达成一致意见，由村支书程大孟代表村两委会通过村里的大喇叭向村民进行传达贯彻。同时，村两委会还召开会议，研究了具体贯彻意见，并准备利用因去年天旱导致河床干涸的机会，在今年雨季到来之前，对村后的两个塘坝进行清淤加固。当然，村党支部副书记胡春光因为被停职检查而没有参加这次会议。

这是罗家村自修林家湾水库后第一次征用义务工，也是新一届村两委会上任之后办的第一件实实在在的利民工程。

这天晚饭后，村里沉寂了多日的高音喇叭又响了。村主任罗方钊代表村两委会向村民发出了动员令：

罗家村的各位父老乡亲，趁大家晚上都在家里的时候，我代表村两委会广播一个通知。

为了更好地贯彻落实咱们县里和乡里的会议精神，经村两委会研究决定，并报请乡驻咱们村工作组的同意，准备利用因去年天旱导致塘坝干涸的有利时机，在今年雨季到来之前，将村后的两个塘坝进行清淤加固，以解决今后天旱时土地浇灌问题。每一个有劳动力的家庭都要出一名义务工参加塘坝的清淤工作，每个家庭出义务工的总数不得少于十个，家中有男劳力的，一定要出男劳力，实在没有男劳力的，可以出女劳力。必须参加义务劳动的家庭而不出义务工的，必须向村两委会交纳两百块钱的义务工补偿费。

由于汛期马上就要到了，塘坝的清淤加固工作必须马上进行。我们村两委会成员几个人商量了一下，准备从明天就开始，半月之内完成。下面，我把村两委会成员的分工以及每个家庭究竟该到哪个塘坝参加义务劳动宣布一下。整个工程由程大孟书记担任总指挥，我担任副总指挥。另外，村两委会成员分成两个组，负责义务工登记和工程的调度。第一组由程大孟、程友发和韩玉霞三人组成，主要负责桃花沟塘坝的清淤加固工作。第二组由我、罗海生和胡天凯三人组成，主要负责蛤蟆湾塘坝的清淤加固工作。对每个出义务工的家庭究竟到哪个塘坝参加劳动，我们也作了安排。凡属第一、第二、第三和第四生产组的家庭，都到桃花沟塘坝参加劳动；第五、第六、第七和第八生产组的家庭，都到蛤蟆湾塘坝参加劳动。

希望每个家庭听到广播后，先把自己家中的活放一放，安排参加义务劳动的人，务必于明天早上八点钟前到达指定的劳动现场。

第二天一大早，程大孟、罗方钊等几个村两委会成员就按照各自的分工来到了两个塘坝的清淤加固现场。乡工作组的姜涵、秦科明和何云飞吃过早饭后也都来到施工现场跟村民们一起参加劳动。可令他们没有想到的是，由于村民与村两委会之间的矛盾冲突，加之不少家庭的男劳力都到外边打工去了，全村本应有二百六十多户可以出义务工的家庭，前来参加义务劳动的村民却寥寥无几，在两个塘坝干活的人加在一起才只有几十口子，其中有近一半还是老年人和妇女，还有的人甚至已经来到工地，见多数家庭都没派人来又回去了。

这样的场面是程大孟和罗方钊这些村干部们始料不及的。这样下去，两个塘坝的清淤加固工程势必就要泡汤。村两委会的指挥棒不灵了，他们明显感觉到了自己的权威受到了严重的挑战。

程大孟和罗方钊不得不把村两委会成员们重新召集起来，商量对策，研究对那些不来参加义务劳动家庭的惩罚措施。

这天晚上，罗方钊又在村里的大喇叭里高声扯着嗓子喊了起来：

各位父老乡亲，大家请注意，下面我宣布一个村两委会的决定。

昨天晚上，我代表村两委会广播了要把咱们村后两个塘坝进行清淤加固的通知，要求各家各户都要出义务工参加清淤工作。今天上午工程已全面开挖，从出工的情况看，不知是啥原因，有很多家庭并没按要求派义务工来参加劳动。可能是因为大家没有听到，我在这里再重复一遍，请各家各户听到广播后务必于明天上午派出一名劳动力去参加塘坝清淤的义务劳动。与此同时，为了严明纪律，保证完成任务，我在这里也一块宣读一下今天下午村两委会开会研究制定的几条纪律。

第一条，全体村民都要提高对两个塘坝清淤加固工作重要性的认识。大家都知道，咱们村后的两个塘坝由于修得年代太久，多年又没有清淤加固，坝底淤泥太多，严重影响了储水量，坝基也有些渗水的地方。我们村两委会决定要对这两个塘坝进行清淤加固，就是要解决这个问题，增加储水量和灌溉面积，为我们村今后发展农业生产打下一个好的基础。

第二条，清淤加固维修塘坝是我们全体村民义不容辞的责任，需要大家共同努力来完成这个任务。我们请乡里的干部秦科明技术员测估了一下，大约需要两千多个劳动力。所以，每个家庭所承担的义务工数不得少于十个，凡出义务工达不到十个的家庭，每少出一个义务工就要向村两委会交纳二十块钱的补偿费。

第三条，参加塘坝清淤加固的义务工必须服从领导，听从指挥，做到出工出力，按要求完成指挥部下达的任务。不得挑肥拣瘦，偷懒耍滑，如有不听指挥或完不成任务者，指挥部将视情况作出相应的处理。

第四条，任何家庭不得以任何理由拒绝出义务工参加塘坝的清淤加固工作。如有既不出义务工，又不交纳义务工补偿费的，村两委会将对其进行严肃处理，除进行通报批评外，还要将其承包的土地或果园收回归集体所有。

最后再次提醒大家，我今天晚上讲的绝不是我罗方钊个人的意见，而是村两委会集体研究决定的。

罗家村的两个塘坝清淤加固工作出现如此局面，不仅村两委会没有想到，就连驻村工作组的副乡长姜涵也感到意外。为了配合村两委会能在汛期到来之前把两个塘坝的清淤加固工作完成，他也不得不亲自披挂上阵，利用大喇叭帮助村两委会做村民的思想工作：

罗家村的村民同志们，我是乡里驻罗家村工作组的姜涵。今天晚上，我想借用你们村的大喇叭跟大家说几句话。

大家可能都已经听到了，昨天晚上，你们的村主任罗方钊代表村两委会下达了清淤加固两个塘坝的通知，并提出了各家各户出义务工的要求。刚才，罗主任又广播了村两委会针对清淤加固塘坝工作制定的几条纪律。我觉得你们村两委会利用塘坝干涸之机对其进行清淤加固是非常正确的，非常必要的，这是一项利民工程。你们大伙都应该积极响应，踊跃参加。可是，让我没有想到的是，今天，只有少数家庭派人参加了塘坝清淤加固工作的劳动，而大多数家庭没有派义务工参加。我不清楚这到底是为什么，可能是因为有些村民家里的活忙抽不出身来，也可能是因为有些村民对村两委会有意见而故意不参加。但不管是什么原因，我认为作为一个村民不参加村两委会统一组织的义务劳动是不对的。况且，村两委会这么做也不是为了他们的个人利益。因此，我希望各位村民应以大局为重，以发展你们村的经济为重，支持村两委会做好两个塘坝的清淤加固工作，一定要抢在汛期到来之前把这项任务完成。

也许是村两委会的《决定》起了作用，也许是由于副乡长姜涵的思想工作起了作用，从第二天开始，村民们便陆陆续续拥进了塘坝的清淤加固工地。梁鑫因被开除了村籍没有出义务工的任务，但他还是返回罗家村为其岳父、岳母干了十个义务工。工程也进展得比较顺利，原计划半个月完成的工期，只用了十四天就完成了。

# 二十二

就在罗家村的村民们因负担过重而屡屡上访、因贫困而倍受煎熬的时候，离开村子几年杳无音信的青年村民沈二虎突然回来了。沈二虎这次回村，已今非昔比，令人刮目相看。但见他身穿一套崭新的咖啡色的西装，内嵌白色的衬衣和蓝色带条纹的领带，脚蹬一双乌黑锃亮的牛皮鞋，兜里还揣着乡下人大都没有见过的不用电线就能通话的大哥大。站在同他一起长大的伙伴和村民中间，大有鹤立鸡群之感，着实令人羡慕。随他一起回村的还有一个俊俏靓丽、穿着时髦的青年姑娘。

沈二虎的突然回村，无疑成为罗家村的重大新闻，也成了村民们田间地头、茶余饭后的热门话题。有人说他在外边发了，当了大老板；也有人说他这是屎壳郎跑到马路上——冒充小轿车，不知在哪里弄了这身行头回村摆阔的；还有人说他不知在外边干了什么坏事混不下去了才跑回来的；甚至有人说他带回来的那个姑娘是拐骗来的。

这沈二虎是村民沈慕林的儿子，也是梁鑫、罗小惠、项天发等人的高中同学。虽然他在学校时学习成绩不怎么好，但为人精明，能说会道，很有点经济头脑。高中毕业后，他就回到村里在父亲开办的小商品店里帮忙。父亲专门为他买了一辆农用三轮车，让他往商店里运货。沈二虎经常开着这辆农用三轮车往县城里跑，把村里的山货运到城里去卖，再从城里把农村需要的东西捎回来，这样来回捣腾，他们家里很快就成了罗家村少有的富裕户。大山外边那日新月异的变化，城乡差距的不断拉大，对他震动很大。他不甘心像祖辈们一样世世代代固守在大山里边任凭贫穷的蹂躏与煎熬。几年前，他因追求罗小惠而遭到拒绝，自尊心受到了很大伤害，一气之下便带着做小买卖积攒下来的一千多块钱悄悄地离开了村子，离开了这块黄土地，踏上了南去的列车，涌进了浩浩荡荡的农民进城打工潮。

沈二虎怀着对美好生活的向往和憧憬，来到了深圳这个走在全国改革开放前沿的新兴城市。这里的一切是那么迷人，那么雄伟壮观，鳞次栉比的摩天大楼，星罗棋布的工厂商店，川流不息的茫茫人海，五颜六色的霓虹灯，令他目不暇接，大开眼界。

沈二虎是第一次出远门，第一次远离自己的亲人。在这里，他没有了温暖的家，没有了自己的那些朝夕相处的伙伴们，孤身一人，举目无亲，他不知道何时才能找到一个新的安身之处，也不知道何时才能找到工作。他打听着找到了专为打工者们设立的劳务市场，每天一大早就来到这里，苦苦等待，期盼着能尽快找到一份工作。晚上就跑到附近找一个最便宜的小旅店住下。每日三餐，不是干啃两个烧饼，就是吃上一包方便面。可是十几天过去了，他还是没有找到工作，不是劳动强度过大、工资太低，就是对方要求学历太高，自己不符合应聘条件。而自己从家里带来的那点钱却在一天天减少，这时，他才真正感受到这农民进城打工并不是一件容易的事情。一天早饭后，当他再次来到劳务市场时，只见一家外资企业的老板要招聘两名业务人员，要求的条件是高中以上文化程度。不少人都围在那里应聘，沈二虎见自己符合应聘条件，就忙着挤了进去，但最终还是因为他不懂电脑技术未被录用。正当他饥肠辘辘离开劳务市场准备买两个烧饼填饱肚子时，一掏口袋让他顿时惊呆了，口袋里剩下的几百块钱不知何时已不翼而飞，这时他才想起可能是上午自己挤进人群中忙着应聘时被小偷把钱偷走了。他只好无奈地把拿到手里的两个烧饼退还给了摊主。这天中午，他没有吃饭，下午也没有再去应聘，像断了线的风筝不知飘向何方，一个人在大街上无精打采地走着，茫然不知所措，泪水不住地在眼眶里打转。晚上，他还是没有吃饭，也无法再回旅店里住宿了，一个人跑到城外河边没有人的地方大哭了一场。可是，在这个远离故土、举目无亲的城市，有谁会相信他的遭遇，向他伸出援助之手呢？他呼天天不应，喊地地不响。这天晚上，他蜷缩在一家商场的台阶上，度过了一个他终生难忘的夜晚。第二天早上，他仍然没有饭吃。他饿极了，这时，他已经无暇顾及自己的脸面，开始厚着脸皮向过往的行人乞讨。

“叔叔，我是来深圳打工的，身上带的钱全部让小偷给偷走了，求求你开开恩，给我一块钱，让我买个馍吃吧。”

“阿姨，我是从乡下来的，钱让小偷给偷走了，已经一天没有吃东西了，肚子饿得难受，求您可怜可怜我，帮帮我吧，我不会忘记您的大恩大德的。”

“大哥、大嫂，把你们的烧饼赊两个给我吃吧，等我挣了钱，一定加倍还给你们。”

……

“瞧你这身打扮哪像个穷人，你说你的钱让别人偷了，谁信哪？像你这样的人我们见得多了，用谎话来骗取我们对你的怜悯，就是有钱也不会给像你这样的人。”

“我说小伙子，你说你年纪轻轻，身体又没有毛病，干点啥不好，却偏偏要干这种令人讨厌的事情，你不觉得害臊，我倒替你脸红。”

“我们是小本生意，从不赊账，有钱吃饭，无钱滚蛋，别在这里装穷耽误我们的生意。”

也许是因为他年纪轻轻，体格健壮，也许是因为他的穿着根本就不像一个需要救助的穷人，也许是因为人们被那些编造谎言行乞的职业乞丐骗怕了，不管沈二虎怎么说，也不管他怎么哀求，没有人相信他。他在大街上乞讨了一个上午，竟然没有讨到一分钱。他彻底绝望了，后悔了。后悔不该自己一个人跑到这个地方来，后悔没有把自己的钱藏好让小偷钻了空子。他想给家里写封信或打一个电话，让父母给他寄点钱过来，可一方面怕远水解不了近渴，等钱寄过来，他恐怕早就饿死了，何况自己现在连个住处都没有，家里往哪里给他寄钱啊；另一方面，怕父母知道了为他担心，怕父老乡亲知道了笑话他。他只好放弃了这个念头。

中午，沈二虎饿得实在走不动了，就在一家餐馆的门前停了下来。餐馆里那饭菜的香味扑鼻而来，透过玻璃窗，沈二虎望着那些吃得正香的人们，再也无法挡住这个诱惑，不由自主地走了进去，想讨几口残羹剩饭填充他那早已瘪下去的肚子。他在餐馆里先找了一个空位子坐下来，眼睛却不时地搜寻着那些就餐的人们，看他们是否已经吃完准备离去，是否有没吃完的饭菜。餐馆的服务人员见有客人走进来，忙拿着菜谱走到他跟前让他点菜。沈二虎怕服务人员知道他的意图再把他赶出餐馆，便谎称还有朋友未到，等朋友来了再点菜。终于过了一会儿，他见其中有一个餐桌的客人吃完饭准备离去，且盘子里还剩下一些没有吃完的饭菜，便毫不犹豫地急忙跑过去，抓起筷子端起盘子就吃了起来，最后竟然还用舌头把盘子舔得干干净净，在场的服务人员和就餐人员都被沈二虎这一举动惊呆了。坐在旁边就餐的一位约摸五十岁左右的中年妇女见此情景，把自己刚要的一碗米饭和一盘菜端到他的眼前说道：“小伙子，看样子你是真的饿了，这碗米饭和这盘菜是我刚点的，你就把它吃了吧。”沈二虎也没客气，只说了一句“谢谢阿姨，你的大恩大德我一辈子也不会忘记”，就接过饭菜狼吞虎咽地吃了起来。这时，刚才那位让他点菜的服务人员见沈二虎不是来吃饭的而是来讨饭的，便要赶他走。那位中年妇女忙制止说道：“小姑娘，先别赶他走，我看这个小伙子真的是饿了，让他把我给的这碗米饭吃了再走吧。”

从沈二虎走进餐馆到他抢吃客人剩下的饭菜，再到那位中年妇女送给他饭菜吃，这一切，都被餐馆里看似像个领班的姑娘看在眼里。她听那位中年妇女如是说，又见沈二虎不像是个坏人，便走过来笑着安慰说道：“这位先生，阿姨说得对，看你饿成这个样子，想必遇到了什么难处，别着急慢慢吃，吃了不够我再给你盛碗米饭，吃饱了再走吧。”说完，她又吩咐服务员给沈二虎端来一碗米饭。

听了这位姑娘的话，看到有这么多好心人相助，沈二虎忍不住流出了感激的泪水。

饿了一天的沈二虎终于又填饱了肚子。可他坐在那里却始终不想离开，因为他没有什么地方可去，也不知道下一次什么时候才能吃上一顿饱饭。那位姑娘见他吃饱了饭还坐在那里不动，便又笑盈盈地走过来说道：“先生，你吃饱了吗？如果没吃饱，我让她们再给盛些饭来。如果吃饱了那就请你离开这里吧，我们还要营业招待其他客人。”

沈二虎见那位姑娘要下逐客令，便用近似恳求的目光对她说道：“这位大姐，谢谢你们的好心。我是来深圳打工的农民，没想到来这里已经快半个月了，工作没找到，钱却让小偷给偷了，现在我身无分文，又没有熟悉的人可投靠，已无处可去，如果你们不嫌弃，就让我在这里给你们打工吧，我不要工钱，只要能给我口饭吃，有个睡觉的地方就行了。”

听沈二虎这么一说，那个姑娘犹豫了。她见沈二虎不像是个坏人，又见他遭了难，便想帮助他。于是，她对沈二虎说道：“好吧，你先在这里喝点水休息一下，我到里边去跟老板商量一下，看老板是否同意。”

沈二虎坐在那里焦虑不安地等待着。过了一会儿，那位姑娘出来了。她高兴地对沈二虎说道：“你的事我跟老板讲了，老板同意你暂时留下。你就在这里干几天试试吧，干好了就留下，干不好就走人。”

沈二虎见餐馆肯收留他，激动得不知说什么好，只说了一句：“请放心，我会好好干的，不会让你们失望。”

其实，这家餐馆是一对湖南籍的打工夫妇开的，刚才那位像似领班的姑娘叫唐晨，是这对夫妇的女儿。他们听女儿讲述了沈二虎的遭遇，深表同情，同意了女儿的意见，让沈二虎留在了餐馆打工。由于沈二虎勤劳能干，很得唐晨父母的赏识。后来，他又与唐晨建立了恋爱关系。唐晨的父母见两人相亲相爱，又懂经营会管理，便把餐馆交给了他们俩回湖南老家去了。沈二虎从此也就成了这家餐馆的老板。当然，他的坎坷经历，罗家村的人并不知晓。因为他在外出打工这两年里只给家里写过几封信，告诉父母他在深圳打工，一切都好，让父母放心，一直都没有回村。

沈二虎这次回村，真可谓是光宗耀祖，风光无限。他与女朋友唐晨一起天天走亲访友，大宴宾客，请了亲戚朋友，又请村两委会的干部，最后，他把梁鑫、罗小惠、项天发、罗大海、马玉芳等村里的几个高中同学请到家里，备下丰盛的饭菜，畅谈同学之情、人生之感。此时的沈二虎，成了同学中的佼佼者，也成了大家崇拜的偶像。几个人纷纷向他祝贺，听他讲述在深圳打工的坎坷经历，讲述大山外边世界的生活。

“二虎，听说你现在当饭店的大老板了，你不仅是我们这些同学的骄傲，也是罗家村人的骄傲，来，我们敬你一杯。”

“想不到咱这山沟沟里也飞出了个金凤凰，泥腿子捆上风火轮飞到天上去了，二虎，你真是好样的，真是令人佩服。”

“老同学，深圳比我们茂丘县城大吗？深圳是个什么样子，你就给我们大伙讲讲吧。”

“二虎，你小子在上学时就喜欢围着女人转，还真是艳福不浅，你老实交待，是用什么办法把这么漂亮的姑娘骗到手的？”

面对一声声赞美，望着一双双好奇的目光，沈二虎就像一个从前方打了胜仗凯旋而归的英雄，又像发现新大陆回到家乡受到拥戴的哥伦布，感到无比的自豪和惬意。他一边不断地敬酒，一边不时地回答着同学们的提问，绘声绘色地描绘着深圳这颗南国的灿烂明珠，直说得在场的人都心旌摇动。

真是一石激起千重浪。村里有很多青年见沈二虎在深圳打工发了财，还带回了一个漂亮的媳妇，都心里痒痒，纷纷跑到沈二虎家里，恳求沈二虎带他们一起去深圳打工。沈二虎答应他们，等回深圳后找到合适的工作就带他们过去，临走时还带了几个辍学在家的姑娘到他的酒店里打工。

沈二虎走了，可他在罗家村村民，特别是那些青年村民中所产生的震撼，却是久久难以平静。

## 二十三

程大山的女儿程海霞见村里有好几个小姐妹都随沈二虎到深圳打工去了，也动了心，她多么想能到大山外边的世界去闯一闯，多么想能尽快挣钱把父亲活着的时候生病欠下的债还给人家，多么想能尽快摆脱这贫困生活的折磨。无奈现在上学的弟弟没有人照顾，家里的责任田无人耕种，想到这些，她只好放弃了这个念头。一个姑娘家，像男人一样，整日里泡在自家的责任田里。回到家里，还要忙着做饭，收拾家务，也真够她受的。

程海霞有个叔叔叫程大志，为人忠厚老实，心地善良，勤劳能干，可就是患有严重的“妻管严”，对妻子的话向来都是言听计从，让他站着，他不敢坐着，让他向东，他不敢向西。这程大志跟哥哥程大山一样，也有两个孩子，一个女儿，一个儿子，都在村里的小学读书，家境虽不富裕，却也能够解决温饱问题。他在哥哥程大山和嫂子史娅琴相继离开人世之后，曾跟妻子商量过，希望能把程海霞和程小川接到家里一起过，可不曾想遭到了妻子的强烈反对，并威胁说，如果程大志把两个孩子接到家里住，就跟他离婚。为了维持这个家庭，程大志只好放弃了这个念头。其实，他也知道妻子坚决反对的原因，一方面是因为自己确实并不富裕，如果再把程海霞和程小川接到家里一起过，生活难以维持；另一方面是因为嫂子史娅琴活着的时候妯娌俩就不和睦，经常闹一些小摩擦，妻子现在还记着这个仇。但程海霞和程小川毕竟是自己的亲侄女和亲侄子，对两个孩子的坎坷生活遭遇，他还是看在眼里，疼在心里，经常瞒着妻子帮助程海霞干一些庄稼地里的活。而在生活上，由于妻子掌管着家里的全部大权，他就显得无能为力、爱莫能助了。在那天扶贫现场会上，当省委副书记郑廉风把程海霞叫到主席台上向全村人诉说他们家的生活情况时，程大志就坐在台下，他感到惭愧，感到内疚，流下了自责和伤心的眼泪。

程海霞是一个懂事的姑娘。她理解叔叔程大志的难处，也没有忘记父亲临终时的嘱托："海霞，爸爸已经不行了，爸走后，你一定要听妈妈的话，不要惹妈妈生气，要帮着妈妈撑起这个家。"没有忘记母亲在寻短见前那天晚上跟她说过的话："霞儿，你已经长大了，也懂事了，如果有一天妈妈不在的话，你一定要照顾好弟弟，把他拉扯成人。"她万万没有想到这竟是母亲临终时的遗言。在父母相继离开人世之后，她便用那瘦弱的身躯勇敢地挑起了支撑这个家的重担。弟弟程小川也是一个非常懂事的孩子，不仅在学校里门门功课都名列前茅，放学回到家后也不贪玩，不是忙着上山挖野菜，就是在家里帮着姐姐干一些力所能及的家务。姐弟俩虽然生活过得苦了些，日子倒也安生。

真是穷人的孩子早当家。这程海霞虽然才只有十六七岁，却已经长成了一个大姑娘。庄稼地里的风吹日晒，艰难困苦生活的磨炼，朴素的衣着打扮，仍掩饰不住她那青春少女的靓丽。苗条的身材，乌黑的秀发，高高的鼻梁，长长的睫毛，双眼皮，一双水灵灵的大眼睛，含着纯朴，透着灵气，着实讨人喜欢。特别是她那温馨而恬静的脸庞上嵌着的两个匀称的酒窝，以及那对丰盈而坚挺的乳峰，更是让村里那些青年后生们垂涎欲滴。村里有不少尚未娶媳妇的青年都想把丘比特的神箭射向她，千方百计寻找机会向她套近乎，试图打开她那情窦未开的心扉。有的甚至公开托媒人上门求亲。而程海霞的态度却是非常坚决，不完成父母亲的遗愿把弟弟拉扯大，自己决不嫁人。

在这些求爱者当中，最难缠、最令她厌恶的就是罗大江。这罗大江论家庭条件和个人长相都不差，可就是跟他的叔叔罗方钊一样，一肚子坏水，为人奸诈，凶狠残暴，干尽了坏事。虽然这些年也曾有人给他介绍过几个对象，可女方一打听他的为人就打退堂鼓，如今已是快三十岁的人了，却还是光棍一条。他见程海霞人长得漂亮，又是姐弟俩相依为命，觉得有机可乘，便动了邪念，打起了程海霞的主意。

为了达到目的，罗大江真可谓是绞尽脑汁，机关算尽。他的家与程海霞的家不远，只有一街之隔，罗大江平日一有空就跑到程海霞的家门口转悠，千方百计寻找机会与程海霞套近乎。每次见面，他都会厚颜无耻地主动凑上去打招呼，缠着程海霞东扯葫芦西扯瓢，没话找话说。尽管程海霞知道罗大江的为人，也很讨厌他，可碍于面子，有时又不得不应付几句，有时就干脆躲开他绕道而行。罗大江剃头挑子一头热，误认为程海霞对他有好感，更是紧追不舍。程海霞到坡里干活，他也时常装着到自家的田里干活，跑到程海霞的地里帮忙。程海霞不让，他就赖在那里不走。程海霞走到地东头，他就跟到地东头，程海霞走到地西头，他就跟到地西头。程海霞走到哪里，他就跟到哪里，并时常用那双贪婪而色眯眯的眼睛盯着程海霞看个不停。特别是当程海霞低头或蹲下在那里干活时，罗大江则总是站在她的跟前，目不转睛地从衣服的空隙里窥视她的胸前。程海霞直让他看得心里发慌，恐惧不安。没有办法，她只好下逐客令，婉言谢绝说道："大江哥，你的好意俺心领了，俺不需要别人帮忙，你快忙你自己的去吧。"

罗大江跟程海霞套近乎说道："海霞，咱们都是街坊，谁家有困难相互帮帮忙也是应该的。看你一个姑娘家，既要忙着干地里的话，又要忙家务，也真够难为你的，就让我帮帮你吧，再说了，我们家地里的活我爸一个人就干了，根本不用我，反正我闲着也没事。"

程海霞见罗大江赖着不肯走，便又推辞说道："大江哥，你的好意俺心领了，可俺真的不需要帮忙，如果需要的话，俺会去找你的，你赶快忙你的去吧。"

罗大江并不知道程海霞是因为讨厌他才不肯让他帮忙的，还误认为程海霞是在跟他客气。于是，他恬不知耻地说道："海霞，你嫁给我吧，我会待你好的。只要你嫁给我，保证今后没有人再敢欺负你，我也会保证让你一辈子幸福的。"

程海霞知道罗大江主动来帮她干活是黄鼠狼给鸡拜年没安好心，可没有想到他竟然会提出这样的要求。听了罗大江的这番话，她害怕极了，茫然不知所措，仿佛觉得有一个恶魔向她扑来。于是她急忙回绝说道："大江哥，俺现在年龄还小，还不想嫁人，就是嫁人也……"

"就是嫁人也怎么了？"罗大江瞪着一双令人毛骨悚然的眼睛警觉地问道。

程海霞本来想说就是嫁人也不会嫁给你这样的人，但她知道罗大江是个心胸狭窄的小人，怕说出这句话来惹怒了他遭到报复，话到嘴边又咽了回去。她见罗大江追问，只好灵机一动说道："就是嫁人也要过几年再说。"

程海霞怕与罗大江在一起呆得时间久了发生什么不测，便撒了个谎说道："大江哥，你快忙你的去吧，俺家里还有点事情，俺要回去了。"说完便扛起锄头回了家。

罗大江向程海霞求婚讨了没趣，又见程海霞走了，也只好悻悻地回到自家的地里干活去了。

受到骚扰和惊吓的程海霞回到家里，关上门跪在父母的遗像前大哭了一场。

她不知道该向谁去诉说自己的遭遇，也不知道该如何摆脱罗大江的纠缠。她想去找自己的叔叔程大志商量，让他帮着拿个主意，可又怕婶婶知道了不高兴。没有办法，她只好跑到梁家村去找梁鑫和罗小惠，想让他们帮着拿个主意。梁鑫和罗小惠听了程海霞的诉说后感到震惊，为程海霞担心起来。罗小惠紧紧抓住程海霞的手十分关切地问："海霞，罗大江那个王八蛋碰你了吗？"

"碰倒是没敢碰，可他这些日子总是缠着俺，跟俺套近乎，还提出让俺嫁给他，俺知道罗大江跟他叔叔一样不是什么好东西，所以没有答应他。俺怕时间久了他真干出那种伤天害理的事情来，就跑来找你们，想让你们帮着想想办法，拿个主意。"程海霞心有余悸地把罗大江骚扰她的事情告诉了梁鑫和罗小惠。

梁鑫听后非常气愤地骂道："真他妈的癞蛤蟆想吃天鹅肉，也不撒泡尿照照自己是啥模样，我看这罗大江跟他叔叔罗方钊一个德性，也不是个什么好东西，海霞，你以后一定提防着他点，离他远一点，免得吃了他的亏。"

罗小惠也安慰和嘱咐程海霞说道："海霞，你梁鑫哥说得对，你千万不能答应他，离他远一点。他以后如果再纠缠你，你就明确告诉他，就是嫁人也不会嫁给他这种人，让他死了这条心。不过你以后一定注意保护好自己。下地干活时，千万别回家太晚，也不要一个人走夜路，平日一个人在家时把门关好，如果有人敲门一定要从门缝里看清对方是谁再开门，遇到什么事情或是地里的活忙不过来，就让你梁鑫哥和天发哥他们帮帮你。"

听了梁鑫和罗小惠的话，程海霞宽慰了许多，恐惧不安的心理也平静了许多。她满含感激之情说道："谢谢梁鑫哥和小惠姐，有你们俩保护和帮助俺，俺就放心了，今后如果罗大江那个王八蛋再缠着俺，俺就骂他，把他轰走。"

"海霞，你小惠姐说得对，你不用怕那个王八蛋，他要是敢欺负你，你就来告诉我们，我们为你撑腰。"梁鑫也在一旁鼓励程海霞说道。

程海霞紧紧抓住罗小惠的手说道："小惠姐，你跟梁鑫哥真好。你们要是在罗家村该有多好啊，俺有事找你们也方便，你们快回罗家村吧，大伙都想你们，都盼着你们快回去哪。"

罗小惠满含深情地说道："我也想大伙，想那些过去朝夕相处的姐妹们。我何尝不想回去，可罗方钊那个挨刀剐的孬种把我们开除了村籍，你让我们怎么回去啊？"

程海霞见梁鑫没有说话，便半开玩笑地问道："梁鑫哥，你还愿意回罗家村吗？"

梁鑫抬头看了程海霞一眼，笑了笑没作回答，又低头忙着修理电器去了。这时，站在一旁的罗小惠讥讽梁鑫说道：“他呀，早就乐不思蜀了，哪儿还想再回罗家村去。”

梁鑫笑着反驳说道：“谁说我乐不思蜀了？是罗家村不要我们了。他们不仅开除了我们的村籍，把我们的口粮田也都收回去了，我们回去吃啥？喝西北风呀。要回你自己回去吧，反正我和儿子是不回去了。”

“哟，好你个梁鑫，不是当初苦苦哀求着让我嫁给你的时候了，现在把老婆骗到了手，又给你生了儿子，是不是用不着我了，你让我自己回去是啥意思，是不是又有心上人了？”罗小惠听后挖苦梁鑫说道。

“就是啊，梁鑫哥，你让小惠姐自己回罗家村，到底是啥意思？快老实交待。”程海霞也在一旁帮腔说道。

“是啥意思你还不清楚吗？等你小惠姐走了，我可以再去找一个比她更年轻、更漂亮的媳妇。”梁鑫开玩笑说道。

听梁鑫这么一说，程海霞生气了，她非常认真地为罗小惠打抱不平说道：“梁鑫哥，俺们大伙看你有文化、有能力，人品又好，才敬重你，想不到你这么花心。你要是辜负了小惠姐，做了对不起俺小惠姐的事情来，俺们可饶不了你。”

听了程海霞的话，罗小惠笑了，笑得前仰后合。程海霞感到莫名其妙，不解地问道：“小惠姐，你笑啥？”

罗小惠拍着程海霞的肩膀笑着说道：“海霞，你真是天真可爱。你梁鑫哥说啥你就信啥，你听他胡咧咧。他不过是自作多情，也就是我没长眼睛嫁给了他，人家别的姑娘谁愿意嫁给他这个穷光蛋。”

梁鑫边干活边回击罗小惠：“哎，我说小惠，你可别太自信了，别以为离了你我就找不到老婆了，像我这样英俊潇洒的帅哥，哪个姑娘见了不爱？如果你今天回了罗家村，赶明儿我就领一个漂亮的大姑娘给你看看。”

梁鑫的一席话，把罗小惠和程海霞逗乐了。

中午，梁鑫和罗小惠留程海霞在梁家村吃了饭。下午，在她返回罗家村时，还送给了她半口袋粮食和罗小惠穿过的几件旧衣服。

# 二十四

罗家村村后的两个塘坝桃花沟塘坝和蛤蟆湾塘坝，过去由于村支书程大孟和村主任罗方钊暗箱操作，没有通过召开村民大会进行公开招标承包，也没有经村两委会集体研究，便以低廉的承包费分别承包给了程大孟的本家兄弟程大康和罗方钊的哥哥罗方谦。去年因天旱，两个承包户趁机哄抬浇地用水的收费标准，甚至导致了村民程友生因放水浇地与罗方谦父子发生冲突被打成重伤的惨剧。村民们为此而极为不满，怨声载道，多次到上面去上访。程大孟和罗方钊迫于压力，不得不废除了这个合同。今年在雨季到来之前，村两委会又组织村民对两个塘坝进行了清淤加固。现在，村两委会决定召开村民大会，对两个塘坝和村里的几个荒山公开进行招标承包。

招标承包大会是在村两委会办公室的大院里举行的。这天一大早，村民们就陆陆续续拥进了会场，能容纳上千人的会场几乎挤得满满的。不少家庭都是倾巢出动，全部上阵，他们当中有的是准备前来投标承包的，也有的是来看热闹的。

会场虽然布置得非常简单，却显得庄严肃穆。几张破旧的条桌上面盖上了红布，算是临时搭建的主席台。条桌的两侧分别竖起了一根高高的木柱。两块木柱中间悬挂着一条横幅，横幅上面写着“罗家村塘坝、荒山招标承包大会”的字样。

看来罗家村村两委会对这次招标承包大会极为重视，村支书程大孟，村主任罗方钊，村支部委员、村委会副主任罗海生，村支部委员、民兵连长胡天凯，村委会委员、会计程友发，村委会委员、妇女主任韩玉霞等七个村两委会成员除村支部副书记胡春光被停职检查外，其余六人全部悉数登场，就座在主席台上。副乡长姜涵等三名驻罗家村工作组的乡干部也都来现场监督。因为他们知道土地承包是关系到各家各户的大事，也知道村民与村两委会之间充满硝烟的矛盾，担心弄不好村民与村两委会在会上打起来。

会议由村主任罗方钊主持。只见他摆出一副领导干部的架势，对着话筒高声宣布承包大会开始：

“喂，喂，同志们，请大家静一静，下面马上开会。”

会场上的吵闹声并没有因他的喊话而静下来。一些村民似乎有意跟他过不去，根本不听他的指挥，仍在若无旁人地大声说话，坐在他旁边的副乡长姜涵见状忙抓过话筒替他维持秩序：

“罗家村的各位父老乡亲，请大家静一静，你们这么吵吵闹闹的，会议咋开？招标承包咋进行啊？”

姜涵这句话还真灵，会场一下子静了下来。罗方钊这时才亮开嗓子宣布承包大会开始：

同志们，不用我说大家可能都已经知道了，我们今天召开的这个村民大会，没有别的任务，只有一个内容，就是要对我们村的两个塘坝和几处荒山公开进行招标承包。乡里对我们这次招标承包大会也非常重视，驻我们村里的工作组组长、副乡长姜涵以及乡里的其他两位驻村干部也都亲临会场进行指导监督，让我们以热烈的掌声对他们表示衷心的感谢。

罗方钊的话音刚落，会场上便爆发出一阵热烈的掌声。掌声结束后，罗方钊又接着主持说道：

下面，首先请村党支部书记程大孟讲话。

这程大孟有个习惯，在讲话之前总是要干咳两声，以引起人们的注意。今天当然也不例外，他从罗方钊跟前拿过话筒，“吭、吭”地干咳了两声，便毫不客气地作起了指示：

同志们，刚才罗方钊主任已经讲了，我们召开的这个大会，是一个塘坝、荒山承包大会。因为这件事牵涉到大家的切身利益，所以今天到会的人很多，希望大家都能够自觉遵守会场纪律，共同维护好会场秩序，特别是那些带孩子的家长，一定要把自家的孩子看好管好，别让他们到处乱窜，大声哭闹，影响了我们招标承包工作的正常进行。

大家都知道，咱们村有几处山峦还没有进行承包，两个塘坝也在今年春天废止了原来的承包合同，前些日子我们组织村民进行了清淤加固，现在也无人管理。为了充分发挥这些资源的作用，促进咱们村的经济发展，帮助大家尽快脱贫致富，经村两委会研究决定，准备对这几处尚未承包的荒山和两个塘坝进行公开招标承包。在投标之前，我首先宣读一下村两委会研究制定的几条纪律和有关规定。

第一条，前来参加投标承包的村民，必须服从大会主持人的统一指挥，自觉遵守大会纪律。有什么不明白的问题，可以向主持人提出，未经主持人批准，不得在会场上大喊大叫，起哄闹事。主持人答复不了的，由我们村两委会集体研究。

第二条，这次塘坝和荒山的承包，只面向本村村民，外村村民不得承包。也就是说，如果哪位村民想替外村的亲戚朋友承包，这是不允许的。

第三条，整个投标承包工作，由罗方钊主任主持进行。荒山的承包期为二十年，塘坝的承包期是五年。每处荒山和塘坝，村两委会都定了一个最低的起包价格，如这个最低起包价也没有承包的，暂缓承包。想承包的村民可以在这个基础上竞标，每次竞标价由主持人喊三次，谁出的钱多，由谁承包。中标的承包户散会后就可以到村两委会办公室办理承包手续，与村两委会签订承包合同。

第四条，凡中标承包塘坝或荒山的村民，在签订承包合同之前，必须在十日内将第一年的承包费一次性全部缴齐，并在以后的每年年初缴齐当年的承包费。凡不能在规定时间内将承包费全部缴齐者，村两委会将不与其签订承包合同。中标者也不得以任何理由放弃承包权，如无故放弃承包权者，必须向村两委会缴纳百分之十的违约金。

第五条，塘坝和荒山都是村里的集体财产，所有中标承包的村民，既有开发利用的权利，也有保护的义务，承包塘坝者不得破坏塘坝的设施，承包荒山者不得乱砍滥伐山林，如有违反者，村两委会将视其破坏情况进行处罚，并收回其所承包的塘坝或荒山。

第六条，村两委会与承包者都必须认真履行合同。如承包者不能按规定时间缴纳承包费或有其他不履行合同的行为时，村两委会有权终止合同。如村里因开发或其他工作需要必须收回村民所承包的塘坝或荒山时，承包者必须无条件服从。村两委会将根据承包者的投资情况给予适当的经济损失补偿。

以上就是我们村两委会研究提出的关于这次塘坝、荒山承包的几项规定，大家有什么问题可以提出来，如没有什么问题，下面就开始竞标承包。

竞标承包开始了，会场上一下子又热闹了起来。罗方钊成了今天的主角。他手里拿着锣，宣读着一个个所要承包的荒山和塘坝的名单。

“野猪岭荒山，起拍承包费八百块。”

“我愿意承包。”罗方钊的话音刚落，就有村民举起了手，接着又有村民站起来竞拍。

“我出九百块。”

“我出一千块。”

“我出一千一百块。”

当竞拍到一千五百元时，没有人再举手。罗方钊连喊了三遍：“还有没有人再出高价承包？”见无人回应，便“哐”的一声敲响了第一次锣。

随着一声声锣响，一个个所要承包的荒山和程大康原来承包的桃花沟塘坝都被村民们竞标承包走了，最后只剩下了罗方谦原来所承包的蛤蟆湾塘坝还没有竞拍。罗方钊之所以把这个塘坝的竞拍放到最后，是因为他的哥哥罗方谦还想承包这个塘坝，可又不想多拿承包费。他怕有人故意捣蛋跟他竞拍，影响整个招标承包大会的进行。然而，他所担心的事情还是发生了，当他宣读完了蛤蟆湾塘坝的起包价为一千元钱之后，他的侄子罗大江便立即站起来说道：

“蛤蟆湾塘坝我们承包。”

罗大江这一喊，热闹的会场一下子静了下来，本来还有几户村民打算竞标，但他们见罗大江要承包，畏惧于罗家的权势和罗大江的为人，只好打消了这个念头。

罗方钊见状心中暗喜，扯着嗓子大声喊道：“还有没有竞标承包的？还有没有竞标承包的？”他连续喊了两遍之后，见没有人应声，便拿起锣锤准备敲锣。

就在这时，胡大禄突然站了起来，大声嚷道：“再加一百块，我承包。”

胡大禄的这一举动令在场的村民都感到震惊，更令罗方钊始料不及。他用一种鄙夷的目光瞪着胡大禄嘲讽说道：“我说大禄啊，这是承包大会，不是闹着玩的地方，你还是赶快坐下吧。”

胡大禄反唇相讥说道：“哎，我说罗大主任，咋了，别人能承包，我咋就不能承包，我也是罗家村的村民啊。”

“就是啊，胡大禄也是咱们村的村民，为啥不让人家承包？”一些村民起哄说道。

罗方钊自知刚才说的话有失身份，忙改口说道：“大禄，我并没有说不让你承包，我是觉得你家里穷得叮当响，你有钱交承包费吗？”

“这你别管，反正我要承包。”胡大禄不服气地反驳道。

其实，正如罗方钊所说的，胡大禄根本就没打算承包这个塘坝。他确实没有这个能力，他是看不惯罗家父子那种盛气凌人的样子才这么做的，是想故意气气他们，杀杀他们的威风。

罗方钊见胡大禄坚持要竞标承包，在众目睽睽之下，又不能说什么，只好宣布：

“好，蛤蟆湾塘坝的起拍价是一千块钱，现在胡大禄又加了一百块，还有谁愿意承包？”

罗方谦父子万万没有想到胡大禄会站出来跟他们竞标。当然，他们很想承包这个塘坝，更不想在全村人面前输给胡大禄。于是，罗大江在父亲罗方谦的授意下又站起来，很不情愿地说道：“那我们也加一百块。”

还没等罗方钊作出反应，胡大禄又站了起来，毫不犹豫地说道：“我再加一百块。”

当罗大江加到一千五百元钱的时候，胡大禄没有再站起来，罗方谦父子见胡大禄败下阵来，长长地嘘了一口气。就在他们认为承包已成定局的时候，项天发又突然站出来说道：“我出一千六百块。”

罗方谦父子见又有人站出来向他们挑战，只好应战，又加到一千七百块。

“我出一千八百块。”

“我出一千九百块。”

项天发和罗大江又叫起了板。开始的时候，两人一百一百地往上加，到后来五十五十地往上加，当项天发加到二千二百元钱的时候，罗大江不再叫了，他像一只斗败了的公鸡，一屁股坐到地上，气得脸色铁青。那些看热闹的村民都响起了热烈的掌声。

最后，主持竞拍的罗方钊只好无奈地敲响了锣。

# 二十五

蛤蟆湾塘坝位于罗家村村后的凤凰山和蟒蛇山之间。这里森林茂密，山清水秀，风景宜人。别看这蛤蟆湾的名字不好听，却有一个美丽的传说。

相传，在很久很久以前，有一个国王，他的三个儿子都没有成亲。一天，国王在大臣们的簇拥下，带着他的三个儿子和几十个从民间挑选出来的美女到凤凰山狩猎。他想利用这个机会为三个儿子选妻。他对三个儿子说道："我派大臣们从民间选了一批美女，今天都带过来了，准备让你们选妻子。现在，我给你们一人一张弓，一支箭，箭头上绑着一个绣球，你们拿弓箭去射，一箭定缘，射到谁的身边，你们就娶谁为妻。"

三个儿子听后都高兴地答应了。国王先让他的大儿子射，大儿子看了一眼不远处那些嬉笑的美女们，连瞄也没瞄就把箭射了过去。结果射在了一个婀娜多姿、亭亭玉立的姑娘身边。大儿子很高兴，便把这位姑娘领到了国王面前，国王看了很满意。又让二儿子射，二儿子拿起箭瞄了瞄，把箭射到了一个浓眉大眼、面如桃花的姑娘身边。二儿子把姑娘领到国王面前，国王见了也很高兴。大儿子和二儿子射完后，国王又让三儿子射。三儿子也学着两个哥哥的样子，看了看那些美女，把箭射了出去，结果弓箭却射偏了，射到了池塘边的一个蛤蟆身边。三儿子一看傻了眼，只好沮丧地拿着蛤蟆给国王看，国王看了后立刻把脸耷拉下来。三儿子也很懊恼伤心，只好无奈地把蛤蟆放到袋子里带回宫里。

国王见三儿子娶了个蛤蟆做妻子，当然不高兴了。有一次，国王下了一道圣旨，让三个儿子和儿媳修城墙，并强调不准让下人帮忙，在十天之内谁修得多就赏给谁礼物。老大和老二领到圣旨后商量说道："咱们两个联手干，一定要超过老三，平分父王赏给我们的财宝。"

老三回到家里可发了愁。他知道自己一个人就是再能干也超不过两个人。于是，他愁眉苦脸地对那只蛤蟆说道："蛤蟆啊，蛤蟆，你要是个人该多好，还可以帮帮我，我一个人怎么能比得过他们两个人呢？"没想到他话音刚落蛤蟆却开口说话了："三王子，你不用发愁，这几天你放心在家里休息就行了，我去帮你修城墙，不会输给他们的。"

第二天一大早，老大和老二就带着自己的妻子跑去修城墙了。他们见老三没来，心中暗喜。一个星期过去了，老大和老二都垒了很长一段城墙，可老三那边连一块砖也没动。两人觉得已稳操胜券了，就没再干。老三也觉得反正自己一个人干不过他们两个人，干是输，不干也是输，干不干一个样，索性就没去干。到了第十天规定时间到了，国王亲自带着大臣们来验收，眼前的情景让他们惊呆了，老三修的那段城墙不但比老大和老二的长，而且质量好。国王便把奖赏都给了老三，老大和老二从此开始恨起了老三。

国王觉得第一次奖赏都给了三儿子，怕老大、老二有意见。过了些日子，他又下了一道圣旨，让三个儿媳表演跳舞，谁跳得好就奖励谁。老大和老二的媳妇高兴得几乎跳起来，说道："这回看老三怎么办？"老三回到家，又把这事跟蛤蟆说了，蛤蟆对他说道："你不用担心，我有办法。你明天先去拜见父王，听到外面有三声炮响，你就出来，会看到一辆马车，从马车上下来的女子就是我，你可千万要记住了。"

第二天一早，老三先去拜见了父王。就在这时，他果然听到了三声炮响，便急忙跑出去看，只见一辆马车朝他走了过来，马车来到他跟前时，果然从里边走出了一个貌似天仙的女子。就在他发愣的时候，姑娘笑吟吟地走过来挽起他的胳膊说道："走吧，王子，别发愣了，我就是你的妻子。"老三这才清醒过来，拉起她走到了父王面前，国王和王后看了这仙女般的儿媳妇，甭提有多高兴了，当然，老大和老二看了自然不高兴。

人都到齐之后，国王和王后先招待他们吃饭。吃饭时，老三的媳妇一边吃鱼，一边把鱼刺放进袖子里。老大和老二的媳妇也学着她的样子做。吃完饭后，国王让三个儿媳妇每人跳一个舞，文武官员在旁边看。国王说，老三媳妇先跳吧。只见老三媳妇走到国王和王后面前先施了一个礼，就开始跳舞。她跳得轻盈飘洒，像是在飞一样，并不时从袖子里甩出各种各样的花，落到国王、王后和文武官员面前。国王和文武官员们都看直了眼，高兴地为她鼓掌道贺。轮到老二的媳妇跳了，她也学着老三媳妇的样子跳，可她跳得根本就无法跟老三媳妇比，特别是当她也学着老三媳妇的样子把袖子里的鱼刺甩向两边时，甩出来的却全是鱼刺，把官员们都吓跑了，有一根鱼刺正好甩到了国王的鼻子上，国王气坏了，让卫兵把她轰了出去。老大的媳妇也遭到了同样的下场。国王又赏给了老三和他的媳妇一些金银玉帛。

老大和老二见老三屡屡在父王面前受宠得赏，怀恨在心。他们知道老三媳妇不是凡人，很可能是什么妖精变的，便想治治她。有一天，他们俩偷偷跑到老三的家里，老三和他的媳妇恰巧外出逛街不在家，两人便翻箱倒柜，找出了那张蛤蟆皮，放进火盆里烧了。正在逛街的老三见妻子“哎哟”一声就消失了，便急忙往家里跑，见老大和老二正从他的家里走出来。老三进了屋，忙去找那张蛤蟆皮，蛤蟆皮不见了，又闻到一股烧焦东西的味道，他全明白了，跑到国王面前告了老大和老二一状，国王气得把老大和老二轰出了皇宫。

从那以后，老三再也没有见到他心爱的妻子。原来，那个美貌如仙的姑娘并非是什么妖精变的。她的确就是一个仙女，是因为触犯了天规才被贬到这里来的。玉皇大帝见她长得如花似玉，怕她到人间动了凡心，特地把她变成了一只癞蛤蟆，并派了一个天将变成一条蟒蛇守在她的旁边保护她。那天她是跑出来晒太阳，正巧被国王三儿子的绣球射中了。玉皇大帝知道了这件事后勃然大怒，又把她召回了天庭，关进了天牢。

蛤蟆湾和蟒蛇山因此而得名。

罗方谦父子想继续承包蛤蟆湾塘坝蓄谋已久了。这些年来，他们尝到了承包这个塘坝的甜头。自从当村主任的罗方钊利用手中的权力，暗箱操作把塘坝承包给他们家之后，家里就有了经济保障，小日子过得像芝麻开花节节高，一天比一天好。蛤蟆湾塘坝成了他们家的聚宝盆、摇钱树。家里人想吃鱼了就跑到塘坝里抓上几条，缺钱花了就捞上几网跑到集市上去卖，遇到天旱需要用水浇地的时候，一些村民为了讨好他们，能使自家的庄稼早点浇上水，还不时向他们家“进贡”，给他们送一些礼物过来。可自从去年村民不断上访，迫使村两委会不得不废除这个塘坝的承包合同之后，便断了他们家的财路。为此，罗方谦父子多次找罗方钊，希望能把这个塘坝再继续承包过来。罗方钊也曾不止一次地找过村支书程大盂，并向村两委会建议过，都没有得到支持。

为了能使哥哥罗方谦继续承包这个塘坝，罗方钊真可谓是煞费苦心，他知道这个塘坝是在上世纪六十年代“学大寨”时修建的，由于年久失修，坝基已经受损，里面的淤泥也太多，蓄水量明显减少。所以在前不久，老谋深算的罗方钊借着贯彻落实上级关于发展农村经济的指示精神，提出了加固和维修村里两个塘坝的建议，立刻得到了村两委会和乡驻村工作组的赞同和支持。塘坝维修好后，他又提出了要充分利用村里的现有资源，壮大集体经济，对村里的荒山和塘坝进行招标承包的建议，在招标承包大会上，为了能让自己的哥哥罗方谦再次理直气壮、顺理成章地拿到蛤蟆湾塘坝的承包权，他绞尽了脑汁，故意把蛤蟆湾塘坝的标的定得很低并放在最后竞标。他知道自己的侄子罗大江是村里出了名的“拼命三郎”，村民们都怕他。只要他先提出承包蛤蟆湾塘坝，就不会有人敢站出来跟他竞标。可令他万万没有想到的是，半路上杀出了个程咬金，先是胡大禄站出来跟他叫板，接着项天发又跟他进行了针锋相对的竞标，使他们的如意算盘落空，失去了蛤蟆湾塘坝的承包权，煮熟到手的鸭子飞了。

遭受到沉重打击的罗方谦父子怎能咽下这口气？尤其是报复心理极强的罗大江，更是气得七窍生烟，当他见胡大禄和项天发公开站出来跟他竞标时，眼睛都气得快要冒出火花来了。承包大会一结束，他连家都没回，就直接来到他的叔叔罗方钊家里，一进门就气呼呼地问道：

“二叔，难道就这样让他们把蛤蟆湾塘坝给抢去了？你赶快想想办法吧，我连鱼苗都定了。”

罗方钊也气得脸色铁青，叹了口气无奈地说道：“能咋办？事情都这样了，我有啥办法。”

“哼，还敢跟我们斗，有他们好看的，我绝饶不了胡大禄和项天发这两个王八蛋。”罗大江气得咬牙切齿地骂道。

罗方钊知道罗大江说这话的意思，也了解他的为人，并看不惯他这种整日里打打杀杀的做法。于是，他训斥罗大江说道：“大江，凡事也不动动脑子，不是我说你，你也老大不小了，都快三十岁的人了，该娶媳妇了，你整日里打打杀杀的，谁家的姑娘敢嫁给你？”

这罗大江别看平日在村里横行霸道，无恶不作，可在罗方钊面前却是乖巧得很。他唯唯诺诺、似有所悟地说道：“行，二叔，我听你的，以后一定注意。不过，叔，我觉得胡大禄和项天发这两个王八蛋并不是想要承包这个塘坝，他们这是在故意搅局，不让咱们承包。你想想看，胡大禄家里穷成那个样子，又是光棍一条，他怎么可能来承包这个塘坝呢？项天发那小子家里虽然条件好一些，可他根本就不会养鱼，不懂养鱼技术。”

“你不用多说了，我心里比你清楚，今天所发生的事情，是我没有想到的。

不过，你放心，他们这是搬起石头砸自己的脚，我断定项天发根本就不会承包这个塘坝，他这是冲我来的。他们家的情况我又不是不清楚，要想在十天之内拿出两千多块钱来交承包费谈何容易？就是拿出来了我也要让他有钱没地方交。到时候，他不但承包不到塘坝，还要乖乖地把违约金交上，到头来塘坝还是由你们来承包，你回去告诉你爸，在家里安心等着吧。”罗方钊胸有成竹地说道。

听了罗方钊的话，罗大江似乎又看到了希望，又抓到了救命稻草，那布满杀气的脸上又绽出了狡黠的笑容。他得意地说道：“二叔，姜还是老的辣，我就知道他们是斗不过你的，胜利一定是属于咱们的。”

罗方钊的妻子杨瑞芬是一个心地善良的女人，她看不惯罗家父子那种专横跋扈、欺善怕恶的德性，却也无能为力。今天上午，她也去参加了招标承包大会，会上所发生的一切，她都看得一清二楚。刚才罗方钊和罗大江的谈话她也听到了，她放下手中的活走过来劝导他们说：“我劝你们爷俩就不要再惦记那个塘坝了，人家既然竞标承包了，就不要跟人家过不去，可以再想别的挣钱法子嘛，还是多做点善事积点德吧。”

罗方钊听后十分不悦地反驳说道：“男人们的事你少插嘴，老娘们儿懂个啥，快忙你的去吧。”

杨瑞芬知道罗方钊大男子主义思想严重，老婆的话根本就听不进去，除非他犯了错误抓住他的把柄才会就范。因此，她没有再说什么，罗大江也回去了。

其实，现在罗方钊比谁心里都难受。他比谁都清楚，胡大禄和项天发参与竞标，并不是为了承包这个塘坝，完全是冲着他来的，是在公开向他叫阵，公开向他挑战。他所失去的不仅是自己的哥哥所要承包的蛤蟆湾塘坝承包权，而是他的权威，他的面子和尊严。他唯一希望和期盼的就是项天发筹不到钱放弃承包权，或是想方设法阻止他承包这个塘坝。

# 二十六

再说项天发和胡大禄在这个充满硝烟的招标承包大会上，轮番上阵，联手竞标，击败了罗方谦父子的美梦，赢得了蛤蟆湾塘坝的承包权，给了罗方谦父子当头一棒，也给了罗方钊当头一棒，使他们想继续以低价承包这个塘坝的阴谋落空，令全村人都感到震惊和高兴。

然而，事情正像罗方钊预料的那样，拿到蛤蟆湾塘坝承包权的项天发却怎么也高兴不起来，因为他压根就没想承包这个塘坝，也确实没有条件和能力承包这个塘坝，他这么做完全是在跟罗方谦父子和罗方钊斗气。

承包大会结束后，项天发一回到家，全家人就抱怨开了，抱怨他没脑子，办事太冲动；抱怨他不该不跟家里商量就承包这个塘坝。

“发子（项天发的乳名），不是爸说你，你说你都是一个有妻室的人了，办事咋还像个孩子似的那么鲁莽，承包塘坝这么大的事情，事先也不跟家里商量商量？”父亲项建国抱怨道。

妻子钱招娣也抱怨道：“天发，别怪爸说你，这件事你确实是做得太离谱了，太欠考虑了，你说你承包个塘坝来家干啥？这不是没事找事吗？”

“不是我不跟你们商量，我也并不想承包这个塘坝，是被罗方谦父子那种盛气凌人的样子气的，我就是要杀杀他们的威风，不让他们的阴谋得逞。”项天发解释道。

“你的想法我理解，可你也不应该一个劲儿地跟他去竞标，应该见好就收才是。”父亲项建国又抱怨道。

“我是这么想的，原本打算把承包费抬起来就不叫了，可没想到罗大江那小子猴精猴精的，竞着竞着就不竞了。”项天发显得很无奈地说道。

“你认为罗方谦父子会那么笨吗？他们能看不出来你是在跟他们叫板吗？他们能上这个当吗？这下子可好，黄鼠狼没打着惹了一身臊，人家把承包费抬上去了，把包袱甩给你了，这不是明摆着挖个坑自己往里跳吗？咱们家本来就不富裕，一下子从哪里凑两千多块钱啊？如果不承包了还要交违约金，就算是咱们找亲戚朋友帮忙凑齐钱交上承包费，咱们家又没有懂养鱼技术的，以后咋办？每年的承包费从哪里出？”父亲项建国不无忧虑地说道。

“咳，爸，这活人能让尿憋死啊，咱们不懂养鱼技术可以学嘛，再说，每年放水浇地还可以收些钱嘛，办法总比困难多。”

“说得轻巧，发子，你也太天真了。靠放水浇地才能挣几个钱，咱们村塘坝的情况你又不是不知道，天一旱就没有水，天不旱的时候谁家还买水浇地啊。可一年两千多块钱的承包费一分也不能少。这不是明摆着干赔本的买卖吗？”

项天发听了父亲的这番话，没作回答。这时，坐在旁边一直没有说话的母亲戚淑花见状怕父子再争论下去吵起来，忙站起来打圆场说道：“我说孩子他爸，你们爷俩就别再吵了，事情都发生了，吵有啥用，还是赶快想想办法，看看下一步该怎么办吧。”

钱招娣也跟着劝解说道：“是啊，爸，俺妈说得对，现在抱怨天发也没用了，咱们还是赶快想想办法，先把承包费交上。至于塘坝以后干啥，再想办法，总不能把塘坝闲着光交承包费不挣钱吧。实在不行就让天发到外边找个地方学学养鱼、养鳖的技术，咱们也搞淡水养殖，既然咱们承包了塘坝，就把它管好用好，别让罗方钊那个王八蛋看咱们的笑话，赶明儿我就到沙沟村我姐夫家去一趟，让他借点钱给咱们，再让他帮助咱们请一个养鱼技术员。”

一家人都觉得钱招娣说的话在理，没再争论下去，父亲项建国叹了口气说道：“唉，事到如今，也只好这么办了，死马当活马医吧。”

项天发承包的这个塘坝，成了一家人的心病，就像两手捧了一个刺猬，扔又舍不得，捧在手里又扎手。没有办法，他们只好托亲拜友，四处求助。

第二天一早，钱招娣就去了沙沟村，找她的姐姐钱盼娣和姐夫孙吉祥帮忙。项天发则只好到梁家村找他的好朋友梁鑫商量对策。两人一见面，还没等项天发开口，梁鑫就笑着问道：“天发，今天咋有空跑到我这维修部里来了，是不是村里又要组织大伙去上访？”

“不是，今天遇到点麻烦事想找你商量商量。”项天发回答道。

“啥麻烦事？”梁鑫又问道。

“咳，别提了，他奶奶的，姓罗的一个好东西也没有，我让罗大江那小子给耍了。”项天发懊恼地说道。

在一旁的罗小惠听后不高兴了，开玩笑说道：“天发，话不能这么说，你不能一网打满河鱼，你对罗方钊有意见，这我能够理解，可你不能说姓罗的没有好人，你别忘了，我也姓罗。”

项天发自知说话不够严谨，忙解释说道：“小惠，你别误会，我是说罗方谦和罗方钊兄弟们没有好东西，我可没说你不是好人，要是说你不是好人，梁鑫还不跟我拼了。”

梁鑫则幸灾乐祸地说道：“没事，你说姓罗的没有好人我不反对，只要别说我们姓梁的没有好人就行了。”

罗小惠见梁鑫如是说，假装愠怒地说道：“好啊，梁鑫，你和天发穿一条腿的裤子联合起来欺负我，既然我们姓罗的没有好人你还死皮赖脸地追我干啥？人家说你老婆不是好东西你还高兴，看我不教训你。”说完，就走过去拧梁鑫的耳朵。

梁鑫疼得龇牙咧嘴求饶说道：“好了，好了，我说错了，姓罗的都是好人，特别是罗小惠同志，大好人一个。”

三个人都笑了，闹了一阵之后，梁鑫便问道：“天发，快说说吧，咋让罗大江给耍了？”

项天发便把昨天村里召开塘坝、荒山承包大会和他竞标蛤蟆湾塘坝的过程讲了一遍。罗小惠听后嘲讽他说道：“哟，天发，你说你这么个大聪明人咋能让罗大江给耍了？”

项天发无奈地说道：“行了，小惠，你就别挖苦我了。我今天来，就是想找你们俩商量商量这事该咋办？”

梁鑫和罗小惠对项天发的问话像是没听见似的，没有人回答他，各自只顾忙着做自己的事情。项天发见两人都不理会他急了，有点生气地说道：“我说你们俩今天这是咋了？我问你们话哪，咋不回答呀？”

梁鑫见项天发急得火烧火燎的样子，噗嗤一声笑了，不急不慢地说道：“咋办？这还不好办，自己酿的苦酒自己喝呗，难道还能退回去不成。”

“可我们家的情况你们是清楚的，既没有钱交承包费，又不懂养鱼技术，咋承包这个塘坝？”项天发为难地说道。

梁鑫把两手一摊显出一副无能为力的样子说道：“我们也没有什么好办法，

还是你自己想办法解决吧。”

项天发见梁鑫如此冷漠的态度，感到很吃惊，也很失望，不满地说道：“梁鑫、小惠，你们俩今天这是怎么了？阴阳怪气的。我把你们当成真正的朋友才跑过来找你们商量的，想不到你俩非但不帮忙出主意，还幸灾乐祸，说风凉话，看我的笑话，你们还算是朋友吗？既然你们不肯帮忙，那我就回去了。”

项天发说完，就起身要离开。梁鑫和罗小惠见项天发真的生气了，都笑了，尤其是梁鑫，笑得前仰后合，笑得让项天发丈二和尚摸不着头脑，甚至连眼泪都笑出来了。他笑完之后说道：“天发，想不到你这大老实人也有发火的时候，不过我要提醒你，别因为这件事我们不帮你，就怀疑我和小惠对你的感情，我们是你的同学，也永远是你的朋友。”

“是朋友为啥不肯帮忙？我项天发并没有要求你们帮我做什么，只是想请你们帮我出出主意，想想办法，你们就在那里讽刺我，嘲笑我，这是一个朋友干的事吗？”项天发反唇相讥说道。

“你咋就知道我们不帮你？”罗小惠插话说道。

“既然你们想帮我，那就请你们赶快告诉我，我该怎么办？”项天发恳求道。

“你不是要走吗？那就走吧，还问我们干啥？”梁鑫板着面孔道。

“你们不告诉我，我还不走了呢，就住在这里，啥时告诉我答案，我啥时就回去，反正你们不能饿着我。”项天发说完，又重新回到原来的座位上坐下了。

“好啊，那你就在这里住下吧，天天让你啃咸菜，吃野菜团子，晚上就在这里给我们看铺子，啥时熬不住了，啥时再回去。”梁鑫仍然板着面孔说道。

“行了，梁鑫，你就别再跟天发闹了，看他都急成啥样子了，还是快把你的想法告诉他吧。”罗小惠心软，不忍心看着项天发那焦虑不安的样子，催促梁鑫说道。

“好吧，那你就把那个东西给他吧。”梁鑫应允道。

罗小惠打开锁着的抽屉，从里边拿出了一个纸包递给项天发说道：“给你。”

项天发接过纸包问道：“这是什么？”

“你不是让我们帮你想办法吗？答案都在里边，你自己看吧。”梁鑫回答道。

项天发打开纸包，只见里面包着一叠厚厚的钱，有百元的、五十元的、二十元的、十元的，还有一元的、两元的。他迷惑不解地问道：“你们给我这些钱干什么？”

“交承包费啊。你以为我们真的不管吗？还说我们不是你的朋友吗？”梁鑫爽朗地笑着问道。

项天发听后非常感动。但他还是把钱还给罗小惠说道：“梁鑫、小惠，你们两口子的好意我心领了，这钱我不能要。我知道你们的日子过得也不富裕，有四个老人，还有两个正在上大学的妹妹，到处都需要钱，你们把钱给了我，你们怎么办？我来找你们，不是来向你们借钱的，就是想让你们帮我想想办法，出出主意。”

罗小惠把钱又递给项天发说道：“天发，你就拿着吧。刚才，梁鑫是跟你开玩笑的。其实，他心里比谁都焦急。昨天罗家村召开承包大会和你承包蛤蟆湾塘坝的事，下午村里有人过来修电器时就告诉我们了。我们知道，就你们现在的家庭状况根本就没有能力承包这个塘坝，你是跟罗方钊兄弟赌气才承包的。既然承包了，就不能让罗方钊那些人看笑话，就要把塘坝管理好、利用好。所以，我们俩合计着准备帮助你渡过这个难关，凑了两千块钱，本来准备今天晚上给你送过去，你既然来了就拿回去吧，省得我们再跑一趟。”

梁鑫也满含深情地说道：“天发，小惠说得没错，你就拿着吧，我们也没有很多钱，不够的部分回去再想想办法。这两千块钱是这些日子我们修理电器积攒下的，就算是我们入股的钱吧，将来如果承包塘坝赔了钱就不用你还了。不过，如果塘坝赚了钱可别忘了分红给我们。”

项天发捧着这沉甸甸的钱，不知该说什么好。他满含感激之情地说道：“梁鑫、小惠，谢谢你们。有你们的关心和支持，我项天发就有信心了。我回去就把承包费交上，再找亲戚朋友借点钱，买些鱼苗放进塘坝里去，请个养鱼技术员帮助我管理，到了秋天，你们就等着吃鱼分红吧，我不会让你们失望的。”

听了项天发的这番话，梁鑫和罗小惠都笑了。

# 二十七

事情并不像项天发想象的那么简单。按照村两委会研究的意见，承包手续的办理工作由罗方钊和会计程友发具体负责，凡是中标承包荒山和塘坝的村民，必须在规定的时间内，也就是十日内将承包费交到会计程友发那里，并与村两委会草签一份承包合同，然后再到罗方钊那里签字盖章。逾期不交承包费签订合同者，将被取消承包权。

罗方钊为了阻止项天发承包蛤蟆湾塘坝，真可谓是黔驴技穷，机关算尽。他先是暗中托人探听项天发的动向，看他是否真的想承包这个塘坝。当他得知项天发真的要承包这个塘坝时,便开始紧张起来。这时,他又想出了一个馊主意，也就是在承包大会召开后的第三天，乡里来通知说乡长许茂才要带领各村村主任外出参观学习，罗方钊便亲自给许茂才打电话，谎称说他家中有事脱不开身而安排程友发去参观学习。程友发一走，他便把村民承包荒山和塘坝的一切手续都揽了下来。他知道项天发恨他，肯定不会来找他交钱办理承包手续，等程友发回村时承包期就过了，只要规定的承包期限一过，项天发不仅塘坝承包不成，还要向村两委会缴纳百分之十的违约金，这样一举两得，既惩治了项天发，还可以理直气壮地把蛤蟆湾塘坝重新承包给他的哥哥罗方谦。

却说项天发在亲戚朋友的帮助下，终于凑够了承包费。他下决心要承包这个塘坝。钱招娣去了趟姐姐钱盼娣的家，不仅借到了钱，她的姐夫孙吉祥还为他们请了养鱼技术员，订购了鱼苗。只要承包合同一签，他们就可以大刀阔斧地大干一场。可令他万万没有想到的是，当他到村两委会办公室找村会计程友发交承包费时，却吃了闭门羹，铁将军把门。一连两天都是这样，他认为程友发可能有事没来办公室，便到他家里去找，一打听才知道，程友发随乡里的领导外出参观学习去了，一星期后才能回来。他不知该到哪里去交承包费，只好又去找村支书程大孟，程大孟告诉他，这事不归他管，由村委会负责，让他去找罗方钊。

项天发这下子可犯了难。他跟罗方钊有深仇大恨，怎么可能去找他呢？没有办法，他只好找乡干部秦科明帮忙。可当秦科明拿着项天发给他的承包费找到罗方钊时，罗方钊却不收，并告诉他必须由项天发本人来办。

罗方钊知道项天发不会来找他，他这样做完全是在故意刁难项天发，迫使他放弃对蛤蟆湾塘坝的承包权。果然，在村两委会规定的期限到了的时候，其他几户中标承包荒山和塘坝的村民，都如期与村两委会签订了承包合同，唯独项天发中标的蛤蟆湾塘坝没有签订承包合同。大功告成的罗方钊暗自高兴。项天发无奈只好求助乡工作组为他主持公道。姜涵又拿着钱去找村支书程大孟，希望他能够出面帮助做做罗方钊的工作，让项天发把承包合同签了。程大孟当然了解罗方钊的心思，知道他为啥要这样做。他既不想得罪罗方钊，也不想得罪姜涵。于是想出了一个两全其美的办法，他笑着对姜涵说道："姜乡长，你又不是不知道，这件事情由罗方钊具体负责，我也不太清楚是什么原因。你看这样好不好，我们召开个村两委会会议，你们乡工作组的领导也参加一下，让大家来决定，看看项天发是不是违约，该不该把这个塘坝承包给他。"

姜涵知道程大孟这是怕得罪罗方钊，是在踢皮球，可又没有更好的办法，只好回答道："那好吧，你们就召开个村两委会会议，让村两委会成员们来决定吧。"

由于乡工作组的干预，村两委会围绕项天发究竟是不是违约专门召开了一次会议，乡里驻村工作组的姜涵、秦科明和何云飞三人也列席了会议。会议由村支书程大孟主持。会上，罗方钊怕其他两委会成员替项天发说话，坏了他的好事，来了个以攻为守，抢先发言。他先全面介绍了那些中标承包荒山和塘坝的村民缴纳承包费和签订合同的情况，接着显得非常严肃地说道：

"按照咱们上次召开村两委会会议时研究的意见，这次荒山和塘坝招标承包工作由我和程友发同志负责，并要求所有中标的村民必须在十日内将承包费交到程友发那里，再到我这里签字盖章，否则将取消承包资格，大孟书记在承包大会上也强调了。友发同志中间随乡里组织的参观团外出参观学习去了，这项工作就由我一个人负责，为了能让那些中标的村民们按时把承包费交上，我连门都没出，白天在村两委会办公室里，晚上呆在家里，其他中标的村民都在规定期限内把承包费交了上来，并与村两委会签订了承包合同，只有项天发没有交。所以，我认为，按照咱们村两委会定的规矩，应该取消项天发对蛤蟆湾塘坝的承包权，而由另一个与他竞标的村民来承包。”

胡春光由于被停职检查没有来参加会议，在这些村两委会成员中，也就没有人敢与罗方钊对着干。罗方钊的发言，看似在介绍情况，其实已经定了调子，就是要取消项天发承包蛤蟆湾塘坝的权利。他讲完之后，会场顿时陷入了沉静，只有放在桌子上的那只闹钟在“嗒、嗒、嗒”有节奏地响着。几个两委会成员们你看看我，我看看你，面面相觑，没有人再站出来发言。主持会议的程大孟深知造成这种局面的原因，知道这些两委会成员们都畏惧罗方钊的权势，明知不对也不敢表态，便笑着鼓励说道：“刚才，方钊主任已经把情况作了简单介绍，也谈了他个人的意见，咱们这是开村两委会，大家有什么意见可以发表。”

程友发也是一个富有正义感的人，他见大家都不说话，有点坐不住了，鼓起勇气来说道：“我说两句吧，项天发没有在规定的时间内把承包费交上，我是有责任的。我认为不应该取消他承包蛤蟆湾塘坝的权利，可以让他把钱交上，再与村两委会补签个合同就可以了。”

“我同意程友发的意见，就让项天发承包这个塘坝算了，别为一个塘坝再召开村民大会了。”胡天凯也跟着附和道。

胡天凯的话音刚落，罗海生站出来反对说道：“我不同意友发和天凯的意见。我认为不管是什么原因，项天发没有在规定的时间内把承包费交到村两委会，就是违约，就应该取消他承包塘坝的权利。”

“我认为咱们村两委会这么做对项天发不公平，他又不是故意不交承包费。”程友发为项天发鸣不平说道。

“咋叫不公平，这是他自己找的，不能怪咱们村两委会。”罗方钊自鸣得意地说道。

坐在一旁始终没有发言的副乡长姜涵见几个村两委会成员们对项天发承包塘坝这个看似是问题而又不是问题的事情争得面红耳赤，互不相让，感到好笑又可气。他对罗方钊这种做法极为不满，带着嘲讽的口气说道：“我说罗主任，你们争论了半天，不就是因为项天发没有在规定的时间内交上承包费，要取消他承包塘坝的资格吗？我觉得你们这是没事找事，鸡蛋里面挑骨头。我在这里不是替项天发解脱，我跟他非亲非故没有任何关系，只是想以一个乡干部的身份说几句公道话。据我了解，项天发并不是有意不交承包费。在这期间，他曾找过大孟书记，要求把承包费交给大孟书记，大孟书记没有收。”

姜涵说到这里，转过脸去问程大孟说道：“大孟，有这事没有？”

程大孟回答说道：“是有这么回事，项天发确实找我交过承包费，因为我不负责这件事，所以没有收。”

姜涵接着又问罗方钊说道：“罗主任，项天发是否委托秦科明找你交过承包费？你也没有收，对不对？”

“项天发是让秦科明找我交过承包费，我之所以没有收，那是因为塘坝是项天发承包的，又不是秦科明承包的，我曾告诉秦科明让项天发自己来交承包费，可他没有找我。项天发既然想承包塘坝，为啥不亲自找我交承包费？”罗方钊辩解道。

姜涵见罗方钊强词夺理，进一步强调说道：“我认为项天发曾在规定的时间内先后两次找你们村干部交承包费，这说明他没有违约。至于说他为什么没有亲自把承包费交到罗主任手里，我想在座的都清楚，你们不能因为这个理由就取消他承包塘坝的资格，这样做对项天发来说是不公平的。”

罗方钊听了姜涵的这番话极为不悦，继续辩解道：“姜乡长，我不同意你的意见，我认为，项天发不管是什么原因没有在规定的时间内交上承包费，那就是违约，就应该取消他承包塘坝的资格。”

“我说罗主任，我看你这纯粹是吹毛求疵，假公济私，利用当村干部的权力对项天发进行打击报复。”姜涵反唇相讥说道。

罗方钊被激怒了，质问姜涵说道：“姜乡长，你是乡里的领导，说话可要负责任，谁假公济私了？谁打击报复了？他项天发违反了村两委会的规定，难道不应该取消承包塘坝的资格吗？”

姜涵也生气了，毫不客气地斥责罗方钊说道：“罗主任，难道我说错了吗？你明明知道项天发没有违约，却以种种借口千方百计地阻止他承包这个塘坝，这不是假公济私、打击报复，又是干什么？咱们当村干部的要多为老百姓想一想，不要光考虑自己的利益，更不要觉得有一个在县里当干部的亲戚撑腰，就和尚打伞无法无天。”

这是姜涵进驻罗家村之后第一次与罗方钊发生正面冲突。他的这番话，戳到了罗方钊的痛处。罗方钊没有想到姜涵会发这么大的脾气，更没想到姜涵会在村两委会成员面前毫不留情面地揭自己的短处，他虽然心里恨姜涵，但知道姜涵是乡里的干部，没有再狡辩，木讷地坐在那里一个劲儿地抽烟。

会议再次陷入了僵局。主持会议的程大孟此时也不知如何是好，问姜涵说道：“姜乡长，你看这事该咋办？”

姜涵知道程大孟这又是在耍滑头，是怕得罪罗方钊，想把皮球再踢给他。他没有接招，而是把皮球又踢给了程大孟，带着不满的语气说道：“程书记，你还让我再说什么，我的态度不是已经很清楚了吗？至于到底该咋办，还是你们村两委会决定吧。”

正像姜涵所猜测的那样，程大孟的确是怕得罪罗方钊，才让姜涵拿主意的。没想到姜涵又把球踢了回来。性格懦弱而又善于左右逢源的程大孟陷入了两难抉择的境地。他没有马上表态，而是支支吾吾地说道：“我觉得项天发没有在规定的时间内把承包费交上来是有责任的，按村两委会定的规矩是应该取消他承包塘坝的资格。可在这期间，项天发确实找过我，要求把承包费交给我，我没有收，让他直接交给方钊主任。他由于跟方钊主任有些隔阂没有及时把承包费交上来也是有原因的……”

姜涵见程大孟说了半天，只是在那里分析原因，就是不表态，有些不耐烦地批评道：“我说程书记，你就不要再分析原因了，你说的这些大伙都知道，不要再重复了，就痛痛快快表个态吧。”

程大孟见姜涵逼着他表态，知道不表态是不行了，当然，他也觉得罗方钊这么做有些过分，他看了沮丧地坐在那里的罗方钊一眼，带着无奈和歉意说道：“罗主任，我觉得姜乡长说得有道理，咱们都是村干部，就别再跟项天发计较了，还是把蛤蟆湾塘坝承包给他吧，省得以后咱们还要为一个塘坝再召开村民大会。”

罗方钊万万没有想到程大孟会表这样的态，他用惊愕的目光瞪了程大孟一眼，知道再争辩下去也没有用了，没好气地回敬了一句：“你是书记，你说咋办就咋办吧。”

就这样，经过一番周折，项天发终于如愿以偿地拿到了蛤蟆湾塘坝的承包权。

# 二十八

扶贫现场会之后，县里又先后两次为罗家村调拨了救济粮和救济款，加之今年夏季小麦又获得了丰收，村民们闹粮荒的情况基本得到了缓解。然而，由于村民上访所反映的问题并没有得到解决，因组织村民上访而被停职检查的村党支部副书记胡春光还在接受审查，被开除村籍的梁鑫和罗小惠的村籍还没有恢复，由此而引发的村两委会与村民之间的矛盾冲突仍在继续。特别是这次村民到省里去上访，引起了省里有关部门的高度关注，省信访局派人到罗家村进行暗访，省委副书记郑廉风亲临罗家村召开扶贫现场会，并在会上严肃批评了村两委会的这种做法，使村支书程大孟和村主任罗方钊感到惶恐不安。尤其是当了十几年村支书的程大孟，做事一向谨慎，很少与村民结怨，也很受村民拥戴，只是由于这两年村主任罗方钊依仗着在县公安局当副局长的大舅子撑腰，干了不少坏事，而他这个村支书又过于软弱，过于迁就，甚至有时还同流合污，才使村民怨声载道，对村两委会失去信任。现在，面对如此被动而尴尬的局面，他不知该如何收场，只好找罗方钊商量对策。

这天早饭后，程大孟来到村两委会办公室，恰逢罗方钊也在，两人便谈起了村民上访的问题。程大孟不无忧虑地说："我说方钊老弟，这村民们整天到处去上访，把省里的领导都惊动了，也真够闹心的。这么闹下去啥时是个头呀，有什么办法能让他们不再去上访？"

罗方钊听后满不在乎地说道："咳，大孟兄，别理他们。他们爱闹腾你就让他们去闹腾吧，闹腾够了就不闹腾了，你越理他们，他们就越来劲，我就不信地沟里的蚯蚓能成龙。"

"话是这么说，可我总觉得这一次跟上几次不一样，省里这么重视，省委副书记亲自过问，县里和乡里能无动于衷吗？尽管有许乡长为咱们撑腰，可这胳膊总是扭不过大腿。上级要是硬压着要重新调查处理，他敢不听吗？”程大孟进一步分析道。

“重新调查处理能咋的，咱们多收的提留又没装到自己的腰包里，你兄弟跟我哥承包的塘坝已经退回去了，告咱们贪污挪用公款又找不到证据，诬陷我强奸钱招娣，公安局早就有了结论，咱们还有啥怕他们调查的？”罗方钊不屑一顾地说道。

“可咱们开除梁鑫和罗小惠村籍的事，还有让胡春光停职检查的事，我总觉得有些不妥。咱们是不是开个支委会议，把胡春光的工作恢复了。然后再召开一个村两委会会议，把梁鑫和罗小惠一家三口的村籍恢复了。这样，既对上级有个交待，也可以缓解一下村两委会与那些闹事村民之间的矛盾。”程大孟建议道。

罗方钊一听程大孟说要恢复梁鑫和罗小惠的村籍就急了，极力反对说道：“恢复胡春光的工作我没什么意见，因为当时咱们只是对他这种做法生气才作出停止他职务决定的。但梁鑫和罗小惠的村籍不能恢复。梁鑫这个不知天高地厚的搅屎棍子，如果让他再回到罗家村，还不把个罗家村搅得天昏地暗，鸡犬不宁啊。再说，如果我们把他的村籍恢复了，那不等于我们村两委会向他认输了吗？”

“我知道你因村里收提留跟罗世龙兄弟结下了仇，对梁鑫组织村民到处去上访不满，我也看不惯梁鑫这种做法，可省委郑书记在现场会上已经批评了我们作出的这个决定，县里和乡里开会也点了我们村两委会的名，前几天咱们到乡里开会时，欧阳书记见到我也要求我们尽快撤销这两个决定。我们如果再没有个态度，恐怕上面怪罪下来不好交待。”程大孟道出了为什么要这么做的原因。

听了程大孟的这番话，罗方钊沉默了，他陷入了进退两难的境地。不撤销村两委会原来作出的决定，恢复梁鑫和罗小惠的村籍，村民们的愤怒情绪难以平息，上面的压力难以招架；可是如果恢复了梁鑫的村籍，让梁鑫重新回到罗家村，他就很有可能会继续组织村民到处去上访，甚至他这个村主任的位子都有可能朝不保夕。这罗方钊不愧是当了多年村干部、久经官场的老手，虽然村里的工作没有干好，整人却是有一套。但见他坐在那里跷着二郎腿，抽着烟，不一会儿，就又想出了一个令人啼笑皆非的馊主意。他眨巴着一双狡黠的眼睛说道：“大孟兄，我倒是有个办法，既可以应付上头，又可以维护咱们村两委会的权威和尊严。”

“你有啥好办法，快说说看。”程大孟问道。

“咱们可以将原来村两委会作出的开除村籍的决定改为留村察看。如果梁鑫回村以后能够老老实实做个安分守法的村民，就把他的村籍恢复了，如果他回村后还那么猖狂，继续煽动和组织村民到处去上访，咱们还可以再把他赶出罗家村。”罗方钊解释道。

程大孟一听忍不住噗嗤一声笑了，说道：“我说方钊啊，我算服你了，你真是鬼点子多，你觉得这样行吗？上面会同意吗？”

罗方钊显得很得意地说道：“咋不行，这就叫做上有政策，下有对策，他省委书记官再大，可他管不了咱们村的事。这村里的事还得由我们村两委会说了算，这就叫做县官不如现管，只要谁敢跟村两委会作对，就不能让他有好果子吃。”

程大孟见罗方钊如此坚持，也没再说什么。当天晚上，他们就把另外两名村支部委员罗海生和胡天凯叫到一起碰了个头，算是开了个支委会，撤销了对胡春光所谓停职检查的决定，恢复了他村党支部副书记的职务。当然，这一次，他们没有敢让胡春光再写检查，也没有像让他停职检查时那样大张旗鼓地通过村里的大喇叭进行广播，只是由程大孟代表村党支部口头通知了胡春光。

第二天晚上，他们又召开了村两委会议，研究梁鑫和罗小惠的村籍问题，刚刚恢复职务的胡春光也参加了会议。会议仍由村支书程大孟主持。只见他一反过去严肃的面孔，笑着而又似乎显得无奈地说道：

同志们，今天晚上临时决定召开个村两委会议，议题只有一个，就是研究一下梁鑫和罗小惠的村籍问题。今年春天，由于梁鑫多次组织煽动部分村民到处去上访，给咱们村、咱们乡甚至咱们县造成了极坏的影响，把一个本来和和睦睦的罗家村搞得乌烟瘴气，社会秩序混乱，村两委会在万般无奈的情况下，研究作出了对梁鑫和他的妻子罗小惠开除村籍的决定。这个决定虽然遭到了一些人的非议，但我们认为并没有什么不妥，因为梁鑫本来就不是咱们罗家村的人，而有些村民却拿着这件事大做文章，到处去上访，去告状，告咱们村两委会滥用职权。现在，我们本着惩前毖后、治病救人的原则，为了落实上级领导的指示精神，准备对梁鑫和罗小惠的村籍问题重新研究一次。不过，在这之前，我跟方钊商量了一个初步意见，准备将原来村两委会作出的开除村籍的决定，改为留村察看。也就是说，允许梁鑫和罗小惠继续搬回罗家村来住，并把收回的口粮田还给他们，如果梁鑫回罗家村后能够接受过去的教训，不再煽动和组织村民到处去上访，我们就把他们的村籍完全恢复了。当然，如果他还执迷不悟，不思悔改，继续组织村民到处去上访，我们就可以再把他从罗家村赶出去。大家有什么意见，可以发表。

程大孟说完后，罗方钊又补充说道："大孟书记说得对，这个意见是我们俩商量的。对待像梁鑫这样跟村两委会对着干的人，我们就是不能心慈手软。"

罗方钊的话音刚落，胡春光就站了起来，怒气冲冲地说道："既然你们俩都商量好了，还叫我们这些人来开会干啥，这不是脱了裤子放屁，多此一举吗？"

"谁说我们定了？我们这只是谈了个人的意见，你有什么意见可以发表嘛。"程大孟解释道。

胡春光反驳道："我们发表意见有用吗？你们听吗？你们俩还不是想干啥就干啥，啥时听过我们的意见。你们所谓召开村两委会，只不过是拿我们这些人做挡箭牌。就说我这个村党支部副书记吧，你们还不是想让我停职检查就让我停职检查吗？像梁鑫和罗小惠这样普普通通的老百姓，你们更是想咋治就咋治。好吧，既然你们让我发表意见，那我就明确地告诉你们，我坚决反对你们这么做，这是严重的违法行为。开除村籍，留村察看，这些在中华大辞典里都找不到的词，我不知你们都是怎么想出来的。有些人就是心术不正，干工作不行，整人倒是有一套。"

罗方钊见胡春光发言连讽带刺，而且有些话明明就是冲他来的，很是不满。他板着面孔，表情严肃地回击说道："春光，你有意见可以发表，但不能搞人身攻击，你把话说清楚，谁干工作不行，整人有一套？"

"我说谁谁心里清楚。"胡春光回敬罗方钊说道。

"哎，我说胡春光，你有意见可以提意见，别在这里指鸡骂狗、指桑骂槐好不好。"罗方钊不甘示弱地说道。

"哎，我说罗大主任，真是嗑瓜子嗑出个臭虫来，我又没说你，你紧张什么？"胡春光连讽带刺地反击道。

"春光，请你把嘴放干净点，你把话说清楚，谁是臭虫？"罗方钊被激怒了，指着胡春光的鼻子吼道。

“谁是臭虫谁心里清楚，你愿意往自己身上揽，我也没办法。我告诉你罗方钊，你别觉得有个在县公安局当副局长的大舅子哥，就可以横行霸道，狐假虎威，一手遮天，爱整谁就整谁，别人怕你，我可不怕你，大不了你再把我这个村支部副书记的职务免了。说实在的，跟你这样的人在一起共事，我感到耻辱。”胡春光毫不客气地怒斥罗方钊说道。

罗方钊见胡春光揭自己的老底，也不示弱，腾地从凳子上站起来说道：“姓胡的，你想干啥，想打架吗？你今天当着大伙的面说清楚，谁横行霸道、狐假虎威了？我看倒是你唯恐天下不乱，屎壳郎跑到马路上冒充小轿车。你身为党支部副书记，不维护村两委会的权益，却跟那些无理取闹的村民搅和在一起，到处去上访告村两委会的状，你的党性觉悟哪去了，居心何在？”

“我告诉你罗方钊，你别拿这件事来要挟我，我觉得我没做错什么，替老百姓说话，为老百姓办事，我问心无愧，这就叫做路见不平，拔刀相助。我就是要为那些受到不公正待遇的老百姓讨回一个公道。”胡春光回击道。

真是话不投机半句多。会议刚刚开始，胡春光就与罗方钊交上了火。两人唇枪舌剑，剑拔弩张，差一点就动起手来。在场的其他几个两委会成员们都坐在那里看热闹，竟然没有一个人站出来说话，也没有一个人过来劝架。只有主持会议的程大孟见他们两个人针锋相对，各不相让，怕再闹下去真的动起手来，难以收场，才不慌不忙地站起来走到两个人中间，摆出一副领导者的姿态劝解说道：“方钊、春光，你们俩都少说两句行不行，别再吵了。咱们开会是研究和讨论问题，不是来吵架的。你们这么吵来吵去的，能吵出什么结果来？”

气急败坏的罗方钊见程大孟出来解围，像是找到了救星似的，显得十分委屈地说道：“程书记，你们大伙都看到了，到底是谁在找事，他胡春光一张口就指鸡骂狗，指桑骂槐，这不是故意找事是干什么？”

“谁故意找事了，我不过是说了句实话而已，又没指名道姓，是你硬往自己身上揽的。”胡春光为自己辩解道。

“行了，你们俩都消消气，别再吵了。春光，不是我说你，今晚的事确实是你的不对。你有什么意见可以提嘛，但不应该说些攻击别人的话。尽管你没有指名道姓，可明眼人一听就知道你说的是谁，方钊听了能不生气吗？”程大孟为罗方钊鸣不平说道。

胡春光见程大孟表面上在劝架，而实际上是在帮罗方钊说话，极为恼火，没好气地回敬说道："大孟，我知道我现在是你们俩的眼中钉，肉中刺。你也不用猫哭耗子假慈悲。你们口口声声说让我发表意见，我发表的意见管用吗？这几年，咱村的啥事还不都是你们俩说了算，我们这些村两委会成员不过是聋子的耳朵——摆设。就说今天晚上吧，你们表面上说是让大家讨论梁鑫和罗小惠的村籍问题，可实际是你们俩在还没开会之前就定调子了，我们还讨论个啥？只不过就是让我们帮着你们背黑锅罢了。"

"春光，你这是啥态度？像吃了枪药，谁说你就朝谁上。我们这是在开会，不是让你来吵架的。你要是不愿参加可以走。"程大孟见胡春光不领情，还数落自己，觉得在村两委会成员们面前丢了面子，毫不客气地下了逐客令。

胡春光见程大孟也翻了脸，更是怒不可遏，抓起桌子上的一只茶杯，"啪"的一声摔碎在地上，毫不在乎地说道："走就走，有啥了不起，这样的会议，不参加倒还可以少生气，不过临走时有句话我得说清楚，你们对梁鑫和罗小惠的处理是不公平的，不管是开除村籍还是留村察看，都是严重违法的。"

胡春光说完就拂袖而去。在场的几个村两委会成员都为胡春光这突如其来的举动感到震惊,甚至有人还暗中为他叫好。其实,胡春光这么做并非心血来潮，而是有原因的，一方面是因为他对程大孟和罗方钊让他停职检查有意见，特别是他怀疑自家的那头耕牛被毒死是罗方钊的侄子罗大江干的，想借机会发泄一下；另一方面是因为他看到程大孟和罗方钊根本就不想让梁鑫和罗小惠回罗家村，感到愤慨，想以这种方式表示抗议。

尽管胡春光为阻止程大孟和罗方钊继续加害梁鑫与罗小惠而愤然离开了会场，但仍无济于事，村两委会还是重新作出了《关于对梁鑫和罗小惠留村察看的决定》。

当天晚上会议结束后，罗方钊就迫不及待地代表村两委会通过村里的大喇叭广播了这个《决定》：

> 各位父老乡亲，大家请注意，趁大家还没休息之前，我广播一个村两委会的《决定》。
>
> 去年冬天以来，由于我们村村民梁鑫多次组织煽动村民到处去上访，严重破坏了我们村正常的生产秩序和生活秩序，给咱们村、咱们乡，甚至咱们县造成了极坏的影响，村两委会在万般无奈的情况下，作出

了开除梁鑫、罗小惠及其儿子梁罗明村籍的决定，达到了预期的目的。鉴于这段时间梁鑫确有悔改表现，本着惩前毖后、治病救人的原则，也为了贯彻落实上级领导的指示精神，经村两委会研究决定，对梁鑫、罗小惠及其儿子梁罗明由原来的开除村籍改为留村察看。现将有关事项通知如下：

一、梁鑫、罗小惠及其儿子梁罗明可以搬回罗家村居住，户口也可以迁回罗家村，村两委会原来收回的口粮田及其责任田，归还给他们。

二、梁鑫和罗小惠回村后，必须老老实实，规规矩矩，服从村两委会的领导，不得再组织煽动村民去上访，不得散布对村两委会的不满言论。如果违反了，村两委会有权将其再赶出罗家村。

三、梁鑫和罗小惠在留村察看期间，不得参加村两委会换届时的选举，更不能担任村两委会成员。

四、该《决定》从即日起生效，何时撤销该《决定》，将视梁鑫和罗小惠回村后的表现情况，由村两委会集体研究决定。

罗家村党支部

罗家村村民委员会

第二天早饭后，罗方钊又把这个《决定》分别盖上了村党支部和村民委员会的大印，贴到了村两委会办公室大院的墙上。

# 二十九

村两委会的这个《决定》再一次在罗家村引起了轩然大波，把村民们激怒了。不少村民得到这一消息后，都为梁鑫和罗小惠鸣不平，对村两委会的这种做法表示愤慨。

“他妈的，这是什么狗屁《决定》，先是把人家开除村籍，现在又搞什么留村察看，简直是欺人太甚了。”

“真是狗嘴里吐不出象牙，这些人干工作不行，整人倒是有一套。”

“这是啥世道，好人受气，坏人当道，真是看政策心亮堂，看现实心冰凉。”

“这群乌龟王八蛋，丧尽天良，坏事做绝，他们之所以这么做，不就是害怕梁鑫回罗家村抢了他这个村主任的位子吗？”

“这些人也太猖狂了，连上级领导的话都不听，咱们应该再去上访告他们，为梁鑫和罗小惠讨回一个公道。”

梁鑫的岳父罗世龙和岳母方秀花听到广播后更是气愤难忍，老两口一夜都没有睡好，第二天早晨起床后连饭也没吃，就来到梁家村，把这个消息告诉了梁鑫和罗小惠。

也许是习惯了，也许是预料之中的事。梁鑫听后并没有生气，显得很平静，他安慰罗世龙和方秀花说道：“爸、妈，您二老别生气了，跟这种人生气犯不着。您没听人家说过吗，惩罚别人的错误就是惩罚自己，他们这么做就是故意气咱们，咱们偏不生气。您二老要是生气得了病，自己受罪，我们心里难过，他们才高兴呢！你们就放心吧，我跟小惠在梁家村很好，这里的村干部对我们也很关心，经常来维修部看我们，问我们在工作和生活中有什么困难，旺海叔还动员我在村两委会换届选举时进班子呢。”

“孩子，话是这么说，妈也懂这个理，可看着别人骑在自己头上拉屎，心里憋得慌。”方秀花显得很无奈地说道。

罗世龙则愤愤地骂道：“肯定又是罗方钊使的坏，想不到我罗世龙玩了一辈子鹰，到头来竟然让鹰给啄了眼。罗方钊这个王八蛋，我跟他没完。”

“爸，妈，你们都消消气，别理他们。他们爱咋折腾就让他们折腾去吧，咱们在哪儿都一样过。等过两年经济条件好了，我们再盖几间新房子，把您二老也接过来，咱就不在罗家村住了。”罗小惠也安慰自己的父母说道。

梁鑫的母亲柳春秀则抓住方秀花的手说道：“亲家母，两个孩子说得对，你们就别生气了，别气坏了身子。等过两年盖了房子，你们就都搬过来住，咱老姊妹们在一起说说话，拉拉呱，做个伴，不也挺好吗？”

梁鑫和罗小惠的儿子、淘气可爱的梁罗明不知道发生了什么，更不知道自己才只有两岁却已背上了被开除村籍和留村察看两次“处分”。他手里拿着爷爷梁旺达为他刻制的小木头手枪，一会儿跟随在爷爷梁旺达和奶奶柳春秀身旁，一会儿又跑到姥姥方秀花和姥爷罗世龙跟前，嘴里不住地喊着“啪啪、啪啪”、“缴枪不杀”，甚至装着被枪击中倒在地上，把全家人都逗乐了。

这天中午，项天发和程二茂也来到梁家村，他们一方面是来给梁鑫送信的，另一方面是找他商量下一步如何应对村两委会的挑战。这是胡春光让他们来的。其实，胡春光头天晚上在村两委会会议上发火愤然离开会场后，就料定程大孟和罗方钊又在玩弄权术，必然会作出这个《决定》。于是，他没有回家，而是直接去了项天发的家，并让项天发把程二茂、罗世贵和程友民几个人也叫到他的家里，商量对策。恰在这时，他们就听到了罗方钊在村里的大喇叭里广播村两委会作出的关于对梁鑫和罗小惠留村察看的决定。几个人听后都义愤填膺，纷纷要求再去上访，为梁鑫和罗小惠讨回一个公道。最后几个人商定，先由项天发和程二茂到梁家村走一趟，把这个消息告诉梁鑫，并由他们三人合计着再起草一份《告全体村民书》，揭露和反击村两委会作出的这个《决定》，然后再安排时间组织村民继续到上面去上访。

梁鑫虽然对村两委会作出的这个《决定》不以为然，但总觉得罗家村村两委会这么做实在是欺人太甚，是骑在自己的头上拉屎，咽不下这口气，加上他看到有这么多人支持他，也就欣然同意了这个意见。当然，他怕自己的父母和罗小惠的父母知道了为他担心，没敢把这件事告诉他们。三个“秀才”躲在他开办的维修部里忙活了半天，一份新的《告全体村民书》的草稿终于完成了。

中午，项天发和程二茂在梁鑫家吃了饭，当天下午，他们就马不停蹄地骑着摩托车进了县城，找到了在县城开印务公司的同学范光辉，把那份《告全体村民书》打印了出来。晚上回到村里，他们就把那份《告全体村民书》贴满了村里的大街小巷。

第二天早上，在村两委会办公室大院的墙上，在贴有《关于对梁鑫和罗小惠进行留村察看决定》的旁边，又多了一份《告全体村民书》。不少村民都在围着看，有的村民甚至大声朗读了起来：

罗家村的父老乡亲们：

我们相信，每一个有良知、有正义感的村民，看到村两委会作出的这个《决定》，都会跟我们心情一样，感到震惊，感到愤慨。

常言说得好，人善人欺天不欺，人恶人怕天不怕。大家都知道，梁鑫和罗小惠都是咱们罗家村有文化、有理想、有抱负的青年，是大家公认的好村民。特别是梁鑫，自打他跟罗小惠结婚从梁家村来到罗家村之后，干了许多有目共睹的好事。他组织创办的农民科技夜校，帮助村民们学习科学文化知识，受到了上级的表扬；他开办的电器维修部，方便了群众，深受村民的欢迎与拥戴。然而，就是这样的好青年、好村民，却由于不满村两委会滥收提留加重村民负担，组织村民上访，伸张正义，得罪了某些村干部，而屡遭迫害。先是被开除村籍，把他们赶出了罗家村。现在，村两委会竟然又置上级领导的严厉批评于不顾，置村民的强烈反对于不顾，我行我素，继续对梁鑫和罗小惠进行迫害，把开除村籍的决定改为留村察看，真是丧心病狂，机关算尽。

村两委会这么做，是明目张胆与上级对着干，与人民为敌。其目的就是企图阻止梁鑫和罗小惠重新回到罗家村，害怕梁鑫回到罗家村后他们这些村干部们位子不保。

我们强烈谴责村两委会的这种做法。同时，也希望村民们都擦亮眼睛，认清他们的丑恶嘴脸，勇敢地站出来同他们进行斗争，还梁鑫和罗小惠一个公道，还那些受到伤害的村民们一个公道。

罗家村有正义感的村民

驻罗家村工作组的姜涵、秦科明和何云飞三人这几天乡里有事，都回乡里去了。程大孟跟罗方钊因为怕乡工作组干预这件事，正是抓住姜涵不在村里这个机会才匆忙作出这个《决定》的。姜涵回到罗家村知道这一消息后，既非常惊讶，又非常气愤。他把程大孟和罗方钊叫到村两委会办公室，质问这到底是怎么回事？村两委会为什么要作出这样的《决定》？程大孟支支吾吾说不出个所以然来。罗方钊大概是因为有许茂才做靠山，根本没把姜涵放在眼里，理直气壮地说道："姜乡长，我们村两委会这么做是在贯彻上级领导的指示精神，对梁鑫和罗小惠实行留村察看，这是村两委会集体研究决定的，难道我们做错了吗？"

"咱先不说你们究竟是做得对还是错，既然乡里安排我们到罗家村来蹲点包村，那村里的事情就应该让我们知道，有什么大事就应该跟我们商量。对村民作出留村察看决定这么大的事情，你们连个招呼都不打，眼里还有我们这个工作组吗？"姜涵不满地质问道。

"姜乡长，你别生气，不是我们不向你汇报，是因为你们都不在村里，我们无法向你汇报。"罗方钊把手一摊，显得很委屈的样子解释道。

"方钊，你不要再强词夺理了，我们工作组这些日子一直在村里，只不过是才离开村里几天，你们就作出这样的《决定》，这不是明摆着不把我们这个工作组放在眼里吗？你们这么做，究竟是什么目的？"姜涵十分严肃地批评道。

罗方钊见姜涵真的生气了，感到理屈词穷，无言以对。这时，坐在一旁抽烟的程大孟见状急忙站出来打圆场说道："姜乡长，你消消气，这件事我们做得是有些不妥，都怪我考虑得不周全，我这个当书记的是有责任的。可现在《决定》已经作了，也只能这样了，我们今后注意就是了，有事一定及时向你汇报。"

"啥叫只能这样了，错了就得改。我建议你们把这个《决定》撤了。"姜涵像是在建议，又像是在命令似的说道。

罗方钊一听姜涵说要撤销这个《决定》就急了，极力反对说道："姜乡长，你说啥？让我们把这个《决定》撤销了？那可万万使不得。如果这样做，我们村两委会的颜面何在？权威何在？"

程大孟也附和说道："是啊，姜乡长，罗主任说得对，这个《决定》不能撤销，才刚刚作出的《决定》就撤销，这叫村民们怎么看待我们村两委会？我们今后还怎么在村里开展工作？"

姜涵听了程大孟和罗方钊的辩解，显得很无奈地说道："我说大孟、方钊，你们俩好糊涂啊，你们俩想过这样做的后果吗？不管你们是为了工作，还是出于个人泄私愤，你们这么做都是错误的，这不是在解决矛盾，而是在激化矛盾。这个《决定》很有可能导致那些对村两委会不满的村民再次去上访。”

罗方钊满不在乎地说道：“他们爱去告就去告呗，反正我们没做亏心事，怕什么。”

尽管姜涵一再反对村两委会作出的这个《决定》，但仍无济于事，村两委会还是没有撤销这个《决定》，正如姜涵所预言的，沉寂了多日的罗家村，又将出现村民再次去上访。

# 三十

罗家村村两委会对梁鑫和罗小惠重新作出的留村察看的决定传到乡里，乡党委书记欧阳山感到震惊，感到迷惑不解。他对罗家村村两委会的这种做法极为不满，连省里的领导都在扶贫现场上对他们开除梁鑫和罗小惠村籍的做法进行了严肃批评，并要求他们纠正错误，尽快恢复梁鑫和罗小惠的村籍。没想到他们竟又作出了这样令人啼笑皆非的决定，真是上有政策，下有对策。

欧阳山不明白罗家村村两委会为什么千方百计阻止梁鑫和罗小惠回罗家村，难道只是因为梁鑫煽动和组织村民去上访？还是有其他什么原因？为什么一个刚刚到罗家村当倒插门女婿不久的年轻人会在村民中有如此大的号召力？欧阳山到龙潭乡工作时间不长，对罗家村的情况不够了解，对梁鑫更是陌生，只是打过几次照面。他知道乡长许茂才在乡里工作时间长，对罗家村和梁鑫的情况比较熟悉，便想找他了解一下情况，并顺便商量一下这件事究竟如何处理。

“许乡长，听说罗家村村两委会又作出了个对梁鑫和罗小惠留村察看的决定，你听说了吗？”

“听说了。”

“这罗家村村两委会也真是够能折腾的，没事找事，省里和县里的领导都明确指示，要求他们撤销对梁鑫和罗小惠开除村籍的决定，他们怎么能这么做，这不是在激化矛盾吗？”

“欧阳书记，他们这么做是有些不妥，可这个梁鑫也实在是太可恨了。”

“你了解梁鑫这个人吗？”

“咋不了解。这梁鑫可不是个省油的灯，简直就是一个搅屎棍子。在他没到罗家村之前，这个村虽然并不富裕，可各项工作还是搞得不错的，年年都是乡里的文明村，村两委会和村民之间也没有这么大的矛盾，更没有人到处去上访。自从他跟罗小惠结了婚，到罗家村当了倒插门女婿，就把个罗家村闹得天昏地暗、鸡犬不宁。他的岳父罗世龙和村主任罗方钊都是本家兄弟，两家过去的关系一直不错。村两委会对他也不薄，分给了他口粮田，还让他当了生产组组长。他提出要搞什么农民科技夜校，村两委会全力支持，不仅为他们提供了教学场所，还为他们提供了资金，上次村两委会换届选举时，还把他列为村主任的候选人。没想到他狗咬吕洞宾不识好歹人，恩将仇报，处处跟村两委会作对。村里组织的几次大规模村民上访，都是他和村里几个对两委会有意见的人组织的，不但搞得罗家村不得安宁，也搞得咱们乡党委和乡政府不得安宁。"

"唉，罗家村村民屡屡到上面去上访，确实搞得我们乡里的工作很被动。但不管怎么说，一个村两委会不能随随便便地说开除哪个村民的村籍，就开除哪个村民的村籍，说对哪个村民搞留村察看就搞留村察看，他们这么做是严重违法的。这样做只能加深村两委会与村民之间的矛盾，而不能解决问题。我认为，对群众的上访宜疏不宜堵，还是应该以疏导为主。"

"欧阳书记，你说咋个疏法？罗家村那些上访村民提出要返还多收的提留，咱们能返还吗？乡里财政这么紧张，有能力返还吗？要是真的返还了，别的村民也去上访，也要求返还咋办？他们告村两委会假公济私，又找不出什么证据来；告村主任罗方钊强奸妇女，县公安局也把人抓了，查了半天也没查出个结果来，只好无罪释放。可他们还是没完没了，到处去上访。依我看，像这种无理纠缠、带头闹事的人，就应该抓起几个来，看他们还敢不敢到处去上访。"

"他们只是去上访，也没有违法行为，怎么抓？再说，罗家村的问题已经在省里挂了号，引起了省里领导的高度重视。如果因村两委会作出的这个决定把矛盾激化，他们再次到省里去上访，甚至跑到北京去上访，上面怪罪下来，我们如何面对，如何答复？许乡长，罗家村的村民上访问题一直是由你负责处理的，我看你还是抽时间到罗家村跑一趟，找程大孟和罗方钊好好谈谈，让他们赶快把这个决定撤销，把梁鑫和罗小惠的村籍恢复了，其他问题再慢慢解决。"

"姜涵副乡长不是在罗家村蹲点包村吗？既然让他们三个人包了这个村，就应该全面负责，你还是找姜涵去做这个工作吧，我出面不合适。"

欧阳山知道罗家村村两委会作出的这个决定又是村主任罗方钊的馊主意，也知道这罗方钊跟许茂才的关系不一般，本想请他出面做做罗方钊的工作，让罗家村村两委会把这个决定撤销了，没想到被许茂才拒绝了，只好作罢。当然，他并不知道许茂才拒绝的根本原因。这许茂才虽然是个乡长，却也是一个小肚鸡肠的人，心胸狭窄，报复心极强。其实，罗家村村两委会在研究对梁鑫和罗小惠开除村籍和留村察看的决定时，罗方钊都跟许茂才打过招呼。他之所以这么做是出于两个目的：一是许茂才的小舅子祁怀山过去曾开车撞伤过梁鑫的母亲，两人为此而发生过冲突，他想借罗家村村两委会的手对梁鑫实施报复，以显示他这个当乡长的权威神圣不可侵犯；二是他对欧阳山到龙潭乡来当书记抢了他的饭碗一直耿耿于怀，表面上很尊重欧阳山这个乡党委书记，暗中却一直跟他作对。当罗家村村民因负担过重发生集体上访事件后，乡里安排他负责处理这件事，他故意拖着不办，其目的就是想把龙潭乡这湾水搅混，让欧阳山无法收场，把他从这里挤走。

当然，这一切欧阳山并不知晓，他见许茂才不肯出面做罗方钊的工作，便把姜涵叫到乡里了解情况，准备让他出面处理问题。姜涵告诉欧阳山，罗家村村两委会作出的这个《决定》，是在趁他到乡里开会时匆匆忙忙作出的。他回村后曾为此找过村支书程大孟和村主任罗方钊，要求他们把这个《决定》撤销了，村两委会却以种种借口顶着不办。当谈到梁鑫时，姜涵告诉欧阳山，他跟梁鑫接触过几次，对他还是比较了解的。他觉得梁鑫是一个有文化、有理想、有抱负的青年，很有思想，很有经济头脑，为人谦和，乐于助人，在村民中很有影响力和号召力。在罗家村村两委会的换届选举中，他比罗方钊仅差几票而落选。据村民们反映，村两委会尤其是罗方钊之所以这么做，就是怕梁鑫回罗家村抢了他的位子。

同一个梁鑫，为何许茂才跟姜涵会有两种截然不同的评价，欧阳山怀着一种好奇的心理，决定亲自到梁家村走一趟，看看这个梁鑫究竟是一个什么样的人。

在一个星期天，欧阳山没有回县城。吃过早饭后，他就叫上司机，驱车来到梁家村，找到了村主任梁旺海，说明来意。梁旺海估计这个时间梁鑫很有可能在他的电器维修部里干活，也没去他的家，而是领着欧阳山直接来到了他开办的电器维修部。

当欧阳山和梁旺海来到维修部时，梁鑫正低着头忙着在那里维修电器，罗小惠也在维修部里帮着他打下手。二人并没有注意梁旺海领着欧阳山进来。梁旺海干咳了一声说道："哟，看来买卖不错，小两口都在啊。怎么忙得来了客人连招呼也顾不上打？"

正在干活的梁鑫抬头一看是梁旺海，忙放下手中的活打招呼说道："噢，是旺海叔，你今天咋有空跑到俺这小铺里来了？"

"咋的，不欢迎啊？"梁旺海开玩笑说道。

梁鑫忙解释说道："旺海叔，说哪里话，请还请不来哪，咋能不欢迎。"

梁旺海指着身后的欧阳山对梁鑫和罗小惠说道："梁鑫、小惠，我今天给你们俩领来了一位贵客，你们俩认识吧？"

梁鑫和罗小惠这才注意看到了站在梁旺海身后的欧阳山。两人过去曾在罗家村跟欧阳山打过几次照面，自然认识。但他们不知道欧阳山这个乡里最大的官为何突然造访他这个小维修铺，心里不免有些紧张。尽管如此，梁鑫还是很客气地迎上去说道："认识，这不是咱们乡里的欧阳书记吗？"

欧阳山笑了笑说道："我是欧阳山，如果我没猜错的话，你们俩就是梁鑫和罗小惠吧？"

梁鑫和罗小惠同时点了点头，算是回答。二人不知梁旺海为何会突然带个乡党委书记到小铺里来，心里正犯嘀咕站在那里发愣时，梁旺海又说话了：

"我说你们俩今天这是咋的了，来了客人也不赶快让座，站在那里发什么愣啊。"

罗小惠忙搬过两把破椅子来用抹布擦了擦说道："旺海叔，你跟欧阳书记快坐吧。"

两人坐下后，梁旺海也笑着说道："你们俩别紧张，欧阳书记是来看你们的。小惠，赶快烧水给客人泡茶喝。"

欧阳山也笑着说道："旺海主任说得对，我今天来找你们没啥事，就是想来看看你们，跟你们聊聊天，拉拉家常。"

在欧阳山和梁旺海刚进屋的时候，梁鑫和罗小惠不知发生了什么事情，心情非常紧张，听欧阳山这么一说，两人才缓过神来，松了口气。罗小惠忙着烧水去了。欧阳山便跟梁鑫聊了起来。

"欧阳书记，谢谢您在百忙中能屈尊到俺这个小维修铺里来看望我们这些黎民百姓。"

"梁鑫，你说这话就言过其实了，啥叫屈尊？咱们都是百姓，无非分工不同，没有什么尊卑之分。"

"那可不行，您是俺们的父母官，也是咱龙潭乡最大的官，俺们这些当农民的哪能跟您这当领导的相提并论。"

“梁鑫，我听旺海主任说你们的电器维修部搞得不错，很受百姓的欢迎？”

“还算凑合。”

“一年能收入多少钱？”

“这农村的老百姓都穷，挣不了几个钱，也就够养家糊口的。”

“家里有几口人？”

“六口人，俺爸、俺妈，我跟小惠和儿子，还有个妹妹叫梁婕，现在省城读大学。”

“罗家村你岳父、岳母家里有几口人？”

“我和小惠被他们开除村籍搬回梁家村之后，家里就剩下我岳父、岳母两个老人了。对了，还有一个小姨子叫罗海燕，也在省城读大学。”

“哟，你们家里很不简单哪，一家出了俩大学生。”

这时，坐在旁边的梁旺海插话说道：“欧阳书记，你还不知道，其实梁鑫也很聪明。他从小是我看着长大的，从小学到高中一直都是班干部，门门功课都名列前茅，要不是因为家里穷，早就上大学了。他不仅学习好，人品也好，尊老爱幼，孝敬父母，这村里的老少爷们儿都夸他。就说他开的这个电器维修部吧，不仅维修质量好，收费也低，很受大伙的欢迎，就连邻村的一些老百姓家里电器坏了都跑来找他修理。这样的好小伙子，竟然被罗家村给开除了，他们不要，我们村要。我已经跟梁鑫说好了，等下一次村委会换届选举时让他进班子，先干个村委会副主任，培养几年后接我的班。”

欧阳山听了梁旺海的话点了点头。接着又问道：“梁鑫，听说罗家村村民几次到上面去上访你都参与了，而且还是组织者之一，有这事没有？”

“有。”梁鑫毫不隐讳地回答道。

“我听说罗家村村两委会对你不错，也很器重你，你们家里去年也都把提留缴上了，你为啥还要组织村民去上访，跟村两委会作对？”

“欧阳书记，您是不了解罗家村那些两委会成员们，根本就不配当村干部，不仅把个罗家村搞得贫穷落后，民不聊生，怨声载道，还不顾全村老百姓的死活，欺上瞒下，虚报浮夸，随意抬高收取提留的标准，您到罗家村参加扶贫现场会时也看到了，这老百姓吃的是什么，喝的是什么？有病没钱治，只能躺在炕上活受罪。这样的村两委会群众能拥护吗？能没有意见吗？特别是那个村主任罗方钊，简直就是个人渣，依仗着他在县公安局当副局长的大舅子杨立峰和乡长许茂才当靠山，整天围着女人转，欺男霸女，为虎作伥，干尽了坏事。老百姓没有办法才去上访的。如果能忍受，谁愿意去上访？”

“你对罗家村村两委会和村主任罗方钊有意见，怎么把许乡长也扯进去了？这许乡长跟罗方钊有啥关系？”

“有啥关系？关系密切着哪。两个人臭味相投，狼狈为奸。这罗家村的老百姓谁不知道，许茂才经常往罗家村跑，他只要一到罗家村，就跑到罗方钊家里和那些村干部们一起大吃大喝。吃完了喝足了还要带些土特产回去，正经事一点不办，对付老百姓倒是有一套。您知道村里的老百姓都叫他啥吗？”

“都叫他啥？”欧阳山不解地问道。

“许敛财，别看咱们乡里穷，许茂才家里可不穷，听说他不仅在乡里住着二层小楼，在老家还建了套别墅哪。”

“梁鑫，你这是从哪里听来的？看来你对许乡长还有不少意见哪，你了解许乡长吗？”

“咋不了解，就是扒了皮我也认识他的骨头。我看他白白受了这么多年党的教育和培养，就不配当乡长。”

“你怎么对许乡长有这么大的意见？”

梁鑫便把两年前他的母亲到龙潭村赶集，在路上被许茂才的小舅子祁怀山开车撞断了腿，住了一个多月的院，许茂才知道此事后，非但不让他的小舅子赔偿经济损失，还出面为他的小舅子四处说情，开脱责任，并威胁证人让证人作伪证，两人为此在医院里发生争执的事情讲了。

梁鑫越说越激动，越说越气愤。欧阳山听后没有表态。这时，他才明白了罗家村为何干群关系如此紧张，为何村民上访所反映的问题迟迟得不到解决，为何许茂才会对梁鑫有如此的看法。他没有再问什么，而是笑着对梁鑫和罗小惠说道：

“梁鑫，咱们今天就谈到这里吧，以后有时间咱们再接着聊。希望你们的电器维修部越办越好。”

欧阳山说完后，就离开了梁鑫的电器维修部，在返回乡里的路上，他陷入了沉思。

## 三十一

有道是，十年树木，百年树人。教育乃民族之本，社会发展之基础。今日之教育，就是未来发展之中国。

这些年来，虽然党中央、国务院曾三令五申，要求加大对教育的投入，虽然那些仁人志士们曾一再呐喊呼吁，再穷不能穷教育，再苦不能苦孩子。但时至今日，在一些地方，特别是在一些远离城市的偏远山区，那些面向农家子弟的学校，有不少还依然是穷困薄弱，校舍简陋，教学设施落后，教育经费严重不足，穷的仍然是教育，苦的依然是孩子。而这些学校为了生存，又不得不把手伸向那些本来家庭就不富裕的孩子们。什么学杂费、书本费、补课费、考试费、赞助费、订报费……真是名目繁多，让人目不暇接，难以承受。

在茂丘县龙潭乡罗家村，由于去年遭受了多年不遇的严重干旱，粮食减产，农民歉收，使本来就不富裕的农民更是雪上加霜，加上诸如学杂费、书本费、补课费、考试费、赞助费等令人眼花缭乱、名目繁多的教育负担，使学校的辍学现象相当严重。那些本应继续接受教育的孩子们，有不少却已经离开了学校。有的跟家里的大人一起，天天泡在庄稼地里；有的随父亲外出打工；有的则整日里在山上拾柴火挖野菜；还有的女孩子甚至才十几岁就订了娃娃亲，找了婆家。学生辍学现象像瘟疫一样在学校蔓延。一个只有一百五十多名学生的学校，先后竟有近二十名学生退了学，特别是高年级的学生，辍学现象更为严重。

罗家村小学学生辍学现象严重的问题引起了上级教育主管部门的关注，县教委在全县范围内通报了这个情况，乡教委责令学校要想尽一切办法，让那些已经辍学的学生重新返校读书。

这下子可愁坏了校长韩磊。他是今年年初才从别的学校调到罗家村小学任职的。自打他来到这个学校的那天起，就没遇到过一件顺心的事情，校舍破烂不堪，教育经费严重不足，学生的学杂费等各种费用收不上来，教师工资不兑现，那些民办教师已经好几个月都没有拿到工资了。村两委会与村民之间的矛盾也波及和影响到了学校，有的学生甚至连假都不请，就跟家里的大人一起到上边去上访。现在，学校又出现了大量学生辍学的现象，真是一波未平，一波又起。

这一切，都需要韩磊这个当校长的去协调、去处理、去解决。他深深感受到了自己身上的压力。他心里非常清楚，要让那些已经辍学的学生都重新返回学校谈何容易？可是上级教委已经下了命令，如果不能解决学生辍学的问题，就拿他这个校长是问。没有办法，他只好召开全校教师会议，商量对策，研究解决问题的办法。

所谓的全校教师，其实连他这个校长加起来，也不过只有八个人，而且大都是大龄教师。这是罗家村小学教职员工的全部成员，另外还有一名负责给老师做饭的临时工。韩磊在会上通报了各班学生辍学的情况，宣读了县教委《关于对罗家村小学学生辍学问题的通报》和乡教委的指示，分析每个学生辍学的原因，并把那些辍学学生的返校任务落实到每一个老师身上，实行分工包干，责任到人。最后，韩磊强调：

同志们，我们罗家村小学学生的辍学问题已经引起了上级教育主管部门的高度重视，也必须引起我们的高度重视。这个问题非常严重，如果再这样发展下去，我们罗家村小学就彻底垮了。在短短的几个月的时间内，竟然有二十多个学生先后辍学，学生辍学率达到了百分之十以上。虽然这些学生辍学的原因是多方面的，既有主观原因，也有客观原因，但与我们的工作没有做到家是有直接原因的。我们应该吸取教训，认真落实上级教育部门的指示精神，采取切实有效的补救措施，积极做好辍学学生的返校工作。

希望大家都立即行动起来，按照各自分工联系的要求，利用晚上或星期天，对那些辍学的学生进行挨家挨户的家访，找出他们辍学的原因，做好他们家长的思想工作，使他们能够重新返回学校，继续完成学业。

会议结束之后，老师们按照各自的分工，开始做那些辍学学生的返校工作。

程向前正在读五年级的女儿程小丽，已在一个月前就辍学了。程小丽的突然辍学，令同学们感到惋惜，也令老师感到惋惜。在她辍学之后，班主任曾多次找同学捎信，让她回学校继续读书，但都泥牛入海再无消息。后来，班主任又亲自登门拜访，结果还是被她的父亲程向前回绝了。按照分工，这次由校长韩磊亲自负责做程小丽的返校工作。

程小丽是一个聪明伶俐、勤奋好学的学生。她话语不多，从不跟同学打架，把一门心思都用在了学习上，老师和同学们都喜欢她。正当她为自己的美好未来编织着一个个梦的花环、憧憬着美好愿望时，父亲程向前却因家庭困难，提出让她退学。

“爸，我书念得好好的，咋就不让我上学了呢？”程小丽不解地问父亲。

“小丽，爸爸知道你喜欢读书，可爸爸供着你跟弟弟两个人上学，这一年下来，光交给学校的各种费用就要几百块钱，爸爸拿不出那么多钱来。再说，你现在也大了，应该下来帮爸爸干点活了。咱们家这十几亩庄稼地，还有承包的果园，我一个人忙不过来。”程向前解释道。

“爸，那就让我把小学读完吧，读完后我再帮你下地干活。”程小丽恳求道。

“把小学读完又有什么用，女孩家念那么多书干啥，能认识自己的名字，能认识钱就够了。你妈妈一辈子没上过学，不是也挺好吗？”程向前回绝道。

程小丽见求父亲无望，就向母亲求援：“妈妈，你就帮我劝劝爸爸，让我继续上学吧。我放学回家后一定帮你们干活。”

母亲丁秀兰抚摸着程小丽的头说道：“孩子，你爸说得对，咱庄户人家的女孩子念书再多也没有用，能识几个字就行了。你就别再读了，下来帮帮你爸爸吧。”

就这样，程小丽怀着眷恋的心情，离开了她所留恋的学校，天天像大人一样跟着父亲下地干活。

在进行家访之前，韩磊首先向程小丽所在班的班主任详细了解了她在学校的情况以及他们家的情况。在一个星期天的早饭后，韩磊到村里打听着找到了程向前的家。不巧的是程小丽并不在家。她的母亲丁秀兰告诉韩磊，程小丽一大早就随父亲下地干活去了。韩磊问明了他们父女俩干活的地点，便又径直来到山里。

尽管韩磊到罗家村小学任教的时间不长，但村里周边的每个山头叫什么名字，大体都处在什么位置，基本还是清楚的。

韩磊按照程小丽的母亲丁秀兰为他提供的大体方位，沿着长满杂草的攀山小路，很快就找到了程向前父女俩干活的地方。当他来到一个山坡上的果园时，只见有一个扎着一对小辫、挽着衣袖和裤角、约摸十二三岁、身高不过一米五的女孩，正在那里用水搅拌农药。看得出，庄稼地里的风吹日晒已在她身上打上了深深的烙印，蓬松的头发，黝黑的皮肤，黑里透红的脸蛋，只有那双透着稚气、滴溜溜会说话的眼睛和她那孱弱的身躯告诉人们，她还是一个孩子，一个应该在学校里接受教育的孩子。

“韩校长，你咋到这里来了？”还没等韩磊问话，程小丽已经抬头看见了他，惊奇地问道。

“如果我没有猜错的话，你大概就是程小丽同学吧？”韩磊笑着问道。

程小丽点了点头，忙从地堰上搬来一块干净的石头放到韩磊面前说道：“韩校长，这地里也没有凳子，你就凑合着坐吧。”

韩磊道了声谢谢，就在石头上坐下了。他看了看周边没有什么人，便问道：“小丽，怎么就你一个人在这里干活，你爸爸呢？”

“我爸爸在里边给果树打药呢。”程小丽回答说。说完，她又冲着地里喊道，“爸爸，韩校长找你。”

听到女儿的喊声，程向前从果树丛里背着喷雾器走了出来。见到韩磊，程向前感到有些意外。他一边让女儿帮他把喷雾器放下，一边对韩磊笑着问道：“韩校长，你今天咋有空跑到我们这庄稼地里来了？是不是周末闲着没事，想到山里呼吸一下新鲜空气啊？”

韩磊见程向前走过来，忙站起来想跟他握手。程向前见状忙把手缩回去说道：“韩校长，这可使不得，我的手太脏，还有农药，别把你的手也给弄脏了。”

“咳，程大哥，瞧你说的，都是庄稼人出身，手沾了农药回去洗洗不就行了吗。”韩磊毫不在意地紧紧握住了程向前的手。说完，他便从口袋里掏出了香烟，拿出一支递给程向前，一支自己点上。两人边抽边聊了起来。

“程大哥，我今天不是出来逛山的，是专门来找你的，找你有事商量。”

“韩校长，你不是在开玩笑吧。你一个当校长的，找我这个当农民的商量啥事？”

“程大哥，我今天来找你，主要是为你女儿程小丽上学的事。你女儿程小丽是个聪明的孩子，也很爱学习，不知是啥原因，突然就不上学了。我希望你这个当家长的能让孩子重新回学校去上学。”韩磊开门见山，说明来意。

程向前一听韩磊是为女儿上学的事来找他，忙对站在旁边的程小丽说道：“小丽，你到果园里边干活去吧，我跟你韩校长说点事。”

程小丽见父亲撵她，很不情愿地走开了。

程向前见女儿走开后,便拉开话匣子说道：“韩校长,小丽不是不上学了吗?你还来找她干吗?”

“程大哥，我知道小丽已经不上学了，可我总觉得像小丽这么聪明好学的孩子不上学太可惜了，所以今天来找你商量一下让孩子再继续去上学。”韩磊解释道。

“有啥可惜的，孩子大了，应该帮着家长做点事情了。”程向前不以为然地说道。

“可我听说你的女儿才只有十二岁，这么小的孩子，正是长身体、学知识的时候，你就让她退了学，天天跟着你在地里干活，你这个当父亲的不觉得心疼吗?”

“韩校长，跟你说句实话吧，不是我这个当家长的心狠，不让孩子念书，哪有自己的亲生父亲不疼爱自己女儿的?可我不说你这个当校长的也知道，现在孩子上学学费那么贵，我们村的经济状况又不好，供两个孩子上学实在是太困难了。所以，我只好让女儿退了学。再说了，我一个人种十几亩地，还有承包的果园，也忙不过来。”程向前无奈地说道。

“那你们让小丽退学，孩子愿意吗?”韩磊又问道。

程向前叹了口气说道：“她当然不愿意了。说起来小丽这娃很懂事,很听话。开始当听说让她退学时，她哭闹了好几天，后来才慢慢平静下来。”

“程大哥，你说得对，你真是生了一个好女儿，我了解过小丽的班主任，小丽这孩子的确很聪明，很爱学习。可这么一个聪明好学的孩子，你们就这样让她退了学，真是太可惜了。”韩磊感到十分惋惜地说道。

“可惜啥，乡下的女娃念书再好，还不是瞎子点灯白费蜡，有啥用处，能学两个字认识自己的名字就足够了。罗家村那么多女娃高中毕业，不都还是照样当农民吗?”程向前道出了自己的心里话。

“程大哥，我说你好糊涂啊，这都啥年代了，你咋还会有这种思想，这不是典型的重男轻女吗?女娃怎么了，女娃只要把书念好了，有了科学文化知识，照样有出息，现在咱们国家好多当干部的、当科学家的、当工程师的、当作家的，不都是女的吗?连一些国家的总统还是女的呢。说不准你的女儿如果把书念好了，将来也可能成为一个国家干部、一个科学家或一个工程师呢。”韩磊笑着反驳程向前说道。

韩磊的这一席话，把程向前给逗乐了，他笑着说道：“我说韩校长，你真不愧是个有文化的人，会说话，会给人开心丸吃。你刚才说的这些我不是不知道，我也知道咱们国家有好多当官的、当科学家的、当工程师的、当作家的都是女的，可小丽不是那样的料。你没听说有这样一句俗语吗，龙生龙，凤生凤，老鼠生来打地洞。咱庄户人家的孩子，生来就注定要跟土坷垃打交道，特别是女孩子更是如此，长大了只要能找个好婆家就行了。”

韩磊在来进行家访之前就听本村的老师罗方辉介绍过，说程向前虽然是个老实人，但也是一个很固执的人，认死理，他认准的事，别人很难说服他。今天，他真是领教了，辛辛苦苦说了半天算是白说了。这是韩磊预料之中的事情。因此，他并没有生气，而是笑着继续对程向前说道：“程大哥，我非常理解你的难处，我看这样好不好，你就让小丽继续去上学吧，她上学的费用如果你负担不起，就由我来负责，家里的农活如果你忙不过来，星期天我过来帮你。”

对于韩磊如此诚恳的态度，程向前深受感动，无言以对，更没有理由再拒绝女儿重新返回学校读书。于是，他沉思了一会儿，满含感激之情地说道：“韩校长，你这种关爱学生的精神真是让我感动，我这个当家长的还有什么好说的。就按你的意见办吧，赶明我就让孩子去上学。”

一直渴望着能够上学读书的程小丽得知韩校长是为她而来的，心里非常高兴。她多么希望韩校长能够说服自己的父亲，让她重新回学校读书。所以，父亲让她到地里干活时，她并没有走远，而是怀着一颗忐忑不安的心躲在一块大石头后边的草丛里偷听韩校长与父亲的谈话。当她听到父亲答应让她再回学校上学时，她欣喜若狂，蹦着跳着从草丛里钻了出来，撒着娇坐到父亲程向前的腿上，搂着脖子在程向前的脸上甜甜地亲了一口，并激动地说道：“爸，你真好，女儿一定不给你和妈妈丢人，好好学习，等我长大了以后好好孝敬你们。”然后她又转过身来朝韩磊深深鞠了一躬说道，“谢谢韩校长，我不会辜负老师对我的期望的。”说完，就跑去干活去了。

看到程小丽那天真活泼的高兴劲儿，韩磊与程向前都笑了。

经过老师们苦口婆心、循循善诱地做思想工作，另外一些辍学的学生也大都陆陆续续返回了学校。

# 三十二

俗话说得好，没有不透风的墙。罗方钊与贾菊花偷鸡摸狗的风流韵事，看起来做得很神秘、很隐蔽，神不知、鬼不觉。其实，一些村民早就发现了他们俩的这种不正当关系，只不过或是畏惧于罗方钊的淫威不敢说，或是事不关己、高高挂起罢了。尽管如此，消息还是传到了胡天祥的哥哥胡天明的耳朵里。

这胡天明跟弟弟胡天祥一样，都是少言寡语、老实巴交的农民，他早就听说过自己的这个弟媳妇贾菊花在为闺女时就不守贞洁。所以，他完全相信村民的议论和猜测。可又觉得自己的弟弟胡天祥三十多岁才娶了这么一个漂亮的媳妇不容易，不想把事情闹大。因此，他没敢把这件事告诉自己的父母，甚至连自己的妻子都没说，只是在暗中留神观察人们所说的究竟是不是真的。胡天明与弟弟胡天祥同住一排房子，中间只隔着一条胡同。他在没事的时候就站在自己的家门口，或在院子里装着踏着梯子干活，看弟媳贾菊花平日里都跟些什么人来往。经过一段时间的观察，终于证实了人们所说的话。他发现，罗方钊趁弟弟胡天祥不在家的时候，经常在晚上跑到他的家里，连门都不敲就推门进去，不一会儿灯就灭了。有时甚至大白天都往弟弟家里跑。

贾菊花的丈夫胡天祥由于长期在外打工，很少回家，只有在农忙时或是过春节时才回来住几天。当然，罗方钊与自己的妻子贾菊花偷情的事情，他一直蒙在鼓里，全然不知晓。夏天，胡天祥回来忙麦收时，哥哥胡天明把这个情况告诉了他。胡天祥听后感到十分震惊和愤怒。他恨透了罗方钊，想去找他拼命，结果被胡天明劝住了。可他又不敢表现出对妻子的不满，怕惹恼了贾菊花同他离婚。胡天祥怎么也咽不下这口气。于是，他夜里睡不着觉，冥思苦想，终于想出了一个报复罗方钊的办法。

麦收结束了，胡天祥在家里呆了半个多月，又要外出打工了。临走这天，他在家里整整忙了一个上午，把屋子、院子都收拾得干干净净，就连猪圈和茅坑也都掏得干干净净。

胡天祥吃过午饭后，带着妻子贾菊花为他准备的干粮就离开了家。临走时，他嘱咐贾菊花说道："菊花，我不在家的时候，你一定要照顾好自己。晚上睡觉时一定要把门关好，千万别让坏人进来。"

"瞧你像个老太婆似的唠唠叨叨的。我知道了，你就放心打工去吧，我会照顾好自己的。"贾菊花不耐烦地说道。

胡天祥离开家之后，并没有走远，而是在村里转了一圈又回来，躲到哥哥胡天明的家里。

胡天祥前脚刚走，贾菊花就把那串作为联络暗号的红辣椒挂了出来。在这些日子里，罗方钊几乎每天都要从贾菊花的门前走一趟，见那串红辣椒始终没有挂出来，就知道胡天祥还没有走。当然，他也不敢贸然往家里闯。这天下午，当他再次从贾菊花门前走过时，发现那串红辣椒又挂了出来，心中暗喜。他刚想推门进去，就看到胡天祥的哥哥胡天明在自己家门口干活，只好装着若无其事的样子悻悻离去。

晚上，天刚黑下来不久，被欲火烧得按捺不住的罗方钊就又来到了贾菊花的门前。他借着院子里的灯光，发现那串红辣椒还挂在屋檐下，知道只有贾菊花一个人在家，他看了看四周没有人，便迅速推开虚掩的大门溜了进去，并顺手把外边的大门从里边插上了，把院子里的灯也关了。

此时的贾菊花吃过晚饭后正一个人坐在炕上看电视。罗方钊一进屋就脱鞋上了炕，迫不及待地把手伸到贾菊花的衣服里乱摸起来。嘴里不住地说："菊花，我的心肝宝贝，这些日子见不到你，可把我想死了。"

贾菊花则装着不欢迎的样子把他推开说道："我看你这个人就是属猫的，嘴馋鼻子尖，一闻到腥味就想吃，天祥今天下午刚走，你就来了，也不怕他回来撞见你？"

罗方钊又嬉皮笑脸地凑过来说道："怎么这才几天不在一起就把我给忘了？还拿天祥来吓唬我，你哪里知道天祥在家的这些日子，我几乎天天都从你家的门前走过，总也看不到那串红辣椒挂出来，我都快要急疯了。"

贾菊花把嘴一撇说道："瞧你这张嘴像抹了蜜似的，死人都能让你说活了。就你这德性，咱村的老百姓谁不清楚，见了女人就拉不动腿。你老老实实告诉我，咱村的大姑娘、小媳妇你糟蹋了多少？”

罗方钊听后显得很委屈地说道：“菊花，你也太冤枉好人了。自从跟你在一起，我就没再碰过别的女人。你要是不信，我可以对天发誓，如果我罗方钊碰过别的女人，天打五雷轰，不得好死。”

贾菊花一听扑哧笑了，边笑边说道：“好了，跟你开句玩笑，别起誓了，俺知道你对俺好就行了。不过，希望你以后少做点缺德事，我听说咱村里不少村民都对你有意见。”

罗方钊不高兴地辩解说道：“你别听那些刁民胡说八道，这当村干部的哪有不得罪人的。”说完，就又像恶狼一样扑到了贾菊花的身上，一边用嘴堵住了贾菊花的嘴，一边两手不住地在她的身上上下游动，直把个贾菊花挑逗得心旌摇动，浑身酥软，顺势倒在了罗方钊的怀里。

就在罗方钊和贾菊花两人卿卿我我，忙着宽衣解带，欲行云雨之时，忽听大门外传来了“咚咚咚”的敲门声，接着就听到有人大声喊道：“菊花，开门；菊花，开门，我是天祥。”

罗方钊和贾菊花一听是胡天祥的声音，魂都吓没了，急忙松开，穿好衣服。贾菊花更是吓得浑身筛糠，战战兢兢地说道：“坏了，天祥回来了，这可咋办？”

“你不是说他已经走了吗？怎么会又回来了呢？”罗方钊抱怨道。

“我没有骗你，他确实是走了，吃了晌午饭走的，我还给他烙了几张饼准备在路上吃呢。”贾菊花不解地说道。

“是胡天祥的声音吗？你是不是听错了？”罗方钊将信将疑地问道。

正在罗方钊和贾菊花两个人紧张而猜疑的时候，外边敲门的声音更响了。两人屏住呼吸仔细听，就听到胡天祥有点不耐烦地高声喊道：“菊花，我是天祥，你咋睡觉这么早，快起来给我开门。”

这一次，罗方钊和贾菊花听得真真切切，确实是胡天祥回来了。两人你看看我，我看看你，急得像热锅上的蚂蚁一样，不知如何是好，刚才那种销魂的感觉早就跑到九霄云外去了。

“这可咋办？如果让天祥看见你在这里，非跟你拼命不可。”贾菊花十分担心地说道。

一向盛气凌人的罗方钊此时也害怕了，忙哀求贾菊花说道：“那你就先找个地方让我藏起来吧，等天祥走了以后我再出来。”

“这不行，家里没有可藏的地方呀。你这么大个活人，让我把你藏到哪里去？

再说，天祥这个时候回来，说不定今天晚上就不会走了。”贾菊花连连摇头说道。

“那咋办？要不你就干脆把门打开，跟天祥说我是为村里的事找他的。”罗方钊献计说道。

“亏你想的出，这地球上就数你最聪明，一个大男人晚上跑到一个单身女人家里，还插着门，就是傻瓜也能看出是来干什么的。”贾菊花反对说道。

“这也不行，那也不行，那照你说我们该咋办？总不能跑出去告诉胡天祥，咱们俩在偷情吧。”罗方钊反问道。

这时，外边的大门敲得更响了，胡天祥似乎等得有些不耐烦了。再次提高嗓门高声喊道：“菊花，我是天祥，你听到了吗，快给我开门。”

此时的贾菊花在屋里更是急得团团转，抓耳挠腮，不知如何是好。她朝屋外一抬头，突然看到了猪圈的墙，好像看到了救命稻草似的对罗方钊说道：“有办法了，你赶快从猪圈的墙那边爬到院墙上逃走吧。”

罗方钊看了看，觉得没有更好的办法，院墙又不高，跳下去不会有什么危险，也只好同意了。他像一只丧家犬一样爬到猪圈的墙上，然后又攀到院墙上跳了出去。

贾菊花见罗方钊逃走之后，才长长松了一口气，装着刚刚睡醒的样子，边系扣子边打着哈欠走出来给胡天祥开门。见了胡天祥，她吃惊地问道：“你不是晚上要坐火车去省城吗，咋又回来了？”

胡天祥怕惹恼了贾菊花，满肚子怒火没有发出来，而是装着无奈地样子说道：“唉，真倒霉，今晚上去省城的火车票都卖光了，没买上票，所以就回来了。”接着，他又嗔怪贾菊花说道，“你咋睡得这么早，睡得那么死，我敲了半天门也听不见？”

贾菊花则装着若无其事的样子说：“你不在家，我一个人又没个做伴拉呱的，就早早躺下了。”

胡天祥并没接贾菊花的话茬，而是一语双关地说道：“以后我不在家的时候，一定要把门关好，别让狗溜进来咬着你。”

贾菊花听出了胡天祥的话里有话，自知理亏，没敢多说什么，顿时涨得满脸通红，唯唯诺诺地应答说道：“我知道了。”

胡天祥没再问什么，也没再说什么。两人便各怀心思回屋里休息了。

再说罗方钊从院墙上跳下来之后，正好跌倒在了胡天祥上午刚刚从猪圈和茅坑里挖出的粪便堆上，弄得全身都沾满了粪便，奇臭难闻的粪便熏得他连眼都睁不开。可由于做贼心虚，怕胡天祥知道了跑来跟他拼命，他根本就顾不了这些，吓得连大气不敢出一声，狼狈不堪地逃离了现场。

其实，这一切都是胡天祥为了报复罗方钊精心策划的。他知道，如果罗方钊到家里来跟自己的妻子贾菊花偷情，只要把大门堵住，罗方钊只能翻墙逃走。因此，胡天祥一个上午都没有休息，把猪圈里的猪粪和茅坑里的粪便全部挖了出来，堆在罗方钊有可能逃跑的院子外边的墙根上，单等着罗方钊上钩。他怕罗方钊白天到家里来看见粪便计划落空，便故意让哥哥胡天明装着在自家门口干活，不给罗方钊机会。晚饭后，他便躲藏在哥哥的院子里爬到梯子上，暗中监视着自己家中的动静。

果不出胡天祥所料，天刚黑下来不久，罗方钊就来了，而且一进门就把院子的灯关了。胡天祥气得真想冲到家里去跟罗方钊拼命，但他还是忍住了满腔的怒火，又在哥哥胡天明家里等了一会儿，估计时间差不多了，便拿着外出打工时带的东西回到了家，于是便发生了刚才那一幕。

罗方钊带着满身的粪臭无处可去，只好狼狈不堪地回到了家，弄得满屋子臭气熏天。妻子杨瑞芬被熏得直想呕吐，忙用手捂着鼻子离他远远地责问道："你这是咋了？跑到哪儿去撒野弄成这个样子？是不是跑到谁家的茅坑里洗了个澡？"

罗方钊当然不敢把真相告诉杨瑞芬，而是显得非常懊恼和沮丧地谎称说是准备到村两委会办公室去，因天太黑看不清路，不小心摔倒在别人家刚刚挖出的粪堆里，才弄成这个样子的。

看到罗方钊这个狼狈相，杨瑞芬直想笑，可怎么也笑不出来，她忙为他找衣服，烧热水，让他冲洗身子。罗方钊在院子里也不知打着肥皂冲洗了多少遍，才消除了自己身上的粪臭味。

罗方钊猜想到胡天祥很有可能已经知道了他跟贾菊花偷情的事，这是故意对他进行报复，可他又自知理亏，不敢把这事告诉别人，只能是打掉牙往自己肚子咽，默默地吞下了这颗苦果。

# 三十三

罗方钊逃走之后，胡天祥并没有对妻子贾菊花兴师问罪，也没有跟她吵架，而是装着若无其事的样子，一个人跑到炕的另一边躺下了。

志士惜日短，愁人知夜长。这一夜，对胡天祥来说真是太漫长了，他躺在炕上，思绪万千，辗转反侧，难以入睡。要不是亲眼所见，他怎么也不会想到这个表面上道貌岸然、自己一向尊重和追随的罗方钊竟然会把那双罪恶的黑手伸到他胡天祥家里，更不会想到自己一向疼爱的妻子竟然会躺到别人的怀里。想到自己常年在外打工，整日里含辛茹苦，餐风露宿，舍不得吃，舍不得喝，舍不得穿，把挣的钱都拿回家里来，目的就是为了让自己的妻子过上好日子，而妻子却背叛了他，跟别人偷情，给他戴绿帽子。他不知道今后还会发生些什么，更不敢想自己的妻子贾菊花是否还会与罗方钊偷情。他恨自己无能，更恨罗方钊这个披着人皮的狼。他想把这件事告诉自己的父母，可又怕他们知道了为他担心，怕他们为此而冷落了贾菊花造成家庭不和睦。

胡天祥感到愤恨，感到困惑和迷惘，感到委屈和伤心，想着想着，泪水便像断了线的珠子，情不自禁地流了出来。

再说贾菊花，自知理亏，对不住自己的丈夫，也几乎一夜没有合眼。她躺在那里，看着远离自己的丈夫，也感到难过。她想了很多，丈夫是否已经知道了她跟罗方钊偷情的事情？否则为什么偏偏是罗方钊刚刚到家里他就敲门？罗方钊从院墙上跳下去摔伤了没有？今后又该怎么办？丈夫回家后虽然没有责怪她，没有冲她发脾气，但从他的眼神和举止看，从他对自己如此冷漠的态度看，她似乎已经预感到胡天祥很有可能已经察觉到她与罗方钊偷情的事。如果真是这样的话，那他这么做无非是不想让自己难堪，不想让自己出丑，是在给自己留面子。回想自己嫁到罗家村来的这些日子里，丈夫胡天祥对她真是百般疼爱，百般体贴，捧在手里怕摔着，含在嘴里怕化了。家里好吃的、好穿的、好用的，都留给了她，庄稼地里的脏活累活从不用她沾边。公公、婆婆也像亲闺女一样待她，家里做了什么好吃的，不是给她送过来，就是把她叫过去吃。想到这里，她感到懊悔，感到无地自容，感到对不起自己的丈夫胡天祥。

第二天早饭后，胡天祥又要外出打工了。临走时，他语重心长地嘱咐贾菊花说道："菊花，我不在家时你一定要照顾好自己，干活别累着，别委屈了自己，有什么困难就去找咱爸、咱妈。有什么干不了的重活累活，就请哥哥、嫂子过来帮忙。最后还有一件事要告诉你，不管你是否愿意听，我还是要提醒你，一个女人在家里不安全，晚上睡觉时一定要把门窗关好，别让坏人钻了空子溜进来。请你记住我说的话，真正疼爱你的还是你的丈夫。"

听了胡天祥的这番话，贾菊花的眼睛湿润了，她扑到胡天祥的怀里，哽咽地说道："天祥，别说了，我知道我错了。你就放心吧，我再也不会做对不起你的事情了。你在外边也要照顾好自己，别不舍得吃，不舍得喝，累坏了身子，有空的时候常给我打个电话。"

胡天祥没有把这层窗户纸捅破，确实是为了给贾菊花留面子。他见贾菊花承认了自己的错误，回心转意了，心里非常高兴，他又满含深情地对贾菊花说道："菊花，你能这么想，我就知足了。其实，你跟罗方钊偷情的事，我早就听说了，这村里有不少人都在议论，要不是亲眼所见，我怎么也不会相信。你嫁到罗家村时间不长，对罗方钊这个人你还不完全了解，口蜜腹剑，人面兽心，是一个玩弄女人的高手，他强奸项天发的媳妇钱招娣，全村人谁不知道？公安局没有治他的罪，那是因为他那个在公安局当副局长的大舅子哥搞的鬼。你记住，玩火者必自焚，这种人早晚得进去，你以后一定要离他远一点，别再上当受骗了。"贾菊花见胡天祥道出了事情的真相，既打心眼里感激自己的丈夫，又感到羞愧不已，她非常内疚地说："天祥，你不要再说了，你的话我都记住了，我贾菊花也不是一个不明事理的人，你就放心去吧，我不会让你失望的。"

贾菊花说完这番话，胡天祥没有再说什么，两个人拥抱在一起，好久才分开。

胡天祥走了。在胡天祥走后，胡家对贾菊花更关心了。他们的母亲闲着没事的时候，就跑过来跟贾菊花做伴，拉呱聊天，或一起到山上挖野菜，一起到田里劳动，他的嫂子也常到贾菊花家里来，问寒问暖，使贾菊花真正感受到了这个家庭的温暖。

也许是胡天祥的真诚感动了贾菊花，也许是受到了良心的谴责，也许是厌倦了，自从胡天祥走后，贾菊花家里那串她跟罗方钊偷情时作为联络暗号的红辣椒再也没有挂出来。

在胡天祥走后的几天里，罗方钊还是像往常一样，几乎天天都从贾菊花的门前走过，希望能看到那串红辣椒，可结果却令他非常失望，贾菊花家里的大门始终紧闭着，当然，没有贾菊花的应允，他也不敢贸然走进去。

一天天过去了，罗方钊感到纳闷，感到失望。他不明白这究竟是为什么，是胡天祥发现他们俩偷情而把贾菊花软禁在家里呢？还是贾菊花被打伤了无法跟他约会？还是贾菊花突然变了心？他越想越觉得心里忐忑不安，总想寻找机会找贾菊花问个明白，可贾菊花始终不给他这个机会。终于有一天，当罗方钊再次从贾菊花门前走过时，恰逢贾菊花从家里出来，罗方钊向四周看了看没有人，便急忙迎上去要到贾菊花的家里去，贾菊花没有同意，告诉他有啥事在外边说就行了，不必到家里去。

罗方钊对贾菊花的反常举动感到诧异和震惊，不解地问道："菊花，你这是咋了，怎么连家都不让进了？"

贾菊花显得很平静地说道："罗主任，没咋的，你以后就不要再到俺家里来了，俺不想再跟你干那些偷鸡摸狗的事了，让乡亲们戳脊梁骨。"

罗方钊听了贾菊花的这番话，更是丈二和尚摸不着头脑。他想弄明白贾菊花为什么突然对他变得如此冷淡，又怕在外边呆久了被别人看见，便用近乎恳求的口气说道："菊花，你就是不愿意跟我好了也不要紧，就让我到家里把话说清楚好吗？咱们这样在大街上站着让别人看见了多不好。"

贾菊花犹豫了一会儿，觉得有必要把话跟罗方钊说清楚，便同意了。罗方钊走进贾菊花的院子里，还是像往常一样，想把外边的大门关上插好，贾菊花又立刻跑过来把大门打开了，并说道："还是把大门开着吧，免得让别人看见了说闲话。"

罗方钊和贾菊花两人刚走进屋里，罗方钊便急不可耐地扑上去抱住贾菊花，却被她用力推开了。贾菊花坐在炕沿上，板着面孔十分严肃地对罗方钊说道："罗主任，别这样，我刚才把话都说得很清楚了，今后不再跟你干那种事了，请你尊重我。"

罗方钊尴尬地站在那里，迷惑不解地问道："菊花，我到底做错了什么？你为什么突然变得对我这么冷淡？是不是天祥知道咱们俩的事了？是不是那天晚上我走了以后天祥打你了，威胁你了，你才不敢跟我好了？”

贾菊花显得很内疚地说道：“不错，天祥确实知道咱们俩的事了，可他并没有打我，我觉得我这么做对不起他，所以就决定不再跟你来往了。”

罗方钊听后似有所悟地抱怨说道：“噢，菊花，我现在才弄明白，那天晚上我刚到你家，天祥就在外边敲门，你让我跳墙逃跑，而在院墙外堆了一些刚从茅坑里挖出来的大粪，结果让我弄得满身都是粪便，害得我回家后冲了大半天才把臭味冲干净。这是不是你跟天祥早就合谋好的，故意来报复我？”

贾菊花听后觉得好笑，却又没敢笑出来，这时她才明白，胡天祥在临走之前的那天上午为什么要把猪圈和茅坑里的粪便都挖出来，原来是为了报复罗方钊。她忍住笑驳斥罗方钊说道：“你胡扯些什么，我贾菊花是那样的人吗，不像你一肚子坏水，那天下午天祥确实已经走了，我才把那串红辣椒挂出来的，谁会想到他晚上又回来了呢。”

听了贾菊花的解释，罗方钊似乎觉得贾菊花对他还旧情未了，便又套近乎地说道：“菊花，这么说是我冤枉你了，我就知道你不会这么做。”

贾菊花并没有接罗方钊的话茬，也不想再跟他纠缠套近乎，更怕让他在家里待的时间久了叫别人看见说闲话，于是下逐客令说道：“罗主任，你还有事吗？没事你就快走吧，让别人看见了不好，我要下地干活去了。”

罗方钊见贾菊花下逐客令，很是不甘心，他厚着脸皮继续纠缠说道：“菊花，以前我到家里来，不管待多久，你都不烦，咋现在这么烦我，才几分钟的工夫就要撵我走，你给我解释清楚，这到底是为什么？你为什么变得这么快？”

贾菊花毫不留情地说道：“不为啥，以前是俺糊涂，做了对不起天祥的事，现在，俺想明白了，再也不能做对不起他的事了。”

罗方钊见贾菊花吃了秤砣铁了心，决意要跟他脱离关系，感到无奈，但他还是嬉皮笑脸地凑到贾菊花的跟前说：“好吧菊花，我尊重你的选择，不过，看在咱们俩好了这么长时间的份上，我今天既然来了，我们俩就再好一次吧，以后我保证再也不来骚扰你了。”说完，就又扑过去想拥抱贾菊花。贾菊花毫不客气地把他推开了。

罗方钊讨了个没趣，知道再待下去也不会有什么结果，只好悻悻地走了。

从此以后，贾菊花家里那串作为联络暗号的红辣椒再也没有挂出来。

# 三十四

山村夜晚的生活是单调的、乏味的。这里没有大城市那鳞次栉比、灯火辉煌的高楼大厦；没有琳琅满目、人声鼎沸的夜市；没有灯红酒绿、令人陶醉的歌舞厅；更没有使人游历于梦幻世界、全身心投入的电子游戏厅。村民们辛辛苦苦在田里忙活一天，晚上回到家里，却是寂寞难耐，闲着无事可做，总感觉生活中少了些什么。那些家中有电视机的，还可以借助于电视中自己喜欢的节目，打发漫长的夜晚。而那些家中没有电视机的，就只能跟家人们坐在炕头上吹吹牛，聊聊天了。一些耐不住寂寞的中青年则几个人凑到一起下下象棋，打打够级，甚至玩玩“手把一”的赌博游戏。当然，那些顽皮的孩子们也有自己的乐趣。他们经常在黄昏的时候聚在一起，跑到打谷场、秀水河边的柳林里嬉笑玩耍，捉迷藏。还有一些正处在热恋中的青年男女，学着城里人的做法，钻进树林里，相互拥抱着，品尝着甜蜜的爱情。

乡里驻罗家村工作组的姜涵、秦科明和何云飞，也有着同样的感受。虽然三人都出生在农村，从小在农村长大，但他们都上过大学，感受过大城市的夜生活，如今又回到了这偏僻的山村工作，还真是有些不习惯了。对姜涵来说倒是影响不大，他身为副乡长，经常回乡里开会，况且家又住在乡政府大院内，平时村里晚上没事的时候，就跑回家去住，早出夜归，很少住在村里。而对秦科明和何云飞来讲，就没那么随便了。两人都是青年，又没有结婚，乡里很少召他们回去开会，所以，他们只能像村民一样长期呆在村里。白天，他们像两只快活的小鸟，时而穿梭于郁郁葱葱的清山秀水之间，时而忙碌于纵横交错的阡陌之间，时而坐在百姓家中的炕头上。在开展工作的同时，欣赏着这大自然的美好风光，吸吮着山村这天然氧吧的新鲜空气。可到了晚上却是另一番世界，常常是两个人呆在房间里，或是看看书，或是聊聊天。

这样的生活环境对正处在热恋中的秦科明来讲，就比何云飞幸运多了。他们就住在秦科明女朋友马玉芳家闲置的房子里。晚饭后，两人经常一起漫步在村前秀水河边的柳林里，谈感情、谈学习、谈工作、谈理想、谈人生，描绘未来生活的宏伟蓝图。

“科明，你一个大学生，又是国家干部，找我这样一个乡下姑娘做媳妇，不觉得后悔吗？”

“咋不后悔，其实我早就后悔了，可后悔又有啥用，你把我的心偷走了也不还给我。”

“你也真够坏的，诬赖好人，明明是你把心送给俺的，却说是俺偷的，你这人讲理不讲理啊。”

“我才没那么大方哪，既然说是我送给你的，那今天我就把它收回来。”

“你收回去吧，我才不稀罕哪。”

“你真的不要了，那我可真的要收回来了，你可千万别后悔。”

“哎，科明，咱们别闹了，谈点正经事。我问问你，咱们俩好的事，你爸爸、妈妈知道吗？”

“知道。”

“两位老人是什么态度？”

“反对呗，他们不让我跟你好，也不让我在乡下找对象。为了这件事，前些日子我爸妈还托人在城里给我介绍对象哪。”

“你去看了吗，相中了没有？女方在哪个单位工作，人长得漂亮吗？”

“女方在县医院工作，也是个大学毕业生，人比你长得还漂亮。我倒是相中了，还不知人家是啥态度，这不是让我听信儿吗。”

“既然你已经找对象了，那干吗还跟俺好？”

“玉芳，我知道你听了一定不高兴，我对你的爱是真心的，可父母的话我又不能不听。他们从小把我拉扯大也实在是不容易，请你千万别怪我。”

马玉芳听了秦科明的这番话，一颗火热的心顿时凉了半截，那兴奋而温馨的笑容顷刻之间也荡然无存。她一把把坐在自己身旁的秦科明推倒在地上，用惊愕的目光瞪着他，愤愤地说道：“秦科明，俺没有想到你竟然是个骗子，既然你家里不同意，干吗还要跟俺处对象？干吗还要占俺的便宜？”

“玉芳，你听我解释，我没有骗你，我爱你是真心的，并不是想故意伤害你，我是实在没有办法才这么做的。”

“你还说没骗俺，难道这不是骗俺吗？自从你跟俺好的那天起，俺就把你当成了自己的亲人。让你吃在俺家里，住在俺家里，还睡了俺，现在又说不要俺了。俺知道俺配不上你，可你也不应该这么欺骗俺。真是知人知面不知心，想不到你秦科明表面上老老实实，满肚子都是花花肠子。你真是一只披着人皮的狼。”

“玉芳，我知道我错了，请你原谅我，我真的不是有意欺骗你，做不通我爸妈的思想工作，我也是没有办法。”

“你不用再解释了，应该说原谅的是俺。是俺给你添麻烦了，是俺癞蛤蟆想吃天鹅肉，是俺自作多情看错了人。你放心吧，从今以后，俺决不再缠着你，你走你的阳关道，俺走俺的独木桥。”

马玉芳说完，就哽咽地哭起来。她哭得是那么伤心，那么悲切。秦科明见马玉芳真的生气了，心里觉得好笑，又感到高兴。因为，他看到了马玉芳对他那份纯洁而真诚的爱，看到了自己在马玉芳心目中的位置。他从地上爬起来又凑到马玉芳跟前问道：“宝贝，怎么哭了，是不是舍不得离开我啊。”

马玉芳边哭边愤愤地回敬说道：“你给我滚开，我再不想见到你，你这个大骗子。”

“这是你的真心话吗？你真的再也不想见我了，千万可别后悔啊。”秦科明带着挑逗的口吻对马玉芳说道。

“你快滚，滚得远远的，我才不后悔呢，两条腿的驴不好找，两条腿的人多的是。”马玉芳更加愤怒了。

秦科明见马玉芳那伤心愤怒的样子，捧腹哈哈大笑起来，笑得前仰后合，笑得流出了眼泪，把马玉芳都笑蒙了。笑了一会儿之后，他才笑着认真地说道：“玉芳，你生气的样子好可爱呀。我刚才是跟你开了个玩笑，你就当真了。我怎么能舍得离开你。实话告诉你吧，我爸妈早就同意咱们俩的婚事了，这回你还让我滚吗？”马玉芳不相信自己的耳朵，以为秦科明还在欺骗她，没好气地说道：“滚一边去，别再来骗俺了。”

秦科明又凑到马玉芳的跟前，抓住她的手继续说道：“玉芳，这次我真的没骗你。开始，我爸妈是不同意我跟你好，他们觉得我已经大学毕业了，又进了机关工作，应该到县城里去找个媳妇，将来好把家安在城里，他们进城也好有个落脚的地方，不让我在乡下找对象。他们托人在县城给我介绍对象也确有其事，女方在县医院当大夫，我根本就没去看。两位老人见我态度如此坚决，也就同意了。他们说婚姻大事，让我自己做主，只要我愿意就行，还说让我有时间把你带回家去让他们看看。”

“你这回说的可是真的？”马玉芳将信将疑地问道。

“报告老婆，我这回说得句句属实，如有半句假话，任凭你惩罚。”秦科明开玩笑说道。

马玉芳听了秦科明的解释，气儿一下子全消了，破涕为笑，用两只拳头“狠狠”地打着秦科明说道：“你坏死了,你坏死了。”说完,就扑到了秦科明的怀里。两人紧紧地拥抱在一起，相互亲吻着，抚摸着，久久没有分开。

“丢丢丢，不害羞，丢丢丢，不害羞。”

“科明，你真的爱我吗？”

“玉芳，你嫁给我吧。”

“我爱死你了，我爱死你了。”

“你走你的阳关道，我走我的独木桥。”

……

就在秦科明与马玉芳拥抱在一起难分难舍的时候，从身后的柳树林里传来了莫名其妙的学他们说话的声音。两人吓得急忙松开朝身后看，可由于天黑啥也看不到，马玉芳此时更是吓得躲在秦科明的身后，嘴里不住地喊道：“有鬼，科明有鬼。”

秦科明倒是显得比马玉芳镇静得多。他一边紧紧抓住马玉芳的手，一边安慰她说：“哪儿来的鬼，别吓唬自己了。”他虽然嘴里这么说，心里也是害怕，便壮着胆子朝柳树林里喊道，“谁在后边，赶快出来，我们已经看到你了……”

秦科明喊了一阵并没有回音，便又从地上抓起一块石头握在手里继续喊道：“谁躲在后边，快滚出来，再不出来我就要扔石头了。”

“别扔，我们出去。”

秦科明这一招还真灵。他刚喊完，就从柳树林里传来了一个小男孩的声音。接着就有三四个孩子从离他们不远处的一棵柳树墩后面走了出来，等几个孩子来到马玉芳跟前时，她才认出其中一个孩子是她本家名叫大鹏的侄子，另外三个都是邻居的孩子。她生气地问本家的侄子说道：“大鹏，天这么晚了你们跑到这儿来干什么？”

“姑姑，我们在这里捉迷藏。”那个叫大鹏的孩子胆怯地回答道。

“刚才那几句话是你们喊的？”马玉芳又问道。

几个孩子像是做了错事站在老师面前的学生似的点了点头。

“这么说，我跟秦叔叔说的话你们都听到了。”马玉芳有点不好意思地又问道。

几个孩子没有回答，你看看我，我看看你。其实不用他们回答，马玉芳和秦科明都已经猜到了。

原来，马玉芳的侄子大鹏和邻居的几个小伙伴吃过晚饭后闲着没事，就约着一起来到秀水河边的柳树林里玩捉迷藏的游戏。就在他们玩得兴趣正浓的时候，忽听有女人的哭声和吵闹声，几个人就觉得好奇，便悄悄溜到离秦科明和马玉芳不远处的一棵柳树墩后面偷听。大鹏听出了哭的女人不是别人，而是自己的姑姑马玉芳，当听到马玉芳与秦科明争吵激烈的时候，大鹏认为自己的姑姑受了欺负，就想跑过来帮她，结果被几个小伙伴拦住了，让他不要出来，听听他们在说些什么。就这样，几个孩子无意中听到了秦科明和马玉芳谈话的全部内容。后来，几个顽皮的孩子见二人重归于好拥抱在一起的时候，便准备吓唬吓唬他们，于是，便发生了刚才那一幕。

马玉芳把大鹏拉到自己的身边，像是在命令，又像是在恳求地说道：“大鹏，你要替姑姑保密，我跟你秦叔叔今晚的事回去对谁都不许讲，你要是告诉了别人，姑姑就不亲你了。”

机灵而淘气的大鹏眨巴着一对小眼睛，把一个小拳头举到头顶说道：“放心吧，姑姑，我们不会告诉别人的。不过，你跟秦叔叔得答应我们一个条件。”

“啥条件？”马玉芳不解地问道。

“保密费啊，你俩要付保密费给我们，要不我们就把你们抱在一起亲嘴儿的事说出去。”大鹏把手伸到马玉芳跟前说道。

秦科明跟马玉芳一听都笑了。笑完后，马玉芳轻轻地打了大鹏屁股一下说道：“你这个淘气包，小小年纪就知道要保密费。好，等姑姑和秦叔叔结婚的时候一定给你们好多糖吃。”

“姑姑，你说话可要算数。”大鹏非常认真地说道。

“放心吧，姑姑说话一定算数。”

几个孩子听马玉芳说完，都高兴地蹦着跳着跑开了，望着消失在夜幕中的孩子们，秦科明和马玉芳也笑了。

# 三十五

老天爷似乎有意跟罗家村过不去。去年，这里曾遭受过多年不遇的严重干旱，造成了河床干涸，稼禾枯死，粮食减产，农民歉收，甚至出现了村民因抢水浇地而大打出手，差点闹出人命的事件。村民们饱受了旱情给他们带来的灾难和痛苦。

今年，老天爷却一反常态，暴雨成灾。入夏以来，老天爷几乎很少睁眼，太阳就像一个害羞的姑娘，躲在厚厚的云层里，很少露脸。翻卷的乌云像过龙兵一样，不时笼罩在罗家村的上空。滂沱大雨在雷鸣闪电的呐喊助威下，在呼啸狂风的驱赶下，肆无忌惮地袭扰着这里的人们，吞噬着这里的林海桑田。山洪咆哮，涛声阵阵，沟河外溢，塘坝涨满，大量的土地被冲垮，不少民房被摧毁，一些村民甚至因自家的房屋倒塌而无家可归。真可谓是屋漏偏遭连阴雨，船破又遇顶头风。村民们又面临着严重洪涝灾害的考验。

罗家村毕竟是个山区，怕旱不怕涝。面对洪涝灾害的威胁，最担忧和揪心的还是罗家村小学的师生们。学校虽然建在村后的山坡上，地势比较高，不会被洪水淹没。但学校的校舍都是六七十年代建成的，由于年久失修，有几个教室已经有了明显的裂痕，早在几年前就被县教委列为危房的范畴，要求尽快维修或建新校舍。

由于罗家村小学是个村办学校，校舍的维修和建设都应由村里负责，而罗家村这几年的经济又不景气，百姓生活困难，村里拿不出钱来维修，师生们只能无奈地在这随时都有可能倒塌的教室里上课。每到暴雨来临，他们都惶恐不安，校长韩磊更是心急如焚。

这天暴雨刚过，韩磊就叫上在学校里任教的老师、罗方钊的本家兄弟罗方辉一起去找村两委会，请求村里出资维修校舍。

二人来到村两委会办公室时，恰巧村支书程大孟和村主任罗方钊都在，他们因下雨无事可做，正在跟乡工作组的秦科明，还有另外三个村民打扑克，旁边还有几个没有挨上号的村民在围着看热闹。几个打扑克的人脸上都贴满了白纸条，罗方钊的脸上贴的最多。

罗方辉的这个教师工作还是罗方钊安排的，所以，他对罗方钊感恩戴德，唯命是从，毕恭毕敬。他见罗方钊脸上贴了那么多纸条，心里觉得好笑，没敢笑出来，而是显得非常尊重的样子说道："方钊哥，你跟大孟书记都在啊。"

正在埋头揭牌的罗方钊抬起头来看了罗方辉一眼，不屑一顾地问道："你怎么来了？不在学校里好好教书，跑到村两委会来干什么？"

还没等罗方辉开口解释，程大孟则边打牌边有礼貌地对校长韩磊说道："韩校长，你们今天咋有时间跑到村两委会来了？来，你们俩快坐下，咱们打两把。"

韩磊非常客气地笑着说道："谢谢程书记，我们今天不是来打牌的，正好你跟罗主任都在，想跟你们反映一下咱们村学校的安全问题。不用我说你们二位也知道，咱们村小学的校舍都是六七十年代建的，现在几乎所有的教室和办公室都成了危房，随时都有倒塌的危险，老师和学生在这样的教室里上课，整日里提心吊胆，特别是今年夏天涝雨成灾，一下雨学校就要停课，这样下去不是办法呀，我们希望村里能拿出点钱来把教室维修一下。"

程大孟听后显出一副无奈的样子说道："韩校长，学校的情况我们清楚，你们这些当老师的心情我们也理解。村里也想拿出点钱来把教室好好维修一下，可罗家村的情况你是知道的，这些年来经济一直上不去，去年又遭受了严重干旱，村里没有钱，老百姓穷，收不上提留来。收那么点提留，除了交给乡里的，连村干部和老师的工资都不够，村民还到处去上访告状，说我们村两委会滥收提留，你说我们从哪里去弄钱维修学校啊。"

"程书记，我知道村里有困难，可再困难也得想办法解决，让学生在这样的教室里上课，将来真要是出了问题，谁来承担这个责任？我希望你们村两委会能够好好研究一下，想想办法，尽快把问题解决了。"韩磊近乎恳求地说道。

正在打牌的罗方钊听后不以为然地插话说道："韩校长，大孟书记说得对，我们不是不了解学校的情况，有钱谁不愿意把粉往脸上搽，可我们村的财政实在是太困难了，哪有钱来维修学校啊。要不然的话，你到乡里和县里去跑跑，让乡里和县里想想办法，先拨点钱把教室维修维修，等将来村里的经济情况好转了，有了钱，我们一定重建新教室，建一个现代化的学校。”

听了程大孟和罗方钊的解释，韩磊感到非常失望，作为一校之长，他深知自己肩上的分量，保证师生的安全，这是他这个当校长的义不容辞的责任。他与罗方辉来找村两委会，也是事出无奈。他本想找程大孟和罗方钊商量一下，让村两委会帮助想办法先筹措点钱，把漏雨的房顶修补一下，把有裂痕的墙体加固一下，没想到话刚一出口就碰了个软钉子，遭到了拒绝。他知道罗家村这几年确实很穷，拿不出很多钱来，可维修教室花不了多少钱啊。当然，他也清楚，还有一个很重要的原因，就是现在的村两委成员中，没有一个孩子在罗家村小学读书，这些只管自己门前雪、不管他人瓦上霜的村干部们，根本就没把学校的建设放在心上。村支书程大孟答复他等秋后收了提留再说，那不过是在搪塞他。关于村主任罗方钊所说的等有了钱建一所现代化的学校，那更是天方夜谭，没有影子的事情。尽管如此，他还是耐着性子十分严肃地说道：“程书记、罗主任，我理解你们村两委会的难处，不过，我还是希望你们村两委会好好研究一下，拿出个解决问题的办法来。今年夏天雨量这么大，真是令人担心，如果实在没有办法，学校就只好停课了。”

“停就停呗，停课不停课你这个当校长的说了算。反正村子没有钱，你们看着办就是了。”程大孟不以为然地说道。

这时，站在一旁始终没有说话的罗方辉见程大孟和罗方钊如此冷漠的态度，看不下去了，他忧心忡忡地说道：“程书记、方钊哥，韩校长说得没错，咱村小学的那些教室确实不能再用了，再这样下去，说不定哪一天就会出大事的，别说是学生在里面上课不安全，就是我们这些当老师的也整天提心吊胆。我觉得如果村里实在拿不出钱来维修教室，能不能村里出钱先租几间闲着不用的民房当临时教室，等啥时候有了钱把教室维修好了我们再搬回来。”

罗方辉的话音刚落，罗方钊就瞪了他一眼，毫不客气地回敬说道：“去去去，我和程书记跟韩校长商量事情，你跟着瞎掺和啥，你说得倒轻巧，租民房就不用花钱了？”接着，他又对韩磊说道，“我说韩校长，你们这些当秀才的就是胆小怕死，在罗家村比学校教室危险的房子到处都是，老百姓不是照样住吗？再说了，建学校时我也参加了，教室的墙壁都是用石头垒起来的，又不是土坯打的，结实着哪，哪能说倒就倒，学生在里边上了几十年的课，不都啥事也没发生吗？我看你们还是再坚持一两年吧，大孟书记不是已经说了吗，等村里有了钱，我们一定把教室好好维修一下。”

韩磊一听罗方钊说这话就急了，反驳说道：“罗主任，我到这个学校当校长的时间不长，过去的事情我也不清楚，我只知道咱们村小学的这些教室已经在几年前就被县教委检查验收后确定为危房了。按上级规定，危房是不能再用的，过去没有发生教室倒塌事件，不等于现在和将来不发生，一旦发生就晚了，我们还是应该防患于未然，我跟方辉老师今天来，就是想把学校的情况告诉你们，希望能引起村两委会的重视，以防后患。”

韩磊的这番话，含着责任，含着担忧，含着恳求，也含着期待。可程大孟和罗方钊听后并没有理会，也没有再说什么，又忙着打牌去了。韩磊知道再谈下去也不会有什么结果，只好跟程大孟和罗方钊等人打了声招呼，道了个别，与罗方辉一起悻悻地回到了学校。

在随后的一段时间里，韩磊这个一校之长几乎无暇顾及正常的教学工作，为了一百多名师生的安全，他只好厚着脸皮、不辞劳苦地到处求援，天天骑着个破自行车，冒着狂风暴雨，踏着泥泞的山路，跑了乡里跑县里。

韩磊首先来到乡里，找到乡教委主任，把罗家村小学的校舍情况作了汇报。可乡教委主任告诉他，乡里没有这部分资金，让他到县里去找。他又多次跑县教委，找县教委的领导和有关部门反映情况，请求县教委有关部门能尽快想办法帮助解决罗家村小学的危房问题。县教委倒是非常重视，专门派人到罗家村小学进行了现场勘察，并写出了勘察报告。

经过多日奔波被折腾得精疲力竭的韩磊回到学校里，天天期盼着问题能尽快得到解决。可令他们失望的是，在茂丘县像罗家村小学这样的情况很多，不可能一下子全部解决，今年县里安排的校舍维修费已经用完了，没有资金提供给他们，让他们找乡里和村两委会想办法解决。

求援无助，呼号无果。韩磊和罗家村小学的师生们只能无奈地呆在这些随时都有可能倒塌的教室里。他们只有乞求苍天的保佑，乞求暴风雨尽快过去，乞求厄运不会降临到他们的头上。真可谓是长太息以掩涕兮，哀民生之多艰。

# 三十六

再说胡春光、梁鑫、项天发、程二茂、胡大禄等几个村民上访组织者原本以为，他们这次组织村民到省里去上访，引起了省里领导的密切关注，也引起了市、县、乡各级领导的高度重视，省信访局不仅派人到村里进行了暗访，省委副书记郑廉风还亲自到罗家村参加了扶贫现场会，对村两委会不顾群众死活，违反上级规定，随意加重村民负担，无故开除梁鑫和罗小惠村籍的做法，进行了严厉的批评。县委书记林海风、乡党委书记欧阳山等县乡领导也都要求村两委会要认真贯彻扶贫现场会精神，关心群众疾苦，尽快恢复梁鑫和罗小惠的村籍。这样一来，他们辛辛苦苦上访了大半年，问题就可以解决了。

可令他们万万没有想到的是，雷声大，雨点小，到头来除去县里调拨了两批救济粮解决了村民闹饥荒的问题外，村民上访所反映的问题啥都没有解决。村两委会去年多收的村民的提留款并没有退回来；强奸钱招娣的罗方钊没有得到应有的惩罚；村民们强烈呼吁罢免罗方钊村主任职务的请求毫无结果。

真是上有政策，下有对策。特别是村两委会竟然置上级领导的指示于不顾，置乡里驻罗家村工作组组长姜涵的反对于不顾，我行我素，迎风而上，又对梁鑫和罗小惠作出了留村察看的决定，千方百计阻挠他们返回罗家村，再次激起了村民的愤懑和强烈不满。他们一方面再次组织起草了《告全体村民书》，在村里的大街小巷到处张贴，广造声势，揭露村两委会这么做的真实目的，为梁鑫和罗小惠鸣不平；另一方面又在暗中酝酿新的上访计划。

这一次上访，他们没有像前几次那样组织发动村民集体去上访，也没有到县里和市里去上访，而是由梁鑫、项天发、程二茂、程友民和胡大禄等几个人直接去了省城。他们此次上访的目的有两个，一是向省信访局反映这里最近发生的事情，希望省里的领导能继续督促地方政府，帮助解决他们所反映的问题；二是到省公安厅信访室询问一下，他们上次到省里上访时所提供的钱招娣被强奸时所穿的那条裤头鉴定的情况。

也许是疲倦了，也许是根本没有把村民的上访放在眼里。梁鑫和项天发等人这一次去省城上访，村两委会并没有派人跟踪，乡里和县里也并不知晓。他们都自带着干粮，从茂丘县城上了火车，经过一天一夜的奔波，很顺利地到达了省城。为了省钱，他们跟上几次一样，既没下馆子，也没住宾馆，而是吃了点各自随身带的干粮，在火车站的候车室里熬了一夜。

第二天一早，梁鑫和项天发等人简单吃了点早饭，首先打听着来到了省公安厅信访室。

这里虽比不上省委大院那么神圣，那么庄严肃穆，倒也不失专政机关的尊严。高高的围墙，醒目的牌匾，二十几层的办公大楼中间悬挂着庄严的国徽；院子里停满了各种牌号的警车，靠近大门的院子内侧还有一棵茂盛的迎宾松；大门的两侧，一侧有全副武装的武警战士站岗，另一侧是公安人员的值班室，往里一看，就给人一种望而生畏的感觉。

梁鑫和项天发等人刚走到大门口，就被站岗的武警战士拦住了："站住，你们几个人是干什么的？"

"同志，我们是来上访的，请帮我们通报一下吧。"梁鑫非常客气地对那个值勤的武警战士说道。

"上访不到信访局去，跑到这里干什么？也不看看这是什么地方？"那个值勤的武警战士板着面孔训斥他们说道。

"同志，你别生气。是这么回事，前些日子，我们因为一个强奸案子送过来一个证据，想请咱们省公安厅帮助鉴定一下，也不知鉴定结果出来了没有？我们想过来问问。"项天发解释道。

"那你们到信访室去问问吧，别站在这里影响工作。"那个值勤的武警战士说道。

"信访室在啥地方？"梁鑫又问道。

还没等那个武警战士回答，项天发便说道："走，咱们走吧，我知道信访室在啥地方。"

前些日子，项天发刚到这里来过，对这里的情况比较熟悉。他们也没用再打听，很快就找到了信访室。

这里不像省信访局那么热闹，看来很少有人到这里来上访，也没有各地来的信访干部在这里围追堵截。在信访室里除了他们几个人之外，并没有其他上访者。接待他们的是一个老公安，约摸有五十多岁的年纪，看上去很严肃，说起话来倒是很热情。在梁鑫和项天发等人进来之前，他正坐在那里看材料。当他们走进信访室的时候,他便放下手中的材料,很和蔼地问道："你们是哪里的？有什么事情要到这里来上访？"

项天发忙凑到跟前说道："这位公安同志，我们是茂丘县龙潭乡罗家村的，前些日子，我们曾送过一件控告我们村村主任罗方钊强奸妇女的证据来，想请省公安厅的领导帮助我们鉴定一下，不知鉴定结果出来了没有，我们想过来了解一下情况。"

"什么证据？"那位老公安问道。

"一条裤头。就是被强奸妇女当时穿的那条裤头。"项天发解释道。说完，便从衣服口袋里拿出了一张上次他送裤头时信访室开的单子。

那位老公安接过单子看了一下，便打电话给有关部门联系。然后，他指着旁边摆放的连椅说道："你们几个先在那里坐着等一下吧，我已经跟刑侦总队技术处的同志打电话了，一会儿他们会来答复你们的。"

梁鑫和项天发等人坐在那里焦虑不安地等待着。过了大约有十几分钟的工夫，一位中年民警拿着项天发向他提供的那条作为证据的裤头走进了信访室。一到信访室，他先跟那位老公安打了个招呼，然后举着那条裤头问项天发等人说道："这是你们提供的证据？"

项天发一眼就认出了那条裤头。他急忙从连椅上站起来回答说道："没错，是我们提供的，它是犯罪分子强奸妇女的证据。"

那位中年民警听后很生气地责怪说道："我看你们这几个人简直是胡闹，把一条毫无价值的破裤头送到省公安厅来，让我们帮你们搞鉴定，你们有没有搞错啊。公安局不是托儿所，哄你们玩的。公安局是专政机关，是惩罚犯罪的地方，希望你们今后不要这么胡闹，否则，你们是要承担责任的。"

项天发被那位中年民警的一席话搞得一头雾水，很是惊讶。他显得很委屈的样子说道："这位同志，你说什么？你别冤枉我们，我们这些当农民的有几个脑袋敢跑到公安局来胡闹。这条裤头确确实实是犯罪分子留下的犯罪证据，咋能说毫无价值呢？"

那位中年民警见项天发不信，便明确地告诉他说道："你们口口声声说这是犯罪证据，可这条裤头上既没有男人的精斑，也没有任何指纹，咋能成为犯罪证据？我实话告诉你们吧，这是一条洗得很干净的裤头。"

项天发一听就急了。他十分肯定地说道："这不可能，绝对不可能。今天俺也不怕丢人了，跟你们说实话吧，那个被强奸的妇女就是我老婆。她是在前年冬天乡里修水库时被俺村村主任罗方钊那个恶棍强奸的。事情发生后，为了能告倒罗方钊这个恶魔，她就一直保留着当时穿的这条裤头。直到今年春天，县公安局把罗方钊抓起来之后，俺们才把这条作为犯罪证据的裤头提供给了县公安局。可我们怎么也没有想到，罗方钊这个恶棍在县公安局被关了半个月之后，却以证据不足为由把他给放了。俺们不服，才把这条裤头从县公安局要了回来，你们想想，如果没有这事，谁愿意把污水往自己头上泼，把绿帽子往自己头上戴啊？这肯定是罗方钊那个王八蛋的大舅子搞的鬼。"

"你怎么这么肯定，你们村主任的大舅子是谁？是干什么的？"那位中年民警又问道。

"他叫杨立峰，是俺们县公安局的副局长。"项天发愤愤地说道。

那位中年民警听了项天发的诉说，似乎悟出了什么，没再问下去，也没再作更多的解释，只是深表同情地说道："好了，我该答复你们的都答复了。本来，到省厅来搞技术鉴定是要收费的，看在你们都是农民的份上，又不是故意的，就不收你们的鉴定费了，只是希望你们以后就不要再把这条裤头作为什么犯罪证据保存了。"

梁鑫和项天发等人见控告罗方钊强奸钱招娣的唯一证据变成了一件毫无价值的废品，都感到气愤，感到愕然。项天发这时才恍然大悟，想起了当初他们到县公安局上访时那位女民警说过的话："我也是女人，理解你们的心情，不过，我还是劝你们别再去告了，到哪里去告也赢不了。"想必那位女民警已经知道了事情的真相，不便说出来罢了。看来，他们所提供的那条作为控告罗方钊犯罪证据的裤头，在县公安局里已经被人做了手脚洗过了，证据已经被毁掉了。

梁鑫和项发天等人怀着悲愤和失望的心情离开了省公安厅信访室，又乘坐公交车来到了省信访局。为了防止上访受阻无功而返，他们还是跟前几次一样，把五个人分成两个小组。由梁鑫、程友民和胡大禄为一组，项天发和程二茂为一组。先由项天发和程二茂打头阵，梁鑫、程友民和胡大禄三人躲在远处等候，如果前面的被县市派来的信访干部拦截，后边这一组再去上访。

也许是因为罗家村的村民上访在省里挂了号，引起了省领导的关注，没有人出来拦截。他们此次到省信访局上访，倒是非常顺利。当接访人员听说他们是茂丘县龙潭乡罗家村的村民时，显得非常客气，热情接待了他们，认真听取了他们的陈述，并为他们提供了返程的路费。

# 三十七

梁鑫、项天发、程二茂、程友民、胡大禄几个人拖着疲倦的身子从省城上访回到了罗家村，都各自回到了自己的家中。项天发回到家之后，一句话也没说就一头倒在了炕上。母亲戚淑花和妻子钱招娣见状忙凑过来问他究竟发生了什么事情，妻子钱招娣十分关切地问道：

“天发，你咋了，怎么一回来就躺下了，是不是病了？”

项天发摇了摇头说道：“我没事，就是太累了，想一个人躺一会儿休息休息，你们忙去吧。”

“咋看你这次回来不高兴，是不是这次去省城上访不顺利，又被截回来了？”钱招娣又追问道。

“上访很顺利，没有被截回来。”项天发无精打采地回答道。

“那你为啥不高兴？你快告诉我，究竟发生了什么事情？”钱招娣刨根问底，非想问个明白不可。

“你们就别问了，我不是说过没发生什么事情吗。”项天发有点不耐烦地说道。说完，就闭上了眼睛，静静地躺在那里。

项天发是一个非常乐观的人，也很疼爱自己的妻子，更关心他那即将出世的儿子。每次回到家，不管怎么累，他总是喜欢摸摸妻子钱招娣的肚子，听听孩子是不是在动。可这次他从省城上访回来，却一反常态，不仅没去关心自己的妻子和孩子，甚至连招呼都没给母亲和妻子打，就躺到了炕上。母亲和妻子都感到纳闷，知道他肯定是遇到了什么不顺心的事情。可不管妻子钱招娣怎么问，他就是不说。她们没再问下去，各自去忙自己的事情去了。钱招娣见他把带的提包放在炕上，就过来帮他收拾。她见提包里还剩了很多干粮，就拿了出来。

突然，她发现自己被罗方钊强奸时穿的那条送到省城鉴定的裤头放在提包底下，便问道：“天发，你怎么把那条裤头拿回来了？是不是省里给鉴定了，这下子罗方钊这个乌龟王八蛋可以被抓起来了吧？”

项天发见钱招娣那副高兴的样子，心如刀绞。他本想把裤头先藏起来，等过一阵再说，怕钱招娣知道了伤心生气，动了胎气，没想到让她看到了，只好把事情的真相告诉了她。

“招娣，这条裤头没用了，省里已经鉴定过了，说上面啥证据也没有，看来，我们控告罗方钊的证据被他那个在公安局当副局长的大舅子给毁了。”

钱招娣认为项天发是跟她开玩笑，仍然小心翼翼地提起那个放着裤头的塑料袋说道：“天发，你开啥玩笑，这裤头不是还在吗？你咋能说证据被毁了，你是不是被罗方钊气糊涂了？”

项天发气愤地说道：“招娣，你哪里知道，我们被骗了。裤头虽然还在，可裤头上面能证明罗方钊犯罪的证据都没了，很可能是我们把它提供给县公局的时候，被罗方钊的大舅子做了手脚，把裤头给洗干净了。”

钱招娣一听说证据被毁了，真是如五雷轰顶，肺都气炸了。她把裤头从塑料袋里拿出来仔细看了看，裤头虽然还是那条裤头，但确实已经被人洗过了。她像发了疯似的把裤头撕得粉碎扔到地上，当场就晕了过去。项天发见状慌忙从炕上爬起来把钱招娣抱在怀里，嘴里不住地呼喊道：“招娣，你醒醒，招娣，你快醒醒，你这是怎么了？”

母亲戚淑花年龄大有经验，知道钱招娣这是被气晕了，忙俯下身子去掐她的人中。过了一会儿，钱招娣终于醒过来了。项天发和母亲把她搀扶到炕上。但见她脸色苍白，表情呆滞，眼睛里布满了血丝，躺在那里一句话也不说。母亲戚淑花拢了拢她那松乱的头发，安慰她说道：“孩子，妈知道你心里难受，你想哭就哭出来吧，别憋出病来，这样对你和孩子都不好，快到预产期了，你可千万不能生气。”

“是啊，招娣，娘说得对，这俗话说得好，君子报仇十年不晚，这笔账早晚是要跟罗方钊这个王八蛋算的，你不要太难过了，别伤了胎气，你想哭就哭吧，哭出来能好受些。”项天发也在一旁安慰她说道。

听了母亲戚淑花和丈夫项天发的话，钱招娣终于忍不住放声大哭起来。哭着哭着，她突然两手捂着肚子，满炕打滚，下身还流出了殷红的鲜血。戚淑花是生过孩子的人，知道钱招娣很有可能是气火攻心，动了胎气，引起早产，忙吩咐项天发说道："天发，快到村卫生室去把大夫叫来，招娣有可能早产。"

项天发这时早就忘记了疲劳，也顾不上烦恼了，急忙跑到村卫生室把大夫王俊香请了来。

王俊香这个所谓的大夫，其实不过就是一个普普通通的农村家庭妇女，是村支部委员罗海生的老婆，过去村里办合作医疗时，曾当过几天赤脚医生，根本就不懂什么医术，也没有受过专门培训，更不是什么医科院校的毕业生，只不过是参加了几次县里举办的医学短期学习班。平日村里的村民有什么病她根本就诊断不了，只会量量血压，测测体温，开个头疼感冒药什么的。

王俊香来到项天发的家，见钱招娣疼得满炕打滚，满脸直冒虚汗，下身流血不止，也感到束手无策，怕再拖下去闹出人命来，忙对戚淑花说道："嫂子，招娣可能要生了，赶快送医院吧。"

"大妹子，你说得也在理，看招娣这症状，像是快要生了，可离预产期还有一个月哪，咋会这么快就生呢？"戚淑花不解地问道。

"那她为啥会突然肚子疼得这么厉害，下面还流了那么多血，除非是受了很大的刺激或是身体受到伤害才会这个样子。她是不是跟谁闹矛盾了？还是不小心摔倒过呀？"王俊香问道。

戚淑花知道王俊香是罗海生的老婆，与罗方钊一个鼻孔出气，没敢把项天发进省城上访和钱招娣因为听到罗方钊强奸她的证据被毁而气晕的事情真相告诉王俊香，而是谎称说道："她没有摔着，这些日子，我们特别小心，也不让她干重活，只是刚才为家务事跟天发拌了两句嘴，就成了这个样子。"

王俊香别看医术不高，可还真是会揣摩病人的心理，顺着杆子往上爬，她听戚淑花这么一说，好像一下子就找到了病症所在，责怪项天发说道："天发，不是婶子说你，这女人在怀孕期间就像国宝大熊猫一样，得好好保护，好好照顾她，千万不能惹她生气，你这个当丈夫的真是不合格，怎么会把招娣气成这个样子？看来真是动了胎气了，我给她打一支止痛的针，赶快送医院吧，医院大夫水平高，设备又好，查查到底是怎么回事，别耽误了闹出人命来。"

项天发听王俊香这么一说，哪里还敢耽误，急忙跑出去把跟他一起去省城上访刚刚回到家的程二茂和钱招娣的妹妹钱领娣叫来，用拖拉机把钱招娣送到了乡卫生院。

项天发坐在医院走廊的连椅上，焦虑不安地等待着大夫的诊断结果。他虽然从省城上访回到家至今汤水未进，也没有休息，可此时对他来讲，饥饿和倦意早就跑到九霄云外去了，他所担心的是钱招娣和孩子的安危。他后悔自己不该把裤头让钱招娣看见，更不该把事情的真相告诉她，否则就不会出现这样的后果。

看到项天发那疲惫不堪、心急如焚的样子，钱领娣安慰他说道："姐夫，你就放心吧，俺姐和孩子不会有事的。"

程二茂在去往卫生院的路上就已经知道了造成钱招娣出现这种情况的原因。所以，他并没有安慰项天发，而是抱怨他说道："天发，不是我说你，你这是咋搞的，怎么能让嫂子知道这件事呢？你就不想想，她知道了能受得了这个打击吗？"

项天发低垂着头坐在那里，任凭程二茂数落，一句话也不说。时间一分一秒过去了，始终不见产房的门打开，他的心都快要跳到嗓子眼了。也不知过了多久,产妇的门终于开了,一位大夫走出来冲着等候在走廊里的病人家属们喊道："谁是钱招娣的家属？"

项天发忙迎上去回答说道："大夫，我是钱招娣的丈夫，我妻子没事吧？"

那个大夫瞪了项天发一眼，责怪说道："你这个当丈夫的是怎么搞的，这么晚了才把病人送到医院来，如果再晚一些时间送过来，恐怕大人和孩子就都没命了。"

"大夫，不是我们送得晚了，是我妻子还不到预产期，她离预产期还有一个月哪。"项天发解释道。

那位大夫没再跟项天发争论什么，而是拿出了一份手术协议书递到他的跟前说道："你妻子虽然没到预产期，可不知什么原因动了胎气，下身流血不止，很有可能早产，但由于她流血过多，身体非常虚弱，必须马上做手术。如果大人和孩子只能保一个的话，你们准备保大人还是保孩子？"

项天发手捧着协议书，迟迟没有签字。他用乞求的目光看着那位大夫恳求说道："大夫，能不能把大人孩子都保住？请你帮帮忙吧。"说完，他从衣服口袋里摸出两百元钱塞到了那位大夫手里。

那位大夫把钱还给了项天发，很不高兴地说道："你这是什么意思，难道医院是为了收你的红包才这么做吗？刚才不是跟你说过了吗，你妻子的情况我们几个大夫会诊过，她失血过多，又是早产，很难说大人孩子都能保住，我们只能尽力，如果大人和孩子只能保一个的话，你准备保大人还是保孩子？你快拿主意吧，我们好准备手术。"

“当然要保大人了。”项天发毫不犹豫地回答道。

“那就请你赶快在协议书上签字吧。”那位大夫催促道。

项天发签完字，又一屁股坐到连椅上，苦苦地等待着产房的消息，心中默默地祈祷上帝保佑她们母子平安。手术进行了将近两个小时，那位大夫才又从产房里走了出来。项天发忙迎上去急切地问道：“大夫，我妻子生了吗，大人和孩子都好吧，是男孩还是女孩？”

那位大夫表情沉重地说道：“大人倒是保住了，可惜孩子已经夭折了，是个男孩。”

当项天发听说大人保住了时，长长地松了一口气，可当他听说自己的儿子夭折后，却又感到伤心和痛苦。

钱招娣醒来的时候，已经躺在病床上了。项天发、程二茂和钱领娣都守在她的身旁，她紧紧抓住项天发的手满含着眼泪说道：“天发，我没用，咱们的儿子没了。”

项天发安慰她说道：“招娣，别难过，儿子没了不要紧，只要你好好的就行，以后我们再生就是了。”

钱领娣也劝慰她说道：“二姐，我姐夫说得对，事情已经发生了，难过也没用，你一定要保重身体，孩子没了你以后可以跟我姐夫再生嘛，给他生一堆孩子，让我姐夫当孩子王，你就当王后。”

钱领娣一席话，把大家都逗乐了。

钱招娣早产住院、孩子夭折的消息，很快就在罗家村传开了，不仅项天发的母亲戚淑花、钱招娣母亲夏丽萍来医院看望她，罗小惠、马玉芳等一些跟钱招娣比较要好的姐妹们也都纷纷赶到医院来探望她，安慰她。

罗小惠与钱招娣是街坊，两人从小光着屁股一起长大，是一对难分难舍的好姊妹。自从罗小惠被开除村籍离开罗家村，钱招娣又有身孕在身出行不便后，两人就很少见面。这次真是亲人见亲人，见了亲人泪汪汪，两人在病房里见了面，紧紧地拥抱在一起，有说不完的话，道不完的情。罗小惠半开玩笑地说道：“招娣，这回你知道生孩子的滋味了吧？”

“是啊，小惠姐，这一次我真的领教到了生孩子有多么痛苦了，以后我再也不想生孩子了。”钱招娣颇有感慨地说道。

“招娣，你净说些气话。你不生孩子，天发能愿意吗？”罗小惠故意说话的声音很大，让坐在旁边的项天发听见。

“我才不管哪，他愿意生让他自己去生好了。”钱招娣瞟了一眼正坐在那里看书的项天发说道。

项天发表面上是在看书，其实罗小惠和钱招娣的对话他都听到了。他放下手中的书冲钱招娣说道：“好啊，你以为离了你这一亩三分地我就不种庄稼了，你不愿意给我生儿子，我去找人生。”

罗小惠听后忍不住笑起来，她挖苦项天发说道：“哟，天发，真看不出来，你这个大老实人也长能耐了，招娣，回去就跟他离婚，让他去找别的女人生孩子去吧。”

“咋了，你以为没有招娣我就找不到老婆了？”项天发不服气地说道。

钱招娣把嘴一撇说道：“行了，天发，别逞能了，也就是我没长眼睛找了你，别人家的姑娘谁肯嫁给你这个窝囊废，连自己的老婆都保护不了。”

……

“同志，这是病房，需要安静，请你们不要在这里大声喧哗。”就在几个人说得兴趣正浓的时候，护士制止了他们的谈话。

几天之后，钱招娣痊愈出院了。可罗方钊给她造成的心灵上的创伤，却永远也难以愈合。

# 三十八

俗话说得好，一个女婿半个儿，有个好儿子不如有个好媳妇，有个好女儿不如有个好女婿。

钱光富老汉虽然膝下无子，只有三个女儿，可小日子过得还是蛮滋润的，不缺吃，不缺穿，天天有肉吃，顿顿有酒喝。他的三个女儿，犹如三朵金花，个个如花似玉，风姿绰约，楚楚动人，让无数男儿竞折腰。大女儿钱盼娣嫁到了大山外边一个比较富裕的村子里，女婿孙吉祥不仅长得一表人才，英俊潇洒，而且是一个有文化、有经济头脑、懂经营、会管理的人，家里开办了一个养猪场，养了上百头猪，一年算下来收入少说也有几万块钱。小两口都是孝顺之人，女儿钱盼娣隔三差五就跑回娘家一趟，给父亲钱光富和母亲夏丽萍老两口带回一些吃的用的东西过来。女婿孙吉祥也时常带着礼物和钱过来孝敬两位老人。二女儿钱招娣嫁给了本村青年项天发，这项天发的家里虽然没有大女婿孙吉祥家里富裕，但在罗家村也算是家庭条件比较好的，且小两口恩恩爱爱，和和睦睦，加之又都在一个村里，钱光富老汉家里和庄稼地里的脏活累活，项天发基本上全部都包了。老两口整日里乐得合不拢嘴，令村里人羡慕不已。

三女儿钱领娣更是天生丽质，比她的两个姐姐长得还漂亮。真是女大十八变，越变越好看。但见她白里透红的脸蛋，活水般的俏眼，秀挺的鼻梁，小巧的嘴唇，亭亭玉立的身姿，丰盈而坚挺的双乳，隆起了两座挺拔的乳峰，把女性的美表现得淋漓尽致。如今，钱领娣也到了谈婚论嫁的年龄，上门说亲的络绎不绝，都挤破了门子，村里的那些年轻后生们更是整天围着她转，有事没事总喜欢往她家里跑。钱领娣在田里劳动时，他们也都争先恐后地跑过来帮忙，想方设法跟她套近乎，以取得她的欢心。对这一切，钱领娣都无动于衷，却悄悄地与村里的青年程二茂谈起了恋爱。

这程二茂虽然论家庭条件并不怎么好，可他在村里也算是个有文化的人，高中毕业，只因付不起昂贵的学费才没能上大学。心地善良，为人正派，乐于助人，身高一米八，颇有男子汉的阳刚之气，钱领娣打心眼里喜欢他，每当跟他在一起的时候，心中就会涌动着一种青春少女对异性特有的感觉。

钱领娣与程二茂恋爱的事情，很快就被她的父母察觉了。母亲夏丽萍倒是很支持女儿的行动。可父亲钱光富老汉却坚决反对，并扬言如果程二茂再到家里来纠缠自己的女儿，就敲断他的腿，如果钱领娣再跟程二茂谈对象，就跟她断绝父女关系。

一家人都对钱光富老汉这种如此反常的态度感到震惊，感到迷惑不解。老伴夏丽萍不解地抱怨说道："你这老东西，犯什么神经啊，孩子们谈恋爱，只要他们自己愿意就行了，你跟着瞎掺和啥？"

"领娣跟谁谈对象我都不管，就是不允许她跟程二茂好，我就是把闺女扔到坑里攒了粪，也不会嫁给他们程家。"钱光富坚决反对说道。

"程家怎么得罪你了，你这么恨他们。我就看程二茂这小伙子不错，不仅人长得帅，心地也善良，就是家庭条件差了点，可孩子愿意，咱们这当家长的就不要去管了。"

"我没说程二茂这孩子不好，也不是因为他们家庭条件不好。"

"那到底是为啥，你究竟是为啥要反对领娣跟程二茂谈对象？"

"不为啥，反正就是不许领娣跟程二茂好。"

"你这个老东西,今天到底是咋了,是哪根筋出了问题了,是不是老糊涂了？"

"我钱光富一点都不糊涂，心里明白得很。"

夏丽萍问了半天，也没问出个结果来。她不知道钱光富闷葫芦里到底是装的什么药，也不知道程二茂家里到底在什么地方得罪过他。钱领娣多次恳求他，希望他能够成全自己跟程二茂的婚姻，甚至以绝食来抗争。大女儿钱盼娣和二女儿钱招娣也都跑到家里为妹妹求情，但都无济于事，钱光富真是吃了秤砣铁了心，死活不同意，并不允许程二茂再登他们的家门。正处在热恋中的钱领娣和程二茂一下子陷入了失恋的痛苦之中。

看到儿子闷闷不乐的样子，母亲李桂芝问他发生了什么事情。程二茂便把与钱领娣谈恋爱遭到她父亲坚决反对的事情告诉了她。没想到李桂芝听后忍不住笑了，并半开玩笑地骂道："这个老东西，都这么多年了，还记着哩。"

程二茂见母亲如是说，不解地问道："妈，你笑啥，你骂谁是老东西？俺光富叔为啥不让我跟领娣好，是不是咱们家里过去得罪过他？"

母亲便给程二茂讲述了一个发生在二十多年前只有她跟钱光富知道的鲜为人知的故事。当时，钱光富和李桂芝都没有结婚，李桂芝的娘家是十里堡的，父亲还是村里的干部，在十里堡也算是个大户人家，家庭条件比较好，而钱光富则由于家里兄弟姊妹多，家庭条件比较差。两人在修水库时认识并相爱了。可当钱光富带着礼物到李家求亲时，却遭到了李桂芝父亲的强烈反对。任凭钱光富苦苦哀求，好话说尽了，都无济于事，李桂芝的父亲就是不同意。最后，钱光富给李桂芝的父亲跪下了，希望老人能够成全他跟李桂芝的婚事。没想到李桂芝的父亲板着面孔说道："小伙子，你还是快回去吧，你就是在这里跪上三天三夜也没用，你就别癞蛤蟆想吃天鹅肉了，我是决不会把女儿嫁到你们钱家去的。"

李桂芝在一旁向父母求情，也被父亲臭骂了一顿。

钱光富含着眼泪离开了李桂芝的家。回到家后，他大病了一场，从此以后，钱光富和李桂芝两个人只能把彼此之间的爱恋埋藏在心里。后来，李桂芝就经人介绍嫁给了程二茂的父亲程建新。虽然两个人都同在一个村子里，但他们却很少来往，更没做出伤风败俗的偷情之事。但对这件事，钱光富却始终耿耿于怀，念念不忘。

李桂芝心里非常清楚，钱光富之所以这么做，是对他过去向自己求婚遭到拒绝的报复。解铃还需系铃人，这件事只有她出面，才有可能解决问题。否则，他们过去遭受父亲棒打鸳鸯的悲剧还会重演。她决定亲自找钱光富谈一谈，让他摒弃前嫌，成全两个孩子的婚姻。

这天早饭后，李桂芝梳洗打扮了一番，装着到山里拾柴火，便提着篮子出了门。当她来到村后的山坡上时，恰好钱光富正在自家的玉米地里除草。由于两人过去曾有过一段恋情，又在同一个村子里，彼此都比较熟悉，知根知底。见了钱光富，李桂芝并没有客气，而是单刀直入，开门见山地说道："孩儿他叔，忙着哪，过来歇会儿吧，我有事找你。"

虽然李桂芝还没说找他有啥事，但钱光富已经猜出了她很有可能是为自己的女儿跟程二茂谈对象的事情来的。因此，他也没有客气，而是连讽带刺地说道："哟，我的美人嫂子，哪阵风把你给吹来了，想跟我谈点啥？是不是想我了？我劝你还是赶快离开这里吧，免得让别人看见了说闲话，说咱们俩偷情。"

李桂芝知道钱光富是在嘲讽自己，也不甘示弱，反唇相讥说道："你这个老东西，真是越老越不正经，都这么大把年纪了，还偷啥情啊？俺今天来找你，是想跟你谈正经事的。"

"啥事？我这个穷光蛋，草木之人能帮你什么忙？你大概是找错门了吧？"

"好了，俺不跟你闹了，实话跟你说吧，我今天是为两个孩子的事情来的。我听说你坚决不同意领娣跟二茂谈对象，这是不是真的？"

"是真的。"

"那你为啥不同意他们俩谈对象？"

"不为啥，我的女儿我说了算，难道还需要别人说长道短，指手画脚吗？"

"我知道领娣是你的女儿，可你这么做想过两个孩子的感受了吗？"

"啥感受，我当老子的就有这个权力。我觉得他们俩不合适。"

"咋不合适，你是不是嫌俺们的家庭条件不好，怕孩子嫁过去受穷？"

"不是。"

"那到底是为啥。"

"不为啥，领娣跟谁谈对象我都不管，只要孩子愿意就行，就是不许她跟你们家二茂好。"

"噢，我明白了，闹了半天看来你还是记着二十多年前俺爹反对咱们俩好的那件事，你这是在报复，对不对？"

"你爱咋想就咋想吧，反正我就是不同意。"

"光富呀，光富，你让俺咋说你好哪。以前俺跟你好，是觉得你这个人像个爷们儿，没想到你竟然也是一个心胸狭窄、小肚鸡肠的人。你心里难受，难道俺心里就不难受吗？事情都过去这么多年了，俺爹都被埋进黄土了，你还耿耿于怀。咱们俩当初没能结婚是老人的反对造成的，可咱们不能把老人的过错再转嫁到孩子身上。难道你还想让这个悲剧在两个孩子身上重演吗？咱们都这么大年纪了，还能活几年？俺劝你别再怄气了，还是多为孩子们想想吧，算是俺求你了。"

李桂芝的这番话，含着温情，含着怨愤，含着恳求，句句戳在钱光富的心口上。他觉得李桂芝的话说得在理。当初他们两个人虽然没有走到一起，那也不能怪她，不应该把这笔账记到她的头上，更不应该拿这件事来报复她的儿子，相比之下，他觉得自己是那么龌龊。他坐在那里一个劲儿地抽烟，过了好大一会儿，他才显得有点不好意思地说道："那好吧，既然你为他们求情，我就给你这个面子。他们爱谈就谈吧，我就不再管了。不过，我把丑话说在前边，领娣这孩子可娇生惯养，让她妈妈给惯坏了，脾气不小，将来如果真的跟二茂结了婚，你们娘俩闹矛盾可别来找我。”

李桂芝见钱光富同意了两个孩子的婚事，开心地笑了。她回敬钱光富说道：“俺看领娣这孩子不错，不光二茂喜欢她，俺也喜欢她，你就别操心了，只要他们两个人好就行。”

“唉，我看你还是年轻时那脾气，得理不饶人，永远都是对的，亏了当初没娶你当我的老婆，要不然，我得受一辈子管制。”钱光富颇有感慨开玩笑地说道。

“去你的吧，你这是吃不到葡萄嫌葡萄酸。就你这犟脾气，要是我当初真的嫁给了你，还不把我活活气死啊。”李桂芝挖苦他说道。

钱光富叹了一口气说道：“这都是命啊，好了，咱们别斗嘴了，我该干活了，你也该回去了，别在这里呆得时间久了，让别人看见了嚼舌头。不过，我最后还要求你一件事情，别把咱们俩过去的事情告诉领娣和她妈。”

“不用你嘱咐，俺心里明白。”

李桂芝说完就离开了。当她回家把这个消息告诉了儿子程二茂时，他高兴得像小孩子似的，在母亲的脸上使劲儿亲了一口，并把这个消息告诉了钱领娣。从此，两个人又像从前那样经常成双成对地出现在街头巷尾和田间地头。程二茂也成了钱家的座上客。

# 三十九

这又是一个阴雨天。

老天爷已经好几天没有睁眼了。细雨绵绵，秋风瑟瑟，淅淅沥沥的小雨下个不停。罗家村小学的师生们像往常一样，正在聚精会神地上课，老师们在循循善诱地传授着文化知识，那些天真可爱的学生们则陶醉在知识的海洋里，捕捉着一朵朵知识的浪花，教室里不时传出学生们悦耳的朗朗读书声。

虽然这些教室早就成了危房，老师们曾四处奔波求助至今没有结果；虽然还是苍穹昏暗，阴雨连绵，但师生们都习惯了，麻木了。因为他们已经担惊受怕地熬过了整整一个暴雨成灾的夏天，那些早有裂痕的教室并没有被冲倒，也没有新的异常变化。可令他们没有想到的是，就在他们长吁一口气的时候，厄运却真的降临到了他们的头上，灾难终于发生了。只听"轰隆"一声闷响，坐落在学校前排的三年级教室突然倒塌。正在上课的三十多个学生和老师几乎全部被掩埋在瓦砾中。

"救命啊，救命啊，快来救人啊！"

"不好了，我们的教室塌了，老师和同学们都被埋在里边，快来救救他们呀！"

……

坐在教室前排侥幸躲过劫难逃出来的几个学生边哭边大声呼喊着，求救着。那些被掩埋在瓦砾下边的学生也不时传出一阵阵撕心裂肺的呼喊声和求救声。

正在上课的其他班级的老师和学生们听到呼救声也都跑了过来，学校里上百个学生呼啦啦一下子都拥到了倒塌教室的周围，场面顿时一片混乱，求救声、呼号声悲伤凄楚、撕心裂肺。

"老师，快救救我们！老师，快救救我们！"

“爸——爸——，妈——妈——，救命啊，救命啊，快来救救我啊！”

被压在废墟下面的学生不时发出阵阵求救的呼喊声。

“哥哥，你在哪里？哥哥，你在哪儿啊？”

“姐姐，姐姐，你还活着吗？如果你还活着就应一声。”

一些低年级的学生围在倒塌教室的旁边，一边用手拼命扒着废墟上的石块和瓦砾，一边呼喊着自己的亲人。

老师们让低年级学生都离开了现场，回到了自己的教室，组织高年级学生立即展开了紧张而有序的抢救工作。学生们在老师的带领下，用一双双稚嫩的小手拼命地搬着压在那些小伙伴身上的椽条、石块和瓦砾，衣服湿透了，手指磨破了。殷红的鲜血染红了泥土，淋漓的汗水与雨水交混在一起，顺着脸颊往下淌，谁也没有叫疼，谁也没有喊累。一条条椽木被抬走，一块块石头和瓦砾被搬开，一个个压在废墟下面的学生被救出来。

校长韩磊一边组织师生进行抢救，一边忙着跑到办公室，准备打电话，请求上级赶快让医院派救护车来，运送那些受伤的学生。可当他拿起电话时才发现，学校唯一的一部电话不知啥原因打不出去了。时间就是生命，没有办法，他只好让本村的老师罗方辉到村两委会办公室通过大喇叭通知学生家长，并派人到乡里去报信，向上级汇报这里所发生的一切。

罗方辉接到命令，立即向村两委会的办公室跑去。他已经忘记天还在下雨了，连雨伞也没拿。当他跌跌撞撞跑到村两委会办公室时，浑身早就淋得像个落汤鸡。罗方钊和几个正在打牌的村民见罗方辉这副狼狈相都觉得好笑。罗方钊责怪说道：“方辉，你今儿这是咋了，不好好在学校里教学，大雨天连个雨伞也不打跑到村两委会办公室来干啥？”

罗方辉没接罗方钊的话茬。他用手擦了一把脸上的雨水和汗水，气喘吁吁地说道：“方钊哥，不好了，学校出事了，赶快把扩音器打开。”

“看你慌慌张张的，出啥事了？”罗方钊吃惊地问道。

“学校三年级的教室倒塌了，这个班的学生几乎都被埋在里边了，韩磊校长正在组织老师和学生抢救，让我来用大喇叭通知学生家长。”罗方辉哽咽地说道。

罗方钊一听教室倒塌砸了学生，知道事情的严重性。他没再问罗方辉什么，扔下手中的扑克牌，为罗方辉打开扩音器，留下一个人值班，便和其他几个村民向学校跑去。

罗方辉抓起话筒，深沉而急切地喊道：

各位罗家村小学学生的家长请注意，各位罗家村小学学生的家长请注意，下面我向大家报告一个不幸的消息。今天下午我们刚开始上课，咱们村小学有一间教室倒塌了，把正在上课的老师和学生都埋在了里边，请你们听到广播后赶快到学校去帮助救人，请你们听到广播后赶快到学校去帮助救人。

灾情就是命令，灾情就是动员令。村民们听到广播后心如刀绞，扔下手中的活，带着锨、镢、镐、锤等各种抢救工具，从村子的四面八方潮水般地涌向了学校。

风还在无情地刮着，雨仍在继续下着，抢救工作也在紧张进行着。在家长、老师和学生们的共同努力下，经过近两个小时的紧急抢救，被埋在废墟下面的学生和老师终于都被扒了出来。那哀伤悲愤的场面，令人惨不忍睹。全班三十一个学生，只有坐在前排的四个学生逃出了教室，躲过了这场劫难。程向前的儿子程小冬和韩顺民的女儿韩笑笑，由于被倒塌下来的横梁砸到了头部，永远离开了人世。程小冬被从废墟扒出来的时候，手里还紧紧握着父亲刚刚给他买的那支钢笔。其余二十五个学生和正在上课的老师，都不同程度地受了伤，其中重伤八人、轻伤十八人。在这些受伤的老师和学生中，有的被砸伤了头，有的断了肋骨，有的断了腿，有的断了胳膊。

抢救工作结束了，那些没有受伤的学生都让家长领回去了，那些受了伤的学生则被临时安排在各个教室里，等候着医院救护车的到来。家长们都守护在自己孩子的身旁，个个脸上布满了悲伤和怨愤，一些家长还在那里抹泪哭泣。村里的两个没有受过专业教育的医生，一个到邻村走亲戚没有在家，另一个正忙着为那些重伤的学生上药包扎。

两个被夺去生命的学生程小冬和韩笑笑，浑身沾满泥土和血渍，躺在废墟旁边。他们的家长正趴在他们身边放声大哭。

程向前的妻子丁秀兰一边用浸透着泪水与雨水的衣袖轻轻擦拭着儿子程小冬那沾满鲜血和泥土的小脸蛋，一边悲切地大声呼唤着：

“冬儿，你快醒醒，你快醒醒啊，快睁开眼看看，我是妈妈，我是妈妈呀！是谁把你弄成这个样子，快告诉妈妈呀！”

韩笑笑的父亲韩顺民趴在女儿的身上哭了一阵之后，突然从地上爬起来，抓住站在旁边的校长韩磊的衣领，用一双挂着泪水、喷着怒火的眼睛瞪着他吼道：

“你告诉我，这到底是咋回事？我女儿中午回家吃饭时还好好的，还活蹦乱跳的，咋说走就走了呢，你这个混账校长是怎么当的？你还我的女儿，你还我的女儿呀！”

围在旁边的村支书程大盂、村主任罗方钊和几个村民见状急忙跑过来安慰和劝说韩顺民。

“顺民，你冷静点，学校出这么大的事，韩校长心里也不好受。”

“顺民老弟，孩子已经走了，你就是再骂韩校长她也回不来了，还是节哀吧。”

“顺民叔，你消消气，别气坏了身子，事情已经发生了，还是让大伙帮着把孩子抬回去吧。”

……

校长韩磊站在那里一动没动，任凭韩顺民抓扯和责骂。为了抢救那些被倒塌教室压在废墟下的学生，他早就变成了个泥人。他用衣服袖子擦了擦脸上的汗水和泪痕，哽咽地说道：“你们都别劝韩大哥，就让他骂吧，他骂出来心里也许会好受些。韩大哥说得对，学校出了这么大的事，我这个当校长的是有责任的。我没有看好学生，对不起各位家长。在这里，我代表学校的全体老师向你们赔罪了。”

韩顺民松开了抓着韩磊衣领的手，又回到了女儿的身旁，含着眼泪为她整了整衣服和头发，喃喃地说道：“笑笑，咱不上学了，跟爸爸回家去，你不是想吃饺子吗，咱回家去让妈妈给你包饺子吃。”说完，抱起女儿的遗体就离开了学校。

夜幕降临的时候，县医院才来了救护车，把那些受伤的学生接走了。程向前和妻子丁秀兰在乡亲们的帮助下，也把程小冬的遗体抬回了家，只有那些浸透着学生鲜血的废墟以及被砸得破烂不堪的课桌板凳，还静静地躺在那里。

群山怆惘，江河呜咽，师生们在哭泣，学生家长们在哭泣，罗家村的村民们在哭泣。

# 四十

翌日清晨，风停了，雨住了，阴霾昏暗的苍穹终于露出了脸，浓重的乌云渐渐变白，像帷幕一样撩开，露出了湛蓝色的天空。一片片硕大的棉絮似的白云，不时从头顶上飘过。混浊咆哮的山洪渐渐变得温顺清澈，清新的空气变得更加沁人肺腑，群山变得更加挺拔秀丽。各种鸟儿穿梭于山谷与松林之间，"唧唧喳喳"叫个不停，仿佛在向人们诉说着这里刚刚发生的那段悲惨的故事。

学校停课了，教室空荡荡的，一个人也没有。几个老师有的留在村里帮助料理程小冬和韩笑笑的后事，有的去了县医院帮助家长照顾那些受伤住院的学生。这个昔日充满欢歌笑语的校园，变得冷冷清清，一片狼藉。

此时在罗家村，村民们还沉浸在悲伤和痛苦之中。

程小冬和韩笑笑的遗体被抬回村里之后，分别被安放在各自家门前临时搭建的灵棚里（按当地的习俗，只要有老人在，孩子死后是不能放在家里的），两人的遗体前都分别摆放了祭桌和供品。前来帮忙的乡亲连夜赶制了两套新衣服，换下了他们那沾满血渍和泥土的旧衣服。

在程向前家里，程小冬的奶奶听到这一不幸的消息当场就晕了过去。程向前哭得一把鼻涕一把泪，他的妻子丁秀兰自从儿子出事之后，就汤水未进，一直守候在程小冬的身旁，不时用手轻轻地抚摸着他的脸，帮他整理着衣服。忽而放声大哭，忽而呆呆坐在湿漉漉的泥土地上一句话也不说，忽而又边哭边呼唤着自己儿子的名字自言自语。

"小冬，别睡了，快起来跟我们说几句话吧，奶奶见你不理她生气了。"

"冬儿，你不是这些日子总是吵着闹着要运动服吗？前几天妈妈到集上去卖了点儿鸡蛋，现在妈妈有钱了，等星期天让爸爸骑自行车带着你进城去买。"

“冬儿，你以前是那么活泼，那么听话，咋这会儿就不理妈妈了呢？是不是因为妈妈没有给你买运动服生气了？”

“冬儿，妈说了这么多话，你都不说一句。妈跟你说的话听到了吗？你可千万不能死，爸爸、妈妈把你拉扯这么大不容易，还指望你长大后给爸、妈送终哪，你可不能这么狠心，扔下爸爸、妈妈就先走了。”

……

始终在旁边陪伴着丁秀兰的项翠平见状也泪如泉涌。她一边用衣袖擦去自己的泪水，一边安慰丁秀兰说道：

“嫂子，俺知道你心里不好受，小冬不在了，俺们心里也不好受。可人死不能复生，你别再哭了，这样会哭坏身子的，快到屋里歇会儿吧。”

那些帮助料理后事的村民见状也都围上来劝慰。但无论人们怎么劝都无济于事，丁秀兰守候在儿子的灵棚里，始终不肯离开半步。人们把她拉回屋里，她就又跑了出来。泪水哭干了，嗓子哭哑了，她就呆呆地坐在那里，用一双布满泪痕的眼睛，紧紧地盯着儿子程小冬的遗体，生怕一闭眼，儿子就会从她面前消失。

在韩顺民家里，也是哀哀欲绝，悲声阵阵。女儿韩笑笑的遗体被安放在灵棚里，遗体的前边摆放着水果、点心等祭品和几个花圈，灵棚后边的墙上悬挂着一张韩笑笑的遗像，在这张遗像里，韩笑笑笑得是那么灿烂，那么天真可爱。这也是韩笑笑生前照的唯一一张照片。这张照片是她在县城工作的舅舅王涵今年夏天到家里走亲戚时为她照的。她舅舅王涵是一个医科大学毕业生，韩笑笑特别崇拜和喜欢她这个舅舅，每当舅舅来到家里走亲戚时，韩笑笑总是寸步不离地缠着他，并时常用一双稚嫩的小手搂着他的脖子，问这问那，让他讲故事，让他讲大学校园的生活，讲大山外边的事情。当然，王涵也特别喜欢这个聪明伶俐、活泼可爱的小外甥女，给她讲故事，讲人生，讲理想。他问韩笑笑说道：

“笑笑，告诉舅舅，你长大了想干什么？”

“当医生。”韩笑笑不假思索地回答道。

“为啥要当医生？”

“因为舅舅是医生。”

“就因为舅舅是医生你就想当医生，就没有别的原因了？”

“当然不是，因为医生能给病人治病，能给病人解除痛苦。有一次俺爷爷得了病，疼得满炕打滚，找村里的医生看了半天也说不出是得的啥病，吃了一大堆药也没有治好。第二天，俺爸爸带着俺爷爷到县医院检查了一下，就吃了两服药就好了。我长大后也要像舅舅一样当个医生，给爷爷、奶奶看病，给爸爸、妈妈看病，给全村人看病。”

“好，想不到笑笑小小年纪就有这么大的理想和抱负，舅舅支持你。你一定好好学习，听爸爸、妈妈的话，听老师的话，长大了像舅舅一样，当一名医生，给你们全村人治病。”

“我会的，舅舅，你可要常来看我。等我长大当了医生，你可一定要教我啊。”韩笑笑说完这句话，把一只手伸到王涵的面前，并亮出了一个小指头。

“笑笑，你这是干啥？”王涵不解地问道。

“咱俩拉钩。”

“为啥要拉钩。”

“我怕你变卦，将来娶了舅妈，有了小弟弟、小妹妹不理我了。”

王涵一听扑哧笑了，但为了满足她的愿望还是把手伸出来同她拉了钩。

谁也不曾想到，舅舅为韩笑笑拍的这张照片，竟会成了她的遗像；谁也不曾想到，她的理想和抱负还没有实现，就这样含恨离开了人世。

当王涵听到韩笑笑遇难这个不幸的消息后，如五雷轰顶，连夜冒雨赶到了罗家村。他俯身在笑笑的遗体前，用棉棒蘸着酒精，小心翼翼地为她擦去头部被砸伤时留下的血迹，为她进行了简单的化妆，然后从书包里拿出了两本医学书放在她的身旁，抚摸着她那凌乱的头发，哽咽地说道：

“笑笑，快睁开眼看看，舅舅没有食言，舅舅看你来了。你不是想当医生吗？舅舅把书给你带来了，你可一定要好好学习。别忘了，咱们俩是拉了钩的，可不能说话不算数呀。”

韩顺民自从把女儿从学校抱回来之后，就再也没有出门，这个打击对他来说真是太大了，使他难以承受。他太爱自己的女儿了，笑笑在学校里是好学生，学习成绩在班里一直名列前茅。在家里是母亲的好帮手，她中午回家吃饭时还帮助母亲洗刷了碗筷才去了学校。

韩顺民伤心透了，不相信这是事实，也不敢多看女儿一眼。他坐在炕沿上一句话也不说，一个劲儿地抽闷烟，两只红肿的眼睛喷吐着哀伤悲愤的烈火，几次都要冲出去找校长要人，都被乡亲们劝住了。

韩顺民的妻子王玲本来身体就有病。笑笑出事之后，她抱着女儿的遗体哭得死去活来，几次都哭得昏过去，幸好笑笑的舅舅是个医生，一直守护在她的身旁，及时把她抢救了过来。

噩耗传开，山河同泣，草木同悲。程向前、韩顺民两家的亲戚朋友以及乡亲们都闻讯带着香、烧纸和祭品前来吊唁哀悼。乡党委书记欧阳山、乡长许茂才、驻罗家村的工作组组长姜涵副乡长，以及县教委、乡教委的负责同志也都来了。

人们排着长长的队伍，分别在程小冬和韩笑笑的遗体前吊唁默哀。许多吊唁者看到这两个被倒塌教室夺去幼小生命的孩子，都禁不住失声恸哭，长跪不起。

这哭声，动天地，泣鬼神，是悲伤，是惋惜，是无奈，更是控诉。

## 四十一

那些被倒塌教室砸伤送进县医院的老师和学生，特别是那些重伤者，也饱受了伤痛的折磨。在他们那一张张因失血过多而显得苍白的脸上，镌刻着悲伤，叠印着恐惧。断裂的骨骼，使他们疼痛难忍，一阵阵痛不欲生的哀号，一声声痛苦的呻吟，撕扯着家长们的心。

受伤的老师和学生在县医院里得到特殊的护理和精心的治疗。院长亲自坐镇指挥，召集有关专家研究会诊，制定抢救措施，研究治疗方案，腾出了专门病房，组织医务人员连夜加班加点，对每个受伤的老师和学生进行了透视、拍片、验血等全方位的检查，并对重伤者及时进行了手术治疗。这些大都是第一次走出大山的学生们，在医院里度过了一个痛苦而难忘的夜晚。

罗家村小学教室倒塌砸死砸伤学生事件，震惊了龙潭乡，也震惊了整个茂丘县。悲剧发生后的第二天上午，县委书记林海风就与分管教育工作的副县长夏立本及有关部门负责人，驱车来到县医院看望那些受伤的老师和学生。

走进病房，看到一个个躺在病床上、浑身缠着纱布、打着夹板的受伤学生和老师，望着一个个布满忧伤和疲倦面容守护在受伤学生身旁的家长们，林海风的眼睛湿润了，嗓音哽咽了。他紧紧抓住那些受伤学生的手沉痛地说道：

“孩子们，你们受苦了。我今天和夏副县长代表县委、县政府来看望大家。县长仲民因为在省委党校学习不能前来看望大家，也让我转达他对你们的深切慰问。由于我们的工作没有做好，使你们受到伤害，遭受了这么大的痛苦，真是对不住你们。希望你们一定要坚强起来，一定要听医生的话，听老师和爸爸、妈妈的话，好好养伤，等把伤养好了再回学校去上学。”

林海风安慰完那些受伤的学生，又一一握着家长们的手，满含内疚之情说道：

“我知道你们这些当家长的看到自己的孩子受了伤，心里一定很难过，我们跟你们的心情一样，心里也不好受，你们把孩子送到学校，我们没有给你们看好，愧对了你们。不过，请你们放心，医院一定会尽力抢救这些孩子的，让他们早日康复，回家和你们的亲人团聚。”

林海风的话音刚落，躺在他身前病床上的一个被倒塌教室砸破了头、满脸缠着纱布、只露出两只眼睛的学生，伸出一只小手抓住林海风的手胆怯地问道：“叔叔，你是当官的吗？说话管用吗？”

林海风俯下身子凑到那个受伤学生脸上亲切地说道：“孩子，我是当官的，说话管用，你有什么话就说吧。”

“那好，我想求你一件事情行吗？”那个受伤学生恳求道。

“孩子，你想求我什么事就说吧，只要叔叔能办到的，一定帮你。”林海风十分诚恳地问道。

“我们的教室倒了，没有地方上课了，你能跟俺们村那些当干部的说说，让他们再给我们盖间教室吗？”

那个受伤学生说完这句话后，用期待的眼神看着林海风，等待着他的回答。听了那个受伤的学生提出的这个要求，林海风那本来就湿润的眼睛里滚出了泪珠，他掏出手帕擦了擦泪水，紧紧握着那个受伤学生的手喃喃地说道：

“孩子，你的这个要求叔叔答应你，我一定让他们给你们盖一间又大、又结实、又漂亮的教室，再也不让你们在危险的教室里上课了，你也要听医生的话，听爸爸、妈妈的话，好好养伤，等把伤养好了，就在新教室里上课。”

听了林海风的答复，那个受伤学生用十分感激的目光看着林海风，激动地说道：“太好了，谢谢叔叔，以后我们上课时再也不用提心吊胆了，再也不用一下雨就停课回家了。”

多么纯洁善良、天真可爱的孩子啊！林海风的心就像被针扎了一样难受。在离开医院时，他又嘱咐医院院长和医务人员说道：“你们一定要好好照顾这些受伤的孩子，请最好的医生，用最好的药给他们治伤，能不截肢的尽量别截，能不留疤痕的尽量别留。他们还都是孩子，长大后还要生活，还要成家立业。”

当天下午，林海风就亲自主持召开了县委常委扩大会议，龙潭乡党委书记欧阳山、乡长许茂才也都列席了会议。会议专门听取了全县教育工作情况及罗家村小学教室倒塌及师生伤亡情况的汇报，并成立了由县政府分管教育工作的副县长夏立本任组长，县教委主任冷秋雨、龙潭乡乡长许茂才任副组长的事故调查组。

在会议上，林海风严厉批评了茂丘县在教育工作中存在的问题，指出了罗家村小学教室倒塌事件的严重性。他在讲话中十分动情地说道：

同志们，今天我向大家报告一个不幸的消息。想必大家都已经知道了，昨天下午，龙潭乡罗家村小学三年级教室倒塌，全班三十一个学生和一个正在上课的老师，只有四个学生跑出了教室，其余二十七个学生和老师全部被埋在倒塌教室的废墟里，其中，有两名学生当场被砸死，其余二十五名学生和老师都受了伤，有几名学生伤势比较严重，现正在县医院抢救治疗，造成的后果是严重的，真是令人痛心疾首。

大家都知道，罗家村是一个偏僻的山村，也是一个经济比较落后的村庄。今年春天，这个村就因去年遭受了严重干旱闹粮荒，村民到处上访，惊动了省里的领导。省委副书记郑廉风亲自到村里召开扶贫现场会。现在，这个村的校舍又由于年久失修，出现了教室倒塌、砸死砸伤学生的事件，罗家村的问题值得我们这些当干部的深思。

当然，有的同志可能会说，这都是因为我们县的经济落后造成的。不错，我们县的经济是落后，我们不能因为经济落后就推卸责任，也有工作不到位的地方，有对教育工作重视不够的问题。听说这个村小学的校舍在几年前就已被列为危房，只因乡里和村里都没有钱一直没有维修，可这个村的孩子还天天在这样的教室里上课，没有人管，没有人去制止他们，以至于造成今天这样的灾难。在这个问题上，首先我这个当县委书记的有不可推卸的责任，县教委也有责任。

我们天天都在喊，十年树木，百年树人。再穷不能穷教育，再苦不能苦孩子。可是，我们做到了吗？没有，我们是说得多，做得少，对教育的重视还远远不够，我们县的财政是困难，但不能因为困难就不注意校舍的建设。现在，有一股不好的风气，宴会的标准越来越高，购买轿车的档次越来越高，有的乡镇连一个小小的副乡级干部都有专车，如果我们每个单位都少用公款请几次客，当领导的少买几辆高级轿车，把省下来的这些钱用在教育上，罗家村小学的悲剧就不会发生。

我们一定要接受这次深刻的教训。一方面，县里要加大对教育工作的投入；另一方面，县教委要组织力量对全县中小学的校舍进行一次全面检查，对查出来的危房要设法筹集资金抓紧抢修。凡属危房，在没有维修好之前，一律不准使用，杜绝类似悲剧的发生。调查组的同志也要迅速投入工作，彻底查清这次教室倒塌的原因，对有关责任人要进行严肃处理，并认真做好死伤老师和学生家长的安抚工作。

调查组的同志见县委、县政府对罗家村小学教室倒塌事件如此重视，也不敢怠慢。会议结束后，便立即展开了对事件的全面调查，天天往返于县城与罗家村之间，找校长谈话，找老师谈话，找学生谈话，找学生家长谈话，找罗家村村两委会的干部谈话，找龙潭乡的领导谈话。大有查不出结果誓不收兵之势。

这几天，罗家村小学的校长韩磊更是焦头烂额，忧心忡忡。一方面是因为他作为一校之长，学校出了这么大的事，这么多无辜的学生受到伤害，他感到心里难过；另一方面是调查组那没完没了的盘查与审问，他已经记不清调查组找他谈过几次话了。他只知道，调查组每次找他谈话，表情都是那么严肃，态度都是那么冷漠，甚至像审犯人一样，让他如实反映情况，老实交待问题，质问他为什么教室成了危房不及时报告进行维修？为什么明明知道教室是危房还要让学生在里边上课？为什么教室倒塌不及时组织抢救导致学生死亡？好像这一切后果都是由他造成的，都要由他一个人来承担。

家长的指责，调查组无休无止的审查，韩磊感到委屈，他何尝不知道这些教室早就成了危房？从他调到这个学校担任校长的第一天起，他就为校舍的维修到处奔走呼吁，村里、乡里、县里他都找过，可到头来啥问题也没解决，如今倒成了他的责任。至于他为什么要让学生在危房里上课，那也是事出无奈。因为在暴雨成灾的夏天，他怕教室倒塌已经很长时间没上课了，但他不能荒废了学生的学业，必须把落下的功课补上去，谁承想这时教室会倒塌。当然，教室倒塌砸死学生，这更是他不愿看到的事情，他何尝不希望每个学生都不受到任何伤害？说他组织抢救不及时，措施不得力，那真是冤枉了他。事情发生后，他就立即组织师生展开了紧张的抢救工作，并及时把这一不幸的消息通知了学生家长，及时向乡里和县里的主管部门作了汇报。

韩磊满腔的委屈不知该向谁倾诉，满肚子苦水不知该向何处倒。是啊，学校出了这么大的事情，总要有人负责，他这个当校长的难辞其咎，可有谁又会理解他的苦衷和难处呢？他只能一个人在那间早就成了危房、还没倒塌的宿舍里伤心落泪，偷偷地哭泣。

韩磊已经几天几夜都没有合眼了。他那本来就瘦弱的身躯显得更加消瘦，那双嵌在近视镜底下本来就不大的眼睛深深地凹下去了，且饱含着泪痕与血丝。老师和学生家长们见状劝慰他，为他鸣不平。

“韩校长，你这样不吃不喝的怎么受得了。看你都瘦成啥样子了，你也要注意休息，注意保重身体。”

“这些当官的也真会推卸责任，想当初韩校长为咱们学校校舍的维修跑断了腿没人管，现在学校出事了，都把责任推到他身上，这不公平。”

……

韩磊虽然心里难过，但他并未因受伤学生家长的指责和调查组没完没了的审查而放弃校长的职责。那些死亡和受伤学生的家长需要安抚，停课的学生等待着复课，学校的校舍都成了危房不能再用了，今后学生们将到哪里去上课，这些棘手的问题和困难，都需要他这个当校长的去思考，去解决。

为了给那些死亡和受伤的学生讨个说法，告慰死亡学生的在天之灵，安抚受伤学生家长的心，他忍受着巨大的痛苦，拖着疲倦的身体，天天去乡里、跑县里，找调查组、找乡里和县里的领导。为了能让那些没有受伤的学生尽快复课，不荒废他们的学业，他再次去找村两委会，希望村两委会能想法帮助解决学生上课的场所。也许是迫于上级的压力，也许是受到良心的谴责，也许是为他的精神所感动，这一次，村支书程大孟和村主任罗方钊倒是挺痛快，答应他马上召开村两委会会议，研究解决学生上课的地方。

面对这迟到的关爱，韩磊又哭了。他的心里就像打碎了五味瓶，酸甜苦辣交混在一起，说不出是个什么滋味。他感到痛苦，感到欣慰，也感到困惑。他不明白，为什么非要等到悲剧发生后才去解决问题？如果那些相关部门和领导能早一点伸出这双关爱的手，悲剧就不会发生，那两个天真活泼的孩子就不会被倒塌的教室活活夺去生命。

# 四十二

这几天，罗家村一直笼罩在悲伤和痛苦之中，特别是在程向前和韩顺民家里，更是整日里哀声阵阵，哭声悲怆。

程小冬和韩笑笑这两个被倒塌教室活活夺去生命的孩子，静静地躺在各自家门前临时搭建的灵棚里，不时有人前来吊唁，进行哀悼，他们的家长和亲人们生怕自己的孩子躺在那里寂寞孤独，日夜轮流守护在他们的身旁。特别是程小冬的母亲丁秀兰，更是悲痛至极，自从儿子遇难之后，她就没离开过灵棚，就连晚上睡觉也躺在灵棚里。整日里时而号啕大哭，时而木呆呆地坐在那里一句话也不说，时而趴在儿子的身上，用手轻轻地抚摸着他的头发和脸蛋，泪水哭干了，嗓子哭哑了。

陪伴在两个遇难孩子身旁的还有几个挂着挽联的花圈。这些花圈，有他们的亲戚和乡亲们送的，有罗家村小学的老师和同学们送的，也有县、乡教委送的。花圈上的挽联让人看了心酸和难过。

沉痛悼念程小冬、韩笑笑同学
小冬、笑笑同学安息吧，我们永远不会忘记你
虽有广厦千万间，为何我无栖身处
花蕾遭残众人祭，泪洒山川寄哀思
逝者亡灵瞑目难，生者伤心泪涟涟
……

这一个个花圈，一幅幅挽联，寄托了老师和同学们对死者的哀悼，也表达

了人们对教室倒塌事件的愤懑。

程小冬和韩笑笑的遗体已经在灵棚里停放五天了，由于死者的家长与调查组在丧葬办理和赔偿问题上存在严重分歧，至今还没有火化下葬。虽然已是深秋，气温较低，但由于停放的时间过长，又没有防腐设施，遗体已经开始腐烂发臭。

悲剧发生后，县政府分管文教卫生工作的副县长、事故调查组组长夏立本，县教委主任、事故调查组副组长冷秋雨，都来过罗家村，代表县委、县政府对死者表示了哀悼，对死者的家长进行了慰问。调查组的其他成员则一直呆在罗家村，负责全面调查造成这次灾难的原因，协调处理死者的丧葬和经济赔偿问题。

这几天，驻罗家村工作组组长姜涵副乡长，更是忙得焦头烂额，心急如焚。他受乡党委和乡政府的委托，协助调查处理罗家村小学教室倒塌事件和死者的丧葬问题。为了能使问题尽快得到处理，让死者早些入土为安，他一方面要去安抚那些在教室倒塌事件中受轻伤回村治疗的学生，做他们家长的思想工作；另一方面，要与遇难学生的家长协商丧葬的办理和经济赔偿问题。那些受轻伤学生家长的思想工作还比较容易做，最令他头疼和伤脑筋的是两个遇难学生的丧葬办理和经济赔偿问题。

事故发生后，姜涵在村支书程大孟和村主任罗方钊的陪同下，与调查组的同志一起，多次到程向前和韩顺民家里做工作，希望他们能节哀顺变，尽快把两个孩子的遗体火化安葬，其他问题再慢慢协商解决，这样拖下去不是办法。可每当他们走到程向前家门前时，守护在灵棚里的程小冬的母亲丁秀兰就拦住他们，用一双哀怨愤怒的目光瞪着他们，嘴里不住地喊道："你们还我的儿子，你们还我的儿子，你们快把儿子还给我，我就这么一个儿子，求求你们了。"说完，就双膝跪倒在他们的面前，一个劲儿地磕头。

程小冬的父亲程向前则把自己一个人关在屋里，怎么叫也不开门。

韩笑笑的父亲韩顺民则是怒火难息，态度坚决。提出了三个条件：一是要在村两委会大院或学校操场上为两个遇难的孩子举行葬礼，让村两委会的干部和学校的校长为两个孩子披麻戴孝；二是要求追究造成这场悲剧的相关单位和有关人员的责任；三是赔偿每个遇难孩子家庭经济损失 10 万元。

围绕着丧葬办理和经济赔偿问题，遇难学生的家长和调查组双方僵持不下，任凭姜涵和调查组的人说破嘴皮子，也无济于事。韩顺民就是不松口，不让步，并扬言，如果不能满足这三个条件，他们将抬着两个孩子的遗体到上边去上访，为两个死难的孩子讨回一个公道。

姜涵非常理解遇难学生家长的心情，也想尽量满足他们提出的要求，无奈他们提出的条件过于苛刻，难以接受。眼看着一天天过去了，遗体开始腐烂，他不知如何是好。这时，他想到了韩笑笑在城里工作的舅舅王涵，他听说王涵最疼爱韩笑笑，韩顺民和妻子王玲也最听王涵的话。自从韩笑笑出事之后，王涵怕自己的姐夫和姐姐想不开，一直请假待在罗家村，日夜陪伴在韩顺民和王玲身旁。于是，姜涵让村支书程大孟把王涵请到了村两委会办公室，讲明了情况，希望王涵能出面帮助做做他姐夫韩顺民的工作，尽快把两个死难学生的遗体火化下葬。可令他万万没有想到的是王涵根本不给面子，不配合工作，而是板着面孔毫不客气地回绝说道："姜乡长,我又不是孩子的家长,你们找我干啥?你们还是找遇难学生的家长商量去吧。"

姜涵本想请王涵帮忙做做他姐夫韩顺民的工作，没想到碰了一鼻子灰。随后，他又跟调查组的同志多次到韩顺民家里做工作，都毫无结果。他实在无计可施，只有如实向上级汇报，把分管文教卫生工作的副县长夏立本请出来，并把王涵与韩顺民的这层关系也告诉了夏立本。

夏立本听后也感到棘手，立即派人开车去罗家村把王涵接到了自己的办公室，亲自跟他谈话。

王涵也是一个有个性、有理想、有抱负的青年，平日里只知道看书学习，埋头钻研业务，从不攀附权贵，很少跟领导接触。自参加工作以来，还是第一次有这么大的官跟他谈话，他还真有点受宠若惊，不知所措。

也许是因为见了领导过于拘谨，也许是因为失去了亲人心里难过，王涵见了副县长夏立本连个招呼也没打，只是抬头看了他一眼，就一屁股坐到沙发上，用一只手托着腮帮子低头坐在那里。倒是夏立本显得非常热情，先让秘书给王涵倒了一杯茶水，然后就跟他聊起了天。

"小王，听说你在县医院工作？"

"嗯。"

"是大学毕业吧？"

"是。"

"工作几年了？"

"三年。"

“在哪个科室工作？”

“内科。”

“工作还顺心吧？”

“还行。”

“有对象了吗？”

“没有。”

“罗家村小学教室倒塌砸死的那个叫韩笑笑的学生是你的亲外甥女吗？”

“是。”

“你的外甥女韩笑笑不幸遇难，不仅她的爸爸、妈妈和你这个当舅舅的心里难受，我们大家心里也都很难过。”

“谢谢领导的关心和理解。”

“听说你非常喜欢你这个小外甥女？”

夏立本问一句，王涵答一句，一个字也不多说。可他的这句话却又戳到了王涵的伤心处。他没有回答，只是点了点头，眼眶里顿时溢满了泪水。

夏立本不愧是当领导的，会做思想工作，他长叹了一口气，用深沉的语气说道：“是啊，发生这样的悲剧，是我们大家都不愿看到的。自己的亲人走了，哪能不伤心啊！不过，人死不能复生，再难过也没用，还是节哀吧。”

王涵在来之前就猜出了夏副县长找他谈话的真实目的。于是，他掏出手帕擦了擦泪水，开门见山地问道：“夏副县长，你今天请我来恐怕不仅仅是为了安慰我的吧？有啥事你就说吧。”

“小王，我一看到你，就知道你是个爽快人，不错，我今天请你来，确实有事跟你商量。”

“夏副县长，有啥事你就说吧。”

“小王，我想问你一个问题。”

“啥问题，你问吧。”

“关于遇难学生的丧葬和经济赔偿问题，听说你姐夫韩顺民提出了三个条件，我想问一下，这个主意是不是你出的？”

“不是。”

“不管是不是，我们想请你帮个忙可以吗？”

“我能帮啥忙？”

“程小冬和韩笑笑两个学生在教室倒塌中不幸遇难，家长的心情是可以理解的，他们提出要为两个孩子举行葬礼，赔偿一定的经济损失，也是合乎情理的。不过，他们提出的条件过于苛刻，比如说他们提出要让村干部和学校的校长为两个孩子披麻戴孝，你说这个要求是不是有点过分？还有他们提出，要为每个死去的学生赔偿10万元。按说，这人都死了，要求10万元的经济赔偿也不算多。可你也知道，咱们县是个穷县，财政紧张，从哪里出那么多钱啊？你说他们提出的这些条件，让我们怎么接受？不答应他们提出的条件，他们就不火化两个孩子的遗体，并扬言要到上边去上访。现在，遗体已经停放在家里五六天了，这样拖下去也不是个办法。我听说你姐夫韩顺民很相信你，也很喜欢你，不管这个主意是不是你出的，我们想请你帮帮忙劝劝你姐夫，让他先把韩笑笑的遗体火化了，有啥问题，再商量解决。”

夏立本猜测的没错，这几个条件确实是王涵与他姐夫韩顺民共同策划的，他之所以这样做，主要是对教育部门让学生在这样的教室里上课，造成亲人受到伤害不满。听了夏立本的话，王涵沉思了好久没有回答。夏立本见王涵没有表态，继而接着又问道：

“小王，我刚才说的话你听到了吗？咋不回答，有什么难处吗？”

“夏副县长，不是我不肯帮忙。我姐夫那个人的脾气你不了解，他人虽然很好，对我姐和我也很关爱，可就是脾气犟。他认准的理，别人很难说服他。”王涵显出一副无奈的样子回答道。

“正因为如此，所以我们才让你出面帮助做他的工作。小王，你也是国家公职人员，应该为党和政府分忧。这样吧，这几天你就不用上班了，我已经跟你们医院的院长打招呼了，你就在罗家村多待几天，好好陪陪你的姐姐和姐夫。一方面帮助我们做做他们的思想工作，让他们别再坚持了，尽快把孩子的遗体火化了；另一方面也好好安慰安慰他们。”夏立本继续解释道。

“夏副县长，你的好意我领了，可这个任务恐怕我很难完成，你们还是亲自找他谈吧，我可以帮助你们做我姐姐和姐夫的工作。”王涵推辞道。

夏立本见王涵不肯接受这个任务，心里有些不快，但没有表现出来。他从座位上站起来，踱着步来到王涵跟前，拍着他的肩膀说道：“好了，小王，你就别再推辞了，这是组织上交给你的工作，你做也要做，不做也得做，我相信你有能力完成这个任务，我们期待着你的好消息。”

夏立本的这番话，不像是两人之间在谈话，倒更像是命令，是上级对下级布置工作，不容置疑，不容推辞。还没等王涵再说什么，他就让秘书安排车，又把王涵送回了罗家村。

王涵本想帮着受害者的家长提出那三个条件，惩治一下那些不关心、不重视山村孩子教育的当权者，没想到夏立本这个分管文教卫生工作的副县长又把皮球踢给了他。他知道，如果不按照夏立本的要求去做，说服两个受害学生的家长放弃原来提出的条件意味着什么，后果又是什么。那就意味着他没有完成上级交办的任务，甚至会影响到他的工作和未来的政治前途。

回到罗家村后，王涵就把副县长夏立本接他去县里的谈话内容跟自己的姐姐和姐夫讲了。开始，韩顺民说啥也不放弃原来所提出的三个条件，但考虑到自己小舅子的前程，加之妻子的劝说，他只好答应了调查组提出的要求，先把孩子的遗体火化了。

程小冬和韩笑笑这两个被倒塌教室活活夺去生命的孩子，在各自家门前搭建的灵棚里停放了七天之后，在亲人的陪同下，被送进了县殡仪馆。

葬礼是在罗家村小学的操场上举行的。举行葬礼的那一天，虽然没有按照程向前和韩顺民两个学生家长提出的要求那样，让村干部和学校校长披麻戴孝；虽然昏暗的苍穹还下着濛濛细雨，但挡不住前来送葬的人们。葬礼举行的隆重而悲壮。罗家村小学的全体师生都来了，学生家长和村民们来了，县教委主任冷秋雨、龙潭乡乡长许茂才、副乡长姜涵以及调查组的全体成员也都来了，被留村察看的梁鑫和罗小惠也赶来参加了他们的葬礼。葬礼由学校校长韩磊主持，副乡长姜涵致悼词。姜涵在悼词中说道：

各位领导，各位父老乡亲，罗家村小学的全体师生们：

今天，我们在这里怀着十分沉重的心情，悼念程小冬和韩笑笑两位同学。

10月18日下午3时20分，罗家村小学的三年级教室因年久失修突然倒塌，正在这个教室里上课的二十七名学生和一名老师被掩埋在倒塌教室的废墟里，造成了二十五名学生和一名老师不同程度地受伤，而程小冬和韩笑笑两名学生却在这次教室倒塌事件中不幸遇难，永远离开了我们。

程小冬同学和韩笑笑同学都是好学生、好孩子。他们在学校里听老师的话，刻苦学习，团结同学，乐于助人。在家里，孝敬父母，尊重长辈，热爱劳动。他们的不幸遇难，使罗家村小学失去了两个可爱的同学，也给他们的亲人和家庭带来了巨大的痛苦和损失。

这场悲剧的发生，学校有责任，罗家村村两委会有责任，我们龙潭乡党委和乡政府也有不可推卸的责任。让我们牢牢记住这个沉痛的教训，化悲痛为力量，进一步关注民生，关注少年儿童的教育和成长，加大对教育的投入，努力改善办学条件，给孩子们创造一个安全舒适的学习环境，决不能让悲剧重演。

程小冬同学、韩笑笑同学，你们安息吧！

姜涵刚宣读完悼词，哀乐声和送葬人群的哭泣声就响成了一片。凄怆悲哀的哭泣声，回荡在群山波谷之间。特别是两个孩子的母亲丁秀兰和王玲，更是伤心至极，像发了疯似的挣脱了搀扶她们的亲人，扑向了自己孩子的骨灰盒，乡亲们费了好大的力气才把她们拉开。

葬礼在人们的痛苦悲伤和抽泣哽咽中结束了，两个遇难学生被安葬在了学校后边的山坡上。

# 四十三

程小冬和韩笑笑走了，他们带着痛苦，带着悲伤，带着眷恋，永远离开了这个世界，但他们的不幸遭遇给这两个家庭和人们所带来的咏叹调和长恨歌，是唱不完的。

自从发生教室倒塌事件后的这些天来，罗家村小学的校长韩磊和几个老师们真可谓是悲天悯人，焦头烂额。他们一方面要在医院里帮助照顾那些在教室倒塌中受伤的学生，另一方面还惦念着那些已经放假在家里等待复课的学生。上级教育主管部门已经下了禁令，罗家村小学的所有校舍在没有维修加固之前，一律停止使用，学校何时才能开学？学生们今后将在哪里上课？这一切都是他们不得不面对的。

程小冬跟韩笑笑两个学生的葬礼举行后的第二天，校长韩磊就又跟罗方辉一起去找村两委会，请求他们尽快帮助落实学生们上课的临时教室。这一次，村两委会倒是非常配合。村支书程大孟爽快地回答说道：

“韩校长，咱们村里谁家有闲着不用的房子，谁家的闲置房适合做教室，方辉都清楚，你们学校拿出个方案来，我们村两委会帮着你们去做工作就是了。”

“是啊，韩校长，大孟说得对，这学校里的学生都是我们村里的娃，学校的事情就是我们村两委会的事情，咱一家人不说两家话，有什么要求你就尽管提吧，你们不就是要找几间民房当临时教室吗？小事一桩，这件事就包在我跟大孟身上吧。”罗方钊也一反夏天那种漠不关心的样子，胸有成竹地说道。

韩磊没有想到程大孟和罗方钊会如此爽快，这与夏天他因教室维修找他们时的表现真是判若两人，他感到意外，也感到欣慰。于是，他满含感激之情地说道：“程书记、罗主任，我代表学校的全体师生谢谢你们。有你们村两委会支持，事情就好办了。不过，村民是否愿意把自家的闲置房拿出来给我们当临时教室，还要征求他们的意见。我看咱们是否可以先研究一下，每个教室每年付给他们多少租金，然后再在村里的大喇叭里广播一下，看看哪个村民愿意把自家的闲置房拿出来给我们做临时教室，到村两委会报个名，然后我们再从中选择那些适合做临时教室的民房简单粉刷一下，让那些放假待在家里的学生尽快复课。”

“行，这个办法不错，就按韩校长说的意见办。关于房子的租金问题，我看就按每间教室每月五十块钱、全年六百块钱怎么样？这个钱由村两委会来付。”程大孟答复道。

“程书记，现在城里租一套房子每个月少说也需要几百块钱，而我们租借村民的一套房子每月才付给他们五十块钱，是不是少了点。如果我们把租金定得太低，村民会把房子租借给我们用吗？”韩磊不无担心地说道。

“韩校长，咱乡下哪能跟城里比，城里人都住高楼大厦哪，而我们这里都是些破草房，最好的也不过是质量不高的砖瓦房，一间教室一个月五十块钱已经不少了。这样算下来，五间教室一年就需要三千块钱。你也知道咱罗家村穷，再多了也拿不出来。”程大孟解释道。

“就是嘛，韩校长，大孟书记说得对，咱们租借一幢房子一个月给五十块钱已经不少了，一年就是六百块，这农民辛辛苦苦干一年才挣几个钱。我看这事你就不用担心了，今晚我就在大喇叭里广播一下，先让那些有闲置房愿意租借给我们的村民到村两委会报名，我保证报名者会非常火爆，到时候我们从这些报名者中挑选几间就行了。”罗方钊也在一旁附和道。

韩磊见程大孟和罗方钊如此自信，没再提什么意见，只是催促说道：“程书记、罗主任，也许是我多虑了，既然你们两位都是这个意见，那就按照你们说的办吧，不过，我希望越快越好，也好让那些待在家里的学生早一点复课。”

当天晚上吃过晚饭后，罗方钊就跑到村两委会办公室，用大喇叭向村民们发布了这个消息：

村民同志们，趁大家晚上都在家里的时候，我代表村两委会发布一个消息。

大家都知道，几天前，咱们村的学校三年级教室因为年久失修突然倒塌，砸死砸伤了不少学生，给学生和他们的家长带来了很大的痛苦，有些学生至今还住在医院里。现在，上级已经明确指示，咱们村小学原来的那些教室都属于危房，全部停止使用，要进行全部维修，要求我们村里帮助解决学生上课的临时教室，可咱们村里又没有多余的公房提供给学校，经村两委会与学校协商，准备从咱们村的民房中挑选几间做临时教室，以解决燃眉之急，希望大家给予支持。当然了，这临时教室也不是白用，是要付租金的，只要是被选中当临时教室的民房，每一间每个月由村两委会付给租金五十块钱，全年加起来就是六百块钱，这可是一笔不少的收入啊。凡是家中有闲置房暂时不用愿意租借给学校当临时教室的，请抓紧时间到村两委会办公室报名，需要的数量有限，报满为止。

也许是因为村民与村两委会的矛盾太深，也许是嫌租金太少，也许是怕影响自家的正常生活，事情并不像程大孟与罗方钊想象的那么顺利，村里本来闲置的民房就不多，而那些有闲置房的村民又不愿意把自家的房子拿出来当临时教室。一个星期过去了，报名者寥寥无几，全村只有三户有闲置房的村民报了名，而这三间闲置房中，有两间已经破烂不堪，根本不能用，可用做临时教室的只有一间。

出现这样的结果，这是程大孟和罗方钊始料不及的。没有办法，他们只好与韩磊一起，到那些有闲置房的村民家中一一登门求助。

村民罗世贵家两年前在村后离学校不远处盖了五间大瓦房，是准备给儿子结婚娶媳妇用的，也是做临时教室最理想的场所。可由于他去年因抗缴提留被拘留与村两委会结怨很深，与村主任罗方钊更是冤家对头，罗方钊根本就不敢进他家的门，程大孟和韩磊登门求助也碰了一鼻子灰，任凭他们磨破了嘴皮子，罗世贵说啥也不肯把房子租借给村两委会。

程大孟告诉韩磊，要想租借罗世贵家的房子做临时教室，由村两委会出面做他的工作，他是不会同意的，只有一个人能够做通他的工作，就是不知道他肯不肯帮这个忙。

“谁能帮这个忙？”韩磊急切地问道。

“梁鑫。”程大孟回答道。

韩磊虽然到罗家村小学任校长的时间不长，可他早就听说过梁鑫的事情，两人也曾多次见过面，就是没打过交道。梁鑫和罗小惠去年因上访被开除村籍后，就回到了梁家村。虽然前些日子罗家村村两委会迫于上边的压力，又对他们两个重新作出了留村察看的决定，但梁鑫和罗小惠并没有搬回罗家村来住，而是继续留在梁家村开办他的电器维修部。当然，对梁鑫的为人，他也早有耳闻。他想亲自到梁家村走一趟，找梁鑫好好谈谈，让他出面帮助做做罗世贵的工作，如果能成功更好，不成功再想别的办法。

第二天早饭后，韩磊便从自己的工资中拿出了点钱来，在村里的小卖部里买了几斤点心和糖果，骑着他那除了铃铛不响到处都响的破自行车，来到梁家村向梁鑫求助。

当韩磊打听着找到梁鑫开办的电器维修部时，恰巧梁鑫和罗小惠都在。他先来了个自我介绍，然后同梁鑫和罗小惠一一握手，并笑着问道："如果我没有猜错的话，你们俩就是梁鑫和罗小惠吧？"

其实不用韩磊自我介绍，梁鑫和罗小惠都认识他。他们在前两天到罗家村小学参加程小冬和韩笑笑的葬礼时就见过面。二人都点了点头表示默认。罗小惠急忙搬过一把椅子让韩磊坐下。梁鑫则笑着说道："韩校长，真是稀客，你这个大知识分子今儿咋有空跑到我们这个小维修部里来了？是不是学校有什么电器坏了需要我们帮忙？你让别人捎个信来我过去修不就行了吗，还劳驾你这个当校长的亲自往这里跑？"

"梁鑫兄弟、小惠妹子，我今天不是来找你们修理电器的，是有事想请你们帮忙。我不说你们二位也知道，现在罗家村小学的教室已经全部成了危房，不能再用了，学生上课没有教室。经学校与村两委会协商，准备从村民的闲置房中租借几间临时教室。我们听说你们的二叔罗世贵家里有几间新建的大瓦房暂时不用，想请你们二位帮忙做做工作，让他把房子租借给学校用一下，如果学校的教室维修好了或是他的儿子结婚需要用房，我们会及时把房子给他腾出来的。"

韩磊跟梁鑫和罗小惠寒暄几句之后，便开门见山，说明来意。梁鑫听后并没有马上表态，倒是罗小惠先开了口：

"韩校长，房子是我二叔的，你们不找他谈，来找我们干什么？"

"我们找过你二叔了，由于他跟村两委会有矛盾，说啥也不同意把房子租借给我们。我听说世贵叔很疼爱你们。你们的意见他也能听进去，所以才来向你们求援，希望你们能够帮忙说服你二叔，把房子租借给学校。"韩磊解释道。

"韩校长，别的忙我们都可以帮，唯独这件事不行。难道你没听说过我们是怎样被赶出罗家村的吗？别说是我二叔跟村两委会有矛盾，我们也恨透了那些乌龟王八蛋。你还是回去找村两委会想办法吧。”罗小惠回绝道。

“小惠妹子，我理解你们的心情。你们被开除村籍的事我在没来罗家村小学之前就听说过了，后来村两委会对你们又作出留村察看决定的告示我也看到了，你们对村两委会有意见这是情理之中的事情。可学校租借教室的事尽管是由村两委会出面，那不过是让村两委会来承担被租借教室的租金而已，因为罗家村小学是个村办学校。我今天来不是代表村两委会来的，也不是受村两委会之托来的，而是代表罗家村小学的全体师生来求你们的。看到学生们因没有地方上课待在家里玩，我这个当校长的心里能不焦急吗？因此，我真诚地希望你们能够看在我跟学校全体师生的份上，帮助我们说服世贵叔把房子暂时租借给学校用一下，以便让学校能够尽快复课。”韩磊近乎恳求地说道。

听了韩磊的这番话，罗小惠沉默不语了。是啊，她跟梁鑫小时候都曾在罗家村小学上过学，对学校还是有感情的。现在学校有了困难，理应帮助学校排忧解难，可村两委会对他们冷酷无情的做法，又使她感到愤慨。她一时茫然不知所措，不知这个忙到底是该帮还是不该帮。这时，一直站在那里抽烟始终没有说话的梁鑫开口了：

“行，韩校长，既然你是代表学校来的，这个忙我们帮。如果是村两委会让你来找我们的，这个忙我们肯定不帮。我跟小惠小时候都在罗家村小学上过学，我们不能眼看着学生们没地方上课而袖手旁观，不能眼看着母校有困难而熟视无睹。你就放心回去吧，赶明儿我就跟小惠回罗家村一趟，做做我二叔的工作，让他把房子租借给你们。”

韩磊见罗小惠没有表态，便又笑着问道：“小惠妹子，梁鑫这个意见，你不反对吧？”

罗小惠有点不好意思地笑着回答说道：“韩校长，对不起，我刚才误认为是村两委会派你来的。梁鑫说得对，既然你不是村两委会派来的，是为学校而来的，我们应该支持你的工作，就按梁鑫说的意见办吧。”

韩磊见梁鑫和罗小惠答应帮忙，这才长长嘘了一口气。他激动地对梁鑫和罗小惠说道：“梁鑫兄弟、小惠妹子，我韩磊在这里代表罗家村小学的全体师生谢谢你们了。”

回到罗家村，韩磊又在程大孟和罗方钊的陪同下，分别到那些有闲置房可做教室的村民家中一一登门求助。经过几天的奔波，学校所需要的五间临时教室和老师的办公室终于全部解决了，那些因教室倒塌而停课在家的学生们又重新上学了。

开学那天，学生们在老师的组织带领下，又回到了原来学校的操场上，举行了简单的升旗仪式，并对在教室倒塌事件中遇难的同学进行了默哀。

学校复课不久，县里调查组《关于罗家村小学三年级教室倒塌事件处理的意见》也发下来了。两个遇难学生的家长分别得到了一万元的赔偿金，那些受伤学生住院期间的治疗费全部由县里和乡政府承担，乡里分管文教卫生工作的副乡长和乡教委主任分别受到了行政记过处分，校长韩磊被免职调离罗家村小学，听候处理。

# 四十四

程小冬和韩笑笑的死，给程向前和韩顺民这两个家庭带来的忧伤和痛苦，是难以愈合的。尤其是程向前，他跟弟弟程向进兄弟二人就程小冬这么一个男孩。全家人把程小冬视为掌上明珠，捧在手里怕摔着，含在嘴里怕化了。程小冬的奶奶庞月花更是打心眼里疼爱自己的小孙子。平日家里单独为她做了啥好吃的，老人总是舍不得吃，要留出一点来给孙子吃。程小冬也是一个非常懂事、非常孝顺的孩子，每当奶奶庞月花给他留好吃的时，他总是非常有礼貌地笑着推辞说道："奶奶，你年纪大了，还是留给你吃吧，我不要。"庞月花老人听后总是装着生气的样子硬硬地把好吃的塞到程小冬的嘴里，并抚摸着他的头说："孩子，有你这句话奶奶就高兴。你现在正是长身体的时候，也需要营养，快把它吃了。"

现在，程小冬走了，程家已没了往日的欢乐，一家人整日里沉浸在悲伤和痛苦之中。庞月花老人听到这个噩耗后，当场就晕倒了，从此便一病卧床不起。

本来勤劳能干的程小冬的母亲丁秀兰，由于儿子的不幸遇难，她的心灵受到了极大创伤，变得疯疯癫癫，已无法操持家务，甚至连自己都照顾不了，整日里衣衫不整，蓬头垢面。在事情刚发生的一段时间里，她常常是一个人木呆呆地坐在那里，一句话也不说。后来，她便天天背着程小冬生前上学时背的那个书包，忽而跑到程小冬的坟前大哭一场，忽而又跑到学校教室倒塌的废墟旁，用一双早就磨得伤痕累累的手，使劲儿地扒着那堆沾满血渍的废墟，嘴里不停地呼唤着：

"冬儿，你在哪里？冬儿，你在哪里？别跟妈妈捉迷藏了，妈妈想你，快出来吧，咱不上学了，妈妈来接你回家。"

为了照顾受到刺激的母亲，正在读小学五年级刚返校不久的程向前的女儿程小丽又退学了。她不仅替母亲承担起了全部家务，而且还要照顾处在癫疯状态中的母亲。她天天跟在母亲的后边，母亲走到哪里，她就跟到哪里，生怕母亲出事。每当母亲到学校的那堆废墟旁呼唤自己的弟弟程小冬时，她就含着眼泪守在旁边，并用手拽着母亲的衣襟安慰说道：

"妈妈，你不要再扒了，也不要再喊了，弟弟已经死了，他不会再回来了，咱们回家吧。"

丁秀兰则用一双愤怒的眼睛瞪着女儿程小丽吼道："你这个死妮子，怎么胡说八道，你弟弟明明好好的，怎么会死呢？快过来帮帮妈妈把你弟弟扒出来，咱们一起回家去。"

程小丽又苦苦哀求说道："妈妈，你不要再固执了，我没有骗你，我弟弟真的不在了，他真的死了，我知道你想弟弟心里难受，可你就是把嗓子喊破了他也不会再回来了。"

路过此地的乡亲们见状也都跑过来安慰和劝导她。

"嫂子，孩子已经不在了，你就是再难过，他也不会再回来了，还是节哀顺变吧。"

"他婶子，你不要再扒了，看你的手都磨成啥样子了。小冬不在里边，你就是再扒他也不会再活过来的。"

"好姐姐，你整天坐在这冰冷的泥地上会冻坏的，快起来跟女儿回家去吧。"

……

任凭女儿和乡亲们怎么劝说，丁秀兰根本就听不进去，还是坐在那里一个劲儿地扒着那堆废墟，不停地呼喊着儿子的名字。

丁秀兰在倒塌教室的废墟堆里扒了几天见找不到自己的儿子程小冬，又跑到学校在村里租借的临时教室去寻找。她有时趴在教室的窗户上向里窥探，并发出一阵阵"嘿嘿、嘿嘿"的怪笑；有时背着书包跑到教室里边去，对着正在上课的老师大声嚷道："老师，你们把我的儿子藏到哪里去了？我找不到他了，你快帮我找找吧。"有时甚至误把正在上课的男学生当成自己的儿子，也不管他是否愿意，就走过去轻轻地抚摸他的头，亲切地说道："孩子，原来你躲在这里呀，你让妈妈找得好苦啊。走，咱们回家去。"说完，抓起他的胳膊就向外拉，吓得学生到处乱跑。

老师们非常理解丁秀兰的心情，也非常同情她。每当遇到这种情况，没有人去嘲笑她，也没有去责怪她。他们只是把课停下来，安慰她说道：“大嫂，你儿子不在这里，我们正在上课，请你回家去吧。”

找不到儿子，丁秀兰只好在女儿的搀扶下悻悻地离去，嘴里还不住地嘟嘟噜噜说道：“你们都在骗我，把我儿子藏起来也不还给我。”

此时的程向前更是满肚子苦水倒不完，真可谓是问君能有几多愁，恰似一江春水向东流。儿子的突然不幸遇难，母亲卧床不起，妻子因经受不住这沉重的打击而精神失常，这一切对他的打击真是太大了，使他难以面对而又不得不面对。尽管他的弟弟程向进和弟媳项翠平念及兄弟之情，时常过来帮助他照顾这个家，并把卧床不起的老母亲也接到自己的家里去，以减轻他的压力，但他还是难以承受。

程向前仿佛是茫茫大海中的一叶孤舟，又仿佛是掉在冰窟里，浑身冷冰冰的。他不知道何时才能逃出这茫茫苦海，更不知道何时才能从这冰窟里爬出来，他感到迷茫，感到绝望。

晚上，程向前躺在炕上翻来覆去怎么也睡不着。透过昏暗的月光，望着为寻找自己的儿子疯疯癫癫跑了一天、累得精疲力竭静静地躺在自己身旁的妻子丁秀兰，看着蜷缩在妻子身旁、脸上还挂着泪痕熟睡的女儿程小丽，他禁不住一阵心酸，泪水像断了线的珠子淌下来。眼前这悲伤凄惨的情景，把他带进了记忆的长河，带进了岁月的深处。他想到了这些年来所走过的沧桑之路，想到了小的时候父亲去世得早，是母亲含辛茹苦把他们兄弟二人拉扯成人；想起了他跟丁秀兰结婚这十几年来，虽然日子过得苦了些，但夫妻二人同甘共苦，相濡以沫，而现在妻子又成了这个样子；想起了儿子程小冬生前经常搂着他的脖子撒娇的样子；想到了现在这个支离破碎的家。现在儿子死了，妻子疯了，今后该怎么办？他想了很多很多，越想心里越不是滋味，越想越觉得没有出路。他想到了死。

程向前从炕上悄悄爬起来，来到西间儿子生前住的房间，把房门关上，打开灯。拿起儿子生前的照片，用衣袖轻轻地擦去上面的灰尘，一边用那双挂着泪痕的眼睛看着儿子的遗像，一边抽着闷烟。抽了几支烟后，他从抽屉里拿出了儿子生前用的作业本和圆珠笔，写下了两份遗书。一份是写给他弟弟程向进的，另一份则是写给女儿程小丽的。

他在给弟弟程向进的遗书中写道：

向进，我走了，别怪哥哥无情，我这么做也是没有办法。常言道，好死不如赖活着，我何尝不想活下去，可是，一个好端端的家成了这个样子，我没有勇气面对这个现实，所以只有选择死这条路来逃避了。

向进，你是知道的，哥是个老实人，没有啥大本事，也没有什么奢望，只想一家人安安稳稳过个太平日子。过去小冬活着的时候，日子虽然过得苦了些，但一家人和和睦睦，相亲相爱，倒也觉得开心幸福。可谁想到厄运偏偏降临到了我的头上。现在，天真活泼的小冬被倒塌的教室砸死了，你嫂子又因受到刺激而精神失常，天天疯疯癫癫的满街跑，啥活也不能干，小丽为了照顾你嫂子也退了学。家里从此变得冷冷清清，生活暗淡无光。我辛辛苦苦在外边干一天活，回到家里，就像进了冰窟，屋子是凉的，炕是凉的，连锅都是凉的。我不知道这种日子到啥时才是个头，觉得人活着真是太累了，想到那边去歇歇，想跟父亲和儿子去做个伴。

向进，哥在临走之前求你帮哥办几件事情，这也是哥最后一次求你，请你一定帮哥这个忙。第一件事是我死之后，咱妈就拜托给你了。咱爸死得早，妈辛辛苦苦把咱兄弟俩拉扯大不容易，一辈子也没享什么福，我这个当儿子的真是觉得有愧于她老人家。小冬死的时候上面赔了一万块钱，我从里边拿出两千块钱来留给妈妈，算是我这个当儿子的对咱妈尽的最后一点孝心吧。

第二件事是我走后，最不放心的就是你嫂子和你小侄女。你嫂子得了这种病，不知还能不能治好，小丽这孩子虽然很懂事，可她年龄太小了，我死后请你看在亲兄弟的份上，帮助我照顾照顾她们，常到家里来看看她们。

第三件事是等我走了以后，拜托你找人把我送进火葬场火化了，随便找个地方把我埋了。另有五百块钱是这几年不舍得吃不舍得花攒下来的，就作为你们为我送葬的丧葬费吧。

唉，人要走了，总是有说不完的话。向进，我啰啰嗦嗦说了这么多，你不要怪哥哥。让我最后再叫你一声弟弟吧，你多保重。

哥　程向前

程向前给他的弟弟程向进写完遗书之后，已经变成了一个泪人儿。接着，他又含着眼泪给女儿写了一份遗书：

小丽，我的好女儿，爸爸对不住你。爸爸不该丢下你和妈妈走。可是爸爸实在坚持不下去了，只好先走一步了。

小丽，自从你生下来那天起，爸爸就天天拼命干活，希望你们幸福，可是爸爸失败了，没有尽到当父亲的责任。爸爸知道你从小就喜欢读书，也很聪明好学，每次考试都是班级前三名。可由于爸爸有重男轻女的思想，总觉得女娃早晚都要嫁人，都是别人家的人，念书再多也没有用，加上咱们家的经济条件又不好，所以就让你退了学，只想一心供你弟弟上学，是老师多次登门做工作，爸才勉强同意了让你继续去上学。你千万别记恨爸爸，爸爸也是没有办法。可现在，你弟弟已经死了，你妈妈又因经受不住这沉重的打击而精神失常，你又为照顾妈妈而退了学，我真是一个不称职的爸爸。

小丽，我走后这个家就全部由你来照顾了。你还小，一定要坚强地活下去，照顾好妈妈，也照顾好自己，有事多找你叔叔和婶婶商量。你弟弟死的时候，上级政府赔偿了一万块钱，我给你奶奶留下了两千块，剩下的八千块钱，就留给你和妈妈作为今后的生活费吧，你娘俩节约着点花，三四年够了。等你长大后一定找个好人家嫁了，千万别找像你爸爸这样窝窝囊囊不中用的男人，爸在那边会为你祝福，为你祈祷的。

小丽，爸最后再求你一件事情，就是在爸的祭日和每年清明节的时候，希望你能在爸的坟头上多烧点纸钱，别让爸到了阴间还是个穷光蛋。

永别了，我的好女儿，多保重！

爸爸　程向前

程向前把两份遗书写好后，如释重负。他拿出钥匙打开柜子，把上级政府赔偿的一万块钱和平日省吃俭用积攒下的五百块钱从柜子里拿出来，数好后分成两份用废报纸包好分别放到遗书的上面，又回到了他睡觉的房间。看着熟睡着妻子和女儿，他差一点哽咽地哭出声来，急忙用手捂着嘴退了回来。

这一夜，对程向前来说，真是太漫长了，太难熬了。他坐在儿子程小冬生前睡觉的炕沿上，翻看着儿子上学时用过的课本，烟一支接着一支地抽，并不时看上几眼儿子的遗像，瞅着挂在墙上的那条平日上山砍柴时用的绳子和屋子的横梁，百感交集，心如刀绞。他最不放心的就是患病的妻子和未成年的女儿，不知道自己走后她们的日子将怎样过下去，为此，他一度想放弃自杀，但又觉得今后的生活苦海无边，于是又心灰意冷，这个念头很快就消失了。

程向前就这样在儿子生前住过房间里度过了一个痛苦的夜晚。也不知过了多久，他听到了隔壁的弟弟程向进家的鸡叫了。他知道天很快就亮了。这时，他从炕上下来，找出了那套只有他平日外出时才舍得穿一穿的半旧西装穿在身上，又从墙上拿下了那条砍柴时用的绳子，打了个死结扔到房子的横梁上，准备用上吊自杀的方式结束自己的一生。

一切准备完毕，程向前又回到自己睡觉的房间，看了妻子和女儿最后一眼，并为她们盖了盖被子。然后再次回到儿子生前住过的房间，轻轻地站到凳子上，把脖子套在打了死结的绳子里，嘴里自言自语地说道："秀兰、小丽，我对不起你们，我先走一步了。小冬，爸爸知道你一个人在那边寂寞，你等等，爸爸过去跟你做伴。"

程向前自言自语说完这番话，泪水又情不自禁地涌了出来。他用手把泪水擦掉，长长地叹了一口气，把眼一闭，凳子一踢，朝死神走去。

# 四十五

晨曦慢慢撩开了夜幕，启明星渐渐隐去，东方泛出了鱼肚似的白色，大地开始从沉睡中醒来。

此时的罗家村，村民们还都沉浸在梦乡之中，谁也不会想到程向前会自杀，谁也不曾想到，这个刚刚被倒塌教室夺去了一个生命的家庭又会雪上加霜，再次发生新的悲剧。

然而，也许是父女心灵上的传递，也许是苍天有眼，程向前命不该绝。就在他即将踏上黄泉路的时候，他踢倒凳子的声音惊醒了正在熟睡的女儿程小丽。她睁开惺忪的睡眼翻过身来，发现父亲睡觉的地方是空的。她感到诧异，急忙爬起来披上衣服穿上鞋子，想看一下父亲起得这么早在干什么。她看到弟弟生前睡觉的房间的门紧闭着，可里边的灯却亮着，便推开门走了进去。当她走进房间的时候，顿时被眼前的情景惊呆了。只见父亲的脖子套在房梁上，脸上堆满了痛苦，身体直挺挺地悬挂在半空中。

“爸爸，你这是怎么了？”程小丽哭喊着扑上去抱住她父亲的腿，试图把他举上去。可由于她个子太矮，力气太小，抱着举了几次都没有成功。她只好又哭着跑回自己的房间，喊醒了正在熟睡的母亲。

“妈妈，妈妈，你快醒醒，我爸爸上吊了，快起来救我爸爸，妈妈，妈妈，你快起来救我爸爸呀。”

丁秀兰倒是被女儿喊醒了，可由于她精神失常，根本就不理会眼前究竟发生了什么事情。嘴里还一个劲儿地嘟嘟噜噜埋怨女儿说道：“你这死妮子，深更半夜的不好好睡觉，瞎咋呼啥呀？”

程小丽见叫醒母亲无济于事，又急忙哭着跑到院子的墙头上，大声哭喊道：

“叔叔、婶婶，我爸爸上吊了，你们快起来救他呀！叔叔、婶婶，我爸爸上吊了，你们快来救救他呀——”

这哭救声撕心裂肺，令人震惊，令人悲伤，令人难过。正在睡梦中的程向进和妻子项翠平听到呼救声急忙爬起来，穿上衣服跑了过来。住在程向前家前边的项天发听到喊声也跑了过来。几个人先把桌子和凳子摞在一起，然后有抱腿的，有爬到凳子上割绳子的。经过一阵紧张的抢救，程向前终于被救了下来。可是由于他在梁上吊的时间过长，已经停止了呼吸。女儿见状扑到父亲的身上号啕大哭起来，并不时摇动着父亲的身子悲切地哭喊道：“爸爸，你快醒醒，你快醒醒。爸爸，你不能死啊，你死了我和妈妈怎么办呀？”

程向进忙让妻子项翠平把程小丽拉开，他和项天发为程向前做人工呼吸，程向进用自己的嘴对着程向前的嘴不断地吸气呼气。经过一阵紧张的人工呼吸，程向前终于喷出了一口痰，开始有了呼吸，心脏也开始跳动。

在场的人见程向前又重新活了过来，都长长地嘘了一口气，紧张的脸上也露出了欣慰的笑容。大家忙把他抬到炕上，为他盖上被子。这时，程向前慢慢睁开了眼睛，漠然地看着围在他身边的人。

女儿程小丽见父亲程向前醒了，破涕而笑，用袖子擦了擦脸上的泪水，紧紧抓住他的手说道：“爸爸，你醒了，刚才可把我们吓坏了。”

程向前并没有接女儿的话茬，只是抓着她的手，叹了口气，望着项天发和程向进等人，抱怨说道：“你们不应该救我，让我死了多好，啥烦恼也没了。”

程向进一听程向前这番话，气不打一处来，气愤地斥责他说道：“哥，你真是个混蛋，是个懦夫，要不因为你是我哥，我非揍你一顿不可，你想过没有？如果你就这样走了，咱妈怎么办？嫂子和小丽怎么办？这个家怎么办？她们还能经得起这个打击吗？还能活下去吗？”

项天发则安慰程向前说道：“向前哥，我们知道自从小冬走了之后你心里难受，我嫂子又得了这种病，这些日子，你的压力太大，负担太重。可困难再多、压力再大也不应该走这条路啊。你就是不为自己想，也应该为老人想想，为孩子想想，为这个家想想。想开点，别再干这种傻事了，有什么困难和问题，我们大伙会帮助你的。”

项翠平也在一旁劝慰说道：“是啊，大哥，向进和天发说得对，你好糊涂啊，你就这样一拍屁股走了，你倒是省心了，可这个家就全毁了。你这样做对得起谁啊？俺知道自从小冬出事后的这些日子，你又当爹又当娘，觉得没有奔头，可日子再难咱也得过呀。你不为别人想，总要为孩子想想吧，小丽才是一个十几岁的孩子，俺嫂子又疯疯癫癫的，你让她们娘俩以后的日子怎么过？再说了，俺嫂子这个病是因为受了刺激才得的，把她送到县精神病院去，兴许能治好。如果俺嫂子的病治好了，这艰难的日子会慢慢好起来的。在俺嫂子有病这段日子，家里有什么活你让小丽喊我一声，我会来帮着干的。”

听了项天发和项翠平的劝慰，程向前沉默了。他躺在那里，眼睛微闭着，一个劲地叹气。过了一阵子，他才慢慢睁开眼睛，有气无力地说道：“你们都先回去吧，我累了，想休息一会儿，静一静。”说完，又闭上了眼睛。

程向进见程向前已经脱离了危险，便对项天发说道：“谢谢你，天发，我哥已经没事了，你回去休息吧。”说完，他又转过身来对妻子项翠平说道，“翠平，你也先回去吧，回去告诉咱妈，让她放心，刚才小丽喊咱们的时候，估计咱妈肯定听到了，她一定很焦急，只是有病起不了炕，要不然早就跑过来了。我在这里再陪咱哥一会儿。”

项天发和项翠平都先各自回了家。程向进在程向前的身旁守了一会儿，见他已经睡着了才离去。

这时，天已经亮了，沉睡的大地又在“喔、喔”的鸡叫声中醒来。项翠平为程向前一家做好了早饭送了过来，程向前却一口也没吃。

“哥，你就吃点吧，不吃饭怎么行啊？这样身体会饿坏的。”项翠平劝慰程向前说道。

“她婶子，谢谢你，我不饿，你们吃吧。”程向前有气无力地回绝道。

一直守在程向前身旁的女儿程小丽见父亲不肯吃东西急了，哀求说道：“爸，俺婶子说得对，不吃东西会饿坏身子的，你要是有个三长两短，我和俺妈就活不下去了。我求求你，就吃一点吧。”说完，硬是把两个剥了壳的鸡蛋塞到了程向前的嘴里。

一家人看到程向前肯吃东西了，都高兴地笑了。

程向前上吊自杀的消息不胫而走，很快就在村里传开了。一些平日跟程家关系不错的街坊邻居都来看望他、安慰他。胡春光跟梁鑫闻讯后也跑过来探望他。

胡春光见程向前盖着被子蒙头躺在炕上，连个招呼也没打，就把盖在他身上的被子给掀掉了，然后气愤地嘲讽他说道：“老程啊，看不出来你这么个大老实人还会自杀，真是长本事了。你给我说清楚，你为什么要这么做？我们真没有想到你程向前会是这样一个不负责任的男人，遇到一点挫折，碰到一点困难，就打退堂鼓不想活了。我真替你害羞，为你难过。你简直把我们罗家村男人的脸给丢尽了。像你这样的男人，我们就不应该同情你，关心你！”

程向前被胡春光劈头盖脸地一顿嘲讽和斥责，搞得一头雾水。他不明白胡春光为什么会发如此大的脾气,也不知道该如何回答是好。他嗫嚅而沮丧地说道：“春光，你骂得好，我承认我不是一个合格的男人，可你也别站着说话不腰痛，事没摊到你头上，当然就不会有这种感受。不过，你也不用猫哭耗子假慈悲，我的事用不着你操心，你们走吧。”

梁鑫见程向前误解了胡春光，忙站出来打圆场说道：“向前哥，你误会我春光哥了。别怪他批评你、数落你，他这也是为你好。你确实不应该这么做，有困难咱们可以想办法解决嘛，咋能走这条路。其实，最同情、最关心你的人就是我春光哥。有件事你还不知道，本来打算等把事情全办完了再告诉你，想不到你这么没责任心，竟会寻短见，所以，只好现在就告诉你了。我先给你两样东西看看，看完后你就会明白的。”

梁鑫说完，从随身的提兜里拿出了一个装得鼓鼓的档案袋和几张写满字的信纸，递到了程向前的手里。

程向前迷惑不解地从梁鑫手里接过这两样东西。他先打开那几张信纸看了起来，只见上面写着：胡春光一百，梁鑫一百，项天发五十，罗世贵五十，程二茂二十，马玉芳十，胡大禄五……他又打开了那个档案袋，只见里边装的全是钱，看完后，他问梁鑫说道：“你给我看这两样东西是啥意思？”

梁鑫笑着说道：“看不懂了吧？那好，我就把实情告诉你。档案袋里装的那些钱，全都是乡亲们捐给你的，信纸上写的那些名字和数字，那是捐钱人的姓名和所捐的钱数。你别认为你们家遭了不幸大伙都在看热闹，其实大伙都很关心你，同情你，尤其是我春光哥，你真应该好好谢谢他，这个主意就是他出的。在我秀兰嫂子因为小冬遭难而造成精神失常之后，我春光哥就找我们几个人商量，如何帮助你筹点钱把我嫂子的病尽快治好。最后，我们想了一个办法，发动大伙进行募捐，由我跟春光哥、大禄、二茂、天发等几个人分头进行，并让我们不要把这件事告诉你，等凑足五千块钱时再告诉你。现在，已经募捐了三千九百六十块钱，还差一千多块钱，等我们募集完了再给你送过来。”

听了梁鑫的陈述，程向前有点不好意思了，他爬起来紧紧抓住胡春光的手感激地说道：“春光，真对不起，我误解你了，请原谅，别生我的气。我程向前虽然是一个没有本事的人，但却是一个知恩图报的人，我不会忘记你们对我的大恩大德的。”

胡春光笑了笑说道：“你误解我没啥，只要你能想明白就行。我们这么做就是希望你为了孩子，为了这个家庭，好好活下去，今后有什么困难，我们大伙还会帮助你的。”

程向前听后十分愧疚地说道：“好了春光，你不要再说了，我想明白了，不会再寻短见了，我一定好好活下去。赶明儿我就把你嫂子送到县城去治病。等她的病治好了，一定请你们到家里来做客。”

在场的人见程向前终于回心转意，放弃了自杀的念头，都开心地笑了。

# 四十六

人间自有真情在。丁秀兰在乡亲们的关心帮助下，被送进了县精神病医院治疗，她的女儿程小丽又重新返回了学校。

茂丘县的精神病医院坐落在县城东南角的山坡上。这里依山傍水，风景幽雅，山上森林茂密，松涛阵阵，曲径通幽；山下车水马龙，人声鼎沸，流水潺潺。一条横穿县城的河流从医院的门前缓缓流过。宽阔的医院大院并没有多少建筑，只有两座五层的楼房，一座是门诊楼，一座是住院楼，与其说是医院，倒不如说是一个修身养性的好地方，这大概是为了给那些精神病患者提供一个调整心态的好环境吧。

来这里就诊的精神病患者还真不少，一座五层的住院大楼人满为患，床无虚位。丁秀兰被安排在住院楼三层一间患者病情相对较轻的病房里，这间病房包括丁秀兰在内一共住了六个精神病患者，全部都是女性。一个青年女子，是因为失恋受了打击而导致精神分裂的，她整日里不说也不闹，总是一个人木呆呆地坐在那里看一张青年男子的照片；一个三十多岁的女子，是因为自己做生意的丈夫发了财另有新欢，把她甩了而患上精神分裂症的；有两个四十多岁的中年妇女，其中一个是因为跟邻居闹矛盾输了官司受到刺激，她总是喋喋不休地骂那些办案人员收受贿赂，办案不公损害了她们家的利益，另一个是因为房屋拆迁纠纷屡屡上访被误当成精神病强行关进来的。另外，还有一个六十多岁的老太太，是因为儿子、儿媳不孝顺被气疯的。一位年轻的护士始终守在病房里照顾她们，为她们打针喂药，整理床铺，打扫卫生。

来这里就诊的虽然都是精神病患者，但由于他们的病因不同，所表现出来的症状也是千姿百态，五花八门，有悲伤型的、兴奋型的，还有抑郁型的、狂躁型的。有的大喊大叫，有的又哭又闹，有的放喉高歌，有的甚至光着身子到处裸奔。医院里对那些病情严重的患者，都有专门的医护人员负责照顾和护理，而对那些狂躁型或有自杀倾向的病患者，怕他们出危险，就把他们绑在床上。

丁秀兰被送进医院之后，倒是很听医护人员的话，不哭不闹，可就是不愿待在病房里。护士一不注意，她就会悄悄溜出病房，背着儿子程小冬生前上学时用的那个书包，一个楼层一个楼层地跑，一间病房一间病房地找，逢人便问："你们看到我的儿子没有？他不见了，让老师把他给藏起来了。""小冬啊，别跟妈妈捉迷藏了，快出来跟妈妈回家吧，妈妈想你啊。"

这里的病人一日三餐都是由医院统一供给，顿顿不是米饭，就是馒头，天天有肉吃，这比丁秀兰在家里吃得好多了。她每次到餐厅打饭，餐厅的工作人员给她打上饭后，她却总是站在那里不肯离去，举着饭盒让餐厅的工作人员多给她盛一些。餐厅工作人员没好气地问道："你要那么多能吃得了吗？"

"咋吃不了，俺们是两个人吃，这点饭哪够吃的？"丁秀兰嘟嘟囔囔地说道。

"你明明是一个人，哪来的两个人吃啊？"餐厅工作人员不解地问道。

"还有俺儿子小冬呢，他上学去了。"丁秀兰显得理直气壮地解释道。

那个餐厅工作人员已经听说了丁秀兰的情况，知道她是因为自己的儿子在教室倒塌中被砸死受到刺激而患上精神分裂症的，对她十分同情，不忍心伤害她，便安慰她说道："好了，我知道了，你先拿回去吃吧，等你儿子放学回来再过来给他打饭。"

丁秀兰见餐厅工作人员不肯多给她盛饭菜，只好悻悻离去。回到病房里，她就呆呆地坐在那里，一口也不吃，值班的护士问她为啥不吃饭，丁秀兰非常认真地说道："俺要等俺儿子小冬回来一起吃，要是俺把饭都吃光了，儿子回来吃啥呀？"

值班护士见丁秀兰不肯吃饭，便吓唬她说道："丁秀兰，你要是不吃，我就把你的饭菜送给别人吃，这医院跟你在家里可不一样，饭菜不能到处乱放，吃过后剩下的饭菜都要收回去。"

丁秀兰听护士这么一说，不再等儿子回来再吃了，便端起饭菜大口大口地吃了起来。

晚上睡觉的时候，丁秀兰总是不脱衣服，枕着自己的胳膊和衣而睡，把枕头放在身旁，枕头上还放着儿子上学时用过的书包。值班护士见状不解地问道："丁秀兰，你怎么睡觉不脱衣服，不枕枕头啊？"

丁秀兰显得很神秘地告诉值班护士："俺要等着儿子回来了再睡觉，这枕头是给儿子留的。"

多么神圣而伟大的母爱呀！值班护士听后一阵心酸，但为了能使丁秀兰好好休息，她还是吓唬她说道："丁秀兰，我告诉你，这病房里有个规矩，睡觉必须把外边的衣服脱掉，这枕头如果放着不用，就要收回去。"

丁秀兰信以为真，只好乖乖地把外边的衣服脱了，枕着枕头睡觉了。值班护士见病人都躺下休息了，熄灯时间到了，便把病房里的灯关了准备离去。这时，丁秀兰又急忙坐起来大声嚷道："护士，你不能关灯。要是你把灯关了，俺儿子回来就找不到家了。"

值班护士只好又把灯打开走进来安慰她说道："丁秀兰，你就放心睡觉吧，我在外边守着，如果你儿子回来，我会告诉你的。"

丁秀兰这才又放心地躺下了。

星期天，丈夫程向前和女儿程小丽到医院来看望她。刚一见面，丁秀兰就冲程向前嚷嚷开了："我说孩他爸，你不去找咱们的儿子，跑到这来干啥？"说完，又训斥女儿程小丽说道，"你这个死妮子，这几天跑到哪儿去了？也不来帮妈找你弟弟。"

"妈，我跟爸爸来看看你，你好些了吗？"女儿程小丽亲切地抓着她的手问道。

丁秀兰一把把程小丽推开，生气地说道："好个屁，找不到你的弟弟，妈心里能好受吗？快跟你爸爸回去找你弟弟，找不到你弟弟就别回来见我。"

就这样，程向前和女儿程小丽没跟丁秀兰说几句话，就被她撵出了医院。

经过一段时间的治疗，丁秀兰的病情得到了控制，情绪也好了许多。可就是始终舍不得放下儿子上学时用的那个书包，白天背在身上，晚上睡觉时就放在枕头旁边。护士见她总是守着那个书包，怕她思念儿子影响治疗，便趁她不注意偷偷地给她把书包藏了起来。丁秀兰找不到儿子的书包就急了，不吃也不喝，冲护士大吵大闹说道："护士，这屋里有小偷，俺儿子小冬的书包不见了，谁把俺儿子的书包偷去了？快还给俺，没有书包，俺就再也找不到儿子了。"

"我说丁秀兰，你别诬赖好人了，你那个书包又不值钱，就装着几本小学生上学用的课本，谁稀罕，没有人会偷，是不是你背着出去找儿子丢在什么地方了？"那个护士跟她开玩笑说道。

"俺没诬赖好人，俺出去找儿子一直把书包背在身上，咋会丢呢，肯定是被人偷走了。"丁秀兰不满地反驳那个护士说道。

“找不到就算了吧，等我给你买个新的，你还是快吃饭吧。”那个护士安慰她说道。

“俺不要新的，再好俺也不要。俺就要俺儿子的那个书包，那是他爸爸进城给他买的，找不到书包俺就不吃饭。”丁秀兰坚持说道。

“丁秀兰，我能理解你的心情，可人死不能复生。我跟你说过多少遍了，你的儿子已经不在了，他被倒塌的教室砸死了，不可能再回来了，你就节哀吧。”那个护士劝导她说道。

丁秀兰一听护士说她的儿子死了就急了，怒不可遏地斥责说道：“你胡扯，俺儿子明明活得好好的，晌午还在家里吃饭哪，咋能说他死了呢？看你这姑娘人长得倒是挺漂亮，没想到心这么狠，盼着俺儿子死，咋不盼着你家的人死哪？”

那个护士见丁秀兰歪曲了她的意思，真是哭笑不得。但她能够理解一个当母亲的失去儿子的痛苦，所以没有生气，也没有指责她、抱怨她，而是继续安慰她，抚慰她那颗受伤的心，开导她说道：“丁秀兰，我能够理解你失去儿子的痛苦，可你的儿子确实不在了，你必须面对这个现实，必须从这个阴影中走出来。你就不要再执迷不悟了，快把饭吃了吧，你这样不吃不喝怎么行，会把身子饿坏的。你好好想想，你儿子不在了，可你家里还有老人，有丈夫，有女儿，他们还盼着你早点把病治好了回家呢。还有那些关心你、帮助过你的乡亲们，也都盼着你早点回家去。你天天这个样子，啥时才能把病治好啊。”

护士的话像针一样扎在丁秀兰的心上，又像一股暖流涌遍了她的全身。她终于慢慢清醒过来，接受了这个残酷的现实，不再绝食，不再背着那个书包到处去找儿子。在医生和护士的精心治疗和细心照顾下，她的病情逐渐好转，情绪也慢慢稳定了下来。

# 四十七

虽然龙潭乡今年雨量特别大，一些低洼处甚至出现了不同程度的涝灾，但由于这里地处山区，怕旱不怕涝，加之乡党委和乡政府采取了一些积极的措施，因而对全乡的农业生产影响不大，粮食仍然获得了好收成，那些缺少粮食吃的村民们也基本上摆脱了闹粮荒的困境。

秋收结束了,最令乡干部们头痛和闹心的“三提五统”征收工作又要开始了。去年，为了确保全乡各村“三提五统”征收任务的顺利完成，乡里专门成立了领导小组，组长由乡长许茂才担任，副组长由乡党委副书记齐为民和副乡长杜志高担任，并成立了由乡派出所、司法所、农科所和信访办等部门联合组成的五十多人的“清欠三提五统小分队”，其成员一部分是乡里各部门的干部，另一部分是从全乡各村临时抽调的。清欠小分队由清欠领导小组统一指挥，其主要任务是如果哪个村在收缴提留过程中出现欠缴、不缴或抗缴的村民，由他们进村负责配合村两委会强制收缴。在清欠小分队拿（拿粮食和贵重物品）、牵（牵牛、羊等牲畜）、扒（扒房子）、抓（抓人）的强大压制下，全乡的“三提五统”的征收任务完成得非常顺利。当然，由于乡里定的收取提留标准过高，造成了不少村子民不聊生，怨声载道，甚至出现了一些村的村民因负担过重而屡屡上访。

今年，乡党委和乡政府在征收“三提五统”的问题上着实犯了难：一方面是乡里的财政困难，不仅办公经费紧张，而且乡里的干部和中小学教师们已经有好几个月没有领到足额的工资了，急需用从各村收来的提留作补充；另一方面是全乡经济落后，老百姓不富裕，提留的收取标准只要定得稍稍高一点，群众就承受不了，就会少缴或抗缴，甚至到处去上访告状。

秋收秋种刚刚降下帷幕，乡里就忙着召开党委扩大会议。在会上，几个主要决策者围绕着如何确定收取“三提五统”的标准和要不要成立“清欠三提五统”小分队等问题，展开了激烈的争论。

“咱们乡里的财政确实很困难，可老百姓更穷，我看今年征收提留一定要严格按照党中央、国务院规定的标准执行，千万不要超过村民当年收入的百分之五这个标准，对全乡各村村民的收入情况也要实事求是，不能为了多收提留而虚报浮夸。另外，为了确保征收工作的顺利开展，领导小组还是要成立的，仍由许茂才乡长担任领导小组组长，齐为民同志和杜志高同志担任副组长，领导小组的成员分别由派出所、司法所、民政所、农科所和信访办等几个相关部门的负责同志组成。至于咱们去年成立的清欠‘三提五统’小分队，虽然在清欠工作中发挥了很大的作用，但也带来了很多负面影响，老百姓很反感，我看今年就不要成立了，在收缴过程中有什么问题，由领导小组处理就行了。”乡党委书记欧阳山首先谈了自己的意见。

“我赞同欧阳书记的意见，我们应该认真贯彻落实党中央、国务院和上级的指示精神，切实减轻农民的负担。我在罗家村蹲点的这些日子里，亲眼目睹了老百姓的日子过得是多么艰难。所以，我们在征收提留时，既要考虑到乡财政的实际困难，也要考虑老百姓的承受能力，不能不顾老百姓的死活，杀鸡取卵。关于是否成立清欠小分队的问题，我个人认为还是不成立为好，正像欧阳书记所说的，老百姓对咱们的清欠小分队特别反感，有人甚至把清欠小分队比做过去的还乡团，咱们这么做，直接影响了党群关系和干群关系。我认为老百姓不是不通情达理，只要我们把收缴提留的标准定得合理，把道理向他们讲清楚，就是没有清欠小分队，他们也会主动把该缴的提留缴上来的。”副乡长姜涵深有体会地抢先发言道。

乡长许茂才本来就不赞同欧阳山提出的撤销清欠小分队的意见，听姜涵这么一说，他更生气了，立即站出来反驳说道：“姜涵，你真是飞机上挂暖瓶——高水平，实在令人佩服。照你这么说，好像就你是一个救苦救难、普度众生的观世音菩萨，而我们这些人都成了置百姓于苦难之中的恶魔了？我看你这是站着说话不腰疼，不当家不知柴米贵。既然你有这么大的本事，不用清欠小分队就可以把提留收缴上来，那这个清欠领导小组组长就由你来当好啦。”

姜涵知道许茂才这是对他的发言不满。他虽然对许茂才的有些做法看不惯，但他知道自己的身份，并无意与他抗衡，没想到自己的发言惹怒了许茂才，忙解释说道："许乡长，你别误会，别生气，我不是这个意思，我是在想咱们能不能找出一个既能把该收的提留收上来，又不伤害百姓感情的两全其美的办法来。"

"我是个粗人，没有文化，脑子笨，想不出这样的好办法来。姜副乡长，你是个知识分子，脑袋聪明，点子多，那就请你把这个两全其美的办法告诉我们吧，我洗耳恭听。如果成功了，我建议欧阳书记给你记功嘉奖。"许茂才连讽带刺地挖苦姜涵说道。

欧阳山见许茂才弄得姜涵下不来台，忙打圆场说道："许乡长，咱们这是在开会讨论问题，大家有什么意见和想法都可以谈，姜涵只不过是谈了自己的想法，并没有什么不妥。你有啥意见，可以发表嘛。"

许茂才听欧阳山这么一说，也没客气，接过话题说道："好，欧阳书记，既然你让我说，我就说两句，说说我的想法。我不完全赞同你的意见。你到基层工作时间不长，又不管财务，对乡里的财政状况还不完全了解。你也知道，咱们乡没有什么工副业生产项目，也没有什么其他经济来源，每年的财政收入就是两大块，一块是县财政拨给咱们的财政经费，另一块就是要靠收缴提留来解决。而县财政每年拨给咱们的那一点点经费，可以说是杯水车薪，根本解决不了问题，如果提留再收不上来，咱们这么多吃财政饭的乡干部，还有那么多中小学老师，吃啥，喝啥，工资咋办？我认为，适当降低提留的收取标准是可以的，但清欠小分队万万不能撤，必须保留。否则，我们无法完成征收提留的任务。我在基层工作二十多年的经验告诉我们，对付那些农民，仅仅靠党的政策，靠做思想工作还不够，还必须采取一些强硬的措施。"

"是啊，欧阳书记，许乡长说得对，我们也不是不体谅老百姓的苦衷，可咱们乡也实在是太穷了，也没有什么企业，原来办的几个厂子都垮了，这些年咱们的乡财政主要就是靠收提留过日子。咱们这些乡干部本来工资就不高，已经有两个月没发工资了，听说有不少民办教师因领不到工资都辞职不干了，直接影响到了学校的教学质量。这样下去，你让大伙怎么生活，怎么工作？所以，我认为，不管采取什么措施，必须把征收提留的任务完成。"乡党委副书记齐为民也附和道。

齐为民的话引起了与会者的共鸣，其他几个人也都跟着起哄，诉起苦来。

"是啊，咱们这些乡镇干部也实在是太可怜了，辛辛苦苦工作一年挣不了几个钱，还兑不了现。"

"唉，咱们这些乡镇干部也就是名声好听罢了，要讲收入连城里一个摆地摊的个体户都不如，听说城里那些摆地摊、缝皮鞋的个体户，一年都能挣好几万哪。"

"唉，苦点、累点、穷点都没啥，只要人们能理解咱们这些乡镇干部就行了。可尽管咱们一年到头抛家舍业、没黑没白地干，社会上还有人诬蔑说什么，'乡镇干部是土皇帝'、'天天当新郎，村村都有丈母娘'，听了这些话，真是令人气愤。"

……

主持会议的欧阳山听了几个人的发言，深深感受到基层工作难做。他没有指责和批评那几个发牢骚的人，而是满含内疚而又非常严肃地说道：

> "同志们，大伙的心情我能理解，咱们乡目前面临的困难我也知道，我来龙潭乡工作已经两年了，出现这样的局面，我这个乡党委书记是有责任的。现在，全国有很多经济发展比较快的乡镇都已经取消了'三提五统'的征收，农民根本就没有啥负担，有的甚至还用工业反哺农业。而在我们龙潭乡，老百姓本来就不富裕，我们还要靠收取他们的提留来维持乡里的财政，靠农民来养活我们。我们这些当干部的真是有愧于党对我们的培养，有愧于人民对我们的信任和期望。我们应该精诚团结，解放思想，与时俱进，尽快把咱们乡的经济搞上去，努力减轻农民的负担。当然了，今年'三提五统'还是要收的，至于要不要成立清欠小分队，刚才那只是我个人的意见，还是由咱们的领导小组组长许乡长来定吧。"

会议讨论了半天，也没有争论出个结果来。尽管欧阳山并不赞成成立清欠"三提五统"小分队，但在许茂才和齐为民等人的坚持下，清欠小分队还是成立了。

龙潭乡的清欠"三提五统"小分队成立之后，在乡长许茂才等领导小组成员的指挥下，每天都像幽灵似的出现在全乡的各个村庄。小分队走到哪里，就会把哪里闹得鸡犬不宁，哪里的百姓就会骚动和不安。

# 四十八

在罗家村，今年“三提五统”的征收工作更是举步维艰。由于去年村两委会违反党中央、国务院及上级的有关规定，随意抬高收缴提留的标准，加重了村民的负担，给村民们造成的创伤还没有愈合，由此而引发的村民们屡屡上访所反映的问题至今还没有解决，加之村两委会与村民之间的矛盾冲突愈演愈烈，任凭村党支部书记程大孟和村主任罗方钊轮番在大喇叭里扯着喉咙喊破了嗓子，甚至还有乡里驻村工作组督阵，却是收效甚微，响应者寥寥无几。近一个月过去了，按村两委会制定的标准足额上缴提留的农户还不到百分之二十。乡里对罗家村征收提留的工作极为不满，乡长许茂才曾多次带领清欠领导小组的相关人员到村里巡视检查，也无济于事，最后一次他扔下话，如果罗家村在半月之内不能把提留全部收缴上来，将跟去年一样，组织清欠“三提五统”小分队到村里进行强制清缴，完不成任务决不收兵，清欠小分队在清缴过程中的一切费用由村两委会承担。

这下子可真是愁坏了村支书程大孟和村主任罗方钊。无奈，他们只好再次通过村里的大喇叭进行动员：

罗家村的父老乡亲们，下面我代表村两委会就咱们罗家村前段时间缴纳提留的情况和乡里领导的要求向大家通报一下。

从乡里布置征收“三提五统”到现在已经快一个月了，别的村进展都比较顺利，可咱们村“三提五统”的收缴工作却进展缓慢，全村二百六十多户应缴纳提留的村民中，只有几十户把应该缴纳的提留缴了上来，而绝大多数的农户却没有缴，乡领导对咱们上缴提留的情况很不满意。许茂才乡长前两天到咱们村检查提留收缴情况时撂下话，如果再完不成收缴提留任务，就把乡里的清欠小分队拉过来。

当然，在这些没有缴纳提留的村民中，原因是多方面的。有的是因为家中确有困难，一时凑不起钱来；有的是在等待观望，相互攀比，你不缴我也不缴；还有的可能是因为去年收得提留高了点，有意见，故意抗缴。你不管是啥理由，不缴纳提留是不对的。我们现在所说的“三提五统”，实际上就是过去所说的皇粮国税，这在老辈就有，是每个村民应尽的义务，不是说你愿意缴就缴，不愿意缴就不缴。况且，乡里今年已经考虑到了咱们村的实际困难，定的提留标准并不高。希望村民们能够认清形势，顾全大局，尽快把该缴的提留缴上来。我在这里求大伙了。

程大孟讲完后，罗方钊又对着话筒喊了起来：

同志们，刚才大孟书记把缴纳提留的重要性和咱们村前段时间缴纳提留的情况跟大伙讲了，同时传达了许乡长的意见。大孟书记所讲的不是他个人的意见，这是经村两委会集体研究决定的。希望各家各户按照大孟书记所说的，赶快把提留缴上来。否则，一切后果自负。许乡长已经说了，马上要带乡里的清欠小分队到咱们村里来。我把丑话说在前头，清欠小分队牵了你们的牛羊，扒了你们的房子，抓了你们的人，到时可别怪村两委会没跟你们打招呼，别骂娘，别再到处去上访告状。

为了能够完成提留的征收任务，程大孟和罗方钊真可谓是绞尽了脑汁，挖空了心思，软硬兼施，什么办法都想了，可就是没有多大效果。乡长许茂才嘴里喊着要带小分队进村清缴，却始终不见踪影，只是不时地让乡派出所的民警开着警车，鸣着警笛到村里转上一圈就回去了。因为他知道，罗家村去年因征收提留造成村民屡屡上访，在省里都挂了号，怕今年再带小分队进村清缴提留偷鸡不成反蚀一把米，丢了乌纱帽。因此，他把这个难剃的头留给了乡里驻罗家村工作组的副乡长姜涵和村两委会。

没有办法，程大孟和罗方钊只好再次召开村两委会扩大会议，通报情况，研究对策。

这次村两委会扩大会议，除村两委会的全部成员和各生产组组长参加外，还让刚刚被任命为罗家村小学校长不久的罗方辉也列席了会议。罗方辉见让他列席村两委会会议，真是受宠若惊，可当他听说会议是研究征收提留的问题时，迷惑不解地问主持会议的程大孟说道：

“程书记，你们研究征收提留的事，让我这个当老师的来干啥？这件事与学校有啥关系？再说，我们家的提留不是已经缴了吗？”

还没等程大孟回答，罗方钊便接过话茬说道：“让你来参加会议自然有你来参加的道理，没事找你来干啥？你就坐在那里好好听吧，到底让你来干啥，一会儿你就知道了。”

这罗方辉在罗方钊面前向来是唯命是从。听罗方钊这么一说，尽管他不知道程大孟和罗方钊闷葫芦里卖的是什么药，究竟为啥要让他来列席这个会议，也没有再问下去，而是找了一个空位子坐下来听候指令。

主持会议的程大孟也没绕圈子，而是开门见山，直奔主题说道：

同志们，我们今天晚上召开这个村两委会扩大会议，议题只有一个，就是收缴提留的问题，研究一下如何完成乡里交给我们村收缴提留的任务。

大伙都知道，从乡里开始布置收缴提留到现在已经一个多月了，咱们村收缴提留的情况很不乐观。全村两百多户才只有几十户完成了缴纳提留的任务，绝大多数农户没有缴，乡里的领导很不满意。再这样拖下去，今年收缴提留的任务就很难完成。如果提留收不上来，不仅乡里的任务完不成，村里的各项公益事业无法开展，我们这些当干部的工资也都没有着落，那我们辛辛苦苦一年就算白干了。所以，我们必须多动动脑子，多想想办法，千方百计把收缴提留的任务完成。下一步，我们这些当干部的要实行分工包干，责任到人。每个村两委会成员负责一个生产组，各生产组组长要积极配合村两委会成员做好提留的收缴工作。今天，我们把方辉老师请来列席这个村两委会会议，主要目的就是想让学校也配合一下。从现在起，凡是那些还没有缴纳提留家庭的孩子，先不让他们上学，啥时缴了提留，啥时再让他们返校。

罗方辉一听就急了，反对道："程书记，这可不行。这样做不是剥夺了学生上学的权利吗？这要是上级怪罪下来，谁敢承担这个责任？"

"我不同意这么做，收不上提留来咱们可以另想办法，不能牵连那些无辜的学生，任何人都无权剥夺孩子们受教育的权利。"姜涵也反对道。

"姜乡长，这收提留是乡里布置的，我们村两委会也是给乡里完成任务。你是乡里的领导，有啥好办法就告诉我们吧，我们洗耳恭听。"罗方钊不满地反问姜涵说道。

姜涵瞪了一眼罗方钊，没有再说话。程大孟见状忙解释道："是啊，姜乡长，我们也不愿意这么做，这不是因为提留收不上来被逼得没有办法吗。再说了，不让那些没有缴纳提留家庭的孩子上学，也只是暂时的，只要他们的家长把提留缴上来，他们就可以继续上学。"

"程书记，你们想过没有，如果不让那些没有缴纳提留家庭的孩子上学，学校就要停课。学校不经上级批准随随便便停课，这是不允许的。要是真的把课停了，上级知道了，我这个当校长的就是不被撤职，也要受处分。"罗方辉忧虑地说道。

"我说方辉啊，你才当了几天校长就卖起关子来了。这你不用担心，就是乡里知道了也没什么大不了的。乡教委也要听乡党委和乡政府的。实话告诉你吧，这个意见不仅是村两委会的意思，也是许乡长的意思。许乡长已经说了，如果你们学校不配合，就停发教师的工资。你就按照程书记的意见办吧，上面怪罪下来，由村两委会顶着。"罗方钊带着命令的口气对罗方辉说道。

罗方辉一听说是许乡长的意见，沉默不语了。他心里非常清楚，许茂才不仅是乡里的领导，而且也有恩于自己，他这个小学校长就是许茂才帮忙才当上的，许茂才的话，他不能不听。况且，如果不按照村两委会和许乡长的意见办，乡里就要停发他们的工资。虽然他们这些当小学民办教师的工资少得可怜，可那是他们养家糊口的救命钱，一旦没了工资，他们将如何生活？这时，罗方辉才明白为啥要让他这个当校长的来列席村两委会会议了。他犹豫半天，权衡利弊，最终还是答应了村两委会的要求。

从此，罗家村清缴提留的烈火又燃烧到了学校，烧到了那些无辜的孩子们身上。一个个没有缴纳提留家庭的学生被赶回了家，一间间充满朗朗读书声的教室再次变得空荡荡，刚刚恢复正常教学秩序不久的罗家村小学又处于半停课状态。

# 四十九

罗家村村两委会这一招还真是够损的，也果然奏效。那些有孩子在学校读书的村民，见自家的孩子因没缴纳提留被赶回了家，心疼孩子，怕他们耽误学业，不得不设法筹钱把提留缴上，让自家的孩子尽快返回学校。村两委会则每天都派人到学校的各个班组通报学生家长缴纳提留的情况，只要发现有没缴纳提留家庭的学生在教室里上课，便会立即让老师把他们赶回家去。虽然老师们很不情愿这么做，但迫于村两委会和乡里的压力，他们也不得不服从。然而，村两委会的这一招对那些没有孩子在罗家村小学读书的家庭来说，就不灵了。

完不成提留的征收任务，不仅村两委会焦急，乡里驻村工作组组长、副乡长姜涵也很焦急。因为他曾在乡里召开的征收“三提五统”动员大会上，极力反对过乡长许茂才提出的成立清欠“三提五统”小分队。许茂才似乎有意跟他过不去，看他的笑话，带领清欠小分队几乎走遍了全乡所有的村庄，就是不到罗家村来。看来，乡里已经把这个包袱甩给了他。

姜涵是一个分管科技工作的副乡长，对研究农业科技知识轻车熟路，搞起政治来却不怎么在行。虽然他看不惯乡里在征收“三提五统”过程中那种对百姓们野蛮的做法，更不忍心看到那些因缴纳不上提留的村民被牵走耕牛、扒了房子的事情发生，但他也没有更好的办法。他知道罗家村比其他村庄更为复杂。由于村两委会与一些村民之间的矛盾冲突日趋激烈，别说是村民本来就经济困难，就是那些有钱的村民也抗着不缴，要想完成提留的征收任务谈何容易？可完不成收缴提留的任务，就无法向乡里交待。当然，他也知道，仅仅依靠村两委会，就是把浑身解数都使出来，也无法完成提留征收任务的。

这时，姜涵想到了村党支部副书记胡春光。他觉得胡春光尽管是一个副职，但他为人正派，人缘好，在村民中很有威望，也很有号召力。他想请胡春光出面帮忙，说服那些有能力而没有缴纳提留的村民能尽快把提留缴上来。

这天晚上，姜涵没有回乡里去。吃过晚饭后，他就和秦科明、何云飞三人来到胡春光的家。对姜涵等三人的突然到访，胡春光并不感到吃惊。因为他们自从来到罗家村之后，也曾到胡春光家里来过几次，从他这里了解一些村里的情况。可这一次，当姜涵说明来意之后，却立即遭到了胡春光的拒绝：

“姜乡长，不是我胡春光不给你面子，这个忙我不能帮，你们还是去找程大孟书记和罗方钊主任吧，罗家村的情况你们也知道，都是他们俩说了算，我这个当副书记的，只不过是聋子的耳朵——摆设。啥事轮到我说话了？”

“春光，我们到你们村蹲点已经好几个月了，对你们村的情况，我们也有了大概的了解。我知道你看不惯他们俩的那一套，对他们俩有意见。说实话，他们俩在工作方法上确实有些问题，家长作风比较严重，我行我素，缺乏民主。不光你有意见，其他村两委会成员和不少村民都有意见，所以才造成了这种干群关系紧张的局面。我们三个今天来，不是程大孟和罗方钊的意思，他们也不知道我们来找你。我知道你是个富有正义感的人，在村民中很有威信和影响力。所以，想请你出面帮助我们做做那些有能力缴纳提留而抗着不缴的村民的工作，尽快把提留缴上来。如果罗家村完不成提留的上缴任务，我这个当副乡长的没法向欧阳书记和许茂才乡长交差。”

“姜乡长，谢谢你对我胡春光的理解和信任，可这个忙真的不能帮，不是我不给你面子，我是不想参与村两委会的事。程大孟和罗方钊这些当村干部的真是太让人失望了，只管自家门前雪，不管他人瓦上霜，你说老百姓能没有意见吗？只要这些人在台上，罗家村就永远好不了。”胡春光仍推辞道。

“春光，你说的这些我们清楚，也了解你的为人，理解你的难处。我刚才不是已经说了吗，我们不是受程大孟和罗方钊之托来找你的，也不是代表乡党委和乡政府来的，而是代表乡里驻罗家村工作组来的。”姜涵解释道。

“是啊，春光哥，你就帮帮我们吧，乡里已经把罗家村上缴提留的任务交给姜乡长了，欧阳书记和许茂才乡长已经说了，如果今年罗家村上缴提留的任务完不成，就追究姜乡长的责任，并扣发我们三个人的工资。”秦科明也在一旁恳求胡春光说道。

胡春光见姜涵作为一个副乡长如此诚恳地求助自己，又听说如完不成任务三人将被扣发工资，觉得再推辞有点说不过去。他犹豫了一会儿便答应道：“好吧，姜乡长，既然你们这么信任我，这么看得起我，我就试试吧。不过，我丑话说在前面，我说话也不一定管用，老百姓未必就能听，你们也别期望值太高，成功了你们别高兴，不成功也别骂我。”

姜涵见胡春光答应了他们的要求，深为感动。他紧紧握着胡春光的手说道：“春光，瞧你说的，你肯帮这个忙我们就感激不尽了，怎么会骂你哪。不管成功与否，我们都会感谢你的。”

为了能够尽快完成提留的征收任务，姜涵又来到村两委会办公室，亲自披挂上阵，通过村里的大喇叭，对村民进行宣传发动：

> 罗家村的村民同志们，我是乡里驻村工作组的姜涵。趁大家晚上都在家的时候，我想就收缴提留的问题跟大家说几句话。
>
> 今年乡里布置征收提留工作到现在已经一个多月了，咱们乡别的村庄提留的征收工作进展得都比较顺利，大都基本完成了任务，唯独咱们村由于种种原因，进展得比较缓慢。虽然村两委会在前段时间也采取了一些措施，收到了一定的效果，但至今还有不少村民没有缴纳提留。
>
> 这缴纳提留，是国家规定的每个村民应尽的义务，不是说你愿意缴就缴，不愿意缴就不缴。什么是提留，不用我说大家也知道，就是我们所说的“三提五统”，所谓“三提”，就是公积金、公益金和管理费，所谓“五统”，就是教育附加费、民兵训练费、计划生育管理费、优抚统筹费和乡村道路建设费。我们所收的这些提留，一部分要交到乡里，一部分留村里用。大家想想看，如果我们每个村民都不缴纳提留，乡里的工作怎么开展？你们村里的事业怎么发展？
>
> 我知道你们村经济落后，大家都不富裕，但乡里今年制定的提留标准是严格按照国家规定的标准进行的，也知道你们当中有些人是因为对去年征收提留的标准过高有意见，有些人则是因为对村两委会有意见，所以抗着不缴。不管你有啥理由，不缴纳提留是不对的。我希望每个村民都能以大局为重，以全村人的利益为重，尽快把提留缴上来。

胡春光自从姜涵跟他谈话之后，也开始忙着帮助张罗征收提留的事。他把罗世贵、项天发、程友生和程二茂等几个好朋友请到家里，转达了姜涵的意思，谈了自己的意见，希望他们理解和支持乡驻村工作组的工作，带头缴纳提留，并帮助说服那些抗缴提留的村民，尽快把所欠缴的提留缴上。

那些因对村两委会有意见而抗缴提留的村民，在胡春光等人的说服动员下，除个别困难户外，大都把提留缴了上来。至此，这场长达近两个月之久的征收提留大战，经过多方努力，终于画上了一个句号。

# 五十

再说罗家村村两委会对梁鑫和罗小惠重新作出了留村察看的决定之后，梁鑫并没有回到罗家村，而是留在梁家村继续开办他的电器维修部。由于他开办的电器维修部维修质量好，服务热情，价格便宜，很受百姓的欢迎，客户越来越多，生意越做越兴旺。每天前来维修部找他修理电器的人宾客盈门，络绎不绝。不仅梁家村的村民找他来修理电器，就连周围一些村庄的村民也都慕名而来。维修项目也从原来的只修理电视机、录音机、收音机等家用电器，扩大到摩托车、拖拉机和农用三轮车等农机具的维修。梁鑫整日泡在维修部里，经常通宵达旦，忙得焦头烂额。妻子罗小惠也几乎天天跑过来帮忙。尽管如此，还是忙不过来。没有办法，他只好招兵买马，扩大队伍，从邻村招聘了一个名叫李来旺曾学过农机具维修技术的青年当自己的助手。

这样一来，又带来了新的矛盾。梁鑫所开办的电器维修部，由于维修项目和客户的不断增加，原来租赁的那两间维修铺已经无法满足他们的需求。为了增加客户，扩大维修规模，进一步把电器维修部做大做强，他跟妻子罗小惠商量，准备在罗家村再租赁几间房子，开办一个新的电器维修部。可令他万万没有想到的是，当他把这个想法告诉了父亲梁旺达和母亲柳春秀之后，却遭到了父亲梁旺达的强烈反对，一家人为此而爆发了一场口舌大战。

“你这个维修部在咱村干得好好的，干吗又要跑到罗家村去开维修部？”梁旺达怒气冲冲地质问梁鑫说道。

“爸，我们并不是要关闭现在这个维修部，而是想到罗家村去再开一个新的维修部。”梁鑫解释道。

“一个维修部就够你们忙活的了，开那么多维修部干什么，你能照顾过来吗？”

“爸，你也看到了，由于咱这个维修部修理的电器质量好，价格公道，很受大伙的欢迎，加之咱们又增设了新的维修项目，到咱们铺子里修理电器和农机具的人越来越多，咱原来租的那两间房子根本就不够用的。”

“房子不够用的可以再租嘛，咱村好房子没有，闲着不用的破房子多着呢，为啥非要跑到罗家村去租房子？”

“爸，咱们村的闲房子是不少，可咱也不能在一个村开两个维修部呀。这样做，既不方便管理，也不会增加什么效益。”

“你嫌原来的房子小，咱们可以把它退掉再去租大房子嘛。”

“爸，我们想到罗家村再开一个新的维修部，不光是为了解决房子小的问题，还有一个重要原因就是想增加客户，开辟市场。这样做不仅可以方便大伙，还能增加收入。”

“你这个想法倒很好。你非要到别的村去开维修部我也不反对，但就是不允许你到罗家村去开维修部。”

“为啥？”

“为啥你还不清楚吗？难道罗家村把你们治得还不够吗？这俗话说得好，好马不吃回头草。他们把你们的村籍都开除了，你现在又要跑回去开什么维修部，这不是让罗家村的人笑话你没出息吗？孩子，做人要有骨气，咱宁可冻死、饿死，就是逃荒要饭也不到罗家村去。”

“爸，你说的这个理我懂。罗家村是把我和小惠开除了村籍，可那是少数村干部干的，与老百姓无关。再说，我只是想在那里开维修部，又不是要回去，他们笑话我啥？这人没有跟钱过不去的，哪里能挣到钱就到哪里去。我们之所以想在罗家村开维修部，就是考虑到罗家村在咱们乡是个大村子，人口多，需要修理电器的人自然就多。”

“你想得倒是挺好，可如果你到罗家村再开一个维修部，咱村这个维修部咋办？你一个人能忙得过来吗？”

“可以让李来旺在这边，我两边跑，如果人手不够的话，咱们还可以再招聘嘛，只要肯花钱，还怕找不到干活的人吗？我跟小惠合计过，如果咱们的维修部真的干好了，将来有了钱，还可建厂房，成立公司。到那时，你跟俺妈就不用天天到地里干活去了，可以帮我们管理管理公司，咱们也就不用再住这破草房子了。”

梁鑫把他跟罗小惠商量的近期目标和远景规划都告诉了父亲梁旺达和母亲柳春秀。母亲柳春秀听了心里格外高兴，她为有这么一个争气的儿子而感到自豪。梁旺达听后也有些心动，坐在那里不再说话，一个劲儿地抽烟，可就是不表态。这时，坐在旁边一直没有说话的罗小惠见梁旺达如此强烈地反对他们到罗家村开办维修部，早就猜出了梁旺达老人的心事，主要是担心他们两人在罗家村开了维修部之后，再回罗家村去。于是，她忙站出来帮着梁鑫解释道：

"爸，梁鑫说得对，他到罗家村开维修部，主要是为了开辟新的市场，又不是要搬回去住。可你让他到别的村去开维修部，人生地不熟的，连个吃的、住的地方都没有，生活不方便，工作不一定好开展。而在罗家村开维修部就不一样了，这村里的人都了解他。梁鑫过去曾在村里开过电器维修部，有不少村民找他修过电器，都相信他，容易打开局面。再说了，罗家村咱们还有个家，有我爸我妈在，梁鑫过去干活的时候，也有个吃饭休息的地方。我知道您老人家为啥不同意梁鑫到罗家村去开维修部，一方面是为我们俩好，另一方面您也是担心，怕我们俩离开您们，离开这个家。您老人家就放心吧，不管我和梁鑫走到哪里，都不会丢下您们两位老人不管。我们俩这么做，就是想多挣点钱，让您们两位老人过上好日子。"

其实，梁旺达之所以如此强烈地反对梁鑫到罗家村去开维修部，正如罗小惠猜测的那样，就是担心梁鑫一旦在罗家村开了维修部，儿媳罗小惠和他那可爱的小孙子梁罗明也都会跟着过去。刚刚回到他们身边的儿子又会离开他们。他始终认为到罗家村开维修部不是梁鑫的主意，很有可能是罗小惠吹的枕头风，想借机会再回到罗家村去。所以，听了罗小惠的话，他还是没有表态，而是显得很忧伤地说道：

"小惠，你说得没错，爸确实是有这种担心，不希望你们两口子再回到罗家村去。你看，自从你和梁鑫回来之后，咱这个家多热闹啊。要是你们带着孩子走了，这个家就会显得空荡荡的，爸跟你妈就是再有钱也不会感到幸福。"

罗小惠是一个孝顺的孩子，她非常理解梁旺达老人的心情，安慰他说道："爸，您跟俺妈就放心吧，我和梁鑫不会离开您们的，不管我们在哪儿，都会永远陪伴在您们身边的。"

梁鑫听后噗嗤笑了。他这才明白父亲为何不同意他到罗家村去开维修部，也安慰父亲说道："爸，您都想哪儿去了？我们只是想到罗家村去开一个维修部，可并没想要离开梁家村。您跟俺妈就放心吧，我们不管走到哪里，都不会扔下您们不管的。”

坐在一旁的母亲柳春秀见梁鑫和罗小惠唠唠叨叨说了半天，老伴梁旺达就是不表态急了，数落他说道：“你这个老倔头，就认死理，光想自己。我觉得孩子们干的是大事，是好事，是为咱们这个家好，你为啥不支持他们？”

梁旺达把烟袋锅子在自己的鞋底上磕了磕，板着面孔反唇相讥说道：“谁说我不支持了。”

“这么说你同意了？”柳春秀又追问道。

“看你凶巴巴的样子，简直就像一只母老虎，我要是再不同意，非把我吃了不可。”梁旺达半开玩笑说道。

一家人见梁旺达终于同意了在罗家村开设维修部，都开心地笑了。特别是梁鑫见父亲同意了他的计划，甭提有多高兴了。他马上跑到罗家村把这个消息告诉了自己的岳父母和胡春光、项天发、程二茂等几个好朋友，并请他们帮助寻租维修部。

# 五十二

梁鑫在罗家村新开办的电器维修部，在项天发、程二茂、罗大海和胡大禄等几个亲朋好友的支持和帮助下，很快就准备就绪了。铺面虽然不大，只有三间破茅草屋，但经过简单的装修粉刷之后，却也焕然一新。雪白的墙壁，色彩鲜艳的顶棚，刚刚油漆过的工作台和三屉桌，新购置的维修工具和维修设备，一切都显得那么充满生气。门上贴着一副对联，上联是“生意兴隆通四海”，下联是“财源茂盛达三江”。横批是“顾客至上”。门旁悬挂着“鑫鑫电器农机维修部”的牌匾。

梁鑫为了广造声势，扩大影响，开好这个维修部，真可谓是费尽了苦心。开业这一天，他不仅把乡里驻村工作组的姜涵、秦科明、何云飞，还有罗家村村两委会除罗方钊以外的所有成员都请到了，他在县城当印务公司经理的同学范光辉还为他请来了礼仪公司和县剧团，为他新开业的电器维修部演出助兴。

这天一大早，礼仪公司就在范光辉的带领下来到罗家村。礼仪公司一进村就下了车，分成三个方阵，第一个方阵是装扮靓丽、身穿旗袍的礼仪小姐，第二个方阵是锣鼓手和舞狮子的，第三个方阵是乐队。他们在领队的指挥下，敲锣打鼓，舞弄着狮子，吹奏着乐曲，围着村子转了一圈，才缓缓地来到了梁鑫开办的电器维修部门前。这场面够气派的，也真够热闹的，许多村民连见都没见过。不少村民怀着好奇的心围着看热闹，一路跟了过来，把个本来就不大的院落挤得满满的。

开业典礼在一片鞭炮和锣鼓声中开始了。村党支部副书记胡春光主持了开业典礼。他在主持词中说道：

各位父老乡亲，梁鑫在咱们村开办的“鑫鑫电器农机维修部”今天就要隆重开业了。我受梁鑫的委托，主持这个开业典礼。

出席今天这个开业典礼的有乡里驻咱们罗家村工作组的组长、副乡长姜涵，有乡干部秦科明、何云飞，有咱们村村党支部书记程大孟，村党支部委员、村委会副主任罗海生，村党支部委员、民兵连长胡天凯，村委会委员程友发，村委会委员、妇女主任韩玉霞，还有梁鑫的同学、天达印务公司经理范光辉同志。另外，还有梁鑫的家人及他的一些亲朋好友和部分村民。

下面，让我们以热烈的掌声欢迎乡里驻咱们村工作组组长、副乡长姜涵为梁鑫开办的“鑫鑫电器农机维修部”致辞。

胡春光说完这句话后，在场的人便爆发出了一阵热烈的掌声。掌声停下后，姜涵向前走了两步，亮开嗓门致起了贺词：

同志们，罗家村的父老乡亲们，我很高兴能应邀前来参加梁鑫同志开办的这个“鑫鑫电器农机维修部”的开业典礼。“鑫鑫电器农机维修部”的开办，不仅是梁鑫及其家人的一件大事，也是咱们罗家村村民的一件大事。这样一来，如果谁家的电器或农机具坏了，不用出村就可以得到及时的维修。

不用我说大家也知道，梁鑫本来就是咱们罗家村的村民，也是一个有理想、有开拓精神的青年。他过去到罗家村安家落户不久，就在村里开办过一个电器维修部。由于他开办的电器维修部维修质量好、收费低，很受大伙的欢迎。后来，他离开了罗家村，他所开办的电器维修部也就随之关门停业了。梁鑫回到梁家村后，又在梁家村开办了一个新的电器维修部，维修部办得很好，很受百姓的欢迎，不仅梁家村村民家中的电器坏了找他修理，就连周围村庄的村民也都跑过去找他修理，他的维修部生意越来越兴旺，原来的维修部已经远远不能满足顾客的需要。为了扩大维修规模，也是为了报答罗家村父老乡亲们对他的厚爱，今天，他又在罗家村开办了这个“鑫鑫电器农机维修部”。梁鑫这种勤劳致富、敢想敢干的创业精神，值得提倡，值得我们大伙学习。我们罗家村现在虽然还很穷，但只要大伙都能像梁鑫这样肯动脑筋，多寻找一些致富门路，就一定能富起来。

最后，我衷心地祝愿梁鑫开办的这个“鑫鑫电器农机维修部”越办越好，越办越兴旺！祝在场的各位阖家欢乐，安康幸福！

姜涵的致辞，再一次博得了在场村民的一阵热烈的掌声。他讲完后，胡春光又接着主持说道：

刚才姜涵副乡长对梁鑫开办的“鑫鑫电器农机维修部”发表了热情洋溢的致辞，对梁鑫的创业精神给予了充分肯定，也对他开办的这个“鑫鑫电器农机维修部”寄予了厚望。在这里，我们也衷心祝愿梁鑫开办的这个电器维修部能够越办越好。

梁鑫开办的这个“鑫鑫电器农机维修部”今天就要开业了。在这里，我还要告诉大家一个好消息，梁鑫和他的同学范光辉经理为了庆祝“鑫鑫电器农机维修部”的开业，也为了答谢罗家村的父老乡亲们对他的支持和厚爱，还把咱们县的剧团给请来了，剧团将从今天下午开始演出，在咱们村演出两个下午两个晚上，到时请大家都到村两委会的大院里去观看演出。

下面请姜涵副乡长、程大孟书记和范光辉经理为“鑫鑫电器农机维修部”开业剪彩。

胡春光宣读完后，四个手捧着用绸布扎成花的礼仪小姐风度翩翩地走到了前面，姜涵、程大孟和范光辉各自手拿着剪刀为“鑫鑫电器农机维修部”剪了彩。

这时，礼仪公司的演职人员又敲起了锣鼓，奏起了音乐，舞起了狮子。梁鑫开办的“鑫鑫电器农机维修部”在一阵鞭炮和音乐声中正式开业了。

一石激起千层浪。梁鑫重返罗家村开办“鑫鑫电器农机维修部”，就像一个平静的港湾突然掀起汹涌的波涛，成了村民们饭后茶余议论的中心话题。有人为他鸣不平，说罗家村村两委会对他的处理是不公平的，有人说他有经济头脑、会挣钱，也有人说他这么做是报复罗方钊的。不管人们怎么议论，有一点可以肯定，梁鑫这两天可真是够风光的，真可谓是扬眉吐气，几乎成了这块土地上的主角，成了村民崇拜和仰慕的偶像。特别是范光辉为他请来的礼仪公司和县剧团，真是给他争了光，长了脸，也让村民们大开了眼界。因为多年来就没有什么剧团到村里来演出过。梁鑫打心眼里感激他这位同学，满含感激之情地说道：

“光辉，我梁鑫开这么一个小小的维修部，你又请礼仪公司又请剧团的，这要花多少钱啊！”

“花多少钱你不用担心，一切费用都包在我身上。剧团在村里演出期间，你只要把他们的生活安排好，把秩序维持好就行了。”范光辉显得很大方地说道。

“可我梁鑫现在穷得叮当响，没有钱还你啊。”梁鑫不无忧虑地说道。

“谁让你还了？我们俩在学校时不是说过吗，苟富贵，勿相忘。我现在经济条件好，帮帮你还不应该吗？你梁鑫将来发了财别把我给忘了就行。”范光辉十分爽快地回答道。

“滴水之恩当涌泉相报，老同学这么大的恩德，我哪里敢忘？只是我这个面朝黄土背朝天的农民，恐怕一辈子也发不了财，一辈子也赶不上你这个大老板，看来你是想让我欠你一辈子情了？”梁鑫有些沮丧地说道。

“我说梁鑫，你不用自卑，咱们同学谁不知道你梁鑫在学校是个高材生，外号叫‘小发明’，上学时就土法上马，还搞出了发电机、电风扇和电铃，要不是你家里穷，早就进名牌大学了。就凭你这脑袋瓜子，一定会富起来的。”范光辉鼓励他说道。

“谢谢老同学的夸奖和鼓励。不过有一点我不明白，我就搞这么一个小小的维修部开业典礼，你用得着这么破费吗？用得着把礼仪公司和县剧团都请来吗？”梁鑫有些不解地问道。

“这你就不懂了吧，这就叫做广告效应。你听说过‘千金市骨’的故事吗？说的是古代有一位君主派人用千金去买一匹千里马，三年后才寻到，可惜这匹马已经死了。这人便用五百两黄金买下了这副马骨回去。君主震怒说道：我要的是活马，你买回这马骨有何用？这人侃侃而言说道：买回这马骨，就是要让天下的人都知道君主喜爱千里马的迫切心情，到时自然有千里马献上门来。果然不到一年，君主先后得到了三匹千里马。咱们把礼仪公司和县剧团请来，目的就是要大造声势，不仅让罗家村的老百姓知道你梁鑫开了个电器农机维修部，就连周围村庄的老百姓也都会知道你梁鑫开了个电器农机维修部。他们家里只要有家用电器或农机具坏了，就会跑来找你修理，客户多了，你不就可以挣钱了吗？”范光辉显得很得意地说道。

梁鑫听范光辉这么一说，茅塞顿开，似有所悟地说道：“是啊，光辉，你说得对，我咋就没想到这一点呢？”

“不是你没有想到，是你没搞过经济，自然就不懂市场营销规律。要搞经济，这广告宣传是必须的。”

“光辉，真是三日不见当刮目相看，咱们这才离开学校几年，你就懂这么多。难怪你能开公司，能当老板呢，真是佩服。这样吧，这请礼仪公司和剧团的费用，就算你入的股，等维修部挣了钱，你就跟着分红。”梁鑫很诚恳地说道。

“行了，梁鑫，你的好意我领了。你也别打肿脸充胖子了，就你这么个小维修部能挣几个钱？还是把挣的钱留着孝敬老人吧，留着继续发展吧。我刚才不是已经说了吗，等你将来真的发了财，别把我这个老同学给忘了就行。”范光辉谢绝道。

听了范光辉的这番话，梁鑫感激得不知再说什么好。他用手使劲拍了一下范光辉的肩头说道：“好吧，老同学，你的深情厚意我心领了。我一定把这个维修部办好，不会让你失望的，你就听好消息吧。”

范光辉也用一只手使劲儿地拍着梁鑫的肩头说道：“我就说嘛，你梁鑫不会让我失望的。”说完后，两人紧紧拥抱在一起。

# 五十二

这两天，罗家村真是够热闹的，就像过大年一样。县剧团的到来，给村民们带来了激情，带来了欢乐。这样的场面，这样的阵势，演员们那精湛的表演，大多数村民连见都不曾见过。全村人都沉浸在观看剧团演出的欢乐和幸福之中，不少村民还把自家周围村庄的亲戚朋友都邀请到村里来看戏。那些顽皮的爱看热闹的孩子们更是乐此不疲，流连忘返。有的甚至为了能在看戏时抢占个好的位置，一大早连饭都顾不得吃就跑来占位子。一个能容纳上千人的村两委会大院，场场爆满，挤得水泄不通。

然而，这两天对村主任罗方钊来说可就难过了。他怎么也不会想到梁鑫会突然跑到罗家村来开维修部，更不会想到他能把县剧团请到村里来演出。当他听说梁鑫在维修部的开业典礼上，把乡里驻村工作组的干部和村两委会的全体成员都请到了，唯独没有请他时，肺都快要气炸了，心里就像吃了只苍蝇一样难受。他已经感觉到梁鑫是在向他示威，向他挑战，给他难堪。他在心中暗暗骂道："好你个梁鑫，这一招够毒的，够狠的。你不用得意，就等着瞧吧，你一辈子就甭想再回罗家村了。"

罗方钊虽然也很喜欢看戏，但他知道这剧团是梁鑫请来的，又不好意思跑出来看，怕村民们见了嘲笑他，只好像缩头乌龟一样躲在家里喝闷酒，连门都不出。女儿罗婷婷和儿子罗大伟提出来要去看戏，罗方钊把脸一沉吼道："看什么戏？有啥好看的，都给我老老实实待在家里，谁也不许去看。"

两个孩子见罗方钊穷凶极恶的样子，知道他心里不痛快，吓得大气不敢出一声。妻子杨瑞芬见状不满地问道："咱村多少年没有剧团来演戏了，好容易来了唱戏的，你为啥不让孩子们去看？"

“不为啥，我说不能去就是不能去。”罗方钊反对说道。

“婷婷，不用听你爸的，你和你弟弟愿意看就去吧。”杨瑞芬根本不理会罗方钊的话，对两个孩子说道。

“我说不能去就是不能去，谁要是去看戏我就把他的腿敲断。”罗方钊摆出一副神圣不可侵犯的样子吼道。

杨瑞芬见罗方钊对两个孩子说话如此尖刻绝情被激怒了。她非常生气地反驳说：“你凶什么凶，孩子想去看看戏有什么错？别在外边受了气就回家来拿俺们娘仨出气，有本事你出去朝别人凶去。”

罗方钊见杨瑞芬生气了，态度缓和了许多，辩解道：“我并没说孩子去看戏有错，可你们也不想想，这剧团是谁请来的，是梁鑫那个搅屎棍子请来的，咱们为啥要去给他捧场。”

“哟，你真是猪鼻子插大葱装象，还真把自己当成个大人物了。你以为没有咱们去看戏人家就会冷了场子？别自作多情了，听说梁鑫的维修部今儿上午开业把姜涵乡长和村干部都请去了，就是没请你这个村主任，不是照样搞得轰轰烈烈吗？我看大概是因为人家没有请你参加开业典礼脸上挂不住了吧？”杨瑞芬连讽带刺地挖苦罗方钊说道。

杨瑞芬的这番话正好戳到了罗方钊的痛处。他像一只斗败了的公鸡，坐在那里不说话了。女儿罗婷婷见他不像刚才那么凶了，便又怯生生地哀求说道：“爸，县剧团好不容易到咱村来一趟，你就让我们去看看吧。”

罗方钊是一个煮烂身子煮不烂嘴的人，虽然他心里也觉得这么做不近情理，对不住自己的孩子，但嘴上还是板着面孔说道：“不管你们咋说，谁也不许去。”

杨瑞芬知道罗方钊的脾气，就是再求他也没用，他也不会同意。她怕伤了两个孩子的心，便对两个孩子说道：“婷婷、大伟，既然你们俩想去看戏，妈陪你们去。你爸不愿看，就让他自己在家待着吧。”

杨瑞芬说完，也不管罗方钊是否同意，就带着两个孩子看戏去了。罗方钊自知理亏，又怕惹恼了杨瑞芬，没有敢再坚持，只好一个人躲在屋里生闷气。

罗方钊原本认为这县剧团虽然是梁鑫请来的，可他作为一村之长，有些事情诸如演员的吃饭住宿、演出舞台的布置和维持秩序等问题，没有他这个村主任出面是玩不转的，少不了要找他这个村主任拍板，找他这个村主任安排，这样还可以从中拿一把，给梁鑫出点难题，制造点麻烦，让他难堪。可令他没有想到的是，他在家里待了一天没有出门，也没有人来找他。他哪里知道，剧团演员的吃饭问题都是由梁鑫的老同学范光辉包了，他每天都派人从县城把购置好的鱼、肉、蛋、菜和米面运到村里来，然后再分发到跟梁鑫比较要好的几个村民家中，由这些村民负责演员们的食宿。舞台布置和维持演出秩序则由副乡长姜涵和村支书程大孟、民兵连长胡天凯等人帮助料理安排，人们似乎已经把他这个村主任给忘了。现在，罗方钊不仅恨梁鑫，也对副乡长姜涵和村支书程大孟有意见。

这天晚上，罗方钊气得几乎一夜没有合眼。第二天吃过早饭后，他就找到村会计程友发，从村两委会的仓库里拿了些花生和苹果等土特产，骑上摩托车跑到乡里找乡长许茂才告状去了。

许茂才对罗方钊的突然到来感到愕然。还没等他说话，便不解地问道：

“方钊，我听说不是县剧团在你们村里演戏吗？你这个戏迷不在村里看戏跑到乡里干什么？是不是村里出什么事了？该不是又有村民去上访了吧？”

“没有人去上访，我是来找你……”

还没等罗方钊再说下去，许茂才接着又说道：“你把我吓了一跳，我还以为你慌慌张张跑到乡里找我又有村民去上访了呢。好啊，你们村两委会能把县剧团请到村里演出，这个做法不错，值得提倡，一方面贯彻了县里提出的文化下乡的要求，另一方面丰富了村民的文化生活，促进了村里的精神文明建设。你们回去写个情况报到乡里，我跟欧阳书记说一下，给你们整个经验材料报到县里，让县里在全县范围内给你们推广一下。”

“许乡长，我看这经验材料就别写了吧，剧团不是我们村两委会请的。”罗方钊有点不好意思地说道。

“不是你们村两委会请的，那县剧团为啥要跑到你们村演出？”

“是梁鑫请的。”

“梁鑫不是在梁家村吗，他怎么会请县剧团到罗家村演出？”

“这个搅屎棍子又在罗家村开了个电器农机维修部，这县剧团听说是他在县里不知是在什么公司当经理的同学为庆祝他的维修部开业帮他请的。”

“我还以为是你们村两委会请的呢，看来梁鑫这小子真不能小看他，真够能折腾的。”

“谁说不是，自从这个搅屎棍子进了罗家村，村里就没安宁过。这回他回到罗家村更是嚣张得很，开个小小的维修部，又是请礼仪公司，又是请县剧团，根本就不把村两委会放在眼里，连个招呼都不打。我怀疑他这么做是在笼络人心，很可能有更大的阴谋。”

“他开个小小的维修部能有什么阴谋？”

“许乡长，你想想，他在梁家村已经开了个电器维修部了，为啥又突然要到罗家村开维修部？我怀疑他很有可能是以开维修部作掩护，在村里进行秘密串联，煽动和组织村民继续去上访。”

“你怎么这么说，有迹象吗？”

“现在还没有。”

“那你今天到乡里来找我有啥事？”

“我就是为这事来的。”

“这么点屁事也值得你大惊小怪地往乡里跑？”许茂才听了有点不高兴地说道。

罗方钊怕许茂才嘲笑他，没敢把梁鑫举行开业典礼时把乡里驻村工作组的干部和村两委会的其他成员都请到了，唯独没有请他的事情真相说出来，而是添枝加叶地说道：“许乡长，我听有村民反映，梁鑫最近这些日子经常往罗家村跑，跟胡春光、项天发、程友民、程二茂这些上访组织者在一起嘀嘀咕咕，他们这不是在密谋策划上访又是在干什么？姜涵副乡长也经常和他们在一起。我觉得姜涵副乡长这个人立场有问题。他作为乡里驻罗家村的工作组组长，不支持村两委会的工作，却跟梁鑫、项天发这些上访组织者打得火热。昨天上午，梁鑫的维修部开业，他不光把村两委会的人都叫去为梁鑫的维修部开业捧场，还亲自在开业典礼上讲话致辞，并帮着他们组织张罗剧团的演出。这不是明摆着是长梁鑫这些上访村民的志气，灭我们村两委会的威风吗？”

许茂才听后哈哈一笑说道：“我说方钊啊，你真像一只惊弓之鸟，草木皆兵，梁鑫开个小小的维修部就把你给吓破了胆，你该不会怀疑姜涵也参与了组织村民去上访吧？”

罗方钊听了许茂才的这番话，知道许茂才是在嘲笑自己，有点不好意思。但他不以为然，显得很神秘地说道：“许乡长，你别笑，我说的是真话，你可千万不能小瞧梁鑫这个搅屎棍子，鬼点子多着呢。还有那个姜涵副乡长，别看他表面上对你很顺从，其实他对你一肚子意见，经常在村里说你的坏话，散布对你的不满言论。”

“姜涵都说我什么坏话了？”

“他说你没文化，工作没魄力，办事不讲原则，还说你是我的保护伞，说罗家村出现今天这样的局面，都是你处理不当造成的。”

罗方钊这一招还真够奏效的。许茂才听后脸上的笑容顿时消失了，气得脸色发青，恨得咬牙切齿地说道：“这个姜涵也实在是太狂了，真是打肿脸充胖子不知天高地厚，改日我一定好好教训教训他。”

罗方钊又趁热打铁说道：“许乡长，我看你干脆把乡里驻俺们罗家村的工作组撤回来算了，他们在村里也起不了什么作用，就知道挑村两委会的毛病，搅得我们的工作没法开展。”

“这我说了可不算，这驻村工作组是欧阳书记提出来的，乡党委集体研究的。不过，抽时间我一定找姜涵好好谈谈，让他们好好配合你们村两委会的工作。”

“许乡长，你可千万别把我说姜涵副乡长的事告诉他，要是让他知道了肯定会报复我的。”罗方钊担心地说道。

许茂才没再问什么，显得很不耐烦地说道：“用不着你嘱咐我，不过你回去以后也要注意收敛一下自己，少给我惹麻烦。当然也要注意梁鑫和那些村民上访组织者的动向，如果发现他们有什么上访苗头，立即向我报告。”

“好的，许乡长，有情况我会及时向你报告的。”

许茂才没留罗方钊在乡里吃饭。罗方钊找许茂才告状讨了个没趣，但他狠狠地参了姜涵一本，达到了他报复姜涵的目的，就像一个胜利者又返回了罗家村。

# 五十三

梁鑫在罗家村开办电器农机维修部，范光辉为他请县剧团演出助兴，既丰富了村民的业余文化生活，也收到了显著的广告效应。维修部一开业，便受到了罗家村及周边村庄村民的青睐与欢迎，只要谁家的家用电器及农机具出了毛病，都纷纷跑过来找他维修，顾客越来越多，生意越做越兴旺，梁鑫聘请了两个维修工都忙不过来，又把在家闲着没事的胡大禄请来帮忙。

然而，就在梁鑫的维修部开得红红火火、一家人沉浸在幸福和欢乐之中时，令他意想不到的事情发生了。

这天早饭后，梁鑫像往常一样早早来到维修部，还没走到跟前，就见维修部门前围了很多人不知在看什么，还有一些村民站在旁边议论纷纷。

“这是哪个丧尽天良的人干的，也不怕遭报应。”

“唉，真是好人不得好报，人家开个维修部招谁惹谁了？干这种缺德的事。”

“梁鑫这孩子多好，为人厚道，待人热情，咋总有人跟他过不去？”

“谁说不是的，要不我说这倒插门女婿不好当，受人欺负。”

“我看这是有人看到人家开店眼红，是在故意捣乱，想把梁鑫赶出罗家村。”

……

听了村民的议论，梁鑫急忙拨开围观的人群，眼前的情景让他惊呆了。只见刚刚修缮好的维修部被搞得一塌糊涂，玻璃窗被砸得粉碎，大门和墙上抹得到处都是粪便；门前放了一个花圈，花圈中间摆放着一个用彩纸扎制的小纸人，小纸人的身上贴着一张纸条，纸条上写着：“梁鑫，从罗家村滚出去，再赖在罗家村不走，让你死无葬身之地！！！”

梁鑫呆呆地站在那里，望着眼前这令人不寒而栗的情景，眼里滚出了伤心的泪水。他感到愤恨，感到迷惘，不知道自己究竟做错了什么，不明白为什么总是有人跟他过不去。胡大禄则站在那里破口大骂：

“我 × 他个娘，这是哪个乌龟王八蛋干的？让我逮住了，非把他的手剁了，抽了他的筋，剥了他的皮不可。干这种下三滥的缺德事，算什么能耐，有本事你站出来，咱们真枪真刀地干一场。”

梁鑫的电器维修部遭袭的消息很快就在村里传开了。他的一些好朋友胡春光、项天发、程友民以及乡里驻村工作组的姜涵副乡长等都闻讯赶了过来。他们都对这个搞恶作剧的人卑鄙无耻的行为感到愤慨，也深为梁鑫受到的伤害而感到同情，纷纷安慰他，劝导他。

“梁鑫，这是谁干的？”副乡长姜涵十分关切地问道。

“不知道，昨天下午我们走的时候还好好的，今天早上我来开门时就成了这个样子。”梁鑫满脸愤恨的样子说道。

“维修铺里都丢失了啥东西？”姜涵又急切地问道。

“还不清楚，房门没有打开，门上的锁让粪便给糊死了，锁眼里也塞满了泥巴，不过从砸坏的窗子往里看，里面的东西好像没有被动过。”梁鑫沮丧地回答道。

“从现场情况看，我觉得这不像是盗窃，倒像是有人在故意搞破坏。”胡春光分析道。

“这些人也太猖狂了，咋能这么糟踏人？这不是明摆着骑在别人头上拉屎吗？”程友民愤愤地谴责道。

“这肯定又是罗方钊那个王八蛋指使人干的。”项天发十分肯定地说道。

“话可不能这么说，你们又没有证据，咋就能肯定是罗方钊指使人干的呢？”姜涵反对说道。

“不是他还会有谁？梁鑫在罗家村又没有什么仇人，谁会跟他过不去，干这种伤天害理的事情？”项天发坚持说道。

“那罗方钊为啥要这么做？”姜涵不解地问道。

“姜乡长，这不是明摆着吗，这说明梁鑫回罗家村开维修部触动了某些人的神经，他们是想用这种方法把梁鑫从罗家村赶走。”胡春光又补充说道。

“大伙别破坏了现场，我看咱们还是赶快派人到乡派出所报案吧，让派出所派人过来，把这个搞破坏的乌龟王八蛋抓起来。”胡大禄建议道。

……

胡春光、项天发、程友民等几个人你一言我一语议论个不停。姜涵听了几个人的议论，看了看现场，似乎悟出了其中的端倪。他没再问什么，而是安慰梁鑫说道：

“梁鑫，发生这样的事情，确实令人气愤。但从现场情况看，并没有造成多大的损失，就是到乡派出所报了案，他们也不一定会派人过来，即使派出所派人过来查出是谁干的，也治不了他的罪。我看你还是赶快安排人把现场清理了吧，该干啥干啥，别影响了生意。春光说得对，他们这是想赶你走。你一定要坚持下去，一定要把维修部开好，别被他们的恐吓吓倒。他们越是想赶你走，你就越不走，看他们还会使出什么卑鄙的手段来。”

姜涵说完就离开了，围观的人群也都陆陆续续散去了。胡春光、项天发和程友民等几个人留下帮助梁鑫清理现场，冲刷了粪便，梁鑫的岳父罗世龙本身就是个木匠，被砸坏的玻璃窗很快就修好了，维修部又恢复了正常的营业。为了防止别人再搞破坏，胡大禄干脆把铺盖搬了过来，晚上就睡在维修部里。

项天发猜得没错，这起袭扰事件就是罗方钊唆使他的亲侄子罗大江干的。罗方钊跟罗大江这叔侄二人不愧是一丘之貉。当罗方钊得知梁鑫要在罗家村开办电器农机维修部时，就开始坐立不安，担心起来。他真正所担心的并不是怕梁鑫回罗家村继续组织村民去上访，而是怕他抢了自己这个村主任的宝座。罗方钊心里非常清楚，梁鑫虽然是一个倒插门女婿，却是村主任最有力的竞争对手。在上一次村委会换届选举中，全村八百多名村民参加投票选举，他得了四百三十八票，梁鑫得了四百十一票，两人几乎平分秋色，他仅比梁鑫多了二十多票，以微弱优势获胜。如果再进行村主任选举，他肯定要败在梁鑫的手下。所以，他极力阻挠梁鑫回罗家村。先是以组织村民上访为由开除了他的村籍，将他赶出了罗家村。后来又迫于上面的压力将开除村籍改为留村察看，并明确规定，梁鑫在留村察看期间，不得参加村两委会换届时的选举，更不得担任村两委会成员。现在，离下一届村两委会换届选举只有一年多的时间了，梁鑫为什么在这个时候突然跑回罗家村开办维修部？为什么开个小小的维修部搞得场面这么大？罗方钊越想心里越气，越想越感到惶恐不安。当然，梁鑫并没有这个想法。

罗大江自然知道罗方钊的心思。梁鑫的维修部开业那天，他就一直躲在远处看热闹。当他看到梁鑫在开业典礼上把乡里驻村工作组的干部和村两委会成员都请到了，唯独没有请他的叔叔罗方钊时，报复心理油然而生。当天下午，他就到村里的小卖部里买了一些鞭炮，准备在剧团演出时往观众群里扔鞭炮，扰乱剧团的演出，但又怕鞭炮炸伤了人，没敢轻举妄动。当天晚上，他就跑到罗方钊家里，只见罗方钊一个人孤单单地坐在炕上喝闷酒。罗大江便与罗方钊一起喝起酒来。叔侄二人边喝酒，边密谋策划如何对梁鑫实施报复。

“二叔，你咋没去看戏啊？”

“不愿动弹，没兴趣。”

“你不是平日挺喜欢看戏的吗，咋县剧团来了不去看看？”

“这是梁鑫那个搅屎棍子请的剧团，再好我也不去看。”

“俺婶婶跟俺婷婷妹妹和大伟弟弟都到哪儿去了？”

“这些没骨气的东西，都看戏去了。”

“二叔，我不去看戏，在家陪你喝酒，以后你要是愿意看咱们到县剧院去看。”

“大江，你真是个孝顺的孩子，那你在家里陪叔喝酒吧。你要是愿意看戏，等过几天咱爷俩到县剧院看去。”

“好，二叔，我听你的。”

“这就对了，我们不能长别人的志气，灭自己的威风。来，咱爷俩干一杯。”

两人喝了一杯酒之后，罗大江接着又献殷勤说道：

“二叔，梁鑫这小子今天上午维修部开业，把乡里驻咱们村的干部和村两委会的成员都请去了，就是没有请你。这小子也实在是太目中无人，太嚣张了。这不是明着在全村村民面前晾你的台，出你的丑，给你难堪吗？”

“我真小看他了，这个搅屎棍子这一招好毒啊，他这是对我开除了他的村籍进行报复。他越是这样，我就越不让他回罗家村。”

“二叔，我看梁鑫这小子在这个时候跑回罗家村开维修部，恐怕不单单是为了挣几个钱，肯定还有别的目的。”

“啥目的？”罗方钊明知故问道。

“我觉得他是冲着你这个村主任的位子来的。你想想看，他在梁家村的维修部开得好好的，村两委会前些日子对他又作出了留村察看的决定，叫他回来他都不回来，为啥又突然跑到罗家村来开维修部？”

其实，不用罗大江说，老谋深算的罗方钊早就猜到了这一点。他又喝了一口酒，吃了一口菜，沉思了一会儿说道：“大江，你说得没错，他就是为了想当这个村主任而跑回来的。现在，离下一届村两委会换届选举还有一年多的时间，得想个办法把他从罗家村赶出去。”

“二叔，有啥办法？快告诉我，我立马就去做。”

“动动脑子想想呗，总不能就让他这样在村里兴风作浪。”

“要不咱也开个维修部，跟他对着干，把他的维修部挤垮。”罗大江献计说道。

“你有什么条件开维修部？既不懂技术，又不舍得出力，整天游手好闲的。要是你开维修部，非赔个底朝天不可。”

“那咋办？难道就这样看着梁鑫在村里嚣张下去吗？”

“我们可以想别的办法，比如说可以经常给他的维修部制造点麻烦，闹点小地震什么的，让他的维修部无法开下去，到那个时候，他自然就会走人。不过可千万别闹大了，把自己闹进公安局里去。”

对于罗方钊的这番话，罗大江心领神会。他眨巴着一双狡黠的眼睛说道：“二叔，我明白了，你就放心吧，用不了多久，我就会让他卷着铺盖灰溜溜地滚出罗家村。来，二叔，为了预祝计划成功，咱爷俩干一杯。”

罗方钊和罗大江同时举起了酒杯，一饮而尽。

就这样，罗方钊和罗大江叔侄俩经过密谋策划，制定出了对梁鑫实施报复的计划。于是，在一个夜深人静的晚上，罗大江把事先扎制好的花圈和纸人放到了梁鑫开办的维修部的门前，并在门上和墙上抹满了粪便。这样做，他还觉得不够解恨，又用石块把维修部的两个玻璃窗都砸得粉碎。

# 五十四

自从罗大江对梁鑫的维修部进行袭扰之后，胡大禄就住进了维修部，昼夜对维修部进行守护，使罗方钊袭扰维修部闹“小地震”的计划彻底破灭了，梁鑫非但没有被赶出罗家村，而且越来越受到了村民的欢迎与信赖，生意也越做越好。

然而，罗方钊和那些跟梁鑫过不去的人对他的刁难和报复并没有停止。这天上午，梁鑫正在和两个维修人员忙着为顾客修理电器和农机具时，有两个身着工商制服的人员突然闯进了维修部。一进门，其中一个年轻一点的工商人员就没好气地问道：

“这个维修部是谁开的？”

梁鑫忙放下手中的活，边让座边回答说道：“这个维修部是我开的，请问二位有何吩咐？”

“你叫啥名字？”那个年轻的工商人员又问道。

“我叫梁鑫。”梁鑫回答道。

“你开这个电器农机维修部有营业执照吗？”另一个年龄大的工商人员质问道。

“没有。”梁鑫继续回答道。

“没有营业执照你就随便开维修部，这是违法的。你懂吗？”那个年轻的工商人员指责道。

“我们只是在自己村里开维修部，为老百姓服务，帮助他们修理修理家里坏的电器和农机具什么的，这也要办营业执照吗？”梁鑫不解地问道。

“那也不行。你开维修部是不是经营？你给村民修理电器收不收费？只要是收费经营，就必须办理营业执照。除非你这个维修部是免费为大伙服务的。”那位年龄大的工商人员不耐烦地解释道。

“啥叫营业执照？为啥俺们在村里开个小小的维修部还要办营业执照？”胡大禄不解地插话问道。

“你是干啥的？不懂就一边歇着去，别在这里捣乱。”那位年轻的工商人员不满地训斥胡大禄说道。

“你年纪轻轻的说话咋这么冲，不懂就不许问问吗？”胡大禄也不满地反驳道。

“你不懂是吧，好，那我告诉你，这营业执照就是你们开办维修部的许可证，没有这个许可证，就不允许你们随便开维修部，这回你懂了吧？”那个年轻的工商人员没好气地对胡大禄说道。

梁鑫怕胡大禄再争辩下去惹恼了他们，带来更大的麻烦，忙笑着赔礼说道：“他不懂，请你们别生气，这维修部是我开的，二位今天来有啥事就跟我说吧。”

“看得出，你倒是个痛快的人。那我就实话告诉你，我们今天是来检查营业执照的。既然你的维修部没有营业执照，那就必须停业关门。”那个年龄大的工商人员带着命令的口气说道。

“请问二位是哪个部门的？”梁鑫这才想起刚才只顾答话了，连对方的身份还不清楚，显得非常恭敬地问道。

“我们是乡工商所的，这是我们的刘所长。”那个年轻的工商人员很得意地介绍道。

梁鑫知道来者不善，忙从抽屉里拿出了一盒平日来了客人才舍得抽的红塔山牌香烟，边递烟边赔笑说道：“刘所长，烟不好，请抽支烟坐下歇歇，有话好说。我们哪些地方做得不对，请领导指示，我们一定照办就是了。”

那个被称为刘所长的工商人员并没有去接梁鑫递给他的烟，而是自己从口袋里掏出了一包软中华，从里边抽出了一支点上，边抽边板着面孔非常严肃地说道：“梁鑫，我们的身份你已经清楚了，我们来的目的你也知道了，有人举报你在村里非法开办维修部，我们今天来就是要看看你开办的这个维修部是否合法。看来，你根本就没有办理营业执照，你这么做是属于违法的。既然违法了，那就要按国家法律办事，对你进行处罚。根据你的经营规模和维修范围决定对你罚款两千元，然后再考虑是否给你办理营业执照的事。”

梁鑫一听说要对他进行罚款，而且数额这么大就急了，忙解释说道：“刘所长，我们不知道在村里开维修部还要办理营业执照。需要什么手续，我们补办就是了。你这一张口就要罚我们两千块钱，我们一个小小的维修部辛辛苦苦忙活一天也挣不了几个钱，一下子从哪里拿出那么多钱啊？”

那个刘所长皮笑肉不笑地哼了一声说道：“你别在我面前哭穷了，连县剧团都能请得起，还拿不出两千块钱来？谁信哪。你就别在这里演戏、耍花招了，快把罚款交上吧。否则，我们将立即查封你的维修部。”

“刘所长，你误会了，那剧团不是我请的，是我同学帮我请的，演出费也是他替我拿的。我确实没有钱，能不能少罚点。”梁鑫恳求道。

“我们这是在执法，不是做买卖可以讨价还价。你无证经营按规定应该没收你的全部非法所得，罚两千块钱已经够照顾你的了，一分都不能少，快拿钱吧。”那个刘所长毫不留情面地回绝道。

“刘所长，我不是不想交，我真的没有那么多钱，你们就开开恩吧。”梁鑫再次恳求说道。

“那好，既然你没有钱交罚款，那我们就只好查封你的维修部了。”那个刘所长板着面孔说道。

梁鑫已经看出这两个工商人员并不是单纯来执法的，很可能是不知受了谁的唆使故意来找茬的。他窝了一肚子火不敢发，还是强忍着满脸堆笑苦苦哀求说道：“刘所长，你们千万不能封我们维修部的门，有好多农户的电器和农机具放在这里修理，你要是把我们的维修部封了，我们咋给他们修理啊。你看需要办啥手续，我们补办就是了。”

胡大禄也围过来帮着求情说道：“是啊，刘所长，梁鑫说得对，你们要是把俺们的维修部给查封了，老百姓放在这里要修理的电器和农机具咋办？求求你行行好，高抬贵手，别查封俺们的维修部好不好？”

那个刘所长根本就不听梁鑫和胡大禄的解释，仍然板着脸说道：“我们是来执法的，不是来听你们诉苦的。至于如何处理那些放在这里待修理的电器和农机具，那是你们的事。请你们都赶快离开，我们要查封维修部。”说完，他又转过脸去对那个年轻的工商人员说道，“小张，把咱们带的锁和封条拿出来，把维修部查封了。”

梁鑫见两个工商人员把锁和封条都带来了，知道他们这是铁了心要查封自己的维修部，就是再恳求也无济于事，只好对正在干活的两个维修人员说道：“李师傅、王师傅，工商人员要封咱们的门，你们先回家去吧，啥时干活我再去叫你们。”

胡大禄见两个工商人员真的要查封维修部急了，从地上拾起一把扳手，双脚跨在门槛上，用一双喷着烈焰的眼睛狠狠瞪着两个工商人员，愤愤地说道：“谁要是敢封维修部的门，我就跟他拼了。”

这时，一些围观的村民也七嘴八舌地起哄说道：

“人家开维修部又没犯法，凭啥封人家的门？”

“就是嘛，这当老百姓的不懂开个维修铺子还要办什么营业执照，缺啥手续让他们补办就是了，干么非要查封人家的维修部不可。”

“这肯定又是罗方钊那个王八蛋捣的鬼。他这是看到梁鑫回到罗家村心里不舒服，想把他赶出去。”

“什么检查营业执照，这有没有营业执照乡工商所还不清楚吗？这分明是看到人家开维修部挣了钱，想来敲几个钱花花。”

……

那个刘所长见胡大禄挡着不让封门，又见围观的村民起哄，更为生气，拿出一副自己的权力神圣不可侵犯的样子呵斥胡大禄说道：“快闪开，别在这里妨碍我们执行公务。如果你再敢阻拦，我们将告你妨碍执行公务罪，让公安局把你抓起来。”

胡大禄也不示弱，反唇相讥说道：“你别拿公安局吓唬我，我胆小。可我胡大禄还就是不吃这一套，你让公安局把我抓起来吧，正好我也想找个吃饭的地方，反正我胡大禄光棍一条，一人吃饱了全家不饿。”

那个年轻的工商人员见胡大禄不肯让开，也威胁说道：“好啊，如果你真想进公安局找饭吃，那我们就成全你，让你到公安局去蹲上几天。别以为你要横就治不了你。你到底让不让？不让我们真的报警了。”

梁鑫怕这样僵持下去把事情闹大，不好收场，便劝胡大禄说道：“大禄，快让开，让他们封吧。人家是执法部门，咱得罪不起。”

胡大禄听梁鑫这么一说，没再坚持下去，不情愿地走开了。

就这样，尽管梁鑫和胡大禄苦苦哀求，两个工商人员还是把梁鑫刚刚开办不久的电器农机维修部给查封了，并贴上了随身带来的封条。

# 五十五

梁鑫在罗家村开办的电器维修部被查封之后，便急忙去找乡里驻村工作组的副乡长姜涵，想请他出面帮助解决维修部被查封的问题。他在村里找了半天也没找到，后来一打听才知道，姜涵、秦科明和何云飞三人都到乡里开会去了。梁鑫忙又骑上摩托车马不停蹄地跑到了乡里，找到了正在乡里开会的姜涵，把自己的维修部被乡工商所查封的事情告诉了他。姜涵听后感到很震惊，也感到很气愤。他让梁鑫在自己办公室里等候，便去了工商所，想问问这究竟是怎么回事。

当姜涵来到工商所时，正巧那两个到罗家村查封梁鑫维修部的工商人员刚刚回到所里。所长刘爱民见姜涵来访忙迎上来打招呼说道：

“哟，姜乡长，今儿咋有空跑到我们工商所这个小庙里来了？真是稀客。”

“咋了，刘所长，不欢迎啊？”姜涵开玩笑说道。

“哪里，哪里，你这个大乡长，请还请不来呢，哪有不欢迎的道理，快请坐。”刘爱民非常热情而谦恭地说道。

姜涵坐下后，还没等刘爱民再说什么，便问道：“刘所长，你今天上午是不是带人到罗家村把梁鑫开办的维修部给查封了？”

“姜乡长，消息传得好快呀，我们刚刚回到所里，你咋就知道了？”刘爱民显得很惊讶地问道。

“刘所长，你先别问我是怎么知道的。我只是想过来问问，你们为啥要查封梁鑫开办的维修部？”姜涵不解地质问道。

“姜乡长，你应该明白，他没有办理营业执照就随便开维修部，这是不允许的。”刘爱民解释道。

“没有营业执照可以让他补办嘛，干吗非要查封不可？梁鑫开的这个维修部既方便了村里的老百姓，他自己也找到了一条致富的门路，你们应该支持才对，不应该动不动就罚款封门。”姜涵不满地批评道。

“姜乡长，你批评得对，我们今后一定注意。”刘爱民显出一副很诚恳的样子说道。

“刘所长，请你赶快派人把梁鑫维修部的封条揭了，需要办什么手续，我通知他到工商所来办理就是了。”姜涵说道。

刘爱民见姜涵让他派人去揭贴在梁鑫维修部门上的封条，沉默不语了。沉默了一会儿之后，他显得很为难的样子说道：“姜乡长，按说你是领导，我应该听你的，可这件事我实在是难以从命。”

“为什么？难道我姜涵的面子不够大？还要梁鑫跪着来求你？”姜涵不解地问道。

“姜乡长，说句心里话，我们也不愿意这么做，也知道老百姓开个维修部不容易。实话跟你说吧，这是许茂才乡长的意见。许乡长告诉我们，说有人举报梁鑫在罗家村开办了个电器农机维修部啥证件都没有，属于非法开办的黑铺子，让我们派人去把它查封取缔了，许乡长的话我们能不听吗？”刘爱民道出了事情的真相。

听刘爱民这么一说，姜涵这才意识到事情并不像他想的那么简单。他原本以为这件事很有可能是罗方钊在暗中搞的鬼，没想到这竟会是许茂才的主意。他不明白许茂才为啥要这么做，是跟梁鑫过不去？还是跟他过不去？当然，他并不知道许茂才跟梁鑫有过节，他觉得许茂才这么做完全是冲他来的，很有可能是因为他在工作中曾多次顶撞过许茂才，也可能是因为梁鑫的维修部开业时，是他致的辞，剪的彩，许茂才因此而不满，有意给他难堪。否则，许茂才为何有问题不找他谈而直接去找工商所？为何要选择他回乡里开会时派人去查封梁鑫的维修部？

其实，姜涵想错了，这件事确实是许茂才精心策划和安排的，但并不是冲他来的，而是冲着梁鑫来的。那天，当罗方钊跑到乡里来向他报告了梁鑫在罗家村开办了一个电器农机维修部，且闹得动静很大，连县剧团都请到村里时，对梁鑫心怀不满的许茂才虽然当时并没有说什么，心里却极为不痛快，总想找机会给他制造点麻烦，使他的维修部无法开下去。后来，他经过了解得知梁鑫开办的维修部没有办理营业执照，觉着机会终于来了。可他又怕姜涵知道此事后出面干涉。于是便选择了姜涵回乡里开会不在村里时，打电话通知工商所，谎称有人举报梁鑫没有办理营业执照，就在罗家村非法开办了一个电器农机维修部，要求工商所立即派人到罗家村把梁鑫开办的维修部查封取缔。乡长的命令，工商所哪里敢怠慢，所长刘爱民亲自带人去了罗家村，把梁鑫的维修部给查封了。

姜涵心里非常清楚，既然是许茂才的旨意，没有他发话，工商所是不会对查封的梁鑫的维修部解封的。无奈，他只好硬着头皮去找许茂才，想让他下令解除对梁鑫维修部的查封。可当他走到许茂才办公室的门口时，他犹豫了，他知道许茂才肯定不会给他这个面子。于是，他又直接找到欧阳山书记，把许茂才下令查封梁鑫维修部的事情告诉了他。欧阳山听后也非常生气，立即打电话把许茂才和工商所的所长刘爱民叫到自己的办公室，协调处理此事。

“许乡长，我听说是你让工商所把梁鑫在罗家村开办的电器农机维修部给查封了？”欧阳山很吃惊地问道。

许茂才见姜涵也在场，知道这事一定是姜涵告的状，他狠狠地瞪了姜涵一眼，没好气地回答说道：“不错，是我让刘所长派人去把梁鑫的维修部查封的。怎么，难道我做错了吗？”

“许乡长，你别生气，我并没说你做错了，我只是想问问你为啥要让工商所查封梁鑫的维修部？”欧阳山不解地问道。

“欧阳书记，是这样的。昨天，罗家村有村民来乡里反映说，梁鑫在罗家村开办了一个电器农机维修部，啥证件都没有，乡里为何不管？我得到这个消息后就打电话给刘所长，让他们去查一下到底有没有这回事。”许茂才解释道。

“欧阳书记，许乡长说得没错，确实是这么回事。接到许乡长的电话，我就亲自带人去了罗家村，结果发现梁鑫开办的这个电器农机维修部啥证件都没有，属于非法经营。我们提出要对他进行处罚，梁鑫非但不听，不接受处罚，还组织人对我们进行起哄围攻，甚至要殴打我们的执法人员，没有办法，我们就把他的维修部查封了。”刘爱民也显得很无奈地解释道。

“我说刘所长，恐怕事情不像你说的那样吧？我听说你们上午到了罗家村梁鑫开办的维修部，不问青红皂白就要对他们进行罚款两千元，他们一时拿不出那么多钱来，你们就把维修人员全部赶了出去，而把他们的维修部给查封了。”姜涵反驳刘爱民说道。

“姜乡长，你说得对，是这么回事。可我们这么做并没有违法。按国家有关法律规定，开办维修部必须到工商部门办理营业执照方可营业。而梁鑫的维修部在没有办理营业执照的情况下就营业，这属于违法行为。按照规定，我们应该没收他的全部非法所得。梁鑫的维修部开业这么长时间了，我们只罚他两千元钱，这已经够照顾他的了。而这个梁鑫死猪不怕开水烫，属铁公鸡的，一毛不拔。一气之下，我们就查封了他的维修部，准备回来跟乡里的领导商量如何处理这件事。”刘爱民解释道。

“梁鑫开办维修部没有办理营业执照，我是有责任的。同时也说明老百姓根本就不了解国家的这些法律规定。他们可能认为在村里开个店铺，做个小买卖，不需要办理什么执照。你们工商部门应该向他们进行宣传，及时提醒他们，而不应该动不动就罚款封门。再说了，乡里安排我在罗家村蹲点，即使你们要对梁鑫的维修部进行查封，也应该事先跟我打个招呼。”姜涵抱怨道。

许茂才听了姜涵这番话知道他这是在为梁鑫开脱，大为不悦，嘲讽说道：“姜涵同志，你这个副乡长手伸得也未免太长了吧。人家工商所是县里的垂直管理部门，又不是咱们乡里的下属单位，人家依法开展工作，凭啥还要向你汇报？我认为工商所的同志依法对梁鑫的维修部进行查封是完全正确的。我倒是要提醒你不要忘记了自己的身份，别整天跟那些不三不四、专和村两委会对着干的村民搅和在一起，乡党委和乡政府派你到罗家村蹲点，是为了帮助这个村发展经济的，不是去为某个人谋利益的。”

姜涵也被许茂才激怒了，质问道：“许乡长，你说这话是啥意思？到底是谁的手伸得长？是谁整天跟不三不四的人搅在一起？不是你下令让刘所长去查封梁鑫开办的维修部的吗？你作为一乡之长，不去关心全乡的经济发展和百姓的疾苦，为何对梁鑫开办的一个小小的维修部这么感兴趣？说穿了还不是为了保护罗方钊的利益？你知道罗方钊这些年来在村里都干了些什么吗？罗家村的村民为什么三番五次地到上面去上访？一个无辜的村民被开除村籍连省委副书记郑廉风都在扶贫现场会上批评了这件事，现在又搞了个什么留村察看。罗方钊为什么这么做？还不是怕梁鑫回罗家村抢了他的位子吗？这些事你咋不管？”

许茂才平日就对姜涵不满，本想借此机会羞辱他一顿，没想到姜涵根本就不吃这一套，当着欧阳山的面就公开顶撞他，揭他的短，他用手指着姜涵的鼻子，恼羞成怒地愤愤说道：“姜涵，你也太狂了，太不知天高地厚了，你这是在跟谁说话？我用不着你来教训我，你还不配。你说我不关心全乡的经济发展，不关心百姓的疾苦。难道说龙潭乡这些年的工作是你做的？我到这个乡当干部的时候你在哪里？恐怕还在家里光着屁股满街跑吧。我许茂才干得好不好，还轮不到你评头论足。倒是你这个分管科技工作的副乡长应该好好反省一下，这几年你都为龙潭乡的科技发展做了些什么？”

姜涵也不示弱，反唇相讥说道：“许乡长，请你说话文明点，不要搞人身攻击。我承认我这个科技副乡长当得不合格，咱们乡的农业科技知识的普及和科技推广还很滞后。可这几年我曾多次向你提出过一些关于推广农业科技知识和科技产品的建议，你不是强调没有资金，就是说不适合在我们这里推广，以种种借口把它给否决了。你觉得我这个科技副乡长当得不合格可以把我免掉，我还当我的农业技术员就是了。”

坐在那里一直没有说话的欧阳山见许茂才和姜涵两人唇枪舌剑，互不相让，火药味越来越浓，怕再争吵下去两个人真的动起手来，忙站起来走到两人中间制止说道：“你们俩都少说两句好不好，你说你们两个人一个乡长，一个副乡长，为了一点小事就吵吵闹闹的，让其他同志看见了多不好。姜涵，不是我批评你，今天主要是你的错误。下级服从上级的道理你不懂吗？你咋能随便顶撞许乡长？咋能说许乡长不关心乡里的经济发展，不关心群众疾苦？许乡长在龙潭乡工作这么多年，他对咱们乡里的贡献是你我能比的吗？”

欧阳山从许茂才和姜涵的争吵中已经基本弄清了事情的真相。他知道许茂才这么做是为了报复梁鑫，也知道姜涵是来为梁鑫求情的。他之所以只批评姜涵，不批评许茂才，主要是为了给许茂才留面子，使问题能够得到妥善解决，而又不跟许茂才发生冲突。欧阳山批评完姜涵之后，又对刘爱民说道：“刘所长，你们工商所严格执法并没有错，梁鑫开办维修部没有办理营业执照，违犯了国家的法律规定，应该查封。不过，我觉得老百姓寻找个致富门路也不容易，咱们还是应该以批评教育为主，多鼓励和支持他们勤劳致富，而不要动不动就罚款，动不动就查封。关于梁鑫的维修部如何处理的问题，主要原因在于他不懂法，不知道开维修部还要办理营业执照。你看这样好不好，你们是否可以帮助他补办个营业执照，再把查封的维修部解封，让他恢复营业，我听说他开的这个电器农机维修部还是很受老百姓欢迎的。”

“行，欧阳书记，你说咋办我们就咋办。”刘爱民爽快地回答道。

欧阳山又问仍然满面怒容的许茂才说道：“许乡长，你看我让工商所这样办可以吗？”

欧阳山刚才在批评姜涵时，许茂才心里还是乐滋滋的。没想到欧阳山把话锋一转又扯到了梁鑫开办维修部的事情上，而且明显偏向姜涵跟梁鑫。这时，他才明白欧阳山这是设了圈套让他往里钻，可他又不能不钻。于是，他很不情愿地说道："既然你欧阳书记说这么办，我还有啥话好说，那就这么办吧。"

在乡党委书记欧阳山的协调下，梁鑫的维修部被查封的事情终于得到了妥善解决。几天之后，他的维修部又重新开张了。

# 五十六

丁秀兰在医院里经过一个多月的精心治疗，终于康复出院了，神志也完全恢复了。一家人那久久阴云密布、挂满泪痕的脸上，又绽出了欣慰的笑容。

程向前的弟弟程向进和妻子项翠平得知丁秀兰康复，心里也格外高兴，尤其是妻子项翠平，妯娌俩过去曾因赡养老人的问题斤斤计较，互不相让，对骂街头。自从侄子程小冬因教室倒塌遇难，嫂子丁秀兰患了精神分裂症之后，就像变了个人似的，不仅把婆婆庞月花老人接到自己家里赡养，还帮助她撑起了这个家，时常跑过来照顾程向前和程小丽父女俩。

丁秀兰出院刚进家门，项翠平就跑了过来，帮她收拾家务，问寒问暖：

“嫂子，听说你的病治好了，俺真是太高兴了，这下子好了，这个家有救了。”

丁秀兰满含着感激之情说道：“她婶子，小丽都告诉俺了，俺得病的这些日子，让你受累了，咱妈靠你一个人照顾，这个家还要让你操心，俺真不知道该咋感谢你。”

项翠平笑着说道：“嫂子，咱们都是一家人，跟俺还客气啥，家里遭这么大的难，这搁在谁身上也受不了。小冬走了，你病成那个样子，俺向前哥也差一点寻了短见，俺看了心里难受，又帮不上啥忙，只能帮着照顾照顾这个家，照顾照顾老人。”

丁秀兰紧紧抓住项翠平的手，深感内疚地说道：“她婶子，过去都是俺不好，总觉得老人向着你们，俺们吃了亏，跟你们过不去，还让别人看了笑话。现在俺明白了，你是个好人，是嫂子对不住你们，你别怪嫂子。”

项翠平听后也有点不好意思地说道：“嫂子，你千万别这么说，过去的事不能全怪你，俺也有错，过去的事就让它过去吧，不要再提了。”

丁秀兰十分动情地说道：“她婶子，你说得对，过去的事就让它过去吧。俺得病期间让你操了不少的心。现在，俺的病好了，小冬也不在了，家里有地方住，等俺把屋子收拾收拾，就把咱妈接过来住些日子，你也歇歇。”

“嫂子，你刚出院，家里乱糟糟的，俺家里有地方，就让咱妈在俺家里先住着吧，等过些日子你身体完全恢复了，再把咱妈接过来住吧。”项翠平也动情地说道。

“那就太辛苦你了。”

“没啥，嫂子，咱姊妹俩就别客气了，不就是多双筷子多个碗吗？再说孝敬老人也是应该的。”

“她婶子，以后家里有啥活忙不过来的话就言语一声，嫂子过去帮你。”

“好的，嫂子，只要有啥事俺忙不过来，就叫你。不过，你以后有啥事想不开也别憋在心里，给俺唠叨唠叨，俺就是帮不上什么忙，也能帮你解解闷。”

“俺会的。说实在话，小冬的事就像当头打了俺一闷棍，把俺给打蒙了。俺一把屎一把尿把孩子拉扯这么大容易吗？说走就走了，俺咋能受得了？”

“嫂子，小冬走了，不光你跟俺向前哥心里难过，俺心里也不好受，大伙心里都难过，可人死不能复生，你一定要想开点，好好保重身体，俺向前哥不能没有你，这个家不能没有你。看你得病的这些日子，一个好好的家都弄成啥样子了？”

“唉，俺已经想明白了，就是再难过孩子也回不来了。”

“嫂子，你能这么想俺就放心了。”

妯娌俩越说越近，越拉越亲，不知不觉就到了该做晚饭的时候了。项翠平亲切地对丁秀兰说道：“嫂子，我看你刚出院别太累了，今晚你就别做饭了，一块到俺们家去吧。我先回去做饭，你在家歇一会儿，等把饭做好了，我让孩子过来叫你们。”

丁秀兰深为项翠平的真诚所感动，一时不知说啥好，忙抢过话题来说道：“她婶子，今晚这顿饭就在俺家里吃吧。这些日子，你和向进兄弟为俺这个家操了不少心，也让俺这当嫂子的表表心意。”

项翠平则坚持说道：“嫂子，你的心意还是留着以后再表达吧，今晚你就别争了，就到俺家里吃。昨天俺跟向进听说你今天要出院，就商量着想让你跟俺向前哥到家里吃顿饭，今天上午，向进去赶龙潭集把肉和菜都买了，这一方面是为你康复出院庆贺一下，另一方面也想咱们一家人聚在一起叙叙情。”

“好吧，那我过去和你一起做，两人做饭快。”

丁秀兰没有再推辞，洗了把脸，便帮着项翠平做饭去了。

程向前和程向进尽管是亲兄弟，且两家住的只有一墙之隔，可兄弟俩自从因赡养老人的问题发生矛盾冲突之后，两家就互不来往，再也没有在一起吃过饭。年迈多病的老母亲庞月花见两个儿子和儿媳终于冰雪消融，化干戈为玉帛，打心眼儿里高兴。当看到两个儿媳亲亲热热、又说又笑时，当孙女们轮番把那些好吃的饭菜送到她的嘴里时，她真是百感交集，把饭含在嘴里好久没有咽下。程向前见后十分关心地问道：

“妈，你这是咋了？不舒服？”

庞月花老人放下饭碗说道：“妈没事，妈是看到你们兄弟俩好了心里高兴。跟你们说句心里话，妈都这大把年纪了，活不了几天，没有啥要求，就是盼着你们兄弟俩能够和和睦睦，把你们的家照顾好，把孩子抚养成人，只要你们的日子过好了，妈就是死也瞑目了。”

程向前忙安慰老人说道：“妈，你可千万别这么想，你一定要好好活下去，你一把屎一把尿把我们兄弟俩拉扯大不容易，吃了那么多苦，可我们没有让你享一天福，我这个当儿子的问心有愧呀。以后我们一定好好孝敬你，再也不惹你生气了。”

“是啊，妈，俺哥说得对，你为了俺兄弟俩受了一辈子罪，俺们还没有报答你。你一定要好好活着，让俺们也尽一份孝心。”程向进也附和说道。

这时，丁秀兰一边往老人碗里夹菜，一边带着忏悔的语气说道：“妈，过去都是俺不好，让你吃了不少苦，受了不少委屈，小冬这一走让俺明白了这当娘的对儿女的心，俺以后一定好好待你，你愿到谁家住就到谁家住，想吃啥俺就给你做啥。”

二儿媳项翠平也满含深情地说道：“过去也不能全怪俺哥跟俺嫂子，俺也有责任。俺嫂子说得对，你以后也不用一家一个月的轮着住了，想到哪家住就到哪家住。俺们一定让你过一个幸福快乐的晚年。”

听了儿子和儿媳们的话，庞月花老人那饱经沧桑、布满沟壑的脸上流下了激动的泪水，全家人也都开心地笑了。

出院的第二天，丁秀兰就包了儿子生前最爱吃的猪肉饺子，带着水果、点心、纸和香等祭品，在项翠平和女儿程小丽的陪同下，来到程小冬的坟前祭奠他。当她们来到学校后边的山坡上，看到两个孤零零的坟丘躺在那里时，一阵心酸，潸然泪下。三人一起在程小冬的坟前摆好了祭品，烧了香和纸，又把程小冬生前上学时用过的那个书包和课本埋在了他坟墓的旁边。祭奠完之后，丁秀兰便坐在儿子的坟前，念念有词地悼念说道：

“小冬啊，妈和你婶婶还有你姐姐看你来了，你听到了吗？妈还给你带来了你平日最爱吃的猪肉饺子，还有水果、点心，你就慢慢吃吧。妈在这里陪你说几句话，拉拉呱。

“冬儿，你从小就是一个听话懂事的孩子，不惹爸爸、妈妈生气，家里有好吃的总是让给奶奶吃。你不是说要好好念书，等长大了好好孝敬爸爸、妈妈吗？不是说等以后有了出息要带着全家人到北京城去玩吗？你是个男人，咋说话不算数，扔下爸爸、妈妈说走就走了呢？妈到处找你也找不到，呼天天不应，喊地地不响，你却藏在这里不告诉妈妈。你知道妈妈这些日子是怎么过来的吗？自打你走后，妈妈天天泪水洗面，丢魂断肠，想你都想疯了，多亏了你那些好心的爷爷、奶奶、叔叔、婶婶们帮忙，才把妈的病给治好了，妈今天才能包饺子给你吃，才能过来看你。你一定要记着他们，帮妈报答他们的恩德。

“小冬啊，你在那边还好吧？没有人欺负你吧？爸爸、妈妈不在你身边，你一定要照顾好自己，别冻着饿着，想吃啥，需要啥，就托梦给妈，妈就给你送过来。尽管你扔下爸爸、妈妈走了，爸爸、妈妈不怪你。你永远是爸爸、妈妈的好儿子。

“噢，对了，还有一件事忘了告诉你，妈知道你从小就爱学习，学习不能没有课本。所以，这些日子妈一直替你保存着你上学用的那个书包和课本，妈今天也给你带来了，就放在你的身旁，你一定要好好学习，别辜负了爸爸、妈妈对你的期望。

“冬儿，妈妈说的这些话你都听到了吗？都记住了吗？妈知道你一个人在这里孤单，妈妈会经常来看你的。”

丁秀兰念叨完之后，便趴在儿子程小冬的坟头上号啕大哭起来。这哭声，是思念，是悲伤，也是控诉。女儿程小丽怕母亲过于伤心犯了病，边哭边哽咽地说道：

“妈，你病刚好，别再哭坏了身子，俺弟弟你也看了，该嘱咐的都嘱咐了，咱们回家吧。”

项翠平也含着泪水过来劝慰丁秀兰说道：“嫂子，小冬已经走了，别再难过了。你要保重身体，咱娘需要你，俺向前哥和小丽需要你，这个家需要你。咱们回去吧。”

任凭项翠平和女儿程小丽怎么拉，怎么劝，丁秀兰趴在那里就是不肯起来。也不知哭了多久，她们三人才含着悲痛的泪水，怀着恋恋不舍的心情，离开了那座孤坟。

## 五十七

再说项天发自从承包蛤蟆湾塘坝之后，几乎把全部心思都用在了塘坝上，不仅购买了许多有关淡水养殖技术的书，还专门跑到县里举办的培训班上学习了半个多月，到附近村的养鱼专业户进行了参观取经，很快就熟练掌握了淡水鱼的养殖技术。他根据塘坝的特点和各种淡水鱼的活动规律，放养了几万条鱼苗。塘坝虽然不大，品种倒是很齐全，既有在深水中生活的鲤鱼和鲫鱼，又有在水面上生活的鲢鱼和草鱼。项天发除了要帮助父亲项青山耕种责任田外，每天都要到山上割青草喂鱼，母亲戚淑花和妻子钱招娣则每天上午和下午都要跑到塘坝上给鱼喂食，钱招娣的父亲钱光富和妹妹钱领娣一有空也都跑过来帮忙。一家人虽然苦了点累了点，却也乐在其中。

由于他们的精心管理，鱼苗长得很快。春天放养的鱼苗，几个月的光景都长成了大鱼，尤其是鲢鱼和草鱼，每条鱼都在一斤以上，大的足有两三斤重，看着那些撒着欢儿遨游在水中的鱼群，一家人喜得合不拢嘴。盘算着照这样发展下去，一年下来，扣除鱼苗、饲料的成本和承包费，少说也能净赚几万块钱。项天发和钱招娣在晚上睡不着觉的时候常常在一起合计如何花这些钱，如何用这些钱扩大再生产。

然而，就在他们憧憬未来美好生活的时候，悲剧发生了。这天早饭后，钱招娣和母亲戚淑花像往常一样准备到塘坝给鱼喂食。当二人来到塘坝跟前时，眼前的情景让她们惊呆了。那些往日活蹦乱跳的鱼不知是啥原因，几乎全部肚皮朝上，漂浮在水面上和塘坝边上，有的早就断了气，有的还在那里张着大嘴、喘着粗气悲哀地挣扎着。钱招娣见状忙跑到另一个山头，把正在田里干活的父亲项青山和丈夫项天发找来。

项天发急忙跑到塘坝边抓起一条还在张着大嘴、艰难地呼吸的鲤鱼看了看，悲切地说道："鱼中毒了。"

"昨天下午我跟妈来喂鱼的时候，鱼都还好好的，咋就会中毒了呢？"钱招娣不解地问道。

"天发，是不是你买的这批饲料有问题？"父亲项青山问道。

"不可能，这些鱼饲料是我亲自去买的，跟过去买的完全一样，而且鱼吃了好几天都没事，咋会突然有毒呢？"

"会不会是鱼突然得了什么急性传染病？"钱招娣又帮着分析原因说道。

"鱼就是不管得什么传染病也不可能一夜之间全部死光，这一定是有人在塘坝里投了毒，鱼才会全部被毒死的。"项天发十分肯定地说道。

就在一家人分析原因的时候，那些刚才还张着大嘴挣扎的鱼，也都慢慢地停止了呼吸。望着那些漂浮在水面上白花花的死鱼，他们的心都快要碎了。项天发和父亲项青山垂头丧气地坐在那里一个劲儿地抽烟，欲哭无泪。母亲戚淑花坐在草地上，用两手不时地拍打着地面号啕大哭起来，边哭边数落说道：

"这是哪个丧尽天良的缺德鬼干的？造孽啊。这承包塘坝的钱和买鱼苗、饲料的钱都是向亲戚朋友借的，俺一家人辛辛苦苦干了大半年，实指望到年底卖了鱼，把借亲戚朋友的钱还上，一下子鱼全死了，这可叫俺一家人往后的日子咋过呀？"

在塘坝附近干活的村民们闻讯后都跑了过来。看到这惨不忍睹的场面，村民们都纷纷责骂那可恨的投毒者。有人则过来劝慰戚淑花。

"老嫂子，别哭坏了身子，不要难过了，再难过鱼也活不了，快回家去吧。"

"这是哪个乌龟王八蛋干的？干这样伤天害理的事情，将来生个孩子也不会有腚眼儿。"

"唉，这真是祸从天降，几万条鱼，一夜之间都死光了，一家人辛辛苦苦干了大半年全泡汤了，遭受这么大的灾难，搁在谁身上也受不了。"

"他婶子，你不用担心，都是乡里乡亲的，大伙不会看着你们挨饿受冻袖手旁观的。"

"招娣，快把你妈搀回家去吧，她看着这些死鱼能不难过吗？"

就在这时，有一个围观的村民在离塘坝不远处的草丛里，发现了一个空着的"敌敌畏"瓶子，这就进一步证实了项天发的判断。有人提议说道："天发，别光坐在那里伤心难过了，赶快到乡派出所报案吧。"

项天发这才想起报案的事情来。他找了个塑料袋小心翼翼地把那个"敌敌畏”的空瓶子装好，立即回家骑着摩托车到乡派出所报了案。

项天发承包的塘坝被人投毒造成养殖的鱼全部死亡的消息很快就在罗家村传开了，也震惊了整个龙潭乡甚至茂丘县。当天下午，茂丘县电视台以及多家新闻媒体就到项天发承包的蛤蟆湾塘坝进行了现场采访和录像。当天晚上，茂丘县电视台就在新闻节目中播放了这条消息。县委分管政法工作的副书记丁忠信看后打电话给县公安局的领导，要求公安局组织警力抓紧破案，严厉打击那些破坏农业生产的犯罪分子，保护人民群众的合法权益，维护社会稳定。乡党委书记欧阳山等乡里的领导也都到罗家村实地查看了鱼被毒死的情况，乡里驻村工作组的副乡长姜涵一直守在案发现场。胡春光、梁鑫、程二茂和胡大禄等项天发的一些好朋友也都赶到他的家里进行安慰，鼓励他要振作起精神来，留得青山在，不怕没柴烧，明年再来。

县公安局和乡派出所对这起投毒案件也极为重视。案发后的第二天，他们就联合组织成立了侦破小组进驻罗家村，对案件进行调查取证。开始，村里几乎所有的人都把怀疑的目标集中瞄向了罗方谦和罗大江父子身上。因为罗方谦父子不仅过去跟项天发家里有矛盾，今年春天两家更是因蛤蟆湾塘坝的竞标承包剑拔弩张，势不两立。项天发竞标承包了本应是罗方谦父子所要承包的塘坝，抢了他们的饭碗，断了他们的财路。罗方谦父子对项天发实施报复，往塘坝里投毒，这是情理之中的事。

根据村民们反映的情况，侦破小组一进村就把罗方谦和罗大江父子列为投毒的重点排查对象。可随着侦破工作的开展，事情却出乎人们的预料。当侦破小组的公安人员准备传唤罗方谦和罗大江时才知道，罗方谦父子早在五天前就到东北走亲戚去了，至今还没有回来，根本就没有作案时间。没有办法，侦破小组只好寻找新的破案线索。他们两人一组，兵分三路，几乎找村里所有怀疑的对象都谈了话，按了手印。可调查结果，这些被怀疑的对象都与那个“敌敌畏”瓶子上留下的指纹不相符，又都一一被排除。他们又把侦查范围扩大到附近几个村，结果仍是一无所获。

侦破小组又重新把目标锁定在了罗方谦和罗大江父子身上，专程跑到东北他们的亲戚家里把二人带回来进行了审讯。结果又令他们失望了，罗方谦父子不仅没有作案的时间，那个“敌敌畏”瓶子上留下的指纹也与他们的指纹不相符，两人的作案嫌疑完全被排除了。

侦破小组在罗家村折腾了半个多月，案子也没有破，甚至连一点线索都没找到，只好无功而返。

项天发所承包的蛤蟆湾投毒案成了一个谜团。这时，村里谣言四起，说啥的都有。有人说，塘坝里的鱼死亡的原因是项天发购买的饲料有问题，与他人无关；也有人说，这是因为项天发在塘坝里养的鱼太多，抢占了蛤蟆精，也就是那个被玉皇大帝贬在这里的天仙女的地盘，天仙女把项天发告上了天庭，惹怒了天神，玉皇大帝派天兵天将下凡把这里的鱼全部给杀死了；甚至有人说项天发这是唱的“苦肉计”，其目的就是让公安机关把罗方谦父子抓起来去坐牢，以此来报复罗方钊。

其实，事情的真相正如人们开始所预料的那样，这起蛤蟆湾塘坝投毒案的真凶不是别人，正是罗方谦的儿子罗大江所为。这罗大江是一个报复心理极强的人。自从项天发在承包大会上公开站出来与他竞标，并最终赢得承包权之后，罗大江就对项天发怀恨在心，准备伺机进行报复。尤其是当他看到项天发养鱼成功、丰收在望的时候，更是像一个输红了眼的赌徒。他几次曾在大白天怀里揣着剧毒农药从蛤蟆湾塘坝走过，想把农药偷偷地倒进塘坝里去，都怕被人发现或被公安机关查出来没敢下手。这罗大江也真够阴险狡诈的，后来，他终于想出了一条既可以报复项天发，把他所承包的塘坝里的鱼全部毒死，又不会被公安机关查出来的毒计。他找到了离罗家村十几里远的一个村子自己过去认识的游手好闲的小混混，请他帮忙把剧毒农药撒到项天发的塘坝里。开始那个小混混说这是伤天害理的事情，也是犯法的事情，坚决不干，可他经不起金钱的诱惑，最后还是答应了。两个人经过讨价还价达成协议，由那个小混混把罗大江提供的农药撒到项天发承包的蛤蟆湾塘坝里去，罗大江向他支付两千元钱的酬金。先预付一千元，事成之后再付一千元。为了确保万无一失，投毒之前，罗大江还特意带着那个小混混进行了踩点，到项天发承包的蛤蟆湾塘坝走了一圈，详细观察和了解了塘坝周边的情况。

就在他们准备实施投毒计划的头几天，罗大江亲自把早已准备好的一瓶“敌敌畏”农药用塑料袋裹着给了那个小混混，然后就跟他的父亲罗方谦一起若无其事地到东北走亲戚去了。那个小混混按照两人约定的时间，在一个月黑风高的夜晚，骑着摩托车悄悄地潜入到项天发承包的蛤蟆湾塘坝，把一瓶“敌敌畏”剧毒农药全部倒进了塘坝，结果造成了塘坝里的鱼全部被毒死。而罗大江却因到东北走亲戚不在罗家村没有作案时间，且犯罪证据上没有他的指纹，躲过了公安人员的视线，暂时逃过了法律的制裁。

# 五十八

秋收秋种结束了。忙碌了一年的村民们开始收镰挂锄，学校也完全恢复了正常的教学秩序，罗家村似乎又恢复了往日的平静。然而，树欲静而风不止，这种平静很快就被打破了。因为村民们屡屡上访所反映的问题至今没有解决，梁鑫和罗小惠还在被留村察看，村两委会与村民之间的冲突仍在持续不断，项天发承包的塘坝又遭人投毒，整个罗家村仍然笼罩在纷争与动荡之中。

这天早晨，当村民们从梦中醒来的时候，发现村里的大街小巷到处都贴满了大字报和各种小字报。在村两委会办公室大院的墙上，不仅贴满了各种大字报和小字报，还贴了一幅用彩纸和墨汁写的“强烈要求罢免罗方钊村主任职务”的巨大横幅。这些大字报和小字报虽然形式各异，有铅印的，有用毛笔写的，还有用钢笔写的，表现手法不尽相同，有指名道姓的揭发材料，有以村民自述的形式写的，还有打油诗，但所反映的内容却大致相同，都是把矛头直接指向罗方钊兄弟和他的侄子罗大江的，其中一份揭发材料中写道：

尊敬的罗家村父老乡亲：

今天，我们怀着无比悲伤和愤怒的心情，控诉罗方钊这个人面兽心、披着人皮的狼的滔天罪行。

罗方钊身为村委会主任，辜负了村民们对他的信任和期望，变成了一个十恶不赦的败类。这些年来，他依仗着有乡里个别领导和在县公安局当副局长的大舅子撑腰，和尚打伞，无法无天，不关心村里的经济发展，不关心百姓的死活，虚报浮夸，欺上瞒下，假公济私，污辱强奸妇女，迫害上访村民，勒令为民请愿的村党支部副书记胡春光停职检查，对梁鑫和罗小惠先是开除村籍，后又迫于上级领导的压力改为留村察看，千方百计阻挠梁鑫回罗家村，并纵容自己的哥哥罗方谦和侄子罗大江在村里横行霸道。把一个好端端的罗家村搞得乌烟瘴气，民不聊生，怨声载道。事实充分证明，只要罗方钊在台上一天，罗家村就永无宁日，罗家村的村民就不会有好日子过。

是可忍，孰不可忍。我们强烈呼吁广大村民擦亮眼睛，认清罗方钊的丑恶嘴脸，坚决同他斗争到底，罢免他村委会主任的职务，让那些有德有才的人当村干部，带领我们罗家村的百姓们早日摆脱贫穷，走上富裕的道路。

另一份题目为“怪异的幽灵,残害百姓的恶魔”的大字报,也格外引人注目：

我们罗家村虽然地处偏远山区，经济也很落后，但这些年来，村风纯朴，村民和谐，百姓的日子过得倒也安心。然而，最近一段时间里，村里却连续发生了许多怪异的现象。一个可怕的恶魔像幽灵一样，在村里兴风作浪，煽风点火，搅得村民人心慌慌，鸡犬不宁。许多上访村民家中的柴草垛在大白天就莫名其妙地燃烧起来，胡春光家中的耕牛中毒而死，项天发责任田里的玉米大片大片枯死，程二茂家中喂养的猪在夜里无声无息被杀死。前两天，项天发承包的塘坝又被投毒，整个塘坝里的鱼全部被毒死，损失几万块。这个可怕的恶魔严重危害着村民们的生命和财产安全，扰乱了咱们村正常的生产秩序和生活秩序。希望广大村民紧急行动起来，尽快把这个怪异幽灵，残害百姓的恶魔挖出来,让他接受法律的审判,让百姓们过上一个太平安稳的日子。

在那些大字报中有一首打油诗更是脍炙人口，让村民们看了感到大快人心。诗中写道：

打竹板，响连篇，
父老乡亲听俺言，
今天不把别的侃，
单说咱村的罗霸天。

这个罗霸天，真是讨人烦，
村民投票把他选，
谁想竟是个大坏蛋，
生性狡诈又阴险。

他当干部这些年，
村里经济没发展；
百姓贫穷看不见，
虚报浮夸吹破天。

不缴提留把脸翻，
哪管村民泪涟涟；
孩子哀求他不管，
家中牛羊统统牵。

群众不满提意见，
打击报复耍手段；
开除村籍，留村察看，
吃奶的孩子也要赶。

抽着红塔山，怀抱奶头山，
天天围着女人转；
仗着有个保护伞，
道德败坏令人谴。

他的哥哥罗方谦，
仗势欺人实在贪；
去年遇上天大旱，
丧尽天良乱收钱。

生个儿子更凶残，

心怀鬼胎专把坏事干；
像个恶魔到处窜，
祸害百姓秩序乱。

乡亲们哪，快快擦亮眼，
大家齐心排万难；
勇敢向恶魔来宣战，
铲除毒瘤保平安。

在罗家，最早发现这些大字报和小字报的是罗方谦。这罗方谦觉少起得早。这天早晨，当他走出家门在街上转悠时，看到这些铺天盖地的大字报和小字报，简直都看傻了眼。他不识字，不知道大字报上都写了些什么东西。但从人们的眼神和对他的态度中，他知道这些大字报和小字报肯定与他的弟弟罗方钊有关。于是，他趁人不注意，偷偷地揭下了一张大字报拿回家去给儿子罗大江看。罗大江看后气得眼珠子都快要瞪出来了，忙问罗方谦说道：

“爸，你这是从哪儿弄来的？”

“在外边的墙上揭的，村里的大街小巷到处都贴满了这些东西。大江，爸不认识字，你跟爸说说这纸上都写了些啥？”罗方谦问儿子罗大江说道。

“爸，这上面都是说咱们的坏话，骂咱们的，还有骂我二叔的。这是哪个龟孙子干的？让我查出来非揍扁了他不可。”罗大江气急败坏地说道。

“大江，你二叔可能还不知道。你赶快去告诉他，问问他这事该咋办？”罗方谦焦虑不安地说道。

“行，爸，我这就去告诉我二叔。”

罗大江急忙爬起来穿上衣服，跑到罗方钊家里把这件事告诉了他。也许是因为有了上一次《告全体村民书》的出现，罗方钊并没有感到吃惊，似乎也没有上一次那么紧张。他躺在被窝里从罗大江手中接过那张大字报仔细看了看，没有说话，扔到一边，就坐在那里抽烟。

“二叔，你不用生气，等会儿我去把它全部都撕下来。”罗大江气呼呼地献殷勤说道。

罗方钊瞪了一眼罗大江，板着面孔训斥说道：“你就知道撕，撕了有啥用，他们就不会再贴吗？这事你就别管了，就这样放着，我倒是要看看这到底是哪些王八蛋干的。你回家吃饭去吧。”

罗方钊表面上显得很平静，好像满不在乎，但心里还是感到惶恐不安。罗大江走后，他先到村子里转了一圈，并特意跑到村两委会办公室的大院里看了看，详细了解了张贴大字报和小字报的情况，然后就若无其事地回家吃饭去了。

早饭后，罗方钊没有像上几次那样直接跑到乡政府找乡长许茂才告状，寻求支持，而是先找到了乡里驻村工作组的副乡长姜涵。他之所以这么做出于两个目的：一是他认为这件事肯定又是项天发、梁鑫、程二茂等几个跟他作对的人干的，而姜涵平日又跟这些人打得火热，他心里有气，想让姜函调查处理这事，给他出个难题；二是他知道姜涵自打进驻罗家村之后就一直跟他过不去，怀疑姜涵参与了这次活动，至少是应该知情。想看看他的态度，从中摸摸底。

当罗方钊来到姜涵的住处时，恰逢姜涵和秦科明、何云飞三人从村民家中吃完早饭刚刚回来。见罗方钊突然来访，姜涵非常客气地打招呼说道：“哟，罗主任，今天咋有空跑到我们宿舍里来了？稀客，稀客，快请坐吧。”

罗方钊没有接姜涵的话茬，而是把那张从墙上揭下来的大字报扔到姜涵的面前，阴沉着脸问道：“姜乡长，你们看到村里贴的这些大字报和小字报了吗？”

罗方钊依仗着有乡长许茂才这个靠山，根本就不把姜涵放在眼里，平日很少到他的宿舍里来。今天，当罗方钊拿着那张大字报进来的时候，姜涵就猜出了他来的目的。因为在他们早晨到村民家中吃饭的时候，就已经看到街上到处都张贴的大字报和小字报，也看了其中的内容。但他还是装着什么也不知道地说道：“没有看到。我们到村民家中吃饭的时候倒是看到了墙上贴着一些印刷的宣传材料，认为是一些推销产品的小广告，就没在意。咋了，罗主任，是谁惹你生气了？”

听了姜涵这番冷漠而带着嘲讽的话，罗方钊心中极为不悦，可又不敢发火，只好耐着性子继续说道：“姜乡长，我看这些人也真是太猖狂了。他们这么做是在向村两委会挑战，是对我罗方钊莫大的侮辱和陷害，也是严重的违法犯罪行为，你是乡里的领导，这事你管不管？”

姜涵拿起那张大字报，装着很认真的样子看了一遍，忍不住直想笑，站在一旁的秦科明和何云飞也都想笑。姜涵向他们递了个眼色，示意他们不要笑，然后显得很严肃地说道：“管，哪能不管。罗主任，知道这是谁干的吗？”

“这还用问吗？跑不了项天发、梁鑫那帮搅屎棍子。”罗方钊十分肯定地说道。

这时，秦科明给罗方钊倒了一杯白开水递到他的面前，假装地安慰他说道：“唉，这村干部就是不好当，出力不讨好还要挨骂。罗主任，你消消气，坐下歇歇喝杯水，别气坏了身子。”

姜涵也拿出一支烟递给他，装着十分关心的样子安慰说道：“是啊，罗主任，科明说得对，千万别为这件事生气伤了身体。我们到村里来，就是支持和帮助村两委会开展工作的。请你放心，对这件事我们不会袖手旁观的。不过，你现在只是怀疑他们几个人干的，还没有证据，等调查清楚后，我们一定对他们进行严肃处理。”

“那就太感谢姜乡长了，我希望你们能主持公道，让那些陷害和打击报复村干部的人受到严厉的惩罚。”罗方钊恳求道。

罗方钊知道姜涵这不过是在搪塞自己，让他来处理这件事不会有什么好结果。于是，他从姜涵那里回到家之后，又骑上摩托车跑到乡政府找许茂才告状去了。

# 五十九

乡里对罗家村这起张贴大字报和小字报的案件极为重视。乡长许茂才指示乡派出所一定要严肃查处，狠狠打击，杀杀那些带头闹事村民的嚣张气焰。

乡派出所所长何润生见有乡长发话，又是涉及到自己顶头上司亲戚的案子，哪里敢怠慢？亲自挂帅带领几名公安人员到罗家村调查处理这件事情。他们一进村，首先对村里大街小巷张贴的大字报和小字报进行了拍照录像和清除，然后就开始对那些被怀疑的对象一一进行排查。

村两委会办公室成了临时设立的审讯室。办公桌上摆放着墨汁、钢笔和稿纸，还有一些废旧的报纸。每个来这里接受审查的人被问讯完后，都要用毛笔和钢笔在纸上写几个字，看其字迹与大字报和小字报上的笔迹是否相吻合。那些平日与罗方钊兄弟有矛盾的村民自然就成了重点怀疑对象，也成了何润生他们重点审查的对象。对于重点怀疑对象，都是由所长何润生亲自审讯。

项天发是第一个被传讯和审查的人。当他被叫到村两委会办公室时，审查他的公安人员先是让他分别用毛笔、钢笔在稿纸和报纸上写了几个字，与大字报和传单上的笔迹进行了对照，然后，所长何润生便开始亲自对他进行讯问。

“你叫什么名字？”何润生问道。

“项天发。”项天发回答道。

“项天发，我们今天叫你来，主要是想问问你们村里贴的那些大字报和小字报是不是你干的？”何润生板着面孔非常严肃地问道。

“不是我干的。”项天发也回答得非常干脆。

“那你知道这是谁干的吗？”何润生又问道。

“不知道。”项天发又回答道。

“你真的没参与？”何润生用一种质疑的口气问道。

“没有。”项天发也用一种不容质疑的口气回答道。

“项天发,我看你没有说实话。在你们罗家村,谁不知道你跟罗方钊有矛盾？村里贴了那么多大字报、小字报和传单，闹得动静那么大，你既没参加，又不知情，谁信哪。”何润生继续质问项天发说道。

“何所长，我跟罗方钊有矛盾不假，可不能因为我跟他有矛盾就怀疑是我干的，这村里的人跟他有矛盾的人多着呢，你干吗不去问他们。我刚才已经说过了，这大字报和小字报不是我贴的，到底是谁干的，我也不清楚。你们不是已经查对笔迹了吗？你们仔细看看，这大字报和小字报上的字是我写的吗？”项天发反驳道。

“项天发，我提醒你，随便在公共场所张贴大字报诽谤和侮辱他人，是严重的违法犯罪行为。我们党的政策你也知道，那就是坦白从宽，抗拒从严。如果这件事是你干的,主动承认了,我们可以从宽处理,如果是你干的又拒不承认，让我们查出来，可要对你进行严肃处理。”何润生威胁道。

项天发被何润生的这番话激怒了。他腾地从凳子上站起来，义正辞严地反击说道：“何所长，你这话是啥意思？如果你怀疑这大字报和小字报是我贴的，那你们就干脆把我抓起来好了，何必还要问我？你别拿法律来吓唬我。我们这些老百姓不懂得什么法律，可我们知道什么是善，什么是恶，知道谁是好人，谁是坏人。你们公安局不是保护人民群众的生命和财产安全的吗？那我请问何所长，我妻子钱招娣被罗方钊那个乌龟王八蛋强奸了，这是不是犯罪？明明证据确凿，你们却说证据不足把他放了，让他回到村里继续为非作歹，祸害百姓。我再请问，我们家承包的蛤蟆湾塘坝，全家人辛辛苦苦养了一年鱼，结果在一夜之间就被人用农药全部给毒死了，损失了几万块钱，害得我们几乎倾家荡产，泪水洗面。你们把案子破了吗？把坏蛋抓起来了吗？你们不去破案，不去保护老百姓的财产安全，却在这里为了几张大字报，为了老百姓说了几句真话而兴师问罪，你们到底是为谁服务？是在保护谁的利益？”

何润生被问得瞠目结舌，无言以对。这时，坐在旁边记录的另一个民警见项天发不配合调查，顶撞自己的领导，气得把桌子一拍喝斥说道：“项天发，请你注意自己的身份，放老实点。你是来接受调查的，问你啥你就答啥，别在这里胡搅蛮缠。”

项天发也不示弱，反唇相讥说道：“你吓唬谁呀？难道我说错了吗？你们就知道在老百姓面前耍横，有本事把我承包的塘坝的案子破了，把那个投毒的罪犯抓起来呀。”

那个民警还想再说什么，被何润生制止了。他当然了解罗方钊的为人，知道罗方钊被无罪释放其中的猫腻，也理解项天发的心情。所以，虽然项天发顶撞了他，但他并没有指责项天发，而是态度缓和了许多说道：“项天发，我们今天叫你来，主要是想了解一下情况，既然大字报和小字报不是你写的，那你就先回去吧，有事我们再找你。”

项天发连句客气话也没说，起身就离开了村两委会办公室。

第二个接受审查的是梁鑫。他是被民警从梁家村的维修部里叫过来的。梁鑫过去跟何润生打过几次交道，彼此都认识，他已经猜到了派出所这么急匆匆地把他找来，肯定是为了罗家村贴大字报的事情。一进门，还没等何润生问什么，他就一屁股坐在一条空闲的破凳子上，故作不解地问道：“何所长，你这么急三火四地把我找来，有啥事呀？”

何润生没有像审查项天发时那么严肃，而是笑着问道：“梁鑫，你不是在罗家村开了个电器农机维修部吗？咋又跑到梁家村开维修部去了？”

“何所长，我是在罗家村开了维修部，可我在梁家村也有一个维修部，那是我被开除村籍回到梁家村后开办的。”梁鑫回答道。

“你一个人开了俩维修部，看来你真是一个有经济头脑的人，挣了不少钱吧？”何润生又问道。

梁鑫见何润生并没有提贴大字报的事情，只是跟他闲聊，感到纳闷，他不知道何润生这闷葫芦里究竟是装的什么药。应付着回答说道：“谢谢何所长的夸奖，我哪有什么经济头脑。我开维修部只不过是想挣点零花钱养家糊口罢了。”

“那你现在住在梁家村还是罗家村？”

“平日住在梁家村，罗家村维修部有活也跑过来干。”

“听说你的妹妹和小姨子都在省城读大学？”

“嗯，我妹妹在省农业大学读书，我的小姨子在省师范学院。”

“现在上大学学费这么贵，一家人供着两个大学生，可真不容易啊。”

“谁说不是，有啥法子，庄户人考上个大学不容易，总不能半路退学吧。”

两个人经过一番客套之后，何润生便切入了正题。试探着问梁鑫说道：“梁鑫，罗家村张贴大字报和小字报的事情你大概已经听说了吧，我们今天找你来就是为这事。”

梁鑫则装出一副很吃惊的样子说道："没听说过呀。这些日子我一直在梁家村，没到罗家村来。这罗家村发生的事情，我一概不知。"

"这么说，你没有参与这次活动？"何润生将信将疑地问道。

"没有。"梁鑫像项天发一样回答得非常干脆。

"梁鑫，我听说你在罗家村的村民中很有号召力，也是村里的大秀才。过去村民多次到上边去上访你不仅都参加了，而且还是主要策划者和组织者。村两委会为此开除了你的村籍，后又改为留村察看，你恨罗方钊这是情理之中的事。罗家村贴了那么多大字报和小字报，写得又很有文采，这么大的事情，你能不知情，不参与？"何润生继续质问梁鑫。

"何所长，照你这么说，这写大字报和小字报的人非我莫属了？那你还调查啥？干脆把我抓起来不就得了，何必再费口舌呢？你说得没错，我确实恨罗方钊这个吃人饭不拉人屎、披着人皮的狼。我更敬佩那些仗义执言、敢为百姓说话的人。可惜这次贴大字报和小字报他们没来找我。如果他们来找我的话，我肯定会参加。"梁鑫显得有些激动地说道。

"梁鑫，我看你说得比唱得还好听，你到底参与没参与，知情不知情，不能光听你一面之词，我们还要作进一步调查。"何润生的笑容消失了，用一种冷峻而严肃的口气说道。

"那你们就调查吧，如果没有别的事的话，我要回去干活了。"梁鑫也毫不客气地回应道。

何润生知道再问下去也不会有什么结果，只好让梁鑫分别用毛笔和钢笔写了几个字，对照大字报和小字报看了半天，也没看出破绽。虽然他不相信梁鑫没有参与这次张贴大字报和小字报的活动，可一时又找不到证据，笔迹也对不上，只好先让他回去了。

再说报复心理极强的罗方钊见有村民张贴大字报和小字报公开揭他们兄弟俩的短，亮他们兄弟俩的丑，并要赶他下台，怎肯善罢甘休，束手就擒？当天晚上，他就跑到村两委会的办公室利用大喇叭进行还击：

罗家村的各位父老乡亲，趁大伙晚上都在家的时候，我想在这里讲几句话。

不用我说大伙可能都已经看到了，昨天夜里不知是哪几个别有用心的人，在咱们村的大街小巷和村两委会办公室的大院里，到处都贴满了大字报和小字报，把矛头直接指向我，指向我的大哥，对我和我的大哥进行人身攻击，造谣诬陷，还扬言要罢免我村主任的职务，真是用心狠毒，手段恶劣。他们这么做是严重的违法行为。

大家都知道，咱们村有那么几个人仗着自己多喝了几瓶墨水，猪鼻子插大葱——装象，咬文嚼字，唯恐天下不乱，惹是生非，总想造出点事情来，把咱们村的秩序搞乱。自打去年秋收结束之后，这几个别有用心的村民就抓住村两委会多收了点提留不放，谣言惑众，捏造事实，煽动和组织一些对村两委会有意见的村民到处去上访告状，不仅给咱们村抹了黑，也给咱们龙潭乡甚至整个茂丘县抹了黑，搞得咱们村在全省都出了名。今年，我们村两委会严格按照上级规定的标准征收提留，他们觉得没有把柄可抓，告状无望，又使出了贴大字报和小字报这种下三滥的手段来攻击村两委会，攻击我罗方钊。这种行为是不能容忍的。乡里对这件事也很重视，乡派出所的何所长已经亲自带领公安人员到村里来查处这件事了。

在这里，我奉劝那几个贴大字报和小字报的人，不要再自作聪明了，不要再做这种卑鄙无耻的事情了。我罗方钊走得正，坐得正，身正不怕影子斜，是骂不倒的，吓不倒的。我这个村主任是大伙选出来的，不是个别人想罢免就能罢免的。希望广大村民一定要擦亮眼睛，千万不要上当受骗。同时，也希望那些贴大字报和小字报的人能够认清形势，主动向公安机关投案自首，争取宽大处理。派出所的何所长已经讲了，如果那些贴大字报和小字报的人不投案自首，一旦被查出来，必将严肃处理。

然而，就在罗方钊对着麦克风声嘶力竭地大喊大叫的时候，在他们家院子的墙上，又贴上了大字报。

# 六十

在罗家村，调查张贴大字报和小字报嫌疑人的排查工作正在紧锣密鼓地进行。一个个跟村两委会和罗方钊兄弟有矛盾的村民被传唤，又一个个被排除。何润生带领着派出所的几名公安人员在罗家村折腾了好几天，啥线索也没找到，也没有审查出这些大字报和小字报究竟是谁贴的。

其实，参与这次张贴大字报和小字报活动的人，何润生他们都曾传唤过，只是苦于找不到证据，不得不放人。因为这些张贴大字报和小字报的人早就想到了这一点。他们知道罗方钊有乡长许茂才和在公安局当副局长的大舅子做靠山，事情发生后，县公安局或乡派出所肯定会派人到村里来调查。因此，他们进行了周密的策划，使公安人员找不出破绽。

张贴大字报和小字报的不是别人，正是罗世贵、梁鑫、项天发、程二茂和胡大禄这些人干的，策划和组织这次活动的仍是村党支部副书记胡春光，他们这是被逼得没有办法才这么做的。尽管在这之前他们曾多次组织村民到上边去上访，也引起过上级领导的高度重视，省委副书记郑廉风还曾在他们的上访材料上作过批示，并亲自到村里召开了扶贫现场会，市里和县里的领导也曾多次要求严肃处理，但由于有乡长许茂才这把保护伞和罗方钊的极力阻挠，问题非但没有解决，那些上访的村民还屡屡遭到袭扰和报复，使他们难以接受这个现实。于是，就在项天发承包的塘坝被人用农药将鱼全部毒死之后的一个晚上，胡春光把罗世贵、梁鑫、项天发、程友民、程二茂、胡大禄等几个人请到家里，商讨要不要继续去上访和如何上访的问题。几个人边吃饭喝酒边商量对策。胡春光首先来了个开场白：

“今天晚上，我把几位请到家里来，不单单是为了吃顿饭，喝几杯酒，主要是想和大伙商量一下我们还要不要去上访，怎么去上访的问题。我万万没有想到咱们辛辛苦苦上访了一年，由于乡里个别领导作梗，到头来啥问题也没有解决，反倒是咱们这些组织上访者都遭到了打击报复。世贵叔和友民家的柴草垛被烧，我家的耕牛被毒死，二茂家的猪被杀，梁鑫开的维修部被砸。天发家里损失更为惨重，先是大片大片的玉米被人灌上氨水枯死，前两天他们家承包的塘坝又被人用农药把鱼全部毒死，损失几万块。我怀疑这些都是罗方钊指使人干的。他仗着有个在县公安局当副局长的大舅子和乡里个别领导撑腰，真是太嚣张了。你们大伙说说咱们下一步该咋办，还要不要去上访了？”

“告，咋能不告，告不倒罗方钊这个王八蛋，誓不罢休。他奶奶的，这是啥世道，好人受气，坏人当道。”胡大禄愤愤地骂道。

“大禄说得对，咱们应该继续去上访，继续去告罗方钊这个王八蛋，决不能让他逍遥法外，在村里再横行霸道。”项天发也附和道。

“我看咱们还是算了吧，别再折腾了，告又有啥用呢？咱们辛辛苦苦上访一年了，这乡里、县里、市里和省里都跑了，就差没去北京了，连省委副书记都亲自签过字，亲自到村里来开过现场会，可是到头来不是啥问题也没解决吗？”程友民显得很沮丧地说道。

“我同意友民的意见，我看咱们还是算了吧，这胳膊肘是扭不过大腿的，咱们就自认倒霉吧。连省委副书记签字都不管用，你就是告到中央又有什么用呢？咱们这么折腾来折腾去，只会越折腾越穷，是不会有什么结果的。”罗世贵也无奈地说道。

“我说友民兄弟、世贵叔，你们俩今儿这是咋的了？是不是被罗方钊吓破胆了，怕他再报复你们，所以不敢去上访了？”胡大禄不解地问道。

“谁说我们怕罗方钊了？我才不怕那个龟孙子呢。我只是觉得咱们就是这么再上访下去也不会解决什么问题。你们想想看，不管咱们到哪儿去上访，到头来不是还得由乡里和村里来解决问题吗？在乡里有许茂才为他撑腰，在村里，罗方钊又是村主任。他不但不给我们解决问题，还利用手中的权力对那些上访的村民进行打击报复。不瞒你们说，我已经了解过了，现在有不少过去跟咱们一起去上访的村民都感到失望，都开始打退堂鼓了。再说了，世贵叔为了上访，把准备给儿子结婚娶媳妇的钱几乎都花光了。再这么上访下去，咱们从哪里出经费？”程友民解释道。

“我也不同意世贵叔和友民的意见。我认为虽然咱们辛辛苦苦上访了一年多没解决什么问题，梁鑫一家人还因为上访被开除了村籍，现在又改成了留村察看，春光哥也因为组织大伙去上访被停职检查过，但咱村的问题已经引起了乡里、县里、市里和省里各级领导的重视和关注，这就是效果，这就是胜利。我觉得下一步我们还应该继续去上访，干脆组织大伙直接到北京去上访，一方面可以给县里和乡里施加点压力，让他们尽快把咱们反映的问题解决了；另一方面也让中央领导知道咱们村的老百姓到底有多苦，让那些整天吹牛皮的当官的亮亮丑。”程二茂也谈了自己的意见。

胡春光见梁鑫坐在那里一直没有说话，便问道：“梁鑫，大伙都谈了自己的看法，你是啥意见。”

梁鑫拿着自己随身带的香烟给在场的人每人递了一支，自己也点上了一支，然后慢条斯理地说道：“春光哥，我觉得我二叔和天发他们几个人说得都有道理，我们现在确实面临着到底该不该继续去上访两难抉择的地步。不去上访吧，村民的合法权益就得不到保护，罗方钊这个王八蛋就得不到应有的惩罚，他就会继续利用当村主任的权力横行霸道，欺压百姓，罗家村的百姓们就没有出头之日。可是上访又解决不了问题。正如我二叔跟友民说的，咱们都辛辛苦苦上访一年多了，该上访的都上访了，该用的办法都用了，到头来不但啥问题都没有解决，那些和咱们一起去上访的村民也跟着受牵连，遭到罗方钊的打击报复。照这样上访下去，咱们就是跑到北京去上访也不会有啥结果。”

胡大禄一听这话就急了，不解地问道：“梁鑫，照你这么说，咱们就不去告了？你咋也成了软骨头了？”

梁鑫一听哈哈笑了，说道：“大禄哥，你真是个急脾气。我还没有把话说完，你就沉不住气了。我刚才只不过是分析了一下咱们所面临的形势。不过，我倒是觉得咱们应该好好总结一下过去上访失败的原因和教训。我认为，咱们过去上访之所以不成功，除去罗方钊有他的大舅子和许茂才这两把保护伞外，还有一个重要原因就是，一些当官的为了自己的政绩和乌纱帽，对待老百姓的上访除去围追堵截外，就是拖。拖着不给你处理，一直把你拖累拖垮不告了为止。而咱们过去每次上访之后就回到村里等消息，上面给不给解决咱也不清楚，这一拖就是一两个月。今后如果再去上访，就给他来个一鼓作气，不给解决问题誓不罢休，一直到把问题解决了为止。还有咱们下一次再去上访，应该调整思路，提出新的要求。咱们过去上访提出的那些要求，有些不能再提了。比如要求村两委会把去年多收的提留退回来已经是不可能的事情了，还有罗方钊强奸招娣的事情，证据已经被他们毁了。如果咱们上访再提这些要求，肯定不会有什么结果。这次咱们去上访就抓住一点，强烈要求罢免罗方钊村主任的职务，上访时既不去省里，更不用去北京，就到县里和乡里，一个星期跑一次，直到把问题解决为止。”

“这个主意不错，我们是应该好好总结一下过去屡屡上访不成功的原因。只要能把罗方钊的村主任罢免了,他就无法在村里横行霸道了。”胡春光称赞道。

“这个主意好是好,可光咱们这几个人提出这个要求还不行。我听说新的《村民委员会组织法》已经颁布实施了，那上面规定要想罢免村主任的职务，必须有选举权的五分之一以上的村民提出，二分之一以上的村民通过才行。咱罗家村有选举权的村民就有八百多人，也就是说，必须有近两百个村民提出，近五百个村民同意才行。”程二茂提醒他们几个人说道。

“这个问题大伙不用担心，咱村里对罗方钊有意见的村民多着呢，别说是五分之一以上的村民提出，就是二分之一也没问题。咱们可以先起草一份要求罢免罗方钊村主任职务的上访材料，然后分头找那些对罗方钊有意见的村民签名按手印,只要凑够两百个村民签名按手印就可以了。”胡春光胸有成竹地说道。

“我还有个建议，不知可行不可行？”梁鑫也说道。

“啥建议，快说出来让我们大伙听听。”胡大禄、项天发和程二茂几个人几乎是异口同声地问道。

“我觉得二茂的担心不无道理。虽然咱罗家村的老百姓对罗方钊有意见的人很多，但毕竟他现在还是村主任，有些人畏慑于他的淫威为了明哲保身，不一定就敢公开站到咱们这一边。也就是说，即使咱们凑足了五分之一以上的村民联名提出罢免案，如果在村民大会上没有二分之一以上的有选举权的村民同意，那咱们提出的罢免案就会以失败而告终，咱们辛辛苦苦一年多的上访也就彻底失败了。罗方钊也就会更加肆无忌惮地对咱们和那些上访的村民进行报复。所以，我认为，为了能够确保这次上访成功，也为了能够使咱们提出的罢免案顺利通过，我们应该双管齐下，一方面可以把那些憎恨罗方钊而又有文化的村民都动员起来，多写一些揭露罗方钊罪行的材料，编一些快板书、顺口溜和打油诗等宣传材料，然后到邻村找一些写字好的亲戚朋友帮忙分别用毛笔或钢笔把它抄下来，利用晚上的时间把村里的大街小巷和村两委会办公室大院的墙上都贴满，大造舆论，广泛发动群众；另一方面，咱们几个人可以分头暗中联络那些对罗方钊有意见的村民在上访材料上签名按手印。等一切准备就绪了，咱们就去上访。”梁鑫说出了自己的想法。

“这办法不错，既能狠狠打击罗方钊的嚣张气焰，又让公安局查不出来。”

“这真是一个好主意。这就叫做以毒攻毒，罗方钊就是保护伞再多也救不了他。”

“梁鑫，你真是一个智多星，难怪罗方钊害怕你，要把你从罗家村赶出去。”

“来，为了咱们这次上访能够成功，为了能把罗方钊那个王八蛋早日赶下台去，干杯！”

梁鑫的这个建议得到了在场所有人的一致赞同。最后几个人商定，准备上访材料、起草和张贴大字报的工作由梁鑫、项天发和胡大禄负责，组织联络村民签名的工作由罗世贵、程友民和程二茂等人负责，而胡春光身为村党支部副书记，又是在家门口上访，为了不使那些支持罗方钊的人抓他的小辫子，不公开露面参与这次上访活动，只是在暗中策划和指挥，等一切准备就绪后，便组织村民再次去上访。于是，便出现了前面所说的村里大字报满天飞的那一幕。

就在何润生急得像热锅上的蚂蚁似的，忙着传讯调查那些张贴大字报的嫌疑人时，罗世贵、程友民和程二茂等人则正在那里秘密联络村民在上访材料上签名。几天之后，一份有两百多名村民签名按上鲜红手印的“关于强烈要求罢免罗方钊村主任职务”的上访材料准备就绪，只等着再次去上访。

# 六十一

罗家村张贴大字报的消息很快就在龙潭乡传开了，也传到了罗方钊的大舅子、茂丘县公安局副局长杨立峰的耳朵里。尽管杨立峰知道罗方钊在村里干了不少坏事，非常厌恶他，特别是罗方钊强奸钱招娣的案子，更是让他感到愤怒，是他动了不少脑子，利用自己分管刑侦工作的便利条件，徇私枉法，指使手下的人毁灭了证据，才使罗方钊免于牢狱之灾。所以，他每次见了罗方钊，都少不了指责和训斥，吓得罗方钊几乎不敢跟他见面。恨归恨，但毕竟罗方钊是自己的亲妹夫，亲不亲一家人。杨立峰知道罗方钊在村里得罪了不少人，也知道村里有许多村民在跟他作对，甚至有人提出要罢免他村主任的职务。当他得知这个消息后，放心不下，便决定亲自到罗家村走一趟，看看究竟是个什么情况。

在一个星期天，杨立峰打电话约了乡长许茂才，并告知了乡派出所所长何润生，三人开着两辆警车、一辆小轿车，一起到罗方钊家中做客。同时还把乡里驻罗家村工作组的副乡长姜涵、秦科明、何云飞和村支书程大孟也都请到了罗方钊的家中。与其说杨立峰是到罗方钊家中来走亲戚，倒不如说是来给他壮胆助威的，姜涵和何润生等人与其说是请来做客的，倒不如说是来汇报工作的。

在罗方钊的家门口，两辆警车和一辆轿车停放在那里，好不威风，令过往的村民羡慕不已，望而生畏。在他的家里，村里张贴大字报的事情便成了他们几个人谈论的中心话题。

“我说何所长，村里张贴大字报的事你们查出是谁干的了吗？”杨立峰问何润生说道。

“对不起杨局长，还没查出来。他娘的，这些贴大字报的人也真够狡猾的，我们几乎把所有的怀疑对象都审查了个遍，笔迹也对过了，就是没有查出写大字报的人来。”何润生显得很无奈地说道。

“你们的办事效率也实在是太低了吧。在村里折腾了这么多天，连几个写大字报的人都查不出来。这肯定是罗家村的人干的，总不会是外村的人来贴的吧，怎么会查不出来呢？”杨立峰带着抱怨的口气批评道。

“杨局长，您批评得对，我们确实办事不力，辜负了您和许乡长的期望。不过请您放心，我们下一步将继续扩大审查范围，一定把那些写大字报和小字报的人查出来，并进行严惩。”何润生诚惶诚恐地说道。

“何所长，你别多心，我没有指责你的意思。你也知道，这些大字报都是冲着罗方钊来的，他虽然有很多毛病，但毕竟是我的妹夫，我不能看到他受了欺负袖手旁观。可又因为他是我的亲戚，我不便插手，这件事就拜托你了。”杨立峰的这番话看似说给何润生听的，其实也是说给在场其他人听的。

许茂才听出了杨立峰的话外音。他用一种不满的目光瞟了坐在他对面的副乡长姜涵一眼，嗔怪说道：“姜乡长，你们三个人天天住在村里，村里发生这么大的事情，难道你们连一点风声都没听到吗？”

姜涵一直对许茂才有意见，对罗方钊的所作所为更是看不惯，也知道许茂才跟罗方钊的关系不一般。所以，他平日很少到罗方钊家里来。他知道今天这顿饭是一场鸿门宴，是来给罗方钊助威壮胆的。可许茂才是他的顶头上司，叫他来他又不能不来。当听了许茂才这番带着指责的话后，姜涵毫不客气地反驳说道：“许乡长，我们天天在村里不假，那些贴大字报的人干得这么神秘，连公安局都破不了案，他们能告诉我们吗？”

许茂才碰了个软钉子，心中极为不悦，又用上级教训下级的口气说道：“姜乡长，你们工作组驻点包村，应该积极配合村两委会的工作，帮助村里排忧解难，推动经济发展，不是来当旁观者，看热闹的。村里发生了这么大的事情，你们工作组都无动于衷，连个态度都没有，我真不知道你们天天在村里都忙些啥？”

姜涵被许茂才激怒了，只是守着那么多人在场碍于面子，没有发火。但他还是不服气地说道：“许乡长，你说这话是啥意思？照你这么说我们三人天天都在村里玩没干工作了？你今天是请我们来吃饭的还是来检查工作的？如果是来检查工作的，那我们就到村两委会办公室去，详细向你汇报我们在村里的工作情况。”

杨立峰怕许茂才跟姜涵再争论下去闹起矛盾来，打乱了他此行的目的，忙站出来打圆场说道：“茂才，你跟姜涵不要再争论了，我今天请你们来，主要是想在一起聚一聚，不是叫你们来谈工作的，要谈工作等你回乡里再谈去吧。我看这件事你也别怪姜涵他们，他们不知道这事是完全可能的，那些贴大字报的人既然干得这么神秘，怎么可能告诉他们。其实，我听方钊说过，他们工作组在村里很辛苦，对村两委会的工作，特别是对方钊很支持。”说完后，他又对姜涵说道，“姜乡长，我这个妹夫不争气，在村里当干部这么多年也得罪了不少人，他哪个地方做得不对，你们该批评的就批评，该教育的就教育，都是一家人，不用客气。他要是不听，你们就找我。”

姜涵虽然心里很讨厌罗方钊，但是见杨立峰如此客气，有点不好意思，忙回应说道：“放心吧，杨局长，我会的。”

罗方钊也讨好说道：“是啊，许乡长，姜乡长和工作组的同志对村两委会的工作很支持，为罗家村的经济发展和社会稳定做了很多工作，对我本人也很关心。”

许茂才也没有再指责姜涵，而是似有所悟地嘱咐程大孟和罗方钊说道：“我说大孟、方钊，那些捣蛋闹事的村民上访整整一年了，没占到什么便宜，他们是不会善罢甘休的。现在秋收已经结束了，很有可能还会去上访。从他们张贴大字报的情况看，目标是冲着方钊来的。你们要抓紧把民兵再组织起来，进行昼夜巡逻，严防死守，决不能让他们再去上访，决不能让这些人的阴谋得逞。”

……

一个普普通通朋友相聚的家庭宴会，变成了“工作汇报会”和为罗方钊助威壮胆的声援会。吃完午饭后，他们几个人又在罗方钊家里打了一下午的扑克，直到傍晚，许茂才和杨立峰等人才离开了罗家村。

然而，那些被激怒了的罗家村村民并没有因杨立峰的出现而被吓倒。就在杨立峰和许茂才等人到罗方钊家里为他助威壮胆的几天之后，村民们新的一轮上访又开始了。

这次上访，他们既没有到市里，也没有去省里，而是选择了乡里和县里，选择了到许茂才和杨立峰的眼皮底下去上访，并把到乡里上访的时间仍然定在了龙潭大集这一天。

这天一大早，那些上访的村民们便像往常赶大集一样，三三两两，陆陆续续走出了村子，不少人甚至是在巡逻民兵身边走过去的，可是并没有人注意他们。

龙潭大集设在龙潭村西头的河滩上，乡党委和政府驻地在村东头，两地相距不足一里路。上午十点，罗家村上百名佯装赶集的上访村民，按照事先的约定，几乎是在同一时间从集市上聚集到了乡政府的大门口。他们在梁鑫、项天发、罗世贵、程友民、胡大禄等几个上访组织者的指挥下，打起了早已准备好的“强烈要求罢免罗方钊村主任职务”的横幅。传达室的值班人员见有人上访堵住了政府大院的门口，立即打电话告诉了派出所。所长何润生听说有人上访堵住了政府大门哪里敢怠慢，迅速带着几个民警赶了过来。当他看到是罗家村的村民上访时，感到棘手，只好去找乡长许茂才，问这事该如何处理。

许茂才一听是罗家村的村民来上访，感到意外和震惊。他没有想到罗家村的村民会跑到乡里来上访，更没想到刚刚安排村两委会布置的巡逻民兵形同虚设，这么多人跑出来上访竟然毫无察觉。他非常生气地抓起电话打到了罗家村村两委会办公室，接电话的正是罗方钊，他故作不知地质问罗方钊说道：“我说方钊啊，我让你们安排民兵盯梢那些上访村民的事，你们落实了没有？”

“报告许乡长，我们已经落实了。根据你的指示，我们安排了二十多个基干民兵负责值勤，昼夜在村里巡逻，并对那几个上访组织者进行了重点盯防。”罗方钊很自豪地回答道。

“那些巡逻民兵这两天没有发现有村民跑出去上访吗？”许茂才又试探着问道。

“没有，绝对没有。许乡长，你就放心吧，只要发现他们去上访，我会马上向你报告的。”罗方钊很自信地回答道。

“真的没有吗？你他妈的真是个白痴，连这么点小事都干不好，还能干点啥？难怪村民们要罢免你这个村主任。现在，你们村有上百名村民都跑到乡里来了，你还说没有。自己酿的酒自己喝去吧。”许茂才愤愤地骂道，骂完就把电话挂了。

虽然许茂才并不愿意看见罗家村的村民来上访，也很打怵见这些上访的村民，但他是一乡之长，又不能不管，况且在罗家村的村民上访之初，乡党委书记欧阳山就说过，罗家村的村民上访由他负责全权处理。无奈之下，他只好出面接见，准备与乡派出所所长何润生一起在会议室里接见答复那些上访村民的代表。可令他万万没有想到的是，当他端着水杯，与何润生坐在会议室等待接访时，那些上访村民们的组织者却站在大门口不肯进去。那个领着他们进来的民警不解地问道：

“你们不是要找领导反映问题吗？许乡长跟何所长在里边等着你们，咋不进去啊？”

“我们不跟许乡长谈。他跟罗方钊那个王八蛋是一伙的，我们不信任他。”项天发毫不隐讳地说道。

“对，许乡长是罗方钊的帮凶，前两天我还看到他在罗方钊家里喝酒哪，我们跟他谈没有用。他不会替俺们这些老百姓说话的。”胡大禄也跟着起哄道。

“那你们想找谁谈？”那个民警又问道。

“我们想找欧阳书记谈。”梁鑫接过话茬回答道。

“哟，你们这些上访的口气还不小呢，谈话还要挑人，真是不知天高地厚。你们来上访由谁接见你们，那是领导安排的，不是你们想找谁谈谁就跟你们谈，欧阳书记工作忙，没有时间接待你们。”那个民警嘲讽道。

“那我们就等着，欧阳书记啥时想跟我们谈，你啥时再叫我们，反正我们不跟许乡长谈。”梁鑫毫不客气地回绝说道。说完之后，他们几个人就又回到了等候在大门外的上访队伍中。

项天发、胡大禄和梁鑫三个人的谈话，许茂才在屋里都听到了。他见那些上访的村民代表不肯跟他谈，觉得很没有面子，很尴尬，也很生气。他拿起水杯对何润生说道：

“老何，他们不跟咱们谈，咱们走，让欧阳书记处理去吧。”

许茂才说完，就气呼呼地回到了自己的办公室，再也没有出来。何润生见那些上访的村民代表不肯跟许茂才谈，堵在大门口又不肯离去，只好把这一情况向乡党委书记欧阳山作了汇报。欧出山听后也感到愕然，他明白那些上访的村民代表为什么不愿意跟许茂才谈。因为他知道，许茂才在处理罗家村村民的上访问题上确实没起好作用，使问题非但没有解决，而且矛盾不断激化，没有办法，他只好亲自出马，接待那些上访的村民代表。

那些上访村民代表见了欧阳山，就像是找到了靠山，找到了救星，个个义愤填膺，慷慨激昂，纷纷发表意见，提出质问。

“欧阳书记，党中央、国务院一再三令五申，要求收取农民提留的标准不得超过农民收入的百分之五，咱们乡为什么违犯国家规定，随意抬高收取提留的标准，增加农民的负担？”

“欧阳书记，俺们村老百姓的艰苦生活你到村里时也看到了，为啥不把过去多收的提留退给我们？”

“欧阳书记，老百姓上访反映问题有什么罪？为啥村两委会开除了梁鑫和罗小惠的村籍，现在又改成了留村察看，连省委郑廉风副书记都在扶贫现场会上批评了这种做法，你们乡党委和乡政府却不管不问？”

“欧阳书记，罗方钊是一个披着人皮的狼，俺们村里的大姑娘、小媳妇不知让他糟蹋了多少。他强奸钱招娣的事，人证物证都有，为啥会无罪释放？”

“欧阳书记，咱们乡里的派出所到底是为谁服务的？为什么村里发生了那么多案子都破不了，老百姓遭受那么大的损失都不管，却盯着几张揭发罗方钊罪行的大字报查个没完没了？”

“欧阳书记，你知不知道许乡长跟罗方钊是啥关系？他是罗方钊的大舅子杨立峰的同学，你让他去处理俺们村老百姓的上访，他能替老百姓说话吗？你是乡党委书记，你为啥不处理？”

“欧阳书记，罗方钊已经完全辜负了村民对他的信任和期望，我们强烈要求罢免他村主任的职务，希望乡党委和乡政府能够给予支持。”

……

面对那些上访村民代表连珠炮似的发问，欧阳山不知如何回答是好。最后，他只能安慰他们说道：“我理解你们的心情，你们所反映的情况和提出的问题，乡党委和乡政府会认真研究的，争取尽快给你们答复。”

# 六十二

罗家村的上访村民走后，欧阳山回到自己的办公室，看着那一叠厚厚的关于请求罢免罗方钊村主任职务的上访材料，紧锁眉头，忧心忡忡。为什么罗家村的资源条件并不比别的村差而经济却始终搞不上去？为什么村民对村两委会，尤其是对罗方钊意见这么大？为什么最近一段时间罗家村频频发生损害百姓利益的事情而公安机关却始终破不了案？为什么村民们上访所反映的问题迟迟得不到解决？对这一连串的问题，欧阳山百思不得其解。他决定去找乡长许茂才好好谈谈，商量一下如何解决和处理罗家村上访村民所反映的问题。

当欧阳山来到许茂才办公室时，许茂才正为罗家村的上访村民拒绝与他对话而生气。他已经猜出了欧阳山找他的目的。所以，他抬头看了欧阳山一眼，也没理会，仍然坐在那里抽闷烟。欧阳山知道许茂才这是因为罗家村的上访村民不愿跟他对话心里憋气，没跟他计较，而是在沙发上坐下，试探着问道：

“许乡长，罗家村的村民到乡里来上访的事你都知道了，你看这事该咋办？”

许茂才听后没好气地说道：“他们不是不用我管吗，你还问我干啥？你是书记，你说咋办就咋办吧。”

欧阳山知道那些上访村民为何不愿意与许茂才对话，也知道罗家村的上访问题之所以造成今天这样的局面，完全是由于许茂才与罗方钊的关系暧昧、处理不当造成的。他后悔当初不该把罗家村村民的上访问题交给许茂才来处理。当然，他也知道，罗家村村民上访的问题到了非解决不可的时候了，这样长期拖下去，不仅直接影响到罗家村的经济发展，也影响着全乡的工作。因此，虽然他对许茂才处理罗家村村民上访问题极为不满，但还是强忍着开玩笑说道：

“咳，许乡长，你咋跟那些上访村民较起劲来了，他们不让你当乡长你就不当了吗？”

“欧阳书记，不是我跟他们叫板，是这些上访村民太狂了，真是不知天高地厚。这就是咱们对他们心太软惯出来的毛病。如果把他们当中几个带头闹事的抓起来，看他们还敢不敢这么狂？”许茂才余怒未消地愤愤说道。

“许乡长，你的心情我能理解，可咱们也不能随便抓人啊。罗家村的这些村民就是因为对收取提留和村两委会的工作不满去上访，又没有啥过激行为，咱们有啥理由抓他们？我觉得对待老百姓的上访易疏不易堵。你越堵结的疙瘩就越大，对立情绪也就会越来越严重。”欧阳山谈了自己的观点。

“疏，咋个疏法？难道咱们对他们还不够仁慈吗？再这样疏下去他们就要骑在咱们头上拉屎了。我看罗家村的村民上访就是因为咱们太软弱才造成了今天这样的局面，才使他们敢这么猖狂，目中无人。”许茂才不满地说道。

“许乡长，不管咋说，罗家村的村民上访问题，咱们是应该好好研究一下到底该如何解决，这样长期拖下去总不是个办法。他们提出要罢免罗方钊村主任的职务，我看这件事干脆就交给罗家村的全体村民来决定吧。不管最后的结果如何，对那些上访的村民也是一个交待，他们也就不会到处去上访了。”欧阳山提议道。

许茂才一听欧阳山提出要让罗家村的全体村民讨论决定罢免罗方钊村主任的职务问题就急了，也顾不上生气了。他知道这么做对罗方钊来说凶多吉少，忙站起来反对说道：“欧阳书记，你可千万不能这么做，这么做对罗方钊来说是不公平的。他当村主任这些年来还是做了很多工作的，没有功劳也有苦劳。虽然罗家村的工作没有搞好，但这不能全怪罗方钊，其他村两委会成员也都有责任。不错，罗方钊是有不少错误和缺点，可咱们不能仅仅因为他出现一点点错误和缺点就罢免他的村主任。”

欧阳山听出了许茂才的意思，知道他这是在袒护罗方钊。这是欧阳山意料之中的事情，继续说道：“许乡长，你说的这些情况我都清楚。我们也不愿意这么做，可那些上访村民提出了这个要求，而且有两百多个村民在上访材料上签了字、按了手印。根据《村民委员会组织法》的有关规定，只要五分之一以上有选举权的村民提出罢免村委会成员的请求，就必须提交村民大会来讨论决定。如果我们对罗家村上访村民提出的这个要求置之不理，他们很有可能还会到处去上访。”

“欧阳书记，我不同意这么做。咱们不能让那些上访的村民牵着鼻子走。他们提什么要求，就满足他们什么要求。”许茂才坚决反对道。

欧阳山和许茂才两人争论了半天，也没有达成共识，最后只好不欢而散。

再说罗家村那些上访的村民知道有乡长许茂才作梗，到乡里去上访肯定是不会有什么结果。因此，回到村里之后，几个组织者便开始紧锣密鼓地忙着张罗准备再次组织村民去上访。这次上访，他们采取了声东击西的战术，使那些村干部和巡逻民兵防不胜防。

这天早晨天刚蒙蒙亮，罗世贵、程二茂和胡大禄等几个上访组织者就起床了。他们按照事先的分工，分别在村子的不同角落里扯着嗓子喊了起来：

“参加上访的村民，请抓紧时间到村前集合。”

“叔、婶，请马上到村前集合，我们今天要去上访。”

……

这喊声，此起彼伏，划破了宁静的夜空，回荡在群山波谷之间，唤醒了那些正在熟睡的村民，也惊动了那些盯梢上访村民的巡逻民兵。他们立即把这个消息告诉了村主任罗方钊和民兵连长胡天凯。罗方钊听后大为震惊，急忙从暖和和的被窝里爬出来，跑到村两委会办公室给乡长许茂才打电话。

正在做着美梦的许茂才被急促的电话铃声惊醒了。他不耐烦地抓起电话问道：“是谁呀？有什么急事天不亮就打电话？”

“许乡长，我是罗方钊啊。真对不起这么早就打扰你。”罗方钊边说边道歉。

许茂才一听是罗方钊打来的电话，气不打一处来，骂骂咧咧地抱怨说道：“我说方钊啊，你他妈的真是个催命鬼，连点规矩都不懂，有什么事不能等上班以后再打电话。”

罗方钊忙赔礼道歉说道：“许乡长，真是对不起，把你的好梦给搅了，我也是没有办法才在这个时候给你打电话的。”

“有什么急事这么早给我打电话？快说吧。”许茂才不耐烦地问道。

“许乡长，俺村的那些刁民又要去上访了，你看这事该咋办？”罗方钊急切地问道。

“你是怎么知道的？”许茂才听了一惊，睡意全无。

“是巡逻民兵发现的，他们现在正在村前集合。”罗方钊回答道。

“好了，我知道了。你马上把这事告诉姜涵，让他先出面做做工作，一定要稳住他们，千万别让他们出村，我马上就派人过去。”许茂才叮嘱道。

“好的，许乡长，我马上就去告诉姜涵副乡长和大孟书记，组织巡逻民兵先把他们拦住，你可抓紧时间派人过来呀。”罗方钊恳求道。

罗方钊放下电话后，又急忙把这一消息分别告诉了乡里驻村工作组的副乡长姜涵和村支书程大孟，并让民兵连长胡天凯把巡逻民兵全部调到了村民的集合地点。

与此同时，就在罗方钊和村干部们调兵遣将，准备组织巡逻民兵对上访村民进行围追堵截时，那些准备去上访的村民也都陆陆续续拥向了村前的集合地点，由上访村民提供的几辆农用三轮车和拖拉机也都发动起来停放在那里准备开动。罗世贵、程二茂和胡大禄等几个组织者在叫醒了上访村民之后，都来到集合地点，又忙着招呼那些前来等候去上访的村民。乡里驻村工作组的姜涵、秦科明、何云飞和村支书程大孟闻迅后也都赶了过来，罗方钊因怕与那些上访村民发生冲突，没敢出现在上访村民的面前。

巡逻民兵在民兵连长胡天凯的指挥下站成两排，挡在上访村民的前面，与上访村民们形成了对峙的局面。那些准备去上访的村民，有的坐在车上，有的来回走动，有的则在那里大声起哄。

“快把路让开，凭啥不让我们去上访？”

“没听人家说过吗，好狗不挡道，挡道没好狗，你们这些人连只好狗都不如。”

“你们不要再给罗方钊当帮凶了，难道这些年他把咱们老百姓害得还不够苦吗？难道你们还想这样继续下去吗？”

“民兵兄弟们，不要为他们卖命了，赶快醒醒吧，跟我们一起去上访吧。”

……

副乡长姜涵在村里蹲点包村已有大半年的时间了，罗家村的情况基本都了解了。虽然他非常厌恶罗方钊的所作所为，也很同情那些上访的村民，希望他们上访能够成功，尽快罢免罗方钊的村主任，选出一个能干的村两委会领导班子来，尽快带领罗家村的村民脱贫致富，看着那些衣衫褴褛、用期待的目光看着自己的准备去上访的村民，他心里真不是滋味。但由于自己的身份和职责，使他又不能不劝说那些村民不要去上访，苦口婆心地做他们的思想工作，等待着乡里派人来处理。

早饭后，乡党委副书记齐为民和派出所所长何润生带着几名公安人员鸣着警笛赶到了罗家村上访村民集合的地点，看到那些准备去上访的村民还没有离开村子，齐为民长长地松了一口气，拿起话筒对着上访村民做起了思想工作：

村民同志们，请大家静一静，我受乡党委书记欧阳山和乡长许茂才的委托来跟大家说几句话。

我听说你们又要准备去上访，你们穿着这么单薄的衣服，大冷的天，坐着农用三轮车和拖拉机去上访，从你们村到县城至少也要一个多小时，到了县城就是不被冻死也会被冻僵，恐怕不等去上访就先进医院了，你们觉得这么做值得吗？

我知道你们这些人对村两委会的工作有意见，对罗方钊有意见，才到处去上访。你们的心情是可以理解的，但你们前两天不是刚到乡里去上访过吗？乡党委欧阳山书记不是还亲自接待过你们上访的代表吗？你们所反映的问题乡里的领导都知道了，等研究后会给你们答复的。所以，我劝你们就不要再去上访了，还是赶快回家去吧。

齐为民的话音刚落，那些准备上访的村民就又起哄起来。

“谢谢齐书记能够理解和同情俺们这些老百姓，可俺们信不过乡里的领导。这罗家村的老百姓谁不知道，许茂才乡长跟罗方钊是一伙的，穿一条裤子还嫌肥，他能替俺们这些老百姓说话吗？”

“是啊，齐书记，你就别再哄俺们了，你说的话俺们不信。俺们都上访一年了，你们都给俺们解决啥问题了？到头来不还是好人被开除村籍，坏人横行霸道，老百姓挨饿受穷吗？”

“别再啰嗦了，快把路让开，俺们要去上访。”

……

副乡长姜涵见齐为民苦口婆心说了半天，那些准备去上访的人还是不肯离去，便又帮着做工作说道：

各位父老乡亲，大家就听齐书记一句话，快回家去吧。我们在罗家村待了这么长时间了，对罗家村的情况和你们的疾苦也有了基本的了解。我会把你们村的问题积极向上级反映的。同时，也请你们相信乡党委和乡政府，一定会妥善解决好你们村存在的问题的。

就在齐为民和姜涵等人与那些准备去上访的村民纠缠对峙时，罗方钊慌慌张张跑来告诉他们，罗家村的另一些上访村民已经到了县委、县政府大院，许乡长让你们立即赶到县里去。

那些准备去上访的村民听到这个消息后，没有再与那些巡逻民兵对峙，说着笑着各自回到了自己的家中。

# 六十三

齐为民接到命令后哪里敢怠慢，立即跟何润生一起，带着几名公安人员马不停蹄地赶到了茂丘县县城。当他们来到县委、县政府的大门口时，眼前的情景让他惊呆了。只见上百名罗家村的村民，在梁鑫、项天发、程友民等几个上访组织者的指挥下，扯着“还我村籍”、“严惩强奸犯”和“强烈要求罢免罗方钊村主任职务”等横幅，站在大门的两侧，含着悲愤和期待的目光，注视着从这里过往的行人和车辆。程海霞则还是双手举着母亲史娅琴的遗像，眼含着泪水跪在那里，并吸引了不少围观的群众，一些围观者还在比比划划，窃窃私语。

齐为民怎么也想不明白，他们刚刚在罗家村堵截了上访的村民，怎么又会在县城里冒出这么多上访村民来？当然，他并不知道罗家村的这些上访者们闷葫芦里到底是卖的什么药。

原来，这是罗家村的几个村民上访组织者为迷惑和麻痹那些村干部和巡逻民兵的盯防而摆出的一个迷魂阵。他们知道，最近一段时间，特别是他们到乡里上访之后，那些巡逻民兵对他们看得更死，盯得更紧，要想组织大规模的村民去上访不被发现更难了，不去上访，问题又得不到解决。于是，他们经过周密策划，想出了这个明修栈道、暗度陈仓的办法来。上访组织者和上访村民分两路，一路假上访，一路真上访。由罗世贵、程二茂和胡大禄等几个人负责组织假上访的村民，麻痹和迷惑那些村干部和巡逻民兵，掩护真去上访的村民顺利出村。由梁鑫、项天发和程友民等几个人负责组织真上访的村民去上访。

上访这天早晨，几个假上访的组织者一大早就起床了。他们按照事先约定的分工，故意在村子的不同角落大声叫喊：“参加到县里去上访的村民，请到村前集合。”一方面吸引那些村干部和巡逻民兵的注意力，另一方面给那些真正去上访的村民提供信息。待村干部和巡逻民兵到村前围追堵截那些假上访的村民后，那些真正要去县里上访的村民便趁人不注意，悄悄地从村后离开村子，或开着自家的农用三轮车和拖拉机，或乘坐公共汽车，直奔县城而去。上访组织者之一的梁鑫这些日子一直住在梁家村，自然容易脱身。项天发则在头天晚上就去了梁家村他的姑姑家。第二天一早，两人一同从梁家村去了县城。他们这么做，是那些村干部和巡逻民兵怎么也没有想到的。

罗家村村民到县里上访的消息，还是县信访局的干部蔡晓燕传出来的。当她上班后发现有罗家村村民到县里上访时，马上打电话把这个消息告诉了乡长许茂才，许茂才又把电话打到了罗家村村两委会办公室，责问齐为民为何没有堵住那些上访的村民，并让他立即带人赶到县里，想办法把那些上访村民劝回去。

齐为民得知这一消息后，立刻就与何润生一起，带着几名公安人员来到了县城。当他们来到县委、县政府的大门口时，县信访局的局长韩正义已经在那里了。看到那些上访村民堵在大门口，齐为民的头都大了。他跟韩正义以及几个信访干部一起，苦心相劝，试图说服那些上访村民。但不论二人如何苦苦相劝，那些上访村民始终不肯离去，并提出要求县里的领导当面答复他们。

“罗家村的父老乡亲，我是县信访局的韩正义，大家听我说几句话。我知道你们罗家村村民与村两委会之间的矛盾非常突出，你们对村两委会有意见，对村主任罗方钊有意见，你们到上面来上访，心情是可以理解的。但你们这么多人打着横幅、举着遗像堵在县委、县政府的大门口，确实有些不妥，不仅影响了县里领导正常的办公秩序，造成的社会影响也不好。再说了，天这么冷，你们在这里待得时间久了，也会被冻坏的。我劝你们还是赶快离开这里吧。”韩正义劝告那些上访村民说道。

齐为民虽然窝了一肚子火，但他怕处理不好惹恼了这些上访村民把事情闹大。所以，他没敢来硬的，而是也笑着劝说道：“我说梁鑫、天发，你们的点子还真不少，这一招也真够损的，不仅骗过了村干部和巡逻民兵，也骗过了我们，害得我们一大早就跑到罗家村去，你们却跑到县里来了。韩局长说得对，你们堵在县委、县政府的大门口不是个办法，是解决不了什么问题的。你们还是赶快领着大伙离开这里吧，要么到信访局去，要么跟我们回乡里去。”

“韩局长、齐书记，不是我们不给你们面子，是被逼得实在没有办法才这么做的。这信访局和乡里我们都去过不知多少回了，到头来啥问题也没解决。

我们今天来上访，就是要找县里的领导，不给我们答复，我们就不回去。”梁鑫回绝道。

“对，不给俺们解决问题，俺们就坚决不回去。”那些上访的村民也起哄道。

韩正义见上访村民不肯离开，便又带着威胁的口气说道：“我看你们还是跟我到信访局去吧，有啥问题到信访局去反映。请你们相信我，我一定把你们所反映的问题向县里的领导和有关部门转达，给你们一个答复。我这是为你们好，如果你们固执己见，继续堵在这里闹下去，到时候公安部门以扰乱社会秩序罪把你们抓起来，可别怪我没有告诉你们。”

“韩局长，你别拿公安局来吓唬我们，我们不怕。我们也没犯罪，公安局凭啥抓我们？”项天发满不在乎地说道。

“看来你们真是不懂法，你说你们带着这么多人堵在县委、县政府的大门口，难道这不是扰乱社会秩序吗？我最后再说一遍，希望你们能够带着人赶快离开这里。否则，别怪我没告诉你们，一切后果由你们自负。”韩正义再次劝说道。

“那你就让公安局把我们抓起来吧。反正不解决问题，我们就坚决不离开这里。”项天发坚持道。

“韩局长，你说得对，我们这些老百姓确实不懂法，可你也应该理解我们，没有冤情我们是不会跑到县里来上访的。我们今天来，就是想找县里的领导反映我们村里的问题，为全村老百姓讨回一个公道。希望你能够帮助我们通融一下，让县里派一个领导来跟我们见上一面。今天，要是见不到县里的领导，就是公安局把我们抓起来，我们也不会离开这里。”梁鑫解释道。

“对，今天不给俺们解决问题，俺们就坚决不离开这里。看他们能把咱们咋样。”程友民也附和道。

韩正义见不管怎么劝说，那些上访村民就是不肯离开，着实犯了难。虽然他是一个很有正义感的人，也了解罗家村的情况，同情这些上访村民，本想找县里的有关领导报告这件事情，让县里的领导出面给他们一个答复。但一想到他们所告的是村主任罗方钊，他又犹豫了，因为他知道罗方钊是县公安局副局长杨立峰的亲妹夫，怕这件事处理不好得罪了杨立峰，况且龙潭乡的乡长许茂才已经给他打过电话，告诉他千万不能让那些上访村民的“阴谋”得逞。没有办法，他只好把齐为民叫到一旁，两人嘀咕了一会儿，不知说了些啥，说完后就一起进了县委、县政府的大院。只有乡派出所的所长何润生和随他一起来的几个民警还守候在那里。

那些上访村民们见韩正义和齐为民进了大院，估计他们一定是去找领导汇报去了。于是，便收起了扯着的横幅和遗像，坐在那里等待着有县里的领导出来跟他们对话，倾听他们的诉说。

过了一会儿，只见一辆安装着警报器的面包车从外边的大街上迎面开过来停在上访队伍的跟前。车停稳后，从车上下来了四五个手拿电警棍的公安人员。其中一个中年民警冲着上访的人群高声喊道："谁是梁鑫、项天发和程友民？"

梁鑫、项天发和程友民不知发生了什么事情，急忙凑过来。回答说道："我们就是，请问警察同志找我们三个有什么事？"

"你们三个请跟我们走一趟吧。"那个中年民警用命令的口气说道。

"去哪儿？"梁鑫问道。

"到公安局去。"那个中年民警回答道。

"我们又没犯法，到公安局去干啥？"项天发不解地问道。

"还说你们没犯法，你们纠集村民堵在县委、县政府的大门口，聚众闹事，扰乱社会秩序，难道这不是犯法吗？"那个中年民警板着面孔十分严肃地说道。

"谁聚众闹事了？我们既没搞打砸抢，也没有堵住大门口影响大院里的领导上班，我们只是来上访要求县里的领导给我们解决问题，难道我们上访也有罪吗？"梁鑫反唇相讥说道。

"好了，别啰嗦了，我们不想听你们解释，快上车吧，有啥问题到公安局再说。"那个中年民警不耐烦地说道。

那些上访的村民见公安人员要把梁鑫和项天发带走，呼的一下子都围了过来，堵住了他们的去路，七嘴八舌地谴责起来。

"俺们上访犯了哪家的王法了，你们就随便抓人？"

"俺们村发生了那么多案子，你们公安局都不管，就是欺负老百姓有本事。"

"就是啊，你们公安局不是保护人民利益的吗，为啥俺们的利益得不到保护？"

"我们又没犯法，你们凭啥抓人？要抓就把我们这些人一块抓起来吧。"

……

那个中年民警见上访村民围攻起哄，堵着路不让他们把梁鑫、项天发和程友民三个人带走，大为恼火。他用电警棍指着那些围攻的上访村民喝斥说道："我们是奉命来执法的，请你们把路让开。如果你们再敢围攻起哄，我们将以妨碍执行公务罪把你们也一起抓起来。"

另外几个民警也都跟着用电警棍不断地驱赶着那些围攻的上访村民。

梁鑫见状怕把事情闹大影响了他们上访，忙举着双手对围攻的上访村民劝说道：“大家快把路让开吧，别妨碍公安人员执行公务。我们又没犯法，他们不会把我们怎么样的。如果我们三个人回不来，你们就先回村里去，给我们的家里送个信，让他们放心。同时告诉我二叔（罗世贵）、程二茂和胡大禄他们，让他们继续和你们一起去上访。一定为我们罗家村的父老乡亲讨回一个公道。告不倒罗方钊我们就决不收兵。”

也许是梁鑫的话起了作用，也许是畏惧于民警手中的警棍，那些围堵在警车旁边的上访村民没有人再说话，很快就退到了两旁，把路让开了。

梁鑫、项天发和程友民三个上访组织者被公安机关带走了。何润生也带着几个民警离开了这里，韩正义和齐为民进了大院之后，就再也没有出来。罗家村的那些上访村民因几个组织者被抓，已群龙无首，不知如何是好。他们在县委、县政府的大门口又等了一阵子，见没有人再理会他们，便沮丧地相继散去，返回了罗家村。

# 六十四

罗家村的上访村民原以为韩正义和齐为民回到县委、县政府的大院里是向领导汇报去了，正怀着感激之情站在那里静候佳音，期盼着能有县里的领导出来跟他们对话，倾听他们的诉说，帮助他们解决上访所反映的问题，可他们谁也不曾想到领导没盼来，却盼来了几个公安人员把他们上访的组织者带走了。

其实，他们哪里知道，韩正义和齐为民嘀咕了几句回到大院后，并没有找领导汇报罗家村村民上访的事情，而是回到了信访局韩正义的办公室，商量应对办法。韩正义把皮球踢给了齐为民，让他找乡里的领导拿意见。齐为民给乡长许茂才打电话，把罗家村村民在县里上访的情况告诉了他，问他该如何处理。许茂才明确指示，一定要想办法把罗家村上访的村民从县委、县政府的大门口赶走，千万不能让他们跟县里的领导见面。

许茂才不放心，放下电话后，又给他的老同学、县公安局副局长杨立峰打电话，把这一消息告诉了他，并强调梁鑫、项天发和程友民三个上访村民的组织者都是他妹夫罗方钊的死对头，让他想办法安排几个公安人员协助齐为民和何润生处理好这件事情，阻止村民到县里去上访。

身为公安局副局长的杨立峰得知这一消息后，已经忘记了党和人民所赋予的使命，在亲情与正义的天平上失衡了。他马上把治安科科长叫到自己的办公室，谎称有上访村民围攻县委、县政府，让他立刻带上几个民警去解围，并带上三份刑事拘留证，把那三个带头闹事的组织者抓起来进行行政拘留。

那个治安科长、也就是上面所说的那个中年民警得到杨立峰的授意后，亲自带着几个民警赶到了现场，以扰乱社会秩序罪把梁鑫、项天发和程友民三人带走了。

押着梁鑫、项天发和程友民三人的面包车鸣着警笛，呼啸着穿过城区，驶向郊外。警车上的人个个表情严肃，气氛紧张，谁也没有说话。当警车驶出城区后，他们三人预感到了事情的严重性。梁鑫警觉地试探着问那个中年民警说道："警察同志，你不是说要带我们去公安局吗，咋跑到城外边来了？你们这是要带我们到哪里去？"

"带你们到该去的地方去，到时候你们就知道了。"那个中年民警表情严肃地回答道。

"警察同志，你们口口声声说是奉命行事，你们到底是哪个单位的？又是奉谁的命令来抓我们的？"梁鑫又很有礼貌地询问道。

"怎么，难道你们还怀疑我们的身份不成？"那个中年民警很不高兴地反问道。

"警察同志，你不要生气。我们不是这个意思。因为你们到了那里没告诉我们是哪个单位的，不问青红皂白就把我们三个抓来了，我们就是死，也该死个明白吧。"梁鑫仍赔着笑脸解释道。

"好，那我就让你们明白。实话告诉你们，我们是县公安局治安科的。"那个中年民警毫不隐瞒地回答道。

"那你们是奉谁的命令来抓我们的？该不是奉杨立峰那个王八蛋的命令吧？"项天发追问道。

"你们认识杨立峰？"那个中年民警显得很吃惊地问道。

"岂止是认识，就是扒了那个王八蛋的皮，也认识他的骨头，像杨立峰这号人，就不配当公安局长。"项天发恨得咬牙切齿地骂道。

"你们为何骂杨局长，他怎么得罪你们了？"另一个民警不解地问道。

"你们知道俺们村的老百姓今天来上访告的是谁吗？就是杨立峰的亲妹夫罗方钊。他仗着有杨立峰这个当公安局副局长的大舅子撑腰，在村里横行霸道，强奸妇女，干尽了坏事。而杨立峰身为公安局副局长不但不秉公执法，还帮助毁灭证据。你们要抓就应该去抓罗方钊这个十恶不赦的大坏蛋，而不应该抓我们这些含冤叫屈的老百姓。"程友民也愤愤地说道。

那个中年民警听了项天发和程友民的这番话，心头为之一震，似乎悟出了其中的玄机。他没有再问什么，也没有再说什么。

载着梁鑫等人的警车经过近半个小时颠簸，驶进了郊外一个砌有高墙的大院。透过车窗玻璃，梁鑫、项天发和程友民三人都已经看到了挂在门口的"茂丘县拘留所”的大牌子。车停下后，三人被带进了一间民警值班室。那个中年民警从公文包里拿出了三张早就打印好的行政拘留证放到他们面前说道：

“由于你们组织煽动上访村民围攻县委、县政府大院，触犯了《治安处罚条例》，决定对你们进行行政拘留七天，这是行政拘留证，请你们在上面签字吧。”

梁鑫、项天发和程友民三人一看都傻了眼，现在他们才明白，原来，杨立峰为了阻止上访村民告发他的妹夫罗方钊，早就准备好了这一招。梁鑫拿起一份行政拘留证看了看，又扔到桌子上说道：“对不起，警察同志，这行政拘留证我们不能签字，我们又没犯法，凭啥拘留我们？”

“对，这个字我们不能签，这是杨立峰的阴谋，是对我们这些上访村民的迫害。请你们开开恩快放我们回去吧，那些上访村民还等着我们呢。”程友民恳求道。

“这个我们做不了主，我能够理解你们所说的话，但要想撤销对你们的行政拘留，不是我们几个人说了算，必须有领导签字。我会把你们的意见带回去向领导反映的，请你们还是赶快签字吧。”那个中年民警解释道。

“要抓要剐随你们，这个字我们坚决不签，你们就死了这条心吧。你们关我们一时关不了我们一辈子，只要我们能够活着出去，就继续去告罗方钊那个王八蛋，下次上访连杨立峰这个徇私枉法的狗官一起告。”项天发态度十分坚决地说道。

那个中年民警见梁鑫、项天发和程友民拒签行政拘留证，长长地叹了一口气说道：“好了，我不跟你们多说了，这个行政拘留证你们签也好，不签也罢，反正公安局对你们的行政拘留已经下达了，你们有什么意见以后出去再说吧。”说完后，他又对那个值班民警说道，“人我已经交给你们了，快把他们带进去吧，我们回去了。”

就这样，梁鑫、项天发和程友民三个上访组织者不明不白地被抓进了拘留所，他们被值班民警带进了一间安装有铁门铁窗、戒备森严、能容纳近二十个人的拘留室。那里的民警向他们宣读了拘留所的纪律和有关规定，并让他们自己掏钱，为他们配置了被褥、碗筷和洗漱用具。

拘留所的管理非常严格，纪律非常严密。这里虽然没有武装看押，没有高压电网，但无论是被刑事拘留、司法拘留，还是行政拘留，只要是被关进这个大院，任何人不得随便出入，只能待在各自的拘留室里，或在值班干警的组织下到外边放放风，一切活动都在值班民警的指挥和监督下进行。作息时间也规定得非常具体，什么时候起床，什么时候吃饭，什么时候上课接受教育，什么时候放风，什么时候熄灯睡觉，一天二十四小时安排得满满的。

梁鑫、项天发和程友民三人进了拘留所，已经完全失去了自由。尽管他们还在不停地喊冤叫屈，为自己申辩，但没有人再理会他们，也没有人再听他们的倾诉。他们在这里只能“面壁思过”，接受公安干警那滔滔不绝的人生观和价值观的训导。也许是因为惦记着外边那些上访的村民，也许是因为无故被拘留而感到愤慨，中午，他们三个人谁也没有吃饭，晚饭实在饿极了，每个人才都就着咸菜啃了一个窝窝头。

晚上，他们三人躺在那冰冷的床上，冻得瑟瑟发抖，翻来覆去怎么也睡不着觉。眼前这令人望而生畏的情景，使他们思绪万千,百感交集。特别是梁鑫，更是悲愤至极。透过铁窗，望着室外昏暗灯光下那高高的围墙，他想到了那些跟他们一起到城里来上访的村民，不知他们都是否已经安全回到了家？想到了自己的父母、妻子和可爱的儿子，不知道他们现在该急成啥样子了？想到了到罗家村当倒插门女婿这两年来的坎坷遭遇，先是被开除村籍，后又改成留村察看，罗家村村两委会的那些干部们为什么要这样对待自己？想到了他和罗家村村民们为维护合法权益一年多来一次次历尽艰辛的上访，为什么问题始终得不到解决？想到罗方钊那个恶魔为什么得不到应有的惩罚，而他们这些无辜的上访村民却屡遭迫害和打击、报复？……他感到困惑，感到迷惘，感到无奈，感到伤心和委屈。想着想着，他的眼睛湿润了，泪水像断了线的珠子顺着脸颊淌下来。

这一夜，他们三个人谁也没有合眼。

# 六十五

罗家村的那些上访村民回村后，立即把梁鑫、项天发和程友民被公安局带走的消息告诉了他们的家人和另外几个上访组织者，这使他们感到意外和焦虑不安，也使他们感到震惊和愤慨。

当天晚上，上访组织者之一的村党支部副书记胡春光就把罗世贵、胡大禄和程二茂请到家里，商量对策，研究营救梁鑫等人的办法。胡春光满含愤怒之情说道：

“不用我说，你们几个可能都已经听说了，梁鑫、天发和友民今天领着大伙到县里去上访被公安局带走了。他们家里的人都十分焦急。刚才，世龙叔和招娣来找过我，让咱们帮着打听一下究竟怎么回事，并让咱们拿个主意，设法把他们救出来。你们几个说说这事到底该咋办？”

“咱们上访有啥罪？公安局凭啥要抓梁鑫和天发他们？”程二茂愤愤不平地说道。

“我也不太清楚，听去县里上访的人回来说公安局是以组织煽动上访村民围攻县委、县政府大院的理由把他们带走的。”胡春光解释道。

“唉，这年轻人干事就是容易冲动，他们去冲击县委、县政府大院干啥，这不是没事找事吗？那些护着罗方钊的人正愁找不到把柄来治咱们哪。这下子可好，上访没把罗方钊那个王八蛋告倒，自己却进了公安局。”罗世贵抱怨道。

“世贵叔，你别听他们胡诌八扯，事情根本不是像他们说的那样，梁鑫和天发他们没有错。我问过去县里上访的村民了，他们告诉我说梁鑫和天发并没有领着他们去围攻县委、县政府大院，也没有什么过激行为，只是打着横幅站在县委、县政府的大门口上访。开始时县信访局的韩局长和咱们乡里的齐为民副书记还都在现场。韩局长让他们到信访局去,他们不去,提出要见县里的领导,韩局长和齐书记就都到大院里去了，后来就来了几个公安人员把他们抓走了。”程二茂向在场的几个人介绍了梁鑫等人被抓的经过。

“他奶奶的，这肯定又是罗方钊的大舅子杨立峰那个王八蛋捣的鬼。这些人拿着共产党的俸禄不干人事，算什么国家干部。”胡大禄气愤地骂起来。

“我看他们这是狗急跳墙。看来咱们这次上访触到了他们的痛处。他们这么做无非是想阻止咱们去上访，那咱们就给他来个反其道而行之，继续组织大伙去上访，看他们敢不敢把咱们罗家村的上访村民都抓起来。如果真的把事情闹大了，上级领导就重视了，咱们的问题也就解决了。”程二茂献计说道。

“我觉得二茂的这个主意不错，明天咱们就继续去上访，咱们都去，我也参加，把对罗方钊有意见的人都组织起来，人越多越好，把能用的交通工具都用上，拖拉机、农用三轮车、摩托车甚至自行车全部上阵，大张旗鼓地去上访。只有这样，才能救出梁鑫他们，才能引起上级领导对咱们上访所反映问题的重视。不过，咱们在上访时一定要注意方法，千万别让他们抓住咱们的把柄，看他杨立峰还有什么卑鄙的手段。”胡春光补充道。

“春光哥，我看你就别参加了，在后面给我们坐镇指挥就行了。如果你再被他们抓进去，还有谁能领着大伙去上访。”程二茂不无担心地说道。

“是啊，春光老弟，二茂说得对，你还是别去了，俺们知道你是为了大伙，可你是党员，又是村干部，别让他们再抓住你的小辫子，给你个什么处分。”胡天禄也劝解道。

“党员怎么了？党员就应该跟大伙站在一起，你们不用为我担心，我不怕，大不了他们再让我停职检查就是了。再说了，光你们几个人组织大伙去上访，那些上访的村民也未必敢跟你们去。你们就别再劝了，咱们还是赶快分头准备吧。”胡春光满不在乎地说道。

胡春光和程二茂几个人经过秘密策划，决定第二天继续到县里去上访，然后就分头通知那些上访的村民去了。

第二天一大早，那些准备去上访的村民有的开着拖拉机，有的驾驶着农用三轮车，有的骑着摩托车或自行车，潮水般地涌出了村子，直奔县城而去。尽管那些巡逻的民兵已经发现了他们要去上访，并把这一情况报告了乡里驻村工作组的副乡长姜涵和村支书程大孟。姜涵和程大孟又带人到村口围追堵截，苦苦相劝，但那些被激怒的村民根本就不理会他们。

上午九点多钟，罗家村的上访村民经过一个多小时的跋山涉水，都陆陆续续到达了事先约定的集合地点县城东边的河滩上，梁鑫的妻子罗小惠和项天发的妻子钱招娣也都来了。罗世贵、程二茂、胡大禄等几个上访组织者比他们来的更早，早就等候在那里，胡春光也参加了这次上访。上访前，他先作了个动员：

各位父老乡亲，天这么冷，大家穿的衣服又这么单薄，坐在冰冷的车上跑这么远的路，想必大家都冻得够呛。说句心里话，我们也不愿意这么做，我们这么做实出无奈。不用我说大家可能都知道了，昨天，梁鑫、项天发和程友民领着大伙到县里来上访，被县公安局抓走了。我们今天来上访，就是要为他们讨一个说法，要求他们立即放人。同时要求县里的领导给咱们一个答复，批准咱们罢免罗方钊村主任职务的请求，早日清除咱们罗家村的这个毒瘤，使咱村的老百姓能够早日摆脱贫困，过上好日子。

咱们前前后后上访已经一年多了，由于乡里个别领导袒护村两委会和罗方钊，至今也没有一个结果。估计咱们这次上访也不会一帆风顺，肯定会遇到很多阻力和困难，希望大家在上访的时候能够顾全大局，相互照顾，特别要注意照顾好老人和孩子。为了不影响交通，不影响县里领导正常的办公秩序，也为了不让那些别有用心的人再抓住咱们的把柄，咱们把所有的交通工具都放在这里，安排两个人看管，其他人都徒步进城。到了县委、县政府的大门口时，大家一定要听从指挥，注意方法，不要围堵县委、县政府的大门，不要喊口号，不要起哄，更不要骂娘。咱们就坐在那里等，一直等到县里的领导出来接见答复咱们。不管发生什么事情都要保持冷静。

胡春光作完动员后又问上访村民说道："我说的话大家听明白了没有？"

"听明白了，咱们还是赶快去上访吧！"那些上访村民焦急地说道。

"那好，现在咱们就去上访，出发。"

胡春光一声令下，二百多人的上访队伍在他和另外几个组织者的带领下，沿着城区的街道，穿街走巷，浩浩荡荡地向目的地进发。当他们来到县委、县政府的大门口时，县信访局局长韩正义和乡党委副书记齐为民已经带着人等候在那里了。

齐为民跟胡春光过去就认识，见面后，还没等胡春光走到跟前，齐为民就迎上去显得很惊讶的样子问道："春光，你是村两委会成员，咋也领着村民来上访？"

胡春光早就想到了乡里一定会派人阻止他们到县里来上访，只是没想到会这么快。他见齐为民问，知道他这是在责怪自己，忙回答说道："噢，是齐书记呀，真不好意思又给乡里添麻烦了。不错，我是个村干部。这当村干部的不就是要为老百姓服务吗？不就是要维护群众的利益吗？现在他们需要我，我就应该跟他们站在一起。"

"你有问题可以到乡里去反映，为啥非要组织村民到县里来上访？"齐为民不满地质问道。

"齐书记，这话倒是应该我们问你。难道我们没到乡里去反映过吗？在这一年多里，罗家村的老百姓跑了多少次乡党委和乡政府，甚至连市里、省里都跑了无数次，为了上访给大伙讨回一个公道，梁鑫被开除了村籍，后又改为留村察看，我被停职检查。这一切，难道你们乡里的领导不知道吗？为啥就是拖着不解决？"胡春光反唇相讥说道。

"你们罗家村不是昨天来上访了吗？咋今天又来了，而且比昨天来的人还多？"韩正义接过话茬装着不解地问道。

"韩局长，你该不是揣着明白装糊涂吧？我们为啥今天又来上访，难道你不清楚吗？昨天，俺们村的老百姓来上访要求罢免罗方钊村主任的职务，你们不但不给答复，还把来上访的人给抓起来了，你说俺们能不来上访吗？"胡春光不卑不亢地回答道。

"春光，我看你还是领着大伙快回去吧，不要再坐在这冰冷的地上了，时间长了会冻坏的，况且这其中还有很多老人和孩子。请你们放心，你们所反映的问题，我和韩局长一定向县里和乡里的领导汇报，争取尽快给你们一个答复。关于梁鑫、项天发和程友民被公安局抓走的事，我和韩局长当时确实不知道，是今天早晨才听说的。我们马上会跟公安部门联系的，看看他们的问题严重不严重，如果没有什么大问题，会把人放回去的。"齐为民也打圆场说道。

"我说齐书记，请你不要猫哭耗子假慈悲了，你说你们不知情，谁信哪。"胡大禄连讽带刺地说道。

"韩局长，齐书记，你们就不要再费口舌了。不给俺们解决问题，俺们是不会回去的。俺们今天来就两个要求：一是请求你们帮助通报一下，让县里的分管领导跟俺们见个面，给俺们一个答复；二是要求公安局立即把梁鑫、项天发和程友民放出来。否则，俺们就坐在这里等，就是等到天黑也不会离开的。除非你们让公安局把俺们这些人也抓起来。”程二茂态度非常坚决地回答。

“对，不给俺们解决问题，俺们就坚决不离开这里。”一些上访村民也起哄说道。

望着这些群情激愤、冻得瑟瑟发抖而用乞求的目光看着他的上访村民，韩正义沉默了。他感到心酸，感到同情，感到有愧于他们。他多次去过罗家村，对罗家村的情况是了解的，经济落后，百姓生活困难，干群关系紧张，矛盾冲突不断，特别是村主任罗方钊与不少村民之间到了水火难容的地步。村民们为此而上访已经一年多时间了，甚至在省里都挂了号，问题始终没有解决。其实，昨天韩正义并没有让公安局抓人，只是想打电话让许茂才设法把人劝回去。他没有想到许茂才会打电话给杨立峰，更没有想到杨立峰会派人把几个上访组织者抓起来。当然，他知道杨立峰为什么要这么做，也清楚罗家村的问题为什么迟迟得不到解决。同时他也担心，如果事态继续扩大会连累到自己，所以，他没有再说什么，也没有再给许茂才打电话，而是回到大院后直接向分管政法和信访工作的县委副书记丁忠信作了汇报。

丁忠信昨天到市里开会直到很晚才回来，罗家村村民昨天到县里来上访的几个组织者被拘留的事情他并不知晓。听了韩正义的汇报后，他非常生气，严厉批评说道：

“我说韩局长，我跟你们说过多少回了，信访工作是我们党和政府联系人民群众的纽带和桥梁，是了解社情民意的一个重要窗口，对待群众的上访宜疏不宜堵，对他们上访所反映的问题只要是合理的，能够解决的，尽量帮助他们协调解决，不要动不动就抓人，这样做只会把矛盾激化，解决不了问题。如果我没有记错的话，罗家村的村民上访大概有一年多了吧？为什么他们总是上访？为什么问题就是得不到解决？根子在哪里？阻力在哪里？到底是他们无理取闹，还是这个村真的有问题？咱们俩都不止一次地到过这个村，亲眼目睹了这里的老百姓生活有多么艰难。省里对罗家村村民的上访问题，也极为重视和关注，省委郑廉风副书记还亲自在他们的上访材料上作过批示。罗家村的问题不能再拖了，这样会伤老百姓的心的，一定要好好调查研究一下，尽快抓紧解决，给他们一个答复。你马上打电话通知公安局，让他们立即放人。然后把那些上访的村民带到县政府的小礼堂里，咱们一起出去见见他们，再安排人到外边的饭店里多订一些大包子，一定要让他们吃饱饭再回去。”

挨了批评的韩正义哪里敢怠慢，忙赔笑说道：“丁书记，你批评得对，是我们信访局没有把工作做好。我们今后一定注意，努力改变工作方法，提高工作效率。”说完，他就跑出去安排去了。

罗家村的上访村民被领进了县政府的小礼堂。不一会儿，县委副书记丁忠信在韩正义等人的陪同下，便来到了他们中间，接见并答复了他们：

乡亲们，让大家受苦了。我先来个自我介绍吧，我叫丁忠信，是县里分管政法工作和信访工作的县委副书记，也是你们提出来要见的县里的领导。昨天，由于我去市里开会直到晚上才回来，没能跟你们见面，在这里我先向大家赔个礼，道个歉。

我到你们村去过两次，对你们村的情况也有所了解，知道你们村不富裕，老百姓的生活还很苦，社会治安状况也比较混乱，前不久又发生了学校教室倒塌、砸死砸伤学生的严重事件，你们对村两委会有意见是可以理解的。如果我没记错的话，你们这些人从去年冬天就因收取提留过高和对村干部有意见到处去上访，到现在已经有一年多了。由于种种原因，你们所反映的问题至今没有得到解决，有的上访村民还为此被开除了村籍，现在听说又改为留村察看。在这个问题上，县里是有责任的，特别是我这个分管的县委副书记是有责任的。不过，请你们放心，我会安排有关部门和你们的乡党委、乡政府进行调查处理，尽快给你们答复的。

另外，我听说你们昨天来县里上访，有几个组织者被公安局拘留了。我已经批评了他们的这种做法，人马上就会被放回去的。与此同时，在这里我也向你们提一个要求，你们以后有什么问题要到上面来反映，也应该注意点方式方法，派几个代表来就行了，不要动不动就把全村的人拉出来，这样做既影响你们的生产和生活，也影响正常的社会秩序。

最后，我再说一件事，我看你们当中有许多人都是自己带着饭来的，天这么冷吃凉饭怎么能行。我已经让信访局在外边的饭店里给你们订了大包子，每人半斤，一会儿就送过来，你们吃饱后就回家去吧。

听了丁忠信那充满温馨和关爱的话语，那些上访村民们爆发出了一阵热烈的掌声，有的甚至还流下了激动的泪水。

吃过午饭之后，罗家村那些上访的村民，含着感激和期盼的心情，离开了县委、县政府大院。梁鑫、项天发和程友民在拘留所里被关了一天一夜之后，终于又获得了自由。

# 六十六

罗家村的村民连续两次组织到县里去上访使村主任罗方钊感到风声鹤唳，惶恐不安。他知道村民们这几次上访矛头都是指向他的，其目的就是要罢免他这个村主任。虽然为了阻止村民们去上访，他曾安排民兵昼夜进行巡逻盯防，并及时发现了村民们上访的动向，乡里也专门组织力量进行围追堵截，他那个当公安局副局长的大舅子哥杨立峰还借助于手中的权力，把几个村民上访的组织者抓了起来。但这一切都无济于事，村民们上访已经成功，梁鑫、项天发和程友民三个被拘留的上访组织者也回到了村里。当了多年村干部的罗方钊当然不甘心坐以待毙。村民们到县里去上访的当天晚上，他就急得像热锅上的蚂蚁似的到处打探消息。当听说县委副书记丁忠信亲自接待了上访村民时，他预感到了事情的严重性。

第二天一大早，罗方钊连早饭也没吃，就带着花生、板栗等土特产，骑上摩托车，再次跑到乡政府，找乡长许茂才求援。见了面，还没等罗方钊说什么，许茂才就板着面孔生气地问道："你来干什么？"

"许乡长，我来向你汇报一下我们村那些刁民到县里上访的事情。"罗方钊恭敬地回答道。

罗家村村民两次到县里上访的情况，乡党委副书记齐为民回到乡里后早就向许茂才汇报了，所以，当听说罗方钊要向他汇报村民上访情况时，许茂才没好气地回绝说道："你们村的老百姓到县里去上访，恐怕全县人都知道了，还用你来汇报啊，快滚回去吧。"

"许乡长，你既然都知道了，我就不说了。你说这事该咋办？"罗方钊焦虑不安地问道。

“我知道该咋办？你自己酿的酒自己喝呗。我说方钊啊，你真是一个扶不起来的阿斗，一有事就跑到乡里来找我，好像我这个乡长就是专为你罗方钊当的，天天让我给你擦屁股，擦到啥时才是个头呀？”许茂才愤愤地斥责道。

“许乡长，真对不起，我知道这两年给你添了不少麻烦，让你为我操了不少心。可话又说回来了，你不管我谁还能管我？求求你一定帮帮我，帮我在欧阳书记和县里的领导面前说说情，千万不能让那些上访刁民的阴谋得逞。我一辈子都不会忘了你的大恩大德。”

罗方钊满脸堆笑地苦苦哀求说道。说完，他就从衣服口袋里掏出了两千块钱放进了许茂才办公桌的抽屉里。

许茂才是一个见钱眼开的人，外号就叫“许敛财”。他见罗方钊给他送钱，气儿顿时消了，但嘴上还是装着不解地嗔怪说道：“你这是干什么？”

“许乡长，这两千块钱是前些日子我们村完成收缴提留的任务后乡里奖励给我的，我放在那里一直没花。这钱不是给你的，求人帮忙需要花钱，总不能让你替我掏腰包吧。”罗方钊解释道。

许茂才没有推辞就把钱收下了，还振振有词地为自己辩解说道：“是啊，现在的社会风气真是不正，办啥事都要请客送礼，那我就试试看吧。实话告诉你，这一年多来如果没有我护着你，那些上访的村民早就把你赶下台去了。不过，我总觉得这一次跟过去不一样，听说他们去县里上访是县委丁副书记亲自接访的。如果丁书记不再过问这件事，事情就好办。但如果丁书记亲自插手这件事，事情就难办了。”

“许乡长，我知道你对我好，那这件事就拜托你了，不管结果如何，我都会感谢你的。”罗方钊十分感激地说道。

“那好，今天正好乡里不开会，我去跟欧阳书记打个招呼，你把摩托车放在乡里，跟我一起进趟城。”许茂才一边把罗方钊给他的那两千块钱重新放进带锁的抽屉里，一边说道。

“许乡长，进城干啥？”罗方钊不解地问道。

“你说干啥？去跑你的事呗。咱们进城去找一下你的大舅子哥杨立峰和信访局的韩局长，一方面打听一下县委丁书记对这件事是什么态度，另一方面商量一下该怎么应付那些上访的村民。”许茂才没好气地说道。

“许乡长，我看你自己去就行了，我就不用去了，反正我们村的情况你也熟悉，我去也没有啥用处，净惹孩子他舅生气。”罗方钊打退堂鼓说道。

“我说方钊，别说得那么好听了，你这花花肠子我还不明白，你是怕去了你大舅子哥训你对不对？这丑媳妇早晚得见公婆，咱们还是一起去吧，有什么情况你心里也好有个底。”许茂才一下子就戳到了罗方钊的要害处。

许茂才到乡党委书记欧阳山的办公室里打了个招呼，便跟罗方钊一起来到了县城。他们先来到县公安局杨立峰的办公室。正像罗方钊所预料的，一见面，杨立峰就把他臭骂了一顿：

“我说罗方钊啊，你他妈的算个什么东西，人事不干点，净给我惹祸，搞得我里外不是人，想当初我妹妹怎么瞎了眼嫁给了你这号人，你的脸皮也真够厚的，还有脸到我这里来，赶快给我滚出去。”

“行了，立峰，你就是揍他一顿也没有用，刚才在乡里我已经骂了他一顿了。他怕你训他,吓得都不敢来见你。我看咱们还是赶快商量一下该怎么办吧。”许茂才在一旁劝解道。

“你说能咋办？都是他干的好事，惹怒了那么多老百姓。他们扯着横幅堵在县委、县政府的大门口上访，你认为我看了心里好受啊。没有办法，我没有跟潘强局长打招呼就让治安科以非法聚集、围堵冲击国家机关、破坏社会公共秩序罪把几个上访组织者拘留了，目的是想吓唬吓唬他们，让他们不敢再去上访。谁会想到他们第二天又来了，而且来的人比前一天还多，县委丁书记亲自下令让把人放了。我还正为这事不知该怎么向潘局长和丁书记解释犯愁呢。”杨立峰很无奈地说道。

“立峰，这事是有点麻烦。但不管怎么说方钊是你的亲妹夫，咱们总不能见死不救，眼看着让那些上访村民的阴谋得逞，把他的村主任给罢免了。我看这样吧，中午我在万寿山庄安排一桌，把信访局的韩局长、蔡晓燕，还有你们公安局治安科的那个科长都请过去，再把丁书记的秘书小黄也叫着，顺便了解一下信访局和丁书记是什么意见和态度，然后咱们再研究对策。”许茂才显得很关心地说道。

杨立峰深为许茂才的这种真诚相助而感动，他十分动情地说道：“茂才，真不愧是老同学，你能这么想我就很感激了，哪能让你破费，还是我来安排吧。”

许茂才也显得十分慷慨而大方地说道：“咳，你安排我安排一样，反正都是公家报销，还是由我来安排吧，你安排不合适。毕竟是为方钊办事，等以后我到城里来，你多请我两回就有了。”

“那好吧，老同学今天这顿饭就由你做东吧，我先代表我这个不争气的妹夫谢谢你，改日再请你，一定加倍补上。”

宴会安排在万寿山庄的八仙厅，这是茂丘县最高档的三星级酒店，八仙厅则是这个酒店最豪华的房间。虽然茂丘县还是个贫困县，但宴会的档次并不低，尤其是在万寿山庄这样的三星级酒店里请客，一桌酒席下来少说也要上千元，虽然这里并不靠海边，但在这个酒店里，诸如龙虾、海参、鲍鱼、螃蟹、大虾等高档海产品应有尽有，只要肯花钱，什么都可以吃到。

被请的客人都准时悉数到场。许茂才也真够大方的，用公款请客当然不心疼，为了讨好被请的客人，凡是酒店里有的高档海产品和土特产几乎全都上了。他成了今天宴会上的主角，杨立峰为他当副陪。县信访局局长韩正义和丁忠信的秘书小黄自然是他们请来的嘉宾。待几个人落座后，但见许茂才举起酒杯，满含深情地致祝酒辞说道：

“韩局长、黄秘书以及在座的各位，很感谢你们能在百忙之中赏脸。今天在这里请诸位吃顿便饭，没有别的意思，主要是想感谢大家，一是感谢各位多年来对我们龙潭乡以及我许茂才本人工作的支持和帮助；二是这两天我们乡罗家村的村民连续到县里来上访，给各位添了不少麻烦，我在这里代表乡党委和乡政府表示深深的歉意。为了表示对各位的感谢，我先敬大家一杯。”

许茂才说完便一仰脖就把杯中的酒倒进了嘴里，其他几个人除蔡晓燕和黄秘书之外也都把杯中的酒一饮而尽。许茂才知道蔡晓燕不喝酒，没有再勉强她，而是对黄秘书说道：

“黄秘书，太不给面子了吧，这俗话说得好，感情深一口闷，感情浅舔一舔，是不是跟老哥的感情不到不喝呀。”

“不不不，许乡长，你别误会，如果感情不到我就不会来了，我不胜酒力，下午丁书记还有活动，怕耽误事不敢多喝，请你谅解。”黄秘书忙解释道。

“黄秘书，你不要谦虚了，谁不知道你的酒量。许乡长敬的头三杯酒，你必须喝，三杯酒之后可以随便，保证不会让你喝多的。”杨立峰也插话劝道。

“那好吧，恭敬不如从命。”黄秘书见执拗不过，只好把酒干了下去。

韩正义是个爽快的人，办事不喜欢拐弯抹角，他知道许茂才跟杨立峰是同学，也知道罗方钊是杨立峰的亲妹夫。他见许茂才如此破费，又有杨立峰和罗方钊在场，知道这场宴会并不是为了感谢那么简单，肯定另有隐情。于是，在酒过三巡之后，还没等许茂才和杨立峰再说什么，他便开门见山、短刀直入地问道：“许乡长，你今天请我们吃饭，恐怕不仅仅是为了感谢吧，是不是还有别的事情？咱们都是老朋友了，不用掖着藏着，有啥需要我们帮忙的就说吧。”

许茂才本想等大家喝到高兴时再说，没想到韩正义先挑明了话题，有点不好意思地说道：“韩局长，你真是个明白人，啥事都骗不了你。不瞒你说，今天请几位来，的确是为了感谢，另外还有点小事情。就是想了解一下罗家村的村民这两天到县里上访的情况，还有你们信访局打算如何处理这件事情？”

“看，让我猜中了吧。我就说嘛，你许乡长如果没有事不会无缘无故地这么大方跑到这么高档的酒店里请我们吃饭。”韩正义半开玩笑地挖苦许茂才说道。

“哟，韩局长，你把我许茂才看成啥人了，就是不找你办事也照样可以请你喝酒。我知道你们信访局经费紧张，你啥时想喝酒就给我打个电话，我一定赶过来陪你。”许茂才反驳道。

“是啊，韩局长，茂才不是你说的那种用人靠前、不用人靠后的人，他是一个非常重感情、讲义气的人。其实，他今天进城并没有什么事，只是想找咱们几个老朋友聚一聚。以后你啥时想喝酒了就打电话找他，让他从乡里赶过来陪你，他不请你我请你。”杨立峰也在一旁为许茂才打圆场说道。

“你们俩真不愧是老同学，一唱一和，我刚才不过是跟许乡长开了句玩笑，立峰就跳出来为他打抱不平，该不是在搞同性恋吧。”

韩正义一番风趣的话，把在场的人都逗乐了。几个人开了几句玩笑之后，便又扯到了罗家村村民上访的问题上。许茂才急切地问道：“韩局长，听说罗家村的村民昨天到县里来上访县委丁书记亲自接见了他们，也不知道丁书记对这件事是个什么态度？”

“丁书记在接见那些上访村民时只是对他们进行了安抚，并没有谈具体意见。但丁书记看样子很激动，很生气。”韩正义回答道。

“黄秘书，你在丁书记身边更了解情况，没听说丁书记准备咋处理罗家村村民上访所反映的问题？”许茂才又问黄秘书说道。

“丁书记接见那些上访村民时的情况，韩局长已经说了。他回到办公室后就忙别的工作去了，至于他心里怎么想的，我也不清楚。”黄秘书也回答道。

“黄秘书，麻烦你想办法试探一下丁书记的口气，看看他们到底是个什么态度，我们乡里也好有个思想准备。”许茂才又恳求说道。

“许乡长，这事恐怕很难，丁书记不说，我这个当秘书的也不好多问，你还是让韩局长帮着问问比较合适。”黄秘书推辞道。

“许乡长，我知道你跟立峰都很关心这件事情，因为那些上访村民告的是立峰的妹夫，在座的都是朋友，没有外人，方钊也在场，我说实话，你们别生气。这件事恐怕比较麻烦，罗家村的那些上访村民前天和昨天连续两天到县里来上访，围在县委、县政府的大门口，闹得动静挺大，不仅丁书记知道，其他县里的领导弄不好也都知道了。而且他们上访在省里都挂了号，如果领导不过问，还是按过去的办理程序再转给乡里来处理，事情还好办些。如果领导要是亲自过问或插手，事情可就难办了。”韩正义插话说道。

韩正义的这番话，使杨立峰和罗方钊立刻紧张起来。罗方钊坐在那里像丧家犬一样，低垂着头大气不敢出一声。杨立峰忧心忡忡地说道：“我这个不争气的妹夫给诸位添了不少麻烦，真想扇他两耳光，要不是看在我妹妹的份上，我才懒得管他呢。唉，没有办法，摊上这么个不争气的妹夫，真是操不完的心，今后还请诸位看在我杨立峰的面子上帮帮他吧。为此，我敬大家一杯。”

许茂才也为其求情说道：“韩局长、黄秘书，那就麻烦你们在丁忠信书记面前多美言几句，想办法劝说丁书记不要插手这个案子。只有这样，我才有办法阻止那些上访村民启动罢免程序，保住罗方钊村主任的位子。罗方钊虽然有很多毛病，但毕竟是立峰的亲妹夫，我们不能见死不救。”

“好吧，我们试试看，但不一定能行，有什么情况咱们再电话联系。”韩正义回应道。

……

宴会在一阵举杯把盏声中结束了。这些所谓的“公仆”就这样用人民的血汗钱换来的美酒，浇灭了良知，浇灭了正义，浇灭了那些上访村民的一次次苦诉和呐喊。

# 六十七

许茂才在乡里工作难得到县城来一趟，当然不愿错过与他的情人蔡晓燕幽会的机会。下午，他谎称在县城里有些事情要办，让杨立峰派车把罗方钊送了回去，自己又在万寿山庄住了一夜，直到第二天早饭后才返回了乡里。

再说县委副书记丁忠信自那天上午接待完罗家村的上访村民后，心情始终难以平静。过去，为了解决这个村的村民上访问题，他曾与信访局的局长韩正义一起到村里进行过调查，也曾亲自参加过县里在这里举行的扶贫现场会，亲眼目睹了这里百姓艰难困苦的生活，听取过这个村小学教室倒塌砸死砸伤学生事件的汇报。他不明白的是,为什么这个村自然条件并不差而经济却如此落后？为什么干群关系如此紧张？为什么村民屡屡上访，甚至省里的领导都亲自过问，而问题却始终得不到解决？他感到纳闷，感到迷惑，感到忧愤。当然，他并不知道许茂才与杨立峰的关系，以及杨立峰与罗方钊的关系，更不知道这一切都是许茂才和杨立峰从中作梗造成的。他决定亲自到龙潭乡走一趟，与乡里的几个主要领导认真研究一下，彻底解决罗家村村民的上访问题。

这天上午上班后，丁忠信让秘书小黄给乡党委书记欧阳山打了个电话，就叫上信访局局长韩正义一起，驱车来到了龙潭乡。

听说县委副书记要来，乡党委书记欧阳山亲自安排接待工作，并与乡长许茂才一起到乡界迎接。当他们来到乡党委和乡政府的驻地时，乡里的其他几个领导成员早就在会议室里等候了。会议由欧阳山亲自主持，在会议开始之前，他首先毕恭毕敬地来了个开场白：

同志们，县委丁书记一直非常关心和支持咱们乡的工作，今天又在百忙中与信访局的韩局长一起到我们乡来视察指导工作，让我们以热烈的掌声表示衷心的感谢和热烈的欢迎。

也许是对上级领导的尊重，也许是为了讨好领导，与会人员虽然不多，掌声倒是够热烈的，掌声过后，欧阳山又接着主持说道：

大家都知道，咱们乡罗家村的部分村民自去年冬天以来，就因村里收缴提留过高和对村两委会不满而到处上访，不仅在县里甚至在省里都挂了号，省委郑廉风副书记等领导还都在他们的上访材料上作过批示，但由于种种原因，问题至今没有解决。罗家村的村民上访的确是一件很头痛的事情，既给我们乡里的工作带来了很大的压力，也给县信访局添了不少麻烦。最近几天，他们又连续组织到乡里和县里上访。丁书记和韩局长今天来，就是想听听我们的意见，和我们一起研究一下到底该如何处理这个问题，给那些上访村民一个答复，以避免他们再到处继续去上访。今天这个会是讨论会，大家有什么好的处理办法和意见都可以发表。因为罗家村的村民上访问题乡里一直安排由许乡长负责处理，下面就请许乡长先介绍一下情况。

许茂才没有想到丁忠信与韩正义突然到乡里来专门听取罗家村村民上访处理情况的汇报，更不知道丁忠信这闷葫芦里究竟是装的什么药，是仅仅听听汇报，了解了解情况呢？还是真的要来解决罗家村的村民上访问题？会前，他曾把韩正义拉到一边私下问过，韩正义说他也不清楚，他刚一上班丁书记就把他叫来了。许茂才不免有些紧张，但他毕竟是当了多年的乡领导干部，经过风雨，见过世面，有一套应付上级领导的办法，可以兵来将挡，水来土掩。所以，他表面上显得很镇静，拿起烟来点上一支，不慌不忙地作起了汇报：

丁书记、韩局长，感谢县委、县政府对我们乡工作的关心和支持，也感谢您们对我们这些乡镇干部的关心和支持。下面，我就把罗家村村民的上访情况以及我们乡党委和乡政府是如何处理的，向二位汇报一下。

应该说，我们乡党委和乡政府对罗家村的村民上访还是极为重视的。自从去年罗家村有部分村民开始上访以来，乡里曾多次召开会议进行研究，并就村民上访所提出的问题，与县信访局的韩局长一起亲自到村里召开村民大会，当场答复过他们。他们提出的村两委会收缴提留过高，加重了村民的负担，这个问题确实存在，由于乡里和村里财政困难，无法把多收的提留款退还给他们。今年春天，罗家村出现了一些村民生活困难，县里曾先后两次拨出救济款和救济粮对他们进行救济，并向他们说明无法退还的原因。他们提出村支书程大孟和村主任罗方钊没有经过村两委会集体研究，就把村里的两个塘坝以低价承包给了他们的兄弟，我们也要求他们把承包的塘坝退了回去，现在塘坝又重新进行了招标承包。他们告村主任罗方钊强奸钱招娣的事，公安机关早就有了结论，纯属诬陷，罗方钊还为此被抓进县公安局关了半个多月……

许茂才说到这里，丁忠信似有所悟地打断他的话问道："茂才，你跟公安局的杨立峰是同学吧？"

许茂才不知道丁忠信为什么会突然问这句话，误以为丁忠信已经知道了他跟杨立峰以及杨立峰与罗方钊之间的关系，做贼心虚，忙回答并解释说道："是，丁书记，不过，我跟杨立峰虽然是同学，罗方钊虽然是杨立峰的亲妹夫，但杨立峰从未插手过这件事情。罗方钊强奸钱招娣的案子，也是因为证据不足才被释放的。"

丁忠信听许茂才这么一说，心头为之一震。他似乎明白了什么，没再问下去，便对许茂才说道："好的，你继续说吧。"

许茂才接着又汇报说道：

"丁书记，我觉得罗家村的那些上访村民也真是够难缠的。他们所反映的问题，明明都已经答复了他们。他们却还是没完没了地到处去上访，现在，又提出要罢免罗方钊村主任的职务，并围攻县委、县政府的大院。我看这纯属无理取闹，没事找事。

"当然，我们并不否认罗家村确实存在很多问题，但这不能成为他们无休无止地上访的理由，更不能都把责任推到一个人身上。罗方钊这个村主任也是通过村民大会合法选举当选的，如果村民们认为他不适合当这个村主任，下一届可以不选他。我认为，罢免村干部是一件非常严肃的事情，不能有几个村民提出来罢免就罢免，必须慎重处理。

“另外，我觉得对待村民的上访，我们既要认真对待，又不能无原则地迁就。如果他们无理纠缠，甚至以上访相威胁，就应该进行严肃处理，不应该心慈手软，特别是对煽动群众上访的那些组织策划者，就应该进行严厉打击。”

许茂才汇报完后，乡党委副书记齐为民也附和说道：“是啊，丁书记，许乡长说得对，罗家村的那些上访村民真是把我们折腾得够呛。在这一年多的时间里，他们忽而跑到县里去上访，忽而跑到市里去上访，忽而又跑到省里去上访，就差没到北京去了。搞得我们防不胜防，焦头烂额，吃不好饭，睡不好觉，甚至影响了正常的工作。他们所反映的问题早就给他们解决或答复了，可他们就是抓住我们害怕上访的软肋还是没完没了地到处去上访。我同意许乡长的意见，对那些不怀好意、带头组织煽动村民上访的人，就应该进行严肃处理，该抓的就抓，该关的就关。这样，他们就老实了，就不会到处去上访了。”

齐为民的话音刚落，一直在罗家村蹲点包村的副乡长姜涵站出来反对说道：“我不同意许乡长的意见，我在罗家村蹲点包村已经有大半年的时间了，对这个村的情况有了一个基本的了解，也曾经跟一些上访村民交谈过。我认为，罗家村的村民之所以屡屡上访是有原因的，一方面是因为这个村确实存在很多问题，老百姓对村两委会极为不满；另一方面也是因为我们对他们的上访处理不当造成的。不错，罗家村的村民上访确实给我们的工作带来了很大的压力和麻烦，我们当然不希望他们去上访，可解决老百姓的上访，不能光靠围追堵截，还应该帮助他们解决实际问题。你们口口声声说他们所反映的问题都解决了，那我请问，你们除了让村两委会把承包给程大孟和罗方钊兄弟的塘坝收回来之外，还解决啥问题了？就说村民告罗方钊强奸钱招娣的事吧，虽然公安局已经有了结论，罗方钊被无罪释放，但罗家村的人谁不知道县公安局的副局长杨立峰是罗方钊的大舅子哥，这其中的猫腻不用我说大家也清楚。请问，如果一个女青年没有遭受凌辱，她会往自己头上扣屎盆子吗？她的丈夫愿意往自己头上戴绿帽子吗？再说罗家村的现状吧，我不说在座的各位领导也都知道，经济落后，百姓生活困难，甚至连温饱问题都解决不了，干群关系紧张，社会治安混乱，刑事案件屡屡发生，而且都是发生在那些上访的村民身上。最近，上访村民项天发家里承包的塘坝，投资上万元，辛辛苦苦养了一年的鱼，却在一夜之间被人用毒药全部毒死了，公安局至今也没有破案。还有上访村民梁鑫被开除村籍的事，连省委郑廉风副书记都严肃批评了这件事，可村两委会却一意孤行，又把开除村籍改成了留村察看，千方百计阻止梁鑫回罗家村，咱们却听之任之，不去纠正。这一切，你们说老百姓能没有意见吗？他们能不去上访吗？我觉得现在罗家村的这个两委会班子已经失去了群众的信任，根本就无法带领百姓致富。现在，既然有这么多村民提出对村主任罗方钊的罢免案，为什么不能召开村民大会，让全体村民来投票决定呢？如果罢免案通过了，就提前对罗家村村委会的班子进行调整。如果罢免案通不过，那些上访村民也就没有理由再去上访了。”

许茂才一听姜涵说这番话就火了，腾地站起来怒气冲冲地指责说道：“姜涵，你说这话是什么意思？照你这么说，倒是那些村民上访有理了？是我们这些当干部的错了？你为啥要替那些上访村民说话，该不是你也参与策划了他们的上访吧？”

“许乡长，请你不要激动，更不要血口喷人，我只不过是如实地向领导们反映罗家村和那些上访村民的真实情况，难道也错了吗？你们既然安排我到罗家村蹲点包村，我就要为全村的老百姓负责任，不能昧着良心说假话。”姜涵反唇相讥说道。

“姜乡长，别说得那么好听，我看你是立场有问题，你这到底是在替党说话，还是在为那些上访的村民说话？怎么，你这才刚到罗家村几天，就成了罗家村的村民了？”齐为民也连讽带刺地挖苦姜涵说道。

姜涵见齐为民也在指责他被激怒了，愤愤地说道：“齐书记，我虽然不是党员，但我知道党的宗旨就是全心全意为人民服务，就是立党为公，执政为民，难道说党的利益和人民的利益不是一致的吗？难道说那些上访村民的利益就不应该受到保护吗？你们要是不让我发言，我可以不说，别我说一句话你们有两句话等着我，横挑鼻子竖挑眼，横加指责，甚至怀疑我参与并策划了他们的上访。”

欧阳山曾多次听姜涵汇报过罗家村的情况和部分村民上访的情况，早就对许茂才处理罗家村村民上访的问题有意见，认为罗家村村民上访出现今天这样的局面，完全是由于许茂才过于偏袒罗方钊造成的。他见许茂才和齐为民都对姜涵发难，心中极为不满，忙插话说道：“咱们今天是开讨论会，是向上级领导汇报工作，大家有什么意见都可以发表，请不要相互指责，不要因为这件事影响了我们乡党委和乡政府一班人的团结。”

许茂才知道欧阳山说这番话是冲他来的，没好气地回敬说道：“发表意见可以，但不能胡说八道，歪曲事实，颠倒黑白。”

“许乡长，请你把话说明白，谁胡说八道，歪曲事实，颠倒黑白了，难道反映情况就是胡说八道吗？”姜涵不服气地反驳道。

“谁胡说八道谁心里清楚，还用我说吗？”

“我不清楚，我倒是清楚罗家村的那些老百姓上访所反映的问题为啥迟迟得不到解决，罗方钊这个村主任为啥敢在村里为所欲为，横行霸道。”

“姜涵，请你说话注意自己的身份。”

“啥身份，不就你是乡长，我是一个科技副乡长吗？你要是觉得我这个副乡长不称职可以把我撤了，我还去当我的技术员。可你让我昧着良心说假话我做不到。”

“撤你怎么了，你以为我撤不了你？”

“你还没这个权力。你要是有这个权力早就把我撤了。”

“我没有这个权力可以找有权力的人来撤你。”

……

许茂才和姜涵两人针锋相对，互不相让，吵得面红耳赤。丁忠信跟韩正义坐在那里始终没有说话。主持会议的欧阳山见状忙制止说道：“许乡长，姜乡长，你俩别吵了，都是为了工作，都少说两句吧，当着丁书记和韩局长的面你们这么吵吵闹闹的，也不怕领导笑话。”

也许是欧阳山的话起了作用，也许是因为有县委副书记丁忠信在场，两人没有再争吵下去，其他人也没有再说什么，欧阳山便对坐在自己身旁的韩正义说道：“韩局长，罗家村村民上访的事情你一直参与了，也比较熟悉，请你谈谈意见吧。”

韩正义虽然是跟丁忠信一起来的，但他并不清楚丁忠信此行的目的，也不知道丁忠信心里想些什么，没敢作表态发言，只是笑笑说道：“该说的大家都说了，情况大家都清楚了，我没啥可补充的，还是请丁书记作指示吧。”

欧阳山见在场的人没有人再发言了，便继续主持说道：

下面让我们以热烈的掌声欢迎县委丁书记讲话，给我们作指示。

丁忠信也没有客气，就开始讲话作起了指示：

同志们，我也在乡镇工作多年，知道基层工作很辛苦。在座各位都是乡里的领导，常年累月工作在第一线，为龙潭乡的政治、经济和社会各项事业的发展作出了很大贡献，县委、县政府对你们的工作是满意的。今天，我受县委林海风书记的委托到乡里来，主要是来看望大家，并顺便和你们一起研究一下如何解决罗家村村民的上访问题。

关于罗家村的村民上访问题，确实很棘手，既是你们乡里的一块心病，也是县里的一块心病。从去年冬天到现在，他们到处去上访前前后后已经有一年多的时间了，甚至在省里都挂了号，省委郑廉风副书记还曾先后两次在他们的上访材料上作过批示，要求我们认真对待，妥善处理，并还亲自带着省里几个部门的领导到罗家村召开过扶贫现场会。在这一年多的时间里，罗家村的村民上访，牵扯了你们这些乡干部很大的精力，造成了很大的压力。咱们确实应该好好研究一下，把它彻底解决了，给那些上访村民一个答复。否则，不仅我们的工作很被动，如果上级领导再问起来，或他们继续到上面去上访，我们也没法向领导交待。

刚才，围绕着如何处理罗家村的村民上访问题，大家谈了许多很好的意见。我觉得这些意见谈得都很好，有助于我们彻底解决罗家村的村民上访问题。

我过去到过罗家村几次，并接待过那些上访的村民，对罗家村的情况虽不能说完全了解，但也知道一些。我看这个村确实存在不少问题，诸如经济发展缓慢，群众生活困难，甚至连温饱问题都没有解决；干群关系紧张，社会治安混乱，刑事案件不断；今年秋天还发生了学校教室倒塌砸死砸伤学生的严重事件。群众对此而不满是完全可以理解的。他们上访所反映的问题，有些需要向他们作出解释，有些需要有关部门尽快抓紧调查处理，也有些是现在就完全可以解决的。比如，他们上访提出要求罢免罗方钊村主任的问题，有那么多村民联名，这说明罗方钊这个村主任完全失去了群众对他的信任，你让他继续当这个村主任，对村里的经济发展不会有什么好处。我认为，根据《村民委员会组织法》关于村民自治的原则，既然村民们提出了这个罢免案，就应该尊重他们的选择，通过召开村民大会来决定这件事。不管罢免案是否通过，这对那些上访的村民和村主任罗方钊来说，都是一个交待。

罢免村主任对一个村来说是一件大事，你们乡里要派人帮他们组织一下，尽快把这件事办了，免得那些村民再到处去上访。

我就说这些，大家有什么不同意见可以发表。如果没有不同意见就这么定了。

丁忠信讲完后，会场便响起了热烈的掌声，尤其是副乡长姜涵鼓得特别起劲，嘴里还不住地称赞说道："丁书记，你这个决定太好了，早就应该这样了，这才叫顺民心，合民意哪。"

许茂才原本以为丁忠信与韩正义这次到乡里来，只不过是例行公事，了解一下情况而已，就是要处理罗家村村民上访的问题也会事先征求一下乡里的意见，但他万万没有想到丁忠信会突然作出这样的决定。他感到意外，感到无奈，想反对却又找不出合适的理由，只能木讷地坐在那里。

欧阳山当然也非常赞同丁忠信提出的这个方案。其实，在丁忠信到乡里来之前，他曾就如何处理罗家村村民的上访问题多次找许茂才商量过，也曾提出过这个方案，结果遭到了许茂才的强烈反对。为了不把两个人的关系闹僵，他只好妥协让步。所以，当丁忠信讲完话后，他看了一眼低头坐在那里的许茂才，故意抬高嗓门问道："丁书记提出的关于罗家村村民上访的处理办法，大家还有什么意见没有？"

在场的与会人员都回答说没有，只有许茂才坐在那里没有说话。丁忠信通过与上访村民的对话和今天的会议，已经完全明白了罗家村村民上访所反映的问题为何久拖不决的原因。他见许茂才没有表态，便点名问道："许乡长，听说罗家村村民的上访问题乡里一直安排由你负责处理，你觉得这么办可以吗？"

许茂才没有想到丁忠信会点他的名，虽然心里不痛快，但在县委副书记丁忠信面前也不敢造次，只好不情愿地连忙回答说道："我没啥意见。"

"那好，既然大家都没有意见，那就按照丁书记说的意见办吧。"欧阳山作总结发言说道。

会议结束了。丁忠信跟韩正义的龙潭乡之行，使罗家村的那些上访村民终于又有了盼头。

# 六十八

北方的冬天是寒冷的，凛冽的寒风，施展着它的威力，无情地肆虐着罗家村这块饱经沧桑的土地，驱赶着一片片从树上落下来的枯枝落叶和满地的枯草，向坟墓走去，寻找着它们的归宿。

罗家村上访村民提出的罢免罗方钊村主任职务的请求，在县里有关领导的干预下，乡党委和乡政府终于下了决心，启动罢免程序，让全体村民来决定自己的命运。消息一传出，立即在罗家村引起了强烈的地震。要求罢免罗方钊村主任职务和力挺他的人展开了激烈的战前动员，双方都在挨家挨户搞宣传，拉选票，进行最后的博弈。

召开村民大会这一天，决定罗方钊和罗家村命运的时刻到了。虽然气温降到了摄氏零度以下，虽然村支书程大孟向村民发布这个消息时，要求每一户至少有一名年满十八岁以上有选举权的村民参加即可，但严寒挡不住村民的激情，也许是为了行使好自己这神圣一票的权利，也许是出于对罗家村命运的关注，也许是出于好奇，前来参加会议的人还真不少，那些有选举权的村民几乎都来了。梁鑫和罗小惠也带着自己的儿子梁罗明从梁家村赶了过来。程海霞和程小川姐弟俩得知这一消息后更是欣喜若狂，一大早就来到了会场，遗憾的是姐弟二人还都不满十八岁，没有选举权，工作人员劝他们回去，他们怎么也不肯，只能坐在旁边当个观众。

早饭后，离规定开会时间还有一段距离，村民们就三三两两、陆陆续续拥向村两委会办公室的大院这个罗家村政治经济文化的中心。这次村民大会跟前几次所不同的是，会场上没了欢歌笑语，没了村民之间的嬉笑打闹，也没了那些总是喜欢抓住这个商机销售货物的村民。那些前来参加会议的村民们，个个心情凝重，表情严肃，火药味十足。

会议还没有开始，要求罢免罗方钊村主任职务和力挺他的村民们就又展开了唇枪舌剑。有的在窃窃私语，有的在大声喧哗，还有的在相互辩论。

“终于盼到这一天了，罗方钊这个恶魔早就该下台了。如果再让他干下去，咱罗家村的老百姓非得出去逃荒不可。”

“咱村的经济没有搞好，也不能全怪罗方钊，难道其他村两委会成员就没有责任吗？罗方钊当村干部这些年，对咱村的发展还是做了不少工作的，我觉得咱们这么对待他不公平。”

“罗方钊就是一个披着人皮的狼，表面上道貌岸然，其实连禽兽都不如。他仗着有个在县公安局当副局长的大舅子撑腰，在村里横行霸道，强奸妇女，无恶不作。这个毒瘤不除，咱罗家村就永无宁日，老百姓就永远不会有好日子过。”

“罗方钊虽有错误,但不应该罢免他的村主任。这当干部的哪有不犯错误的，一犯点错就要罢免，以后谁还敢当村干部。”

“俗话说得好，多行不义必自毙。梁鑫是一个多好的青年，就因为不满村两委会多收提留领着大伙去上访，就把人家的村籍给开除了，这就叫做善有善报，恶有恶报。”

“放心吧，他们是扳不倒罗方钊的，听说他不仅有亲戚在县公安局工作，乡里也有不少干部都支持他。”

……

龙潭乡党委对罗家村的这次村民大会极为重视，乡党委书记欧阳山、乡党委副书记齐为民、驻罗家村工作组的副乡长姜涵等几个乡里的主要领导都参加了这次会议。乡长许茂才知道这次村民大会对罗方钊来说凶多吉少，怕见了他不好说话，所以没有来参加。为了防止有人捣乱，确保这次村民大会能够顺利进行，乡派出所所长何润生还亲自带着几个民警前来维持秩序。

会场布置得非常简单，没有主席台，也没有会标，只有几张上面盖着红布的条桌、几条破凳子和一个用纸箱糊制的投票箱摆放在那里，算是临时搭建的主席台。主席台上，除乡党委书记欧阳山、乡党委副书记齐为民和副乡长姜涵三个乡里的领导外，罗家村村两委会的全部成员也都悉数登场，只有村主任罗方钊因是被罢免的对象，坐在了台下。

上午九点半，会议正式开始。会议由乡党委副书记齐为民亲自主持。他用手轻轻地敲了敲麦克风，表情十分严肃地说道：

同志们，现在开会。今天的会议内容我不说大家也可能早就知道了，就是要讨论决定是否要罢免你们村的村主任罗方钊同志的职务问题。

大家都知道，自从去年冬天以来，你们村就有一些村民因为收缴提留过高村民负担过重和村两委会工作中的一些问题，多次到上面去上访。最近一段时间，又有一些村民先后多次到乡里和县里去上访，并联名提出了要罢免罗方钊同志职务的请求，而且联名村民的人数已经达到了《中华人民共和国村民委员会组织法》规定的要求。经乡党委开会研究，准备将上访村民联名提出的这个要求，提交到你们村的全体村民大会来讨论决定。在讨论决定之前，首先请乡党委书记欧阳山同志给大家讲话。

欧阳山接过话筒，习惯性地用目光扫视了一圈坐在台下那些表情各异的村民，然后显得很深沉地说道：

罗家村的全体村民同志们，我们今天召开的这个村民大会，是一个非同寻常的大会，也是一个我们大家都不愿意召开的大会。为啥这么说呢？刚才为民书记已经讲了，因为在这个大会上，你们要讨论表决是否罢免罗方钊同志村主任的问题。

罗方钊同志是你们在座各位村民自己选出的村主任，也是你们罗家村的老村主任了。应该说，罗方钊同志当村主任这些年来，为罗家村的经济和各项事业的发展，做了很多工作，有些工作还走在了全乡的前头。这一点，我们在座的各位应该给予充分的肯定。当然了，由于种种原因，罗家村的经济还比较落后，百姓的生活还不富裕，甚至连温饱问题还没有解决。一些村民对此有意见也是可以理解的。从去年冬天以来，你们村就有一些村民因为收缴提留问题，对村两委会有意见，多次到上面去上访，连省里的领导都惊动了。由于村两委会在对村民的上访问题上处理不当，致使村两委会与上访村民之间的矛盾冲突不断激化，不断升级。最近，又有一些村民先后多次到乡里和县里去上访，联名提出罢免罗方钊同志村主任职务的要求。根据《中华人民共和国村民委员会组织法》的有关规定，只要有五分之一以上有选举权的村民联名提出罢免村委会成员的要求，村民委员会就应当召开村民大会，投票表决罢免要求。为此，经乡党委研究，准备将部分村民提出的罢免罗方钊同志村主任职务的要求，交给你们全体村民来讨论决定。希望大家本着公平、公正的原则，本着对罗方钊同志负责的原则，作出你们自己的选择，投上神圣的一票。不管投票结果如何，乡党委都将尊重你们的选择。

欧阳山讲完后，主持会议的齐为民接着又说道：

同志们，根据《中华人民共和国村民委员会组织法》的有关规定，被提出罢免的村委会成员有权提出申辩意见。请问罗方钊同志，你是否有意见要申辩？如果有，那就请你到台上来申辩吧。

此时的罗方钊早就没有了往日盛气凌人的威风，表面上看起来很自信，很坦然，实际上心里非常紧张，非常害怕。因为他知道，决定他命运的时刻就要到了。他当然不会放过为自己申辩的机会。于是，齐为民的话音刚落，他就急不可待地站起来跑到主席台上，抓起话筒为自己申辩起来：

尊敬的欧阳书记、齐为民副书记、姜涵副乡长，尊敬的各位父老乡亲。在此，首先感谢乡里的领导给我这个申辩机会，也感谢各位父老乡亲多年来对我罗方钊的信任和支持。

说句心里话，我罗方钊做梦都没有想到会以这样的方式站在大家的面前，更没有想到我辛辛苦苦当了这么多年村干部最后还要为自己不被罢免来进行申辩，真是感到伤心和难过。

我罗方钊当村干部这些年来工作干得咋样，大伙都清楚。村两委会取得的成绩也是有目共睹的。有许多工作都走在了全乡的前头。先后获得过“全乡精神文明先进单位”、“全乡党建工作先进单位”、“民兵工作先进集体”和“计划生育工作先进单位”等等，这些荣誉称号哪一样不凝聚着我们村两委会的心血，哪一项不浸泡着我罗方钊的汗水？然而，一些不怀好意的人，特别是那些搅屎棍子……

罗方钊说到这里，坐在台下的胡大禄忽地站起来质问说道：“罗方钊，请你把话说清楚，谁是搅屎棍子？”

罗世贵和项天发等人也跟着起哄说道：“对，请你把话说清楚，谁是搅屎棍子？”

坐在另一侧的罗方钊的亲侄子罗大江更不示弱，见有人跟他叔叔过不去，腾地站起来指着胡大禄吼道：“我叔说的搅屎棍子就是你们。咋的？想打架吗？”

齐为民见状忙大声制止说道：“你们俩都坐下，谁要是再站起来大喊大叫，就把他赶出会场去。”

胡大禄和罗大江虽然心里都不服气，但在乡领导面前，又有民警在旁边维持秩序，不敢再撒野，听齐为民这么一说，只好都乖乖地坐下了。罗方钊又接着进行他的申辩：

大伙都看到了吧，我刚才说了个搅屎棍子，他们就不愿意了。就是这些人抓住村两委会工作中的一些失误，煽动一些不明真相的村民，到处去上访，到处去告状，把一个村风和谐、村民团结的罗家村搞得乌烟瘴气，鸡犬不宁，不仅给咱们罗家村抹了黑，也给咱们龙潭乡甚至茂丘县抹了黑。他们这么做的目的就是想把我们罗家村的村两委会搞垮，把我罗方钊搞臭。他们的计划破灭后，又提出了要罢免我罗方钊村主任的职务。我罗方钊当不当这个村主任无所谓，但在这里我要向大伙申辩的是，那些上访村民给我罗列的罪状都是对我的诬蔑，我罗方钊是清白的。希望广大村民一定要擦亮眼睛，不要受他们的蒙蔽和欺骗，不要上他们的当。

罗方钊申辩完后，齐为民接着又主持说道：

同志们，刚才欧阳书记代表乡党委讲了话，对罗家村及罗方钊过去几年来的工作给予了充分肯定，同时也指出了罗家村存在的问题，并表示将尊重大家的选择。方钊同志也为自己进行了申辩，我想在座的各位可能都已经听清楚了，我在这里就不重复了。下面咱们就开始进行投票表决。在投票表决前，我向大家强调和说明几点：

第一点，所有参加投票的村民，必须自觉遵守大会纪律，服从大会统一指挥，任何人不得相互攻击，不得相互指责和谩骂。否则，将被请出会场，取消其投票资格，情节严重的，将由公安机关进行严肃处理。

第二点，为便于填写和统计选票，我们已把印好的选票带来了。每张选票的上方都印有罗方钊的名字。名字下面有三个空格，三个空格上方分别印有“赞成”、“反对”和“弃权”，如果你赞成罢免罗方钊村主任的职务，就在印有“赞成”一栏下方的空格里打“√”；如果你不赞成罢免罗方钊村主任的职务，就在印有“反对”一栏下方的空格里打“√”；如果你对罢免罗方钊村主任职务投弃权票的，就在印有“弃权”一栏下方的空格里打“√”。但如果什么都不画或画多了的，则为废票。

第三点，参加投票的村民必须是年满十八岁的有选举权的村民。不满十八岁的村民不得参加投票，每个有选举权的村民只有一票的权利。如果有的家庭只有一个人来参加会议而需要代替其他家庭成员投票的，须把代投票的家庭成员的姓名和年龄写清楚。但每个人代替他人投票不得超过三人。

第四点，为了帮助大家填写好选票，我们还准备了一些签字笔，如果哪位村民需要，可以到秦科明或何云飞那里去领，用完后再送回去。参加投票的村民可以在会场上填写，也可以到其他地方填写，但不要离会场太远。大家把票填写完后请马上投到票箱里去。待投票结束后，我们将当场唱票计票，当场公布投票结果。

第五点，根据《中华人民共和国村民委员会组织法》的有关规定，罢免村民委员会成员须经过有选举权的村民过半数通过。也就是说，罢免罗方钊村主任的职务必须有你们村过半数以上的有选举权的村民同意才行。否则，这个罢免案就不能通过。

第六点，为确保投票计票工作公开公正，我们确定了五位监票人，这五位监票人是：村党支部书记程大孟，村党支部副书记胡春光，村委会副主任罗海生和乡里驻罗家村工作组的干部秦科明和何云飞。其中，程大孟同志为总监票人，唱票和计票工作结束后，将由总监票人当场公布投票结果。

齐为民宣读完注意事项后，投票工作开始了，决定那些上访村民和罗方钊命运的时刻到了。尽管会场上仍然火药味十足，赞成者和反对者双方不时冷眼相对，火花四溅，口舌战和肉搏战一触即发。但由于主持会议的齐为民已经宣布了大会纪律，并有乡派出所的民警维持秩序，没有人敢贸然行事，也没有人再敢站出来闹事。大家的眼球都盯在了投票结果上。

时间一分一秒地过去了，投票和计票工作在有条不紊地进行。

“赞成”、“赞成”、“反对”、“反对”、“弃权”、“赞成”、“反对”……

随着监票工作人员的一声声宣读，人们的心都开始紧张起来，罗方钊的心几乎都快要跳到嗓子眼了。

唱票工作进展得非常顺序，表决结果终于浮出水面，全村有选举权的村民九百零六人，有六十五人因外出打工没有参加投票外，其余八百四十一人或直接参加会议投了票，或委托家人投了票，赞成罢免罗方钊村主任职务的五百零二人，反对的三百七十人，弃权的三十四人。

唱票结束后，由总监票人宣读了这个结果。罗方钊被罢免了村主任职务。

会议结束了，上访的村民胜利了，他们历经一年多的漫漫上访路终于画上了一个圆满的句号。他们相互拥抱，欢声雀跃，许多村民的脸上甚至挂着欣慰而喜悦的泪水。一些村民回到家中还燃放起了鞭炮，摆起了家宴，庆祝这个久违的、来之不易的胜利。

然而，村民们高兴得太早了，事情并没有结束，这场充满硝烟的矛盾冲突还在继续。罗方钊被罢免村主任职务的当天晚上，罗家村又狼烟四起。

# 后 记

中国有九亿多农民，“三农”问题、农村教育和医疗卫生问题历来是国人关注的焦点。关注民生，发展农村教育事业，提高农民的健康水平，任重而道远。

这些年来，在党中央、国务院的亲切关怀下，我国的教育卫生事业有了飞速发展，国民素质有了很大提高，人民的医疗卫生条件和健康水平得到了很大改观。然而，在我国广大的农村，特别是在那些远离城市的边远山区，尽管党中央、国务院曾三令五申，要求加大对教育的投入；尽管那些专家学者和仁人志士们曾一再呼吁，再穷不能穷教育，再苦不能苦孩子，但时至今日，那些面向农家子弟的学校，有不少却还依然是贫困薄弱，校舍简陋，教学设施落后，教育经费严重不足，穷的依然是教育，苦的仍然是孩子。诸如学杂费、书本费、补课费、考试费、赞助费等名目繁多的各种收费项目纷至沓来，更是令人眼花缭乱，目不暇接，难以承受，使那些本来就不富裕的农家儿女早早就离开了他们所向往的学校。那些面朝黄土背朝天的农民看病贵、就医难，因病致贫、因病返贫的现象也比较突出。甚至在百姓中流传着这样的顺口溜：救护车喇叭响，一头肥猪算白养；头痛流涕小感冒，一年挣的全花掉；小病拖，大病捱，病重才往医院抬；脱贫刚刚三五年，一病倒退到以前；做个小小阑尾炎，白白耕种一年田；人生在世莫得病，一人得病几代贫。

心事浩茫连广宇，于无声处听惊雷。该作品以上个世纪九十年代末我国北方的农村为背景，真实地再现了当时我国一些农村农民负担过重的坎坷生活经历，再现了农村教育和医疗卫生落后，农家儿女上学难，农民就医难的真实情况。书中那些纯朴善良的农民因负担过重和村干部腐败而屡屡上访；那些农家儿女因家境贫寒、教育负担过重而不得不止步于教育的殿堂；那些因无钱医治而长期卧床不起的老人的痛苦呻吟；老师们为使早就被列为危房的校舍能尽快得到修缮而四处奔走呼号，求援无助，呼号无果，以致造成教室倒塌砸死砸伤学生悲剧的发生等等，如泣如诉，如怨如慕，令人震惊，发人深省。真可谓是长太息以掩涕兮，哀民生之多艰。

走进时间的隧道，抚摸着那些令人痛心而不堪回首的记忆，抚今追昔，意在未来。我们真诚地期待着这部作品能给人以启示，使我们能够牢牢记住过去那段难忘的历史，进一步关注民生，关注农村教育和医疗卫生事业的发展。

2010 年 5 月于泉城济南